米涅・渥特絲

Minette Walters

從小嗜讀社會新聞版的渥特絲，十一歲就被送到Godophin 寄宿學校讀書（艾嘉莎・克麗絲蒂也曾就讀此校）。達拉謨大學外語系畢業之後，她擔任倫敦一家雜誌*Woman Weekly Library* 羅曼史專欄的助理編輯，短時間內晉陞為主編。

大量閱讀羅曼史及日積月累的編輯經驗醞釀了她洗鍊的文筆，使她踏上文字工作者的舞台。處女作《冰屋》於1992年出版，出書後一鳴驚人，《紐約時報》書評寫道：「渥特絲小姐扭轉了英國傳統推理小說的既定格式，創作出更具特色、非傳統、層次感豐富的小說藝術。」

靠寫羅曼史貼補家計的家庭主婦，四十七歲開始執筆寫偵探小說。至今，渥特絲被譽為最精采可期的偵探小說暢銷作家之一。她的作品譯成二十二國文字，陸續被英國廣播公司（BBC）改編成一系列電視影集。

米涅・渥特絲和丈夫及兩個孩子住在英國漢普夏郡，現為全職作家。

Author photograph by Jerry Bauer

1992　《冰屋》獲英國偵探作家協會約翰・克雷西獎最佳新作
1993　《女雕刻家》獲美國推理小說愛倫坡獎年度最佳小說
1994　《The Scold's Bridle》獲英國偵探作家協會金匕首獎年度最佳小說

渥特絲偵探小說作品年表

1992　The Ice House
1993　The Sculptress
1994　The Scold's Bridle
1995　The Dark Room
1997　The Echo
1998　The Breaker

米涅・渥特絲 Minette Walters

米涅・渥特絲 Minette Walters

偵探作品系列 3

暗室

the dark room

藍目路 譯

米涅·渥特絲偵探小說系列 3

暗室

The Dark Room

作　　者	米涅·渥特絲　Minette Walters
譯　　者	藍目路
責任編輯	黃妣俐
發 行 人	謝材俊
封面設計	林穎村
出　　版	臉譜文化事業股份有限公司
發　　行	城邦文化事業股份有限公司 台北市信義路二段 213 號 11 樓 電話：（02）2396-5698／傳真：（02）2357-0954 郵撥帳號：1896600-4 城邦文化事業股份有限公司
香港發行	城邦（香港）出版集團 香港北角英皇道 310 號雲華大廈 4/F，504 室 電話：25086231／傳真：25789337
印　　刷	凌晨企業有限公司
初版一刷	1999 年 10 月 5 日
初版三刷	2000 年　4 月 5 日

ISBN　957-8319-52-5

定價 360 元

(本書如有缺頁、破損、倒裝，請寄回更換)

導讀

當羅曼史撞上了死亡推理

唐諾

前一代的推理小說女王艾嘉莎・克麗絲蒂以繁複到幾乎令人不耐的推理迷宮和出人意表的凶手著稱於世，自詡聰明的讀者看她的作品很容易有挫折感，但她也並非全然不可擊敗的——儘管說起來手段有點不光明。

熟讀克麗絲蒂小說的讀者應該會發現，在她的嫌犯名單中經常性的出現這麼一號人物：男性、俊美、聰明絕頂、行事乖張全然不把社會規範放眼裡、渾身上下充滿著邪惡但極其迷人的況味，大體估算起來有一半一半機率此人就是冷血、甚至玩弄女性感情以遂行謀殺圖利的壞胚子凶手；另外的百分之五十則恰恰好相反，這是個飽受世人誤解、甚至干冒凶手嫌疑亦在所不惜的內心高貴騎士，二選一。

這個神魔二分的男性角色既然在克麗絲蒂小說中佔有如此醒目的位置，想來，在原作者心中必然有其出處。我猜，這應該就是克麗絲蒂首任丈夫的化身。

了解克麗絲蒂生平的人都曉得，她曾有一次殘破的婚姻和一小段近乎她筆下懸疑世界的經歷：她的首任丈夫拋棄了她，令她悲痛欲絕，且事情發生時她神祕失蹤數日，然後，她不明所以的出現在某個小旅館中，對這幾天的事彷彿失去了記憶。

對一個情感在生命中扮演不可替代要素、但偏偏一生中總難免有錯誤愛情故事的室女座女性而言，暫時性的失憶只代表這段創痛會終其身徘徊她心中不去——至於這個人在小說中的實際造型是神是魔，則端視她提筆構思那一刻的心情而定，看是愛之欲其生或惡之欲其死。

而克麗絲蒂這樣對情感狠不下心的性格，也替她的小說決開另一個小缺口：她總是希望她小說中真心相愛的男女有好的結局，因此，她筆下神探，不管是大鬍子白羅或老太太珍·馬波，所真心撮合的男女，絕不可能是凶手，其中最有意思的一次是珍·馬波小姐的探案（恕不言明是哪一部），老太太打開始就憂心忡忡的對她所疼惜的年輕女孩說，若命運乖蹇，他日有極不如意的打擊襲來，請記得堅強回到自己所愛的老家牧場，犬馬相伴——讀小說的人當下就完完全全明白了，原來這個女孩的男伴就是凶手，這不過又是克麗絲蒂所了解的「好女孩總是愛上壞男子」的古老悲傷故事而已。

戀愛從對抗開始

這一代的推理小說女王米涅．渥特絲有沒有也留給讀者如此不經意的線索呢？——我個人尚未發現。大體來說，她的推理迷宮不像前女王那麼巨大堂皇，凶手候選人也不像前女王筆下那般浩浩蕩蕩動輒十幾名，然而，儘管迷宮小、嫌犯有限，凶手是誰依然難猜得要命，原來渥特絲的迷宮牆壁有著機巧存在，它有時裝了凹凸不等的鏡子，會扭曲形象製造錯覺；它甚至會移動，讓你認不得已經走過的路。

然而，渥特絲畢竟還是不經意留下另一種蛛絲馬跡——有關渥特絲小說，我個人所聽過最準確最一針見血的感想是，「她書中哪一對男女會談戀愛，總是一眼就看得出來。」

的確如此。

讓我們回憶一下，像《冰屋》不就是女權主義者安．卡芮爾和前來查案的麥羅林警佐；像《女雕刻家》，則是女作家蘿莎琳．蕾伊循線找到去職警官黑爾所開的小餐館。渥特絲總習慣讓她書中這對註定得談戀愛的男女從高度緊繃的對抗開始，像兩隻對叫示威的貓一樣——順此要領，你也同樣不難猜到這本《暗室》又該輪到哪兩個談戀愛了。

來自不同的國度

渥特絲的天機洩露，我個人的解釋比較簡單無涉風月：我們看她的生平，知道她在推理世界是大器晚成型的人如美國的雷蒙·錢德勒，寫推理之前相當長一段時間她身分是編輯，負責主編羅曼史小說。

羅曼史當然和推理小說極其不同，甚至好些地方逆向行駛。

相較於推理小說的躲躲藏藏裝神弄鬼，羅曼史極可能是地球上眾多小說中最透明最按著軌道運行不息的一種，基本上它什麼都不隱瞞，包括一開始（哪兩個負責談戀愛），包括最結尾（一定歷經考驗誤會冰釋過著幸福快樂的生活），讀者唯一不確知的便只有當中這個你追我跑的戲劇性過程，然而，這個過程其實也建築在一個堅實的已知基礎之上，那就是，請放心，不管怎麼瘋怎麼鬧怎麼不可收拾，男女主人翁的「安全」問題是毋庸顧慮的，他們會中了邪般屢訓不詁，卻永遠不會真的愛錯人更不會上錯床——正確來說，男方有時候會（當他是個外表放蕩但內心高貴不為人知的花花公子型人物時），但對男性沙文主義所統治的羅曼史而言，這點無損於愛情的純淨，至於女性犯同樣的錯則絕不可以。

而相較於推理小說的理性，規條嚴整，羅曼史則是非破壞理性不可的玩意兒，因為，我們容易把人的理性體認為「計算」「條件」「保守」「一成不變」云云，因此，它在羅曼史中以歹角反派的身分出現，轟轟烈烈的戀愛要完成，這理性就不能留著，所以女主角要在眾人皆日不可的情況下堅毅無悔的去愛（而且最終證明她是對的），有著全球億萬富豪排名繼承權的文武全才男主角（不僅有牛津劍橋哈佛耶魯學位而且通常還是運動天才或有著非凡的音樂藝術天賦）則為了個窮女孩不惜放棄身分地位，只因為羅曼史的愛情通常上昇到宗教的層次，有一套淨化儀式得完成，儀式需要獻祭，理性於是扮演著祭品，才能讓唯一的戀愛大神悅納。

然而，羅曼史和推理倒也有相似之處，那就是：它們二者同為到此為止最成功的兩組類型小說，擁有最多數量的作品和讀者，遙遙對峙，像兩個聳立的巨大山頭。

渥特絲的厲害正在於此，她舞筆如揮舞著神奇的魔杖，讓這兩個巨大的板塊轟然撞擊在一起，造出屬於她一己的寫作高峰。

正常的證詞

這裡，我們得回到前面所提過的渥特絲迷宮之牆的機巧問題。

和先代女王克麗絲蒂最大的不同，我個人以為是，渥特絲的推理中你幾乎找不到堅實可靠的定點，所有作家所提供的已知條件都是閃爍的、漂浮的、踩不住腳的

──我們就以「證詞」這個推理小說中最重要的推理依據來說，在長期的推理傳統中，證詞基本上是「可信」的，就算某一小部分的異常證詞是欺瞞的，通常也有跡可循並提得出解釋，比方說親人的護衛或共犯的偽證等等，是正常推理軌道而外的小小干擾和雜訊。但渥特絲完全倒置過來，她筆下的世界幾乎不見客觀公正的第三人局外人，每個人都主動或被動的被捲入事件之中，每個人都懷著程度不等的奇怪心思或惡意而來，包括古典推理中通常被「透明化」的警察在內。換句話說，沒有一片鏡子是乾淨忠實的，若有所謂正常的證詞存在，這裡「正常」的意思也是不同程度的扭曲，你不能照單全收，更不能一概視之為真，並據此安心推理，你得不斷的懷疑、交叉、排比並仔仔細細過濾，像純度不高的礦石一般，其中可能有你要的真相，但你得費九牛二虎之力才結晶出一點點來。

　　從客觀確鑿的證據，到客觀性的動搖乃至於崩解，再到今天連科學領域都不再相信「證據自己會說話」，而傾向於認定證據不只說一種話，得依賴人的判斷和解釋，這樣的變化在人類的思維歷史上自有其清楚的軌跡可循，然而，我們不免也附會的容易想到，在渥特絲原本所熟悉的羅曼史領域裡，這也無非全無出處，畢竟，在愛情裡存在著欺瞞、猜忌、妒恨、護衛等等諸多奇怪的心思，本來就是再正常不過的事，你要問什麼是正常，這就是正常。

　　如果說，在愛情的兩人世界中（好吧，就算有三人或四人）都有那麼多爾虞我詐的花巧遊戲可玩，渥特絲在極有限的嫌犯名單中搞出這樣的迷離幻境的殺人迷宮當然也就沒什麼好奇怪了。

最終的獰笑

然而，公正的來說，如果真認為羅曼史加推理就會自動等於渥特絲的小說，那不僅不正確，簡直是污蔑了渥特絲，也污蔑了英美兩大推理王國對她的驚訝和敬意了——我們沒理由一口氣得罪這麼一大票人。

就我個人的閱讀而言，我以為渥特絲小說中各種證言的不確定性，甚至同一個被觀察對象呈現出相互背反相互排斥的看法（比方說，在這本《暗室》中父親這個人究竟是善是惡是神是魔），不只來自觀察者說話者的有意扭曲而已，即使我們和被觀察對象（尤其當他是個完整的「人」時）並不存在著任何的利益糾葛，我們的理解仍受限於我們的觀看位置、角度、我們的意識型態和眼光穿透能力的制約，以及最最根本的，被觀察對象本身的複雜多面和不可穿透性。

理解一個人多麼困難，理解一個真相多麼困難。

在渥特絲的小說中，習慣留下一個無法令人完全安心的尾巴，這當然可簡單解釋為類型作品的某個制式結尾（想想看有多少的好萊塢電影的最後一個鏡頭這麼搞法），然而，當我們一步一步涉過渥特絲筆下這些扭曲不確切的人性及其陰暗角落，以及永遠不可能被真正掌握在手的最終真相，這樣的結局便不止是某種噱頭式的預留一筆而已，而成為一種極其合理的永恆疑惑——一個案子可以有「一刀切」的完成必要，但我們對人性的偵知和困惑卻不可能有完成之日。

渥特絲的小說便永遠留給你一抹如此不寒而慄的獰笑。

米涅・渥特絲 Minette Walters

偵探作品系列 3

暗室

the dark room

1994
MAY
S M T W T F S
1 2 3 4 5 6 7
8 9 10 11 12 13 14
15 16 17 18 19 20 21
22 23 24 25 26 27 28
29 30 31
1994
JUNE
S M T W T F S
1 2 3 4
5 6 7 8 9 10 11
12 13 14 15 16 17 18
19 20 21 22 23 24 25
26 27 28 29 30

序幕

她線條堅硬的小臉上露出不滿的神情，年方十二的女孩坐了起來，在滿地落葉的樹林中找尋她的內褲。她開始了解，她和鮑比·法蘭克林的性關係不會有任何改善的可能了。她穿上鞋子，用力踢他。「起來，鮑比，」她厲聲地說。「該你去找那隻該死的狗了。」

他翻了個身，仰躺著。「待會兒，」他帶著濃濃睡意敷衍著。

「不行，現在就去。如果雷克斯又比我先到家的話，媽鐵定會剝了我的皮。她不笨，曉得嗎？」她站起來，用高跟鞋後跟插進他光裸的大腿間，頑皮的來回推擠，想弄痛他。「起來。」

「好啦，好啦。」他暴躁的起身，使勁拉著長褲。「這實在讓我火大，懂嗎？如果我們每次都要去找那隻狗，做這事還真不值得。」

她移開幾步。「又不是因為雷克斯才不值得做。」她眼中浮現羞怒的淚水。「我真該聽媽的話。她總是說，真正的男人才懂得怎麼做。」

「是哦，」他說，把長褲拉鏈拉上，「如果我不必假裝你是茱莉亞·羅勃茲的話，會該死的容易很多。再說，你那討厭鬼媽媽又懂什麼？她自己不知有多少年沒跟男人上過床了。」對這些女孩，除了原始動物的性趣外，他多少都有點感情。可是當她們開始抱怨他的技巧時，他很快的就會厭惡她們，痛擊她們譏諷臉蛋的衝動剎那間變得難以抑制。

女孩準備離去。「我恨你，鮑比。我真的恨死你，而且我要告訴大家，」她彈了彈手錶。「三分鐘，你只能撐這麼久。亂七八糟的三分鐘。那就是你說的一流工夫嗎？」她回頭輕蔑一瞥，卻看見他臉上有絲讓她警覺到危險的表情，她突然害怕起來。「雷克斯！」她尖叫。「雷—克斯！如果你碰我，牠會殺了你，」她嗚咽著，嬌小堅實的身軀箭矢般衝進樹林裡。

事實上，想要殺人的是鮑比。他怒火越升越高，一發不可收拾。他撲向她的背，把她壓倒在地上，氣喘咻咻的試圖跨坐在她狂踢的雙腳上。「婊子！」他怒吼著。「該死的婊子！」

恐懼給了她力量。她翻身擺脫他，瘋了似的又哭又叫尋找她的狗，半跑半滑的逃著。突然，她不小心陷入覆滿腐敗落葉的壕溝，一陣混亂後，她跌到樹林底層。她站了起來，一隻巨大的阿爾薩斯犬就站在她幾碼遠，警戒著，不時露齒猙獰咆哮。

「我要叫牠修理你，牠會把你撕成碎片。我絕不會阻止牠。」她滿意的看著鮑比驚駭的臉色逐漸轉成蒼白。「你真是個讓人作嘔的渾蛋！」她叫喊。

她馬上發現雷克斯是朝著她吼，而不是鮑比。此時，她男朋友臉色轉成鐵青，不是因為那隻狗，是被狗狂吠的景象懾住。她驚慌下死命沿著壕溝邊緣爬出去，但眼角仍然瞥見身後半揭半掩的人體。

1

她執意的睡著，讓自己被虛幻的夢境纏繞。之後有人向她解釋那其實不是夢，而是她從深沉潛意識醒來時的迷惑過程中，現實逐漸在她腦海裡對號入座的情境。她覺得難以接受。現實是如此令人沮喪，她根本無法從中獲得滿足。甦醒的過程相當痛苦。他們用枕頭把她墊高，她偶爾從梳妝台的鏡子中看到自己。蠟像般蒼白的臉，頭髮被剃光了，一隻眼睛裹著繃帶——幾乎無法辨識的臉——她本能的想讓自己抽離開來，讓蠟像逕自扮演自己的角色。那不是她。一個像頭大熊的男人，頂著濃密頭髮滿臉鬍鬚，彎下腰來告訴她，她經歷過一場車禍。但他沒說是在哪裡或是什麼時候發生的。他說，你是個幸運的年輕女郎。她記得這個，但忘了其他所有事情。她知道時間在消逝，知道人們在跟她說話，但她寧願沉浸在被夢纏繞的睡眠中。

她有意識。她看得到。她聽得到。悅耳溫柔含帶慰撫的女性聲音令她有安全感。她在腦海裡回應他們，但從未發出聲音來，因為她執意被喪失意識的幻象保護著。「你今天認得我們了嗎？」護士在問，轉身對著她。我一直都認得你們。「親愛的，你母親來看你了。」我沒有母親，我只有繼母。「加油，親愛的，你的眼睛張開來了。我知道你聽得到我們，什麼時候你才肯跟我們說話呢？」當我準備好的時候……當我準備好時……當我想要記起來時……

□

交通事故

記錄時間：一九九四年六月十三日，將近晚上九點四十五分，警員葛雷格和哈地於十點零四分
抵達現場。

地點：廢棄的史托尼．巴塞機場，杭特斯

車種：黑色路寶自排敞篷車——全毀

車牌號碼：JIN 1X

駕駛姓名：珍．依眉．妮可拉．康思立小姐呈昏迷狀態，需要急救

出生日期：一九五九年九月二十六日

登記住址：蘇瑞郡里其蒙市，格雷凡園十二號

□

發生懸疑車禍

現年三十四歲的珍・康思立，時尚攝影師，法蘭柴思—霍汀有限公司百萬身價總裁亞當・康思立獨生愛女。昨晚被發現因一場懸疑交通事故而昏迷不醒。該車禍發生在薩爾司柏瑞南方十五英里一個名為史托尼・巴塞的廢棄機場。二十三歲的安德魯・威爾森先生和他十九歲的女友珍妮・雷格小姐，在晚間九點四十五分經過現場，立即打電話求救。

「那輛車幾乎全毀，」威爾森先生說。「康思立小姐能活下來，實在是太幸運了。要是車子撞上混凝土支柱時她人還在車裡，鐵定會被壓死在那團廢鐵。我很高興我們能幫上忙。」

警方表示康思立小姐死裡逃生是個奇蹟。那輛黑色的路寶敞篷車，車頭直接衝撞一根堅實的混凝土支柱—昔日飛機廠棚間支撐柱。警方推測康思立小姐是在車子即將撞上支柱前從開啟的車門裡彈跳出來。

「那根柱子是廢棄機場唯一還矗立著的物體，」蓋文・葛雷格警員說，「我們目前還不清楚她是怎麼撞上去的。車裡沒有其他人，現場也沒有跡象顯示其他車輛肇事的可能。」

珍的繼母，現年六十五歲的貝蒂・康思立太太，對於這起在婚禮意外宣布取消幾天後發生的車禍表示相當震驚。今天早晨，在和康思立先生住了十五年的黑靈頓宅邸傷心落淚，她表示如果康思立小姐無法復元，應歸罪於康思立小姐的未婚夫，三十五歲的里奧・沃爾德。「他根本就沒有好好待她。」

警方今早證實，康思立小姐在事故發生前曾經飲酒。「她血液裡酒精濃度超過標準，」一名發言人說。康思立小姐目前在薩爾斯柏瑞的阿斯塔刻醫院，處於昏迷狀態。

六月十四日《威瑟克斯郵報》

2

一個晚上，她驚醒過來，恐懼就像有形物體般啃嚙著她的胸肺。她睜開眼睛，目光在一片漆黑中竭力搜尋。她在一間暗室裡——她自己的暗房裡嗎？——她不是獨自一人。有人——有什麼東西？——還是她視線之外匍匐著。

是什麼？

恐懼……恐懼……恐懼……

她直挺挺的坐著，冷汗在她脊梁間傾流，她張大嘴全力吐出驚悚的尖叫。

光線倏地流瀉房內。一個女人用柔軟的胸部、堅實的臂膀和甜美悅耳的聲音撫慰著她。「好了，好了，珍。沒事了。來，親愛的，冷靜下來。你做了個噩夢。」

但她知道是什麼不對勁。她的恐懼是有憑據的。暗室裡有某種東西伴隨著她。「我叫珍，」她輕聲道。「我是個攝影師，這不是我的房間。」她剃了髮的光頭倚在漿洗過的白色制服上，感覺到挫敗的苦澀。甜美夢境已然消逝。「我在哪裡？」她問。「你是誰？我為什麼在這兒？」

「你在薩爾斯柏瑞的南丁格爾療養所裡，」那護士說，「我是高登護士。你出了一場意外車禍，現在沒事了。我們來試試，看你能不能再躺下睡一睡。」

珍順從的讓那雙堅定的手為她拉整被單。「你不要關燈，好不好？」她請求。「在黑暗中我什麼都看不到。」

□

珍．康思立小姐的偵訊報告／血液裡每一百毫升含一百五十毫克酒精濃度的狀況下駕車

時間：一九九四年六月二十二日

報告人：傑爾夫．哈立威爾警佐

康思立小姐在車將要撞上機場一角的混凝土支柱時從座位上彈出來。時間是六月十三日星期一，晚上九點四十五分。安德魯．威爾森先生和珍妮．雷格小姐發現她時，她呈昏迷狀態。康思立小姐從汽車裡彈出來時，因猛烈的衝擊力，手臂和臉部有瘀傷和割痕。她昏迷三天，醒過來時顯得相當困惑。她對事故的發生完全沒有印象，並且聲稱她不知道何以會在廢棄機場。六月十四日凌晨十二點二十三分，她的血液採樣顯示：每一百毫升含一百五十毫克的酒精濃度。翌日檢查車內時，找到兩個空酒瓶。

葛雷格和哈地警員在康思立小姐恢復神智後不久，對她做了簡短的偵訊，然而她相當困惑的

記不起任何事，只知道車禍發生當天是六月四日（也就是六月十三日車禍發生之前九天），以及她正在從倫敦往漢普夏的路上。那次偵訊之後，她回復昏睡狀態，無法與人溝通，她的醫生建議暫時不予會客。進一步觀察檢驗之後，診斷結果是腦震盪產生的後創傷期失憶症。她父母表示，六月四日到十日的那個星期，她和他們在一起（但康思立小姐顯然對這部分沒有記憶）。然後在六月十日星期五的傍晚，接到一通電話後，就回到里其蒙。他們說她心情愉悅，並期待著即將在七月二日舉行的婚禮。她應該在六月十三日星期一回去工作，但沒有出現。她在平立寇擁有自己的攝影工作室，她的僱員們對她的沒有出現十分關切。他們十三日在她的答錄機裡留了數通留言，但沒有得到回音。

里其蒙區警局向她格雷凡園的鄰居克藍西上校夫婦進行查訪，發現在六月十二日星期天，她曾試圖結束自己的生命。克藍西上校和康思立小姐的車庫緊臨，他聽到她汽車引擎轉動聲，車庫門卻緊閉著。他前去探看，發現她的車庫裡充滿了汽車廢氣，康思立小姐昏睡在車裡的方向盤後。他把她拉出來，弄醒她，但沒有對這事件做任何善後處理，因為康思立小姐堅持沒有必要。他和他的妻子對於她的「再度嘗試」感到非常難過。

克藍西夫婦和亞當·康思立夫婦都提到康思立小姐的前未婚夫里奧·沃爾德。據稱他在六月十日星期五告訴康思立小姐要取消婚禮，計畫迎娶她最好的朋友眉格·哈利斯，然後就離開格雷凡園十二號。目前暫時無法與沃爾德先生和哈利斯小姐取得聯繫。根據安東尼·沃爾德爵士（里奧之父）表示，他們正在法國旅行，七月返國。

康思立小姐最近的汽車檢驗報告顯示，沒有故障的可能；另外，意外撞上混凝土支柱的可能性也被排除；最合理的猜測是她蓄意開車撞石柱。因此，除非她能恢復記憶，解釋事件始末，否則承辦員警葛雷格及哈地傾向相信她是在自己車裡喝酒過量之後，再次意圖自殺。她的父親亞當·康思立願意負擔急救的費用，康思立小姐目前轉到南丁格爾療養所，接受亞倫·坡司羅醫生的治療。康思立先生的律師詢問警方是否會起訴康思立小姐。個人認為，就康思立小姐的父親願意負擔急救費用、康思立小姐心智受創和她選擇了一個棄置的場所肇事，這件案子可以告一段落。

請指示。

3

六月二十二日星期三，威爾特郡，薩爾司柏瑞，南丁格爾療養所——上午八點半

現實世界是如此單調，即使是穿窗撒瀉的陽光也沒有夢境裡來得鮮活。也許是因為她的右眼綁著繃帶，但她又不覺得是這個緣故。意識像鉛錘般沉重，陰暗愚鈍，綁手縛腳，她只感到沮喪。此刻她正百般無聊耍弄著眼前的早餐，長得像頭大熊的醫生在這個時候走了進來。醫生再次告訴她，她經歷了一場車禍，警察想跟她談話。她聳聳肩。「我現在哪裡也不去。」如果他留下來聽，她還想繼續說她瞧不起警察，但他在她來得及把這想法變成字句前就離開了。

她不記得在阿斯塔刻醫院曾被警方訊問，很有禮貌的否認曾經見過正跨進她房門的兩位穿著制服的警員。她解釋記不得那場意外，事實上，除了記得前一天早上離開她在倫敦的房子和未婚夫之外，她什麼都不記得。兩名警員長得一個樣子，高大魯鈍，紅褐色頭髮和潤紅的氣色，脫下來的帽子放在手指間規律的轉動著，顯然對她的回答有些不知所措。她在心裡為他們取了綽號，「特威爾德姆和特威爾德迪」（譯註：英國作家 Lewis Caroll 所著小說《鏡中世界》裡的

一對兄弟)。她暗自竊笑,因為他們看來比她瘦痛的頭、綁了繃帶的眼睛和嚴重瘀傷的手臂要來得有趣太多。他們問她當時正打算去哪兒,她回答她正要回她父母家,黑靈頓。「我必須和繼母一起籌備婚禮,」她解釋著。「我七月二日要結婚。」她聽到自己用愉快的聲音陳述這項事實,但腦海裡同時響起諷刺的聲音。里奧看到一個光頭,只剩一隻眼睛的新娘時,準會逃之不迭的。

他們向她道了謝後離去。

□

兩個鐘頭後,她的繼母淚眼汪汪的來到病床旁,脫口說出婚禮取消了,今天是星期三,六月二十二日,里奧已經在十二天前離開她,跟眉格走了。而她在知道消息後的第四天,計畫結束自己的生命,開著她自己的車子往混凝土柱撞去。

珍瞪著她醜陋、傷痕累累的手。「我不是昨天才跟里奧說再見的嗎?」

「你昏迷了三天,變得迷迷糊糊的。你在醫院一直待到禮拜五,我去看過你,但你完全不認得我。我也到這裡來了兩次,你只直勾勾的看著我,不願意跟我說話。這是你第一次認出我來。爹地對這件事感到非常傷心。」她的嘴可憐兮兮的顫抖著。「我們好怕會失去你。」

「我正要回你們那兒。這就是為什麼我會在這裡。我們要安排婚禮的細節。」如果她說得夠慢,夠清楚,貝蒂應該會相信她。但是,沒有,貝蒂是個笨蛋。貝蒂一直都是個笨蛋。「六月四日開始的那個禮拜，這件事記在日誌上已經好幾個月了……」

康思立太太淚如潰堤，在她塗著過厚濃妝的臉上沖出小小的粉紅溪流。「你回家待了一陣子，親愛的。你在兩個半星期前回家過了，在家裡跟爹地和我住了一個禮拜，完成了所有該做的準備，回倫敦後卻發現里奧在收拾他的行李。你不記得了嗎？他要去跟眉格住在一起。喔，我會殺了他，珍，我真的會。」她扭絞著她的手。「我就一直告訴你他不是個好人，但你不聽。你父親也一樣糟。『他是沃爾德家的人啊，依麗莎白……』」她喋喋不休，碩大的胸部在過緊的針織洋裝下悲哀的起伏著。

將近三個禮拜的時間過去了，而她竟無法記得任何一天，這個發現讓珍完全無法理解，於是她把注意力集中在可以觸碰的實體上。床邊矮桌上放著一只插滿紅色康乃馨和白色百合的花瓶。法式落地門開向石板鋪就的陽台，後面是照料妥善的花園。房間角落有架電視。咖啡桌兩旁有皮製扶手椅，咖啡桌呢，她確定是胡桃木製的，還有一張胡桃木梳妝台。左手邊是浴室，通向走廊的門在她右邊。這回亞當把她放到什麼地方來了？她想著，該是一個很貴的地方。南丁格爾療養所，護士曾這樣告訴她。在薩爾司柏瑞。但為什麼是薩爾司柏瑞，而不是她住的倫敦？

貝蒂的哀泣打斷她游移的思緒。「我希望那些不會讓你太難過，親愛的。你沒法想像爹地的反應有多激烈。他把這件事看成是對他的一大侮辱，你知道。他從沒有想過有誰能讓他的小女孩做出這麼——」她猶疑著吐出下一個字，「——傻的事。」

小女孩？貝蒂到底在胡說八道什麼呀？她從來就不是亞當的小女孩——或許該說是他掌控的玩偶——但從來就不會是他的小女孩。她突然覺得非常疲累。「我不懂。」

「你喝醉了，企圖自殺，我可憐的寶貝。你的車子完全撞毀了。」康思立太太在手提袋中一陣摸索，拿出一張報上刊登的照片，放到她繼女的腿上。「這就是那輛車後來的樣子。你能大難不死，真是老天保佑呀，真的。」她伸手指著剪報左上角的日期。「六月十四日，車禍發生的第二天。而今天是——」她拿出另一張報紙，「喏，你瞧，二十二日，整整一星期。」

珍好奇的研究著那張照片。一團扭曲的廢棄金屬，光線來自警察從後面打上去的強光，整張照片看來像是一幅絕妙的超現實佳作。這張照片照出車體堅硬的側影，底盤已經扭曲，拍攝者傾斜的角度使它看起來像一座巨型、泛著冷光的金屬團，緊緊包住挺向空中劍般的石柱。真是幅佳作，她想，好奇著拍攝的人是誰。

「這不是我的車。」

她繼母執起她的手，輕輕的撫摸著。「里奧不娶你了，珍。爹地和我必須把婚禮取消的訊息告訴所有的人。他要和眉格結婚了。」

她看著一顆晶瑩的淚珠順著鋪著厚厚一層粉的臉頰滑落到她張開的手掌上。「眉格？」她重複著。「你是說眉格．哈利斯？」里奧怎麼會娶眉格？眉格是個婊子。你這婊子……你婊子……婊子！恐怖，猙獰——那是什麼？——潛伏在她的心中。她猛然橫手緊緊按住自己的嘴，恐懼的膽汁衝向她的喉嚨。

「從你認識她以來，她就一直在和你爭，現在連你的丈夫都要搶。你就是這樣，太信任別人了，寶貝。我一直就不喜歡她。」

珍睜著她的大眼睛回盯著她繼母。才不是這樣的。貝蒂一直愛死眉格了，泰半是因為眉格從不批評她的舉止。對她而言，不論貝蒂・康思立是酒醉或清醒，都沒有什麼不同。「至少眉格知道我有話要說，」這是她繼母沉溺在杯中物，所有的人都不睬她時，她會不斷重複的話。諷刺的是，眉格卻無法忍受自己拘謹而過分拘泥於道德觀的母親，即使是幾個小時也受不了。「你應該和我交換，」她常說。「至少貝蒂不會一天到晚假裝一副貞節烈女的樣子。」

「是什麼時候決定的事？」珍終於問出。「在車禍發生之後嗎？」

「不，親愛的。是在之前。你待在家那個禮拜的星期五下午，里奧打電話來，你就回倫敦去了。可惡的男人，每天都打電話來，假裝他還愛你，結果在星期五晚上丟下那顆炸彈。我猜他一定沒有好好坐下來，把事情跟你談清楚。」她再次用手帕蓋上眼睛。「那個禮拜天，隔壁鄰居克藍西上校把你從你的車庫裡救了出來，那時你正打算吸廢氣自殺。但他卻沒有想到打電話告訴我們一聲，說你需要幫助。」她艱難的吞了口口水。「可是星期六晚上，你打電話回家告訴爹地說婚禮取消了的時候，聽起來卻像沒事的人兒，我們沒料到你竟會做傻事。」

也許她在說謊……珍一直在撒謊……撒謊簡直是她的天性……珍垂眼再看一次那張剪報，注意到在那團報廢金屬中有個特製的個人牌照，上面寫著J. I. N.，那是她父親送給她的二十一歲生日禮物。J. I. N.康思立。珍・依眉・妮可拉——那是她母親的名字——世上最惹人厭的名字。珍，白虎星，不祥的人！她必須接受事實，照片裡真是她的車子。你喝醉了……克藍西上校救了你……「我車庫裡沒有廢氣，」珍說，專注在她能理解的事物上。「沒有人會在自己車庫裡放廢氣的。」

康思立太太哀嚎得更大聲。「你把門關起來，啟動汽車引擎。如果克藍西上校沒有聽到聲音，你星期日就可能已經死掉了。」她再次抓著女孩的手，溫暖圓滾的手指急切想要把她的慰撫傳遞出去。「你答應他不會再做傻事，而他現在真希望當時有把這件事告訴什麼人。別跟我生氣，珍。」斷了線似的眼淚奔流在悲傷的河中，而珍鄙夷猜測著，那些眼淚有多少真實。貝蒂一直把所有的情感保留給自己兩個兒子，打從開始就忽視亞當前妻所生的這個獨來獨往的小女孩。「得有人來告訴你這些。坡司羅醫生認為由我來說比較好。可憐的爹地被這個消息嚇著了，你傷了他的心。『她為什麼要這麼做，依麗莎白？』他一直問我。」

但珍沒有一點反應。因為她知道貝蒂在說謊。沒有人——最不可能的就是里奧——可以讓她想要結束生命。相反的，她會將整個生活重心轉移到另一個方向。為什麼她喊她的父親亞當，而他結婚二十七年的妻子喊他爹地？她以前從沒有覺得哪裡怪。她的視線穿過她繼母的頭，落在梳妝台上鏡子裡的自己，突然奇怪她怎麼對很多事都漠不關心。

□

一名年輕男子沒有經過邀請逕自來到她的房間，高挺瘦長的小伙子，薑黃色的頭髮長及肩膀，一臉的雀斑。「嗨，」他說，隨意跨過房間，漫步到落地門前，上上下下玩弄著把手，然後把自己丟進一張椅子裡。「你嗑什麼？」

「我不知道你在說什麼。」

「海洛因、快克、古柯鹼、快樂丸？或別的什麼？」

她空洞的瞪著他。「我是在毒品勒戒所嗎？」

他對著她蹙眉。「你不知道嗎？」

她搖了搖頭。

「你在南丁格爾療養所。這裡的治療費用一天四百英鎊，每個人都會乾乾淨淨離開這裡。」

喔，她的怒氣蒸騰，像隻獵鷹在她腦海裡迴旋，耐心等著致命一擊。「那麼，誰是這裡的頭頭？」她冷靜的問。

「坡司羅醫生。」

「就是那個大鬍子？」

「沒錯。」他突然站了起來。「你要出去走走嗎？我必須找些事做，不然我會瘋掉。」

「不要，謝謝。」

「好吧。」他在門旁停頓了一下。「我曾經在陷阱裡發現一隻狐狸。牠非常害怕，試圖咬斷自己的腳逃離陷阱。牠有雙跟你很像的眼睛。」

「你救了牠嗎？」

「牠不讓我救。牠對我的懼怕遠甚於那個陷阱。」

「牠最後怎麼了？」

「我看著牠死去。」

□

不久，坡司羅醫生來到。

「你記不記得曾和我談過話？」他問她，拉過一張扶手椅坐下。

「就一次。你告訴我我運氣好。」

「事實上，我們不只談過一次。你恢復清醒有好些天了，只是不知怎麼的，不願意跟人溝通。」他鼓勵的微笑著。「比方說，你記不記得昨天和我說過話？」

有多少個那樣的昨天，她很清醒，卻對自己的所做所為完全沒有意識？「不，我不記得。對不起。你是精神科醫生嗎？」

「不是。」

「你是什麼呢？」

「我是個醫生。」

鏡中蠟像般面孔有禮貌的微笑著。他在說謊。「可以抽菸嗎？」他點頭。她從貝蒂帶來的菸盒中取出一根菸，魯鈍的點燃火，因為只用一隻眼睛實在不容易聚焦。「可以問你一些問題嗎？」

「當然可以。」

「在我跟警察談話前，先告訴我數天前發生的那場車禍是怎麼回事，會不會比較體貼一點？」他有張還算迷人的臉，她帶一絲倦意兀自想著，實在而且舒服。他身上的運動夾克早已過了時，下身的呢長褲鬆垮落在腳後跟。在一般的情況下，他會是她願意交往的那種類型，因為他看來對傳統禮教不怎麼在意。但此刻她卻有些怕他，所以選擇躲藏在傲慢自大的面具之後。

他用指尖把玩著他的鋼筆。「在這種情況下，我覺得讓你以自己的認知來述說比較妥當。」

「什麼情況？」

「車禍發生時，你血液裡的酒精濃度幾乎已經超過限制的兩倍以上。警方正在考慮要不要起訴你，但我想在今天早上過後，他們也許會讓這起事件就這樣過去。他們對醫生的診斷大都抱持懷疑的態度，對病人本身卻沒有什麼成見。我覺得從葛雷格和哈地警員身上擠出一些同情心並不為過。」

她的鏡中影像對他微笑著。「真是體貼。」她從沒有喝醉過，因為她目睹太多貝蒂在房裡蹣跚踱步的樣子，絕對不會重蹈覆轍。「麻煩你把菸灰缸遞給我，好嗎？」你喝醉了，然後試圖自殺……「謝謝你。」她把它放到身前的床上。「我到底是發生了什麼事呢，坡司羅醫生？」

他往前傾，大手夾在雙膝之間。「簡單的說，你從一輛以每小時四十英里速度前進的車裡彈出來，讓自己挾著一股強到可以擊倒一頭公牛的衝力向前衝，因此你的頭殼、眼睛和手臂受到嚴重擦傷。第一個奇蹟是，你居然還能夠來到這裡；第二個奇蹟則是你在過程中竟沒有把自己摔死；而奇蹟三呢，是你很快的會以你意想不到的速度復元起來。一旦頭上因縫針剃掉的頭髮長回來，沒有人會知道你曾經歷一場意外。而你唯一為意外付出的代價就是腦震盪，症狀之一就是後創傷期失憶症。在過去五天裡，雖然你已經恢復清醒，卻感到十分困惑，這樣的情形在未來一段時間裡會持續下去。把你的腦子當成一台電腦，任何安全存檔的記憶體都有很大的機會復元，但是那些你本來就覺得困惑還來不及整理的部分，有可能就永遠喪失了。打比方來說，你現在雖然是清醒的，但是你不太記得你從阿斯塔刻醫院轉調過來的情形，或者是你和警察的第一次會談。」

她的視線越過他，投到窗外的花園裡。「那麼，前創傷期失憶症是正常的現象嗎？」她問他。「我對那場意外完全沒有記憶，也不知道是怎麼發生的。」

「不要被『後』這個字眼給搞糊塗了。那僅是簡單表示創傷之後的失憶症。至於你對意外發生前的事沒有記憶，通常被認為是退化型失憶症。這並不罕見，而且會因頭部所受創傷程度而有所不同。我們談到記憶喪失，」他繼續，「我們其實應該討論的是記憶的暫時失去。慢慢的，你應該會一點一滴記起車禍前的事情，只是，也許要更長的時間你才會了解應該怎麼組合那些片段，你很可能不是用時間的先後次序把事情記起來。此外，你也很可能會記得從來沒有發生過的事情，這是因為你的記憶裡也許儲存著你對未來事件所做的計畫，你卻以為那些計畫已經發生。訣竅是不要擔心，試著順其自然。你的腦袋瓜就像你身體的其他部位，承受過外力撞擊，需要時間來自我痊癒。這就是所謂的失憶症。」

「我懂了。這是不是說我很快就可以回家了？」

「回你父母家嗎？」

「不，回倫敦。」

「那裡有人可以照顧你嗎，珍？」

她正要說有里奧在，然後突地想起繼母告訴過她他已經不在那裡了。拜託，腦海裡有個譏諷的聲音闖入，里奧會照顧你嗎？哈！哈！哈！她於是什麼也沒說，繼續瞪著窗外。她不喜歡這個男人喊她珍，好像他們已經認識很久，而且很熟了。事實上，她對他的認識只有這場讓她認知基礎從根本動搖的訓話。她同時也對他把她當做這席談話的自願參與者感到憤慨，她唯一的情緒一直是一股不可遏抑的怒氣。

「你父親希望你能留在這個有人可以照顧你的地方。這全看你自己的意願，如果你認為你在倫敦會比較快樂，那麼我們可以安排。但是，你必須要知道你一定得要有人照顧才行。至少短期內一定得如此。」

她鏡中的影像檢視著他。「亞當付你費用嗎？」

他點頭。「這是私人療養所。」

「不是醫院？」

「不是。我們提供特別的療程，」他告訴她。「也對康復期間的病人提供照顧。」

「我沒有對任何東西上癮。」你喝醉了……

「沒有人說你是。」

她抽了口菸。「那麼，我父親為什麼要付一天四百英鎊讓我待在這裡？」她坦白說，「我只要付那筆費用的一小部分，就可以到其他療養院獲得同樣的照顧。」

他看著床上像尊威嚴的獨眼佛像的她。「你怎麼知道這裡一天要花上四百英鎊？」

「我繼母告訴我的，」她扯謊。「我很了解我父親，坡司羅醫生，所以，可以預見的，這是我會問他的第一件事。」

「他的確提醒過我，你不會毫無理由接受他的幫助。」

鏡中影像對他微笑。「我是不喜歡被騙，」她嘀咕。「我繼母說我試圖自殺，」她盯著他，想看出他的反應，但他不動聲色。「我不相信，」她不帶感情的繼續說，「但我相信如果亞當也這麼認為的話，他會付錢找精神科醫生來開導我。所以，他現在花錢幫我買的到底是什麼樣的療程？」

「沒有人要騙你，珍。你父親非常希望你可以在一個適宜的環境裡，以你自己的速度和方式慢慢康復。這裡有精神科醫生，我們當然會對需要的人提供這類治療。但我的確是剛才告訴你的，一個單純的醫生。我大多擔任行政方面的工作，但我也很關切這裡處於康復期的病人。你出現在這裡，並不是因為邪惡的陰謀。」

是嗎？感覺並不對。即使是鏡中那名女子也這種說法的可信度。「亞當有沒有告訴你我對精神科醫生和精神治療非常反感？」

「有。」

「他憑什麼以為我試圖結束自己的生命？」

「根據警方對車禍進行調查後做的結論。」

「他們錯了，」她堅定的說。「我絕不會去自殺。」

「好吧，」坡司羅輕鬆的說。「我不跟你辯。」

她閉上眼睛。「為什麼我從來沒有想過自殺，卻突然覺得該這麼做？」怒氣在耳邊狂嘯。

他什麼也沒說。

「拜託，」她不耐的說。「我想知道大家怎麼說我。」

「好吧，如果你相信有具體證據支持警方的結論，合理的解釋應該是：你因為毀婚感到沮喪。你最後的記憶是兩個半星期以前，跟里奧道再見，然後離開倫敦到黑靈頓去與你父母住一陣子。也許你對這件事沒有半點印象，但你自己倒是已經重複了好幾遍那段行程——你在阿斯塔刻醫院對警方和我同事都說過同樣的話——他們藉此推測，也許不是十分正確。結論是，試圖以一個愉快的記憶來掩蓋一星期前晚上發生的種種，對你而言很重要。也就是你想要隱瞞里奧離開你，轉而跟你的朋友眉格在一起的事實。」

她沉默的思索這段話好一會兒。「他們的意思是說，我的失憶症不全是生理因素造成的，其中還包括了面子問題。我無法忍受里奧拒絕我，也不能把他的卑鄙從我腦海中除去，最後為了能繼續生活下去，還忘了自己曾沒有辦法面對他個性上的缺陷。」

她的用字遣詞真是精采。「他們的確是那樣告訴你父親。」

「好吧，」他看見她睫毛上閃爍的淚珠，「如果兩個星期前，我對被里奧遺棄的消息感到痛心，以至於想把那個噩耗從記憶中徹底抹去，那為什麼，當我現在再聽到這個故事時，卻沒有同樣的痛心呢？」

「我不知道。很怪，對吧？你自己怎麼解釋呢？」

她眼光調往別處。「整個結婚事宜有太多地方需要調適，我現在唯一的感覺就是鬆了口氣，因為我已經不再需要為它煩惱了。我敢說當我第一次聽到那個消息時，根本就沒有痛苦過。」

他點了點頭。「我接受這個說法。那麼，讓我們談談。結婚是你的主意，還是里奧的？」

「結婚是我父親的意思。如果你問我是誰提議的，答案是里奧。兩個多月以前他突然向我求婚，我說好。當時我以為那是我想要的。」

「但是後來你改變了主意。」

「沒錯。」

「你告訴過別人嗎？」

「應該沒有。」她感到他對這點強烈的質疑，那懷疑真實到像是他捧了個實物碰了她一下。喔，老天爺，這局面真是該死的尷尬。「我相信里奧自己應該知道，」她很快的補充。

「他曾說我對他的離去表現得很難過嗎？」

坡司羅醫生搖頭。「我不知道。」

她轉頭看著床畔矮桌上的電話。「我知道眉格家裡的電話。我們可以打電話問他。」她真的要這麼做嗎？里奧會承認是她不要這個婚禮的嗎？

「目前聯絡不上他，警方已經試過了。他人在國外，打算待上幾個星期。」聯絡不上。她早知道了。怎麼會呢？她有點慌張的舔了舔嘴唇。「那眉格呢？」

「她跟他在一起，我聽說他們一塊兒去了法國。」他看到她放在腿上的手不自覺的扭曲，心中想著，是怎麼複雜的情緒讓那兩個人決定背叛她。「你剛才正要告訴我你為什麼改變主意，」他提醒她。「發生什麼事了？是出於突然的決定，還是另有原因？」

她努力想記起來。「我後來知道他跟我結婚的唯一理由是：我是亞當·康思立的女兒，而亞當不窮。」這是真的嗎？不是羅素才是那個為了她的錢娶她的人嗎？她陷入沉默中，思索著她剛說出口的話。「『挖坑洞的人，活該自己掉下去，』」她喃喃道。

「為什麼這麼說？」

「因為你接下來會問我眉格·哈利斯家是不是很有錢。」

他什麼也沒說。

「他們家並不富裕。她父親是個教區牧師，只賺一點點錢。」她把菸捻熄在菸灰缸裡，嘴角揚起一抹笑意。「所以，應該說里奧終於找到了真愛。」

「你氣眉格嗎？你繼母說你跟她是很久的朋友。」

「我們一起在牛津唸書。」她往上看。「事實上，我沒有氣她，此刻我只覺得整件事實在太荒謬了。我是從貝蒂那兒聽到這個消息的。」

「你不相信她？」

「不太相信，那跟戀父情結無關。自我懂事以來她就是我的母親，我很喜歡她。」

他饒富興味的揚了揚眉毛。「你在牛津唸什麼？古典文學？」

她點點頭。「對一個只對攝影感興趣的人來說，從頭到尾全是在浪費時間。我可以玩猜字遊戲，也可以解讀字根字首，但除了這些，我受的大學教育沒有半點用。」

「為什麼呢？」他嚴肅的抓了抓臉上鬍鬚。「是一種防衛機制，為了不讓任何人覺得你只是個享有特權的人？」

「只是習慣，」她語帶輕蔑的說。「我父親比任何人都覺得那張文憑很值得驕傲。」

「我懂了。」

她自己倒是相當懷疑。亞當對這個獨生愛女既引以為傲又強制逼迫，這也是為什麼黑靈頓的人之間幾乎沒有愛的原因。這個醫生知道多少呢？她真的懷疑。他見過亞當了嗎？他了解他們是在怎樣一個專制的環境中生活的嗎？

「聽著，」她唐突的說，「為什麼不讓我幫你把事情簡化？我是說，我很清楚這類的程序，幾乎可以倒背如流。你母親過世時你多大？兩歲。亞當再婚時你多大？七歲。你繼母排斥過你嗎？不知道，我當時太小不懂排斥是什麼。你有兄弟姊妹嗎？兩個同父異母的弟弟，邁爾斯和佛格斯。你排斥他們嗎？沒有。他們排擠你嗎？沒有。他們多大？二十六以及二十四歲。他們結婚了嗎？沒有，他們仍然住在家裡。你愛你的父親嗎？是的。他愛你嗎？是的。」

坡司羅笑了起來，笑聲震耳欲聾，簡直要掀翻了屋頂。「老天爺，」他說，「當觀眾呼喊安可時，你都在做什麼？把精神科醫生的頭咬掉？我只是來看看你是不是有什麼需要，珍。要是有可能，我誠摯希望你可以在這裡待得很愉快。」

她燃起另一枝菸。他什麼都不知道。「我相信我會。亞當不會在徹底的調查過你之前，就付你一天四百英鎊的費用。」

「你才是那個有資格做決定的人，不是你父親。」

她斜睨了他一眼。「如果我是你，就不會這樣想，」她平靜的說。「亞當會成為百萬富翁，不是光坐在那裡淨聽著人表示意見。他是個有操縱手腕的人。」

坡司羅聳聳肩，「無疑的，在他心裡，他非常關心什麼對你是好的。」

她對著空氣吐了長長一串煙圈。「把他的心拿來讓我看看，坡司羅醫生，那麼我也許會多多少少相信你一些。」

4

六月二十二日，星期三薩爾司柏瑞，蘭新路五十三號——晚上八點五分

年輕人顯然不急著起床。他躺在床上，手腳懶散的伸展開來，滿足的窩在混亂起皺的被單裡，看著穿衣鏡前扣上襯衫鈕子的女人。而她鏡中影像則小心翼翼的注視他。撇開他的氣質和優雅，以及他不停掛在嘴上的「請」和「謝謝你」不談，她全然了解她面對的是個怎麼樣的人，伴隨著那份了解的卻是無端的害怕。她已經看過太多不同類型的人——她以為她全都經歷過了——但是眼前的這個，卻是自成一種類型。他是個瘋子。

「你該離開了，」她說，謹慎的藏起她的緊張。「我馬上會有另一個客人來。」

「那又怎麼樣呢？把他趕走就好了。我會付你雙倍的錢。」

「我可不能這麼做，甜心。他是老顧客。」

「你騙我，」他懶洋洋的說。

「沒有，甜心，真的。」她努力在痠痛的嘴唇上堆積笑容。「你瞧，我真的很滿足。我不

知有多少年沒有高潮了。你不會相信的，對不對？從事這一行的人，就希望碰到你這樣的男人，讓人印象深刻。」她把上了濃妝的臉湊向鏡子，在眼睛邊緣畫上眼線，卻沒有放鬆警戒，一逕小心地注視著他。「但這是個殘酷的世界，我像其他女人一樣賺錢維持開銷。如果我把他趕走，他就再不會來找我了。」她可憐的笑了笑，「就是這樣。你了解我的意思嗎？所以，幫幫忙，甜心，把我留給我的老顧客。我對天發誓，他連你一根毫毛都比不上，但他每週都付我錢，而且很可觀。好嗎？」

「我真的讓你高潮？」

「真的，甜心。」

「你這死婊子，」他說，接著以駭人的速度從床上跳下來，用手臂圈住她的頸子。「我得用一台該死的推土機才能讓你印象深刻。」他把手臂圈緊。「我最恨撒謊的婊子。告訴我，你是個撒謊的婊子。」

她在這行已經待得夠久了，久到知道你絕不能對這種變態說實話。她於是改而伸手握住他的陽物，試圖讓他再興奮勃起，心中了然這回她如果能存活下來，是她的運氣。到目前為止，他唯一樂趣是在達到高潮時猛烈對著她的臉抽打，她知道他還會這麼做。

他用手扯著她的頭髮，使勁把她往後拉到床上。恐怖諷刺的一切歷歷在目。過去她一直都是伺候年邁乏力的老男人，所以當電話裡傳來的聲音轉化成一名宛如阿多尼斯的美男子，她簡直無法相信她有這麼好的運氣。老天，她實在是個愚蠢的婊子！

□

薩爾司柏瑞，南丁格爾療養所——晚上八點二十分

珍床畔的電話響了起來，持續不斷的召喚吵嚷著她猶豫不決的思緒，她並不認為自己已經準備好面對外面的世界。她很想讓那鈴聲兀自響著，直到突然想到這可能是內線電話。如果她不接起來——一個偏執的想法從她腦海浮現——也許她的行為觀察紀錄簿上會出現一個記號，她的心理狀態又要受到質疑。於是，她拿起了話筒，放到她躺在床上的耳朵旁。「珍．康思立，」她語帶防衛的回答。

「感謝老天，」一個男人的聲音傳來。「我上天下地差點把整個地皮都掀了起來，終於找到你了。是賈西．漢尼斯啦。我最後是從你繼母那兒問到這個電話。她說你已經可以跟人交談了，只是你喪失了部分記憶。」

「賈西．漢尼斯？」她驚訝的重複著。「在哈利斯—漢尼斯公司工作的賈西？你聲音聽起來好近。你人在哪裡？」

他在電話那端開懷的笑起來。「沒錯，是同一個人。不過，這公司現在只剩下漢尼斯，哈利斯幾乎不存在了。她滾到法國去，留下整間辦公室要我打理。我現在在皮卡笛利區的公共電話亭裡。」他稍做停頓，她可以聽到背後嘈雜的車聲。「真高興你失去記憶的部分不包括你的

夥伴，我們被這個消息搞得亂傷心一把的。」他又停了停。「我們對發生在你身上的意外感到難過，珍，但是你繼母說你恢復得很好。」

她虛弱的笑了笑。這真是典型的賈西，她想著。說話時永遠說我們，而不是我。「我不確定我是不是該同意她的說法。我覺得自己像是連狗都會搖頭揚棄的廢物。我猜，你已經知道里奧和眉格的事？」

他什麼也沒說。

「沒關係，你不需要為我擔心。說真的，我其實很高興里奧給自己找了個好家庭。」她自己相信這些話嗎？「他們彼此相愛。」

「嗯，如果這麼說會讓你好過一點的話，我覺得他們的關係不可能持久。你知道眉格，還有她的三分鐘熱度。等她從法國回來時，一定又交上了法國人什麼的，而可憐的老里奧呢，就會像其他許多人一樣，被丟到垃圾堆裡。珍，她一直就是腳踏兩條船的母狗，我從以前就這麼說。」

才怪，她心中嘀咕著。你其實在暗戀她。「她並沒有因為里奧放棄我選擇她，而有所不同，」她說。「我都不生氣，你又何必要怪罪她？」

他清了清喉嚨。「你現在怎樣？在——喔，在那之後？」

「你是說在我企圖自殺之後？我不記得了，所以我還好。」

電話兩端靜默了一會兒。

「很好。聽著，我打電話來的原因是，我過去八天一直試著跟眉格聯絡，而我從她答錄機上得到的回應是零。她曾向去世的祖母發誓，會每天從外面檢查答錄機上的留言，如果她真有照做，那麼她就是見鬼的故意不回話。我呢，已經被堆積如山的工作壓得像條老狗了。我試過她弟弟那邊，還有一些她的朋友，看看有沒有人知道她和里奧到哪兒去了，但是他們全跟我一樣在黑暗中摸索。你是我唯一的希望了，珍。你可有一點點頭緒可以指點我如何跟她取得聯繫？相信我，如果不是我已經走投無路，我不會來麻煩你。我有一份該死的契約需要她簽名，得用最速件送達。」他咕噥的抱怨著，「我告訴你，就我現在的情緒，真可以把她喉嚨絞斷。連里奧一起。」

珍抬起手，用指尖捅了捅眼皮上方如暴漲河流般湍急的血脈。在他持續的語聲中，一個黯淡模糊的影像浮現腦海，無意義的黑色影像除了伴隨著緊張焦慮外，跟她毫無關係。她試圖抓住它，但它就像一個快要溺斃的人，噗通一聲就不見了。「喔，如果是法國，」她慢慢的說，「那麼他們也許去了里奧在布列塔尼的房子，很抱歉我記不得那裡的電話，賈西，而且我懷疑他那兒會有傳真機。」

「不要緊。你記得地址嗎？」

她努力在記憶裡搜尋。「我想是的。伊弘得勒，聖捷克路，特瑞海濱別墅。」

「你真是個大好人，珍。記得提醒我哪天請你吃飯。」

她虛弱的笑了笑。「你要約我出去，」她告訴他，「但願我會記得提醒你。」她頓了頓。

「你真的需要眉格的住址？」

他迴避了這個問題。「我可以週末過去看你，」他提議。「或者你還處在冬眠期？」

「應該算是吧，」她說，不確定她想要見任何人。「我成天無所事事。」

「意思是可以，還是不行？」

眼皮上的血脈更不留情的刺戳著。「可以，我會很高興見到你，」她撒了謊。

□

整整十五分鐘，珍籠罩在猶豫不決的焦慮中。有十來次了，她伸出手探向床旁的電話，又有十來次，她把手縮回來。她的神經跟記憶一樣遠離了她。她害怕有人會偷聽她的電話。而且她該怎麼說才不會讓人覺得愚蠢呢？八點半，角落裡的電視螢幕正輪番映著節目幕後人員的名單，她按下靜音鈕，趁著突起的決心，快速拿起話筒撥了個號碼。

「喂？」一個生氣蓬勃，教人聽不出是八十三歲年紀的聲音傳來。

「克藍西上校？」

「是。」

「我是珍・康思立。我在想——你正在忙嗎？我可以跟你談一會兒嗎？」

「我親愛的女孩，當然可以。你好嗎？」

「很好。你呢？」

「很擔心你，」他咳嗽著。「說實話，非常擔心。我覺得我該負點責任，珍。黛菲妮也這麼想。我們當時該做一些什麼事的。等一等，我去把門關上。該死的電視開到最大聲。當然都是一些垃圾，可黛菲妮就是喜歡看。」接著聽到話筒擱在大廳桌子上咯啦一響，然後是門砰的一聲，還有遠處戈貝爾的吠叫，是他們那隻性情溫和的約克夏。「你還在嗎？」一兩分鐘後他說。

她激動得眼淚水在眼瞼下湧動。他常常表現得比他那隻有趣的狗還兇猛，在她心裡，他一直是戈貝爾上校，而那隻狗是克藍西。「是的。真的好高興聽到你的聲音。」她停了一會兒，不太確定要說什麼。「戈貝爾好嗎？」她不知道他們為什麼給狗兒取這樣一個名字。她以前是不是知道，現在忘記了？抑或她只是理所當然的這樣喊，就像她沒有疑惑的接受他們一切標新立異的怪癖？

「就跟往常一樣，滿身跳蚤。黛菲妮給牠洗了個澡，現在看起來就像件安哥拉羊毛衣。真是個荒謬的傢伙。」

她一時不知道他指的是他的狗還是妻子。「我擔心我的植物，」她說，搜尋著最不具爭議性的話題，同時想起來克藍西夫婦有她家的鑰匙。「請你或你太太幫我澆水會不會太麻煩？」

「我們每天都去的，珍。因為我們想你會要我們這麼做。植物們都很好，清理乾淨了，被照顧得好好的，就等著你回來。」

「謝謝你，真是太好了。」

「在這種情況下，我們至少可以做到這個。」

接下來，出現難堪的靜默，她努力尋找新的話題。「我給你這裡的電話號碼。我在薩爾司柏瑞的南丁格爾療養所。」她斜眼瞥了瞥撥號盤。「我不知道區域碼，電話號碼是二二一四二〇，有什麼事情可以隨時通知我。」

「寫下來了，」他告訴她。「我很高興聽到你說你很好。這麼說，他們有好好照顧你，對吧？」

「是的。」

「嗯，你聽起來精神很好。」

又一次難堪的靜默。然後他們同時開口。

「也許該說再見了——」

「上校——」

「怎麼樣？」

「請不要掛斷，還不要。」她急促的說。「我繼母說你從我車裡把我救了出來，是真的嗎？她說我讓汽車引擎空轉，而你在我——喔——殺了自己前發現我。」

他的聲音因情緒激動而顯得有些瘖啞。「你不記得了嗎？」

「不記得了。」她困難的嚥了嚥口水。「我實在很抱歉，但我真的不記得。我不記得任何事——至少，從我兩個星期前動身要回父母家住那時起。里奧真的不在那裡了嗎？我不知道還能問誰——而我實在非常，非常抱歉，如果這讓你覺得難堪。可是我真的需要確定。他們一直在告訴我……一些……事，一些我搞不懂的事。他們說我得了失憶症——說我喝醉了酒，還企圖自殺。但——我只是——喔，老天爺……」她緊緊摀住了嘴，淚水從喉頭湧上來。把電話掛上，你這愚蠢的女人。

「好了，好了，」他蒼老溫和的聲音傳來，「不要覺得不好意思。老天可鑑，這以前還有一個七尺昂藏男子在我肩上流過淚呢。我簡單跟你敘述一下事情的經過，好不？這是你現在需要的。你的繼母是個好人，我猜。但是，如果她跟黛菲妮一個樣，那麼她就有本事把一個訊息傳壞了。也不是說我知道很多啦，」他警告道。「你知道，我從來不管別人閒事的。」

「這倒是。一直都是最好的鄰居。」很奇怪，她想，當她跟他說話時，常不自覺的使用他的用詞。也許大家都有同樣的經驗。

「里奧已經離開一個多星期了，珍。他離開的那晚，就是你剛從漢普夏回來的時候。希望你不要覺得我太多事，但我真覺得他這一走，對你反而比較好。我一直就不喜歡他那個樣子。他配不上你。奇怪的是，當我星期六跟你說話的時候，你表現得像是一點都不在意。『那傢伙甩了我，上校，』你告訴我，『唯一讓我覺得很嘔的是，他竟比我先提出要分手。』」他回想當時情景而愉快的笑了開來。「星期天，你在你車庫裡，汽車引擎開動著。戈貝爾先發覺有什麼不對勁。牠杵在你車庫前，對著門吠不停，幾乎快把牠小小的頭給吼掉了。」他停頓一下，她可以想像他現在的樣子，甩甩他的鬍子，挺挺胸膛。「我先把你從車裡拖出來，讓你呼吸點新鮮空氣。不過，當時我應該多做些什麼，打電話叫醫生或找個附近的朋友。老實說，這讓我覺得有點難過。」

「我希望沒有讓你太傷腦筋。我說過什麼嗎？我是指，有沒有解釋或其他什麼的？」她握著話筒的手不自覺的用力起來。「我只是不能相信——你知道的，我絕不會因為里奧而……」

「我同意。個人認為，那純粹是個意外，車庫的門在你發動引擎之後突然關上，就這麼回事。你又沒有在排氣管上接條橡皮管，對不？真相是，之後你覺得自己很傻，就當時情況來說，並不讓人意外。你沒有待很久，很快的就恢復正常，開始說笑，還要黛菲妮別小題大作。然後打電話給某個你正要拜訪的朋友。老太婆一直嚷著要你去看看醫生，但你就是不肯。『我很好，真的，沒事的，克藍西太太，』你說，『如果我再不走，就要遲到了。』有一件糟糕的事喔，你那時摟著戈貝爾拍著牠，差點把可憐的牠給揉扁了，」他朗朗笑著。「哈！你說，從現在開始，狗兒是唯一值得放到床上跟你一塊兒睡覺的東西。」

她輕壓著面頰。「貝蒂為什麼會以為我想自殺呢？」她的聲音十分堅定。

「原則上，一隻燕子飛過來不會讓人以為夏天來了，但兩隻也許就會，我的女孩。這肯定是我們的錯。一個星期前有警察來過，告訴我們你可能是在蓄意自殺的情況下把車子撞向一堵牆柱，問我們知不知道過去有沒有類似的事發生？黛菲妮就把車庫的意外說了出來，還說你答應以後要更加小心，又告訴他們里奧是個怎樣無賴的傢伙。嘿，就這麼著，很快的對每件事下結論，真的是傻老太婆。」他愛憐的說。「但讓我們面對它吧。很擔心你。老實說，我曾試著告訴他們說你不是會做那種事情的人，但是似乎一點用也沒有。」他清了清喉嚨。「我得說，珍，現在跟你說話，比以前更確定那些都是胡說八道。我從不以為你會是做那種事的人。」

她有一會兒說不出話來。「謝謝你，」她終於出聲。「我也不認為我是。麻煩你向克藍西太太問好，順便幫我抱一抱戈貝爾，好嗎？」

「當然沒問題。很快就回來了吧？」

「我是很想，但現在我全身裹著繃帶。你該看看我現在的樣子，上校。看起來就像是個木乃伊。」

「哈！」他又笑了一聲。「看來，還保有幽默感。我敢說，訪客讓你精神愉快嘍。」

「沒有，」她誠實的說。「是跟你說話讓我快樂起來。謝謝你把我從車子裡救了出來。當我可以回家的消息出來後，會馬上打電話給你，告訴你我回去的時間。」

「我們會等著你，親愛的女孩。現在，抬起下巴，看準了再踏步喔？」

「會的。再見，上校。」

珍掛了線，久久仍把話筒靠在胸前，好像這麼做，就還跟他連著線似的。她從他們對話中得到的安慰實在太過短暫，沮喪如席捲而來的浪潮淹沒了她。她想，在她所有認識的人當中，唯一一個她覺得可以打電話的竟是她連名字都不好意思直呼的人。一星期前她也是如此孤單嗎？她真的那麼做了嗎？如果她真是這樣，喔，老天……

「你弟弟看你來了，康思立小姐，」黑人護士說，把半掩著的門打了開來。「我告訴他只能待十分鐘。九點鐘，所有的訪客都必須離開，這是規定。但他是你弟弟，而且他從佛定橋一路趕來，那——只要你們不吵到別人。」她突然注意到珍蒼白的臉色，焦慮的吸了口氣。「你還好嗎，親愛的？你看起來像剛見到鬼似的。」

「我很好。」

「好吧，」她愉快的說。「那麼，不要太大聲，不然我就會有麻煩。」

邁爾斯，散發著他一貫稚氣的魅力，執起護士的手握在掌心內，對著她的臉微笑。「我真的很感激，愛咪。謝謝你。」

她黝黑的臉飄上了一抹緋紅。「沒什麼大不了的。我得趕快回櫃台去。」她不情不願的把手從他指間抽回，門在她身後關上。

「老天，」他說，把自己扔進扶手椅裡，「她還真的以為我對她有意思。」他瞥了瞥珍。「媽告訴我你回到現實世界來了，所以我想我最好自己來看看。你看起來亂糟糟一把的，我猜你自己很清楚。」

她伸手拿菸。「我不想讓你失望，邁爾斯。」

「她說你不記得四日以後的事。真的嗎？」

她沒有回答。

「那是真的囉。」他突然吃吃笑了起來。「所以你不記得你在大房子裡住的那個禮拜發生的事？」

她冷冷的看著他，一邊找著打火機。

「那個星期你向我借了兩百英鎊，珍，我現在要討回來。」

「滾一邊去，邁爾斯。」

他齜牙咧嘴笑著。「對我而言，你聽起來非常正常嘛。失憶症是什麼鬼玩意呀？是你企圖不讓爸起疑的把戲嗎？」

「起什麼疑？」

「做了你不該做的事。」

「我不知道你在說什麼。」

他無所謂的聳了聳肩。「這麼說，你是真的想要自殺囉？上個禮拜，爸比以前更糟糕了。你應該在你做傻事前想到這個。」

她不理他，逕自點了菸。

「你是要告訴我呢，還是讓我白跑一趟？」

「我才不認為你會白跑一趟，」她平靜的說，「我可以想像，來看我是你想做的事情裡的最後一件。」她盯著他的臉，看到他眼睛裡閃過一絲警戒，然後她知道她說得沒錯。「你一定是瘋了，」她繼續。「亞當說再有下次，你就會被掃地出門，他絕不會空口說白話。你為什麼要這樣呢？」

「你以為你什麼都知道，是嗎？」

「當事情跟你有關時，邁爾斯，是的，我的確知道。」

他露齒而笑。「好吧，它在召喚我。拜託，珍，在飯店房間裡玩一兩把牌，根本不能算是賭博呀。而且，誰會跟老爸告狀呢？你一定不會，我更不會。」他再一次吃吃笑。「我贏了，」他拍了拍夾克口袋。「不要訓話，好嗎？我本來就沒有計畫要把錢全部用光。那老混蛋很清楚的把話說明了，他不會再花錢保我出來。」

他看來比平常要囂張，她懷疑他這次到底贏了多少。她改變話題。「佛格斯怎麼樣了？」

「跟我一樣慘。一兩天前，爸把他整哭了。你知道我猜怎麼著？那條蟲會在爸不注意時來個大翻身，到時，會是你親愛的亞當嘗到大敗的滋味。」他耍弄著夾克翻領，拂拭一番，再撫平。「你為什麼要這麼做？他現在恨起你，也恨我們，恨每一個人。首當其衝就是可憐的老媽。」

珍往後躺著，抬眼瞪著天花板，「你比我還清楚該怎麼解決。」她說。

「喔，老天，別再教訓我了。別人會以為你已經四十四，而不是只有三十四。」他提高聲調，裝假音模仿她。「你已經夠大了，大到可以自己養活自己，邁爾斯。你不能老是期望你老媽會永遠幫你買保時捷。是搬出去的時候了，找一個自己的地方，開始自己的家庭。」

「我就是不懂你為什麼不願意。」

「因為老爸不肯分家產，就是這個原因。你是知道的，如果我們想要過舒適的生活，就得住在家裡，他就可以管我們。如果我們搬出去，就必須辛苦工作，養活自己。」

「歡迎降臨人間，」她冷酷的說。「你以為我們這些人都是怎麼過的？」

他的聲音再次提高，這回是因為憤怒。「你根本就不需要去做什麼見鬼的工作。你直接走進羅素的錢袋，連一根手指都沒有動過。老天，你實在他媽的眼睛長在頭頂上。『歡迎降臨人間，邁爾斯。』你真煩，你真的是煩死人了。」

她累得跟狗一樣。護士為什麼還不過來拯救她呢？她把菸熄掉，轉過來看他。「不管怎麼樣，都比讓亞當把你當成糞土要好。他上次揍你是什麼時候？」他有什麼地方不對勁，她想。他看來像是個有癮頭的人，正等著下一回的痙攣發作，坐不定，不停的耍弄這個抓取那個，而且眼神也太過閃亮。喔，老天，不要是吸毒……不要是吸毒……但是當她沉沉睡去時，她想到，是的，當然是吸毒，因為縱慾放任正是邁爾斯最擅長的把戲。他父親教出來的。

□

薩爾司柏瑞，阿斯塔刻醫院──晚上九點

急診室值班的醫生才剛從醫學院出來實習不久，他的訓練課程裡，並沒有教他處理眼前的狀況。他向躺在隔離室的女人微笑。她的情況比象人還糟，他想著，站到護士身邊，景況悲慘的女人正緊緊握住護士的手。她的臉腫成這樣，教人看不出來那原本真是張屬於人類的臉。她自稱海爾太太。「你看來像是劫後餘生，」他無話找話。

「我先生——皮帶……」她費力的從幾乎無法開啟的嘴唇間嘶啞吐聲……他盯著她喉嚨上的瘀青，清晰可見某人手指掐壓的痕跡。「只有臉上有傷痕嗎？」

她搖搖頭，以哀憐的無聲道著歉，掀起了裙子，露出被紅色鮮血浸溼的內褲。「他——」淚水從她腫如核桃的眼瞼間迸出，「——割我。」

□

三小時後，當她要被移到開刀房進行直腸手術時，一名滿懷憐憫的女警試圖說服她先做一次筆錄。「海爾太太，我們知道不是你先生做的。我們調查過，知道他因為販賣贓物在溫徹斯特服刑十八個月，同時也知道你是做那一行的。據判斷，該對這件事負責的禽獸是你的客戶。現在，我們對你靠什麼維生一點興趣也沒有。我們只想阻止這個渾球繼續傷害其他可憐的女子。你可以協助我們嗎？」

她搖頭。

「他下次很有可能會殺人。你要讓自己良心不安嗎？我們要的只是你對他的描述而已。」

瘖啞微弱的笑聲從她的喉嚨裡擠壓出來。「拜託，甜心。」

「你臉上兩處骨頭碎裂，喉嚨和喉頭嚴重瘀傷，一隻手腕骨折，肛門被塞進一把梳子造成內出血，」女警狠著心繼續說：「你能活下來實屬僥倖。他攻擊的下一個女人也許就不會有這樣的運氣了。」

「一點也沒錯。如果我真的張嘴說了什麼，就會遭到你說的那個見鬼下場，他發誓還會再回來。」她閉上了眼睛。「醫院實在不應該把你找來。我不同意，也不打算提出告訴。」

「能不能請你稍微考慮一下？」

「沒有用。你們絕對定不了他的罪，我才不要下半輩子都活在恐懼中。」

「我們為什麼定不了他的罪？」

她再一次咯咯笑道，「因為你們手上僅有我的證詞能對抗他，甜心。我是個肥蠢的老婊子，而他呢，他是尊貴的小公爵。」

□

六月二十三日星期四，薩爾司柏瑞，南丁格爾療養所——凌晨三點半

變成是每天晚上這個時間的例行公事，警衛從南丁格爾療養所的正門出現，散步到映著月光那片草坪上的長椅。這是他給已執勤半天的自己一點小小犒賞，遠離那嘮嘮叨叨盡找碴的護士群，在安靜的角落點上一枝菸。他用一條男用的大手帕撣了撣椅子，然後滿足的坐了下來。當他伸手到夾克口袋搜尋他的菸時，直覺有人就在他身後。驚嚇中，他環視一圈，蹣跚站起，往車道兩旁栽植灌木的方向走去探視。那裡沒有人，但他無法揮去有人正盯著他看的陰影。

他是個懶散的傢伙，隨便的把這種不安歸咎於晚餐吃的起司。就如他的妻子常說的：吃太多起司對身體無益。他那晚沒有再停下來抽菸。

□

珍・康思立在漆黑的水裡浮沉著，眼睛睜得老大，努力想看清她頭頂上水面斑駁透射的陽光。她想要游泳，但欲望只存在她腦海裡，她太疲累沒辦法這麼做。一隻可怕的手朝她伸過來，把她往下拉到水草底下——堅持、誘使、強迫——她張開了嘴，讓死亡進入……

她在一股洶湧的狂亂中突然醒來，冷汗在脊梁間奔竄。她要淹死了……喔，耶穌基督，親愛的上帝，誰來救她呀！一線月光穿過窗帘的縫隙，房間裡亮起了一條小徑。她在哪裡？她沒到過這個地方。她滿懷恐懼移動目光，一個又一個暗影，直到她看見身旁的百合，純然的潔白襯著康乃馨的黑。記憶回來了。珍是她的母親……她是珍……珍是她的母親……她是珍……

顫抖的手伸了出去，把床畔的燈打開，看著她熟悉的東西。浴室門、角落的電視、貼牆的立鏡、扶手椅、花——足足等了有一世紀之久，她猛烈的心跳才緩和下來。她僵硬的躺回被單下，眼睛圓睜著，像個彩繪的木製娃娃，試著把心中的恐懼逐出去。所有的努力都是白費工夫，她根本不知道自己為了什麼而恐懼。

兩英里外，另家醫院裡的床上，一個滿臉包紮著繃帶的妓女，因為跟魔鬼打過交道，也被出沒不已的恐懼包圍著。

□投資人的警訊？

如果有人需要被提醒投資的賺賠其實是一體兩面，那麼他們昨天就已經獲得這樣的警告。傳聞指出，法蘭柴思—霍汀資產發展集團（ＦＨ），受到股價短暫下滑的打擊，現任總裁，六十六歲的亞當．康思立計畫下台。該公司在資產集團紛紛戲劇性倒閉的九〇年代，實屬罕見的成功者。

上述謠言源自星期二晚上康思立接受英國廣播公司採訪時的說詞。他在被問及有關女兒珍最近的車禍意外時，曾說：「每個人的一生當中，總會自問，這一切都值得嗎？」康思立，這位八年前因併購查佛—高登共同產業，在商界留下白色巨人之稱的強人，此刻正將利爪伸向英國廣播公司。

按例在接受訪問時進行私人錄音，他已經為星期二採訪的內容擬出一份錄音稿，其中包括電視台播出內容裡的那段問句的後續。他表示，「一切都是空穴來風。」整個事件已經交由廣播申訴委員會審理中。

這個突如其來的插曲已經引起整個城市對法蘭柴思—霍汀資產發展集團未來走向的關切。一名拒絕透露身分的人士分析，「亞當．康思立是個變戲法的專家。沒有人知道被拋在空中耍的球到底有幾個。老實說，也沒有人敢肯定當他最後要離開舞台時，有誰能安全的接住所有的球。」

六月二十三日《每日電訊報》

5

六月二十三日星期四，薩爾司柏瑞，康寧路警局——上午九點

「尊貴的小公爵，」第二天早上一位多疑的警佐重複著。「你認為這是個有用的線索，是嗎？」

「是的，」布萊兒女警堅定的說。「我覺得他應該比她年輕很多，言談舉止優雅。不然，她幹嘛要這麼比喻？她顯然認為在法庭上他會比她看起來更能取信於人。」

「這些資料並不足以讓我們繼續追查這個案子。」

「我知道。所以我想——如果我能調閱舊檔案，也許能夠找到一些蛛絲馬跡。他過去可能有前科。如果我可以找到一兩件足以支持這個案子的佐證，」她聳聳肩，「她會對我們多點信心，願意談談，提供我們需要的描述。你該看看她傷成什麼樣子，長官。」

他點頭。他已經讀了書面報告。「你得用自己的私人時間去進行，布萊兒，」他警告，「否則我無法對上面解釋你為什麼怠忽職守，去追查一個可能根本無法成立的案子。」他向她眨

眨眼。「放手去做吧，看看能挖掘到什麼。多年來，我一直想把芙婁西的老男人逮捕歸案。她卻從來不記恨，真是個老好人。」

□

薩爾司柏瑞，南丁格爾療養所——上午十點半

珍坐在窗戶邊的扶手椅上。「是該起來到處走走逛逛的時候了，親愛的，」一個有著柴契爾夫人髮型、史達林鼻子的嚇人護士哄著她說。「你得讓那些肌肉重新開始工作。」

珍換上一副帶笑的面具，應著待會兒就會出去走走。等霸道多事的護士一離開，她面對花園再次陷入沉靜的冥想中。昨天那位頂著薑黃色頭髮的訪客——對狐狸著迷的人——正坐在草坪那端的長椅上向她示意，但是她把頭掉轉開來，往另一個方向看去，他於是放棄了其實並沒什麼目的的揮手。她看到建築物的一翼向陽台的另一邊延伸出去，她猜她所在的建物是喬治亞王朝時代風格的莊園，可能是兩世紀前哪個有錢人蓋的。她禁不住想著，那家人最後怎麼了？他們是不是就這麼被淹沒在時間的巨流中，像那個當初建造黑靈頓的家庭一樣？

「哈囉，珍，」一個溫和的聲音在向著長廊敞開著的門邊響起。「你可以忍受一個不速之客嗎？或者我應該找個適當的藉口離開？」

她受到極大的驚嚇，以至她的心陷入瘋狂的亂流中。

害怕……害怕……害怕！但到底是什麼讓人感到害怕呢？

她聽出那聲音，從窗戶邊轉過頭來。「喔，老天，賽門，」她生氣的說，「你嚇了我一大跳。我為什麼要趕你走呢？」她橫過手撫著胸膛。「我不能呼吸了。我想我是過度驚嚇，下次不可以再這樣嚇我了。」

「我想我最好找人來。」

「不要！」她招手請他進來，然後深深吸了口氣。「我沒事。」她往後仰靠，讓空氣流進肺部。「我不知道為什麼，但是我現在真的神經緊張。我一直在想——沒有，算了——那不重要。你好嗎？」

賽門．哈利斯半出半入的站在門口，無法決定的看著長廊。「我去找人來看看，珍。我真的覺得應該這麼做，你看起來不太對勁。」他有一張骨架勻稱、俊美得不應是神職人員該有的臉，他跟他姊姊完全不同，就像起司和粉筆完全是兩種東西。眉格會對她說：「活該，甜心，你自找的。倘若你真因此死掉，可跟我無關。」而賽門則只是從鏡片後面仔細探看、猶豫的提出好心但一點用處也沒有的建議。

「坐下，賽門，」她疲倦的說。她事實上想尖叫。「我很好。我怎麼會不想見你呢？」遲疑著，他跨進房門，順勢走向另一張扶手椅。「剛才我沿著長廊一路走過來時，突然覺得該把我的造訪可能引起的難堪拋在腦後。」

你為什麼總是這麼自負呢，賽門？「對你而言，還是對我？」

「對你而言。」他說。「與其說我會難堪，倒不如說我是氣眉格。我仍然不相信自己的姊姊會搶走她最好朋友的未婚夫。」

「唉，我倒是既不難堪也不生氣，只是非常乏力，昏昏欲睡，而且全身痠痛。」她嫌惡的看了看他牧師的長袍和脖子上的狗項圈。「告訴你，」她抱怨，「我不太喜歡制服。你難道不能像別人一樣穿牛仔褲和T恤嗎？他們全都認為我是那種會自殺的人，這下有個牧師來看我，我努力挽回的聲名全毀於一旦。」

他微笑，因她微弱的幽默感到安慰。「沒辦法，我沒有選擇。再過兩個小時我就必須到大教堂去服事，所以如果我想來探望你，就沒有時間換衣服了。」

「你怎麼知道我在這裡？」

「賈西・漢尼斯告訴我，」他說，用他骨節突出的手指搓揉著膝蓋。「我曾經打電話跟貝蒂聯絡過，但她一聽到是我，就把電話掛了。哈利斯這個名字目前在黑靈頓是拒絕往來戶，」他悲哀的說，「我一點也不訝異。」

「賈西又是怎麼說服她的呢？她知道他是眉格的合夥人，又不是我的。」

賽門扮了個鬼臉。「他起先得到跟我一樣的待遇，然後他了解欺瞞可能是最好的手段。他說了謊，說他是迪恩・佳瑞得，有緊急的公事要跟你談。」

迪恩是珍攝影工作室的頭號副手，對自身的同性戀傾向一點也不避諱，因為那讓他快樂。珍揉揉發疼的頭。「她一定是喝得醉醺醺才會相信。賈西跟迪恩的聲音根本就不像。」

「沒錯，不要太苛求她。賈西說，她似乎真的為了你的事情感到傷心。」

突然間一股憤怒的浪潮席捲著她。為什麼她不能苛責那笨女人？別人又有什麼權利告訴她她必須控制她好譏諷的脾氣？「你以後絕不可以再用那種口氣跟你繼母說話，」她父親曾這樣警告她。當時，她才十歲，以非常焦慮的口吻指出貝蒂蠢到以為月亮是繞著太陽轉，而越南和美國只隔一道邊界就是兩國交戰的原因。「她除了塗指甲油和上街購物，什麼都不會。」她言詞犀利的告訴他。

但如今她只說：「她昨天對我很照顧，」然後從她椅子扶手上的菸盒裡抽出一根菸，燃上。「賈西有沒有找到眉格？我猜他非常氣她，因為她丟了一堆爛攤子要他收拾。」

賽門搖頭。「就我所知還沒有，但是自昨晚以後我就沒有再跟他通過話了。」

她吐出煙霧，透過繚繞的煙霧看他，發現他說他不覺得難堪其實是騙人的。他坐立不安——幾乎像她一樣覺得疲累又可憐——他纖瘦的手指忙著折疊又撫平黑色的斜紋牧師長袍，而他的眼神四處遊走，不肯對著她。她的不滿開始堆積。「我根本不在意里奧，」她不耐的說。「如果你要聽實話，我已經對感到厭煩透頂了。」一滴眼淚在她睫毛上閃爍著。「唯一讓我生氣的是，每個人都認為我是為了他自殺，這種難堪才真讓我受不了。」她空洞的笑了笑。「我一點也不嫉妒眉格。相信我，如果里奧也以為我無法接受他離開的事實，那麼他的確是個自大狂。」喔，傻瓜，愚蠢的女人！沒有人會相信你沒有酸葡萄心理。

賽門歎了口氣。「爸媽不知道該怎麼辦。他們在你發生車禍之前就已經夠沮喪了，但之後

——唉……」他跌入沉默。「我不知道該怎麼說，珍，我只知道我此刻對眉格非常非常火大。天知道她絕不是個天使，但是沒有人料到她會做出這種事。」

「什麼事？」她緊張快速的吸了一口菸。「我目前知道的只有里奧說他要娶她，然後他們已經到法國去了。但是眉格真要嫁給他嗎？如果是真的，那倒是新聞。她從來就沒有想過要結婚。」

「你真的什麼都不記得了？」

「不記得，」她冷冷的說。「我已經讓自己變成了個大笑話，我告訴所有的人，七月二日我將神氣活現的走向地毯的那一端。」淚水再次襲來。「但是，那並不重要。告訴我這世界在上個禮拜到底還發生了些什麼事。波士尼亞是不是還在互相殺戮？英國女王是不是還在位？」

他沒有理會她帶刺的玩笑，專心回答她急於知道的答案。「一星期前的週末，眉格打電話給媽和爸，猝不及防的向他們宣布她和你未婚夫已經私下交往了很久，而他想跟她結婚，他們要逃到法國去直到風波平息，他們認為這會是明智之舉。」他提到明智之舉時臉上露出悲傷的表情。「可以想見，她和爸爸之間起了很大的衝突。他責備她不知羞恥，她則控訴他比平時更矯情。結果他們憤怒的掛斷彼此的電話。媽情緒失控，對著無辜的老爸尖聲大叫，說都是他的錯，因為他不斷的向她講道。然後媽打電話給我。我認為，如果里奧準備隨隨便便的拋下你，他可能是個不折不扣的無賴，也很可能會隨隨便便的遺棄眉格。然後媽打了個電話給她，堅持在他們沒有見到他之前，她哪裡也不能去。眉格告訴她，她在擔不必要的心，等他們一從法國回來，她會立刻把里奧帶回家。這些就是我們在聽到你意圖自殺前所知道的經過。」

她為「自殺」這個字眼退縮了一下，但沒有多加思索。「他不是個無賴，賽門。你還沒有大到可以用『無賴』那樣的字眼。他事實上是個不折不扣的人渣。」

「我是牧師，珍。」

「那又怎樣？我是百萬富翁的女兒，從小受貴族教育。」她抬手撫摸剃了髮的光頭。「瞧，我根本不關心。就我而言，他們可以玩弄彼此，至死方休。」淚水滑落至喉間。「真的沒什麼。如果我因此失去了眉格這個朋友，我會更怨恨。她是我的朋友，賽門。」

他對於她這樣坦蕩的胸懷感到羞愧，想跟平常一樣立刻去責罵他的姊姊。他懷疑，眉格在相同的情況下，會對奪走她未婚夫的女子這樣寬大嗎？「如果我說，我不相信你會想結束自己的生命，會不會讓你好過些？你是不是就在擔心，不知道別人會怎麼看待這件事？」

珍從口袋拿出貝蒂留給她的剪報，默默的瞪著它。「那看起來並不像是樁意外，對不對？」她緩緩的說，把照片遞給他。「他們說我能存活實在是一項奇蹟。」

「奇蹟真的存在，你知道。」

在她的生活哲學裡，它們並不存在。「很顯然，車禍發生時，我喝醉了。」

「那有關係嗎？」

「是的，」她語氣平淡的說，「有關係。至少對我而言。」

「是因為貝蒂的問題？」

「部分是。」她停頓。「不，是因為我的自尊。我拒絕相信我自殺得先靠酒精來痲痹自己。」她虛弱的笑著。「你瞧，我是個非常驕傲的小女人，我懷疑我會讓任何人——尤其是里奧——以為我真的很在意這件事。」

「我相信你，」他說。

淚水再一次在她眼裡氾濫，她用手掌抹去。「聽著，不要太擔心，好嗎？我很累，而且很生氣，我簡直等不及回到倫敦去。」她深深吸了口氣，試圖控制住她的憂傷。「你能幫我個忙嗎？告訴眉格我很為她高興，說我沒有抱怨沒有懷恨。告訴你的父母，里奧是個無賴，他不過突發奇想中途換馬罷了，我才不要因為這樣而結束一個美好的友誼。真的，賽門，我一點都不在意。」

他點頭。「我會轉告他們，」他承諾。「你非常寬宏大量，珍。」

她傾聽著腦海裡翻騰的失望之流。「如果我不真的這麼覺得，我不會這麼說，」她小心的描述，對他瞥了一眼。「那跟寬宏大量一點也扯不上關係。」

他往前傾靠，瞪著地板。「你以為你已經很了解某人，後來居然發生這種事。她甚至連一點點的歉意都沒有，只說事實就是這樣，不管你願不理會接受。那帶給老人家的傷痛是超乎想像的深刻。媽罵爸多年來一直灌輸一堆道德觀給根本不理會的眉格，爸怪媽態度冷淡缺乏熱情。」他歎了口氣。「他比媽還要難過，我想那是因為他一直都那麼喜歡你。他無法理解眉格為什麼要傷害你。我也實在想不通。」

「我很遺憾。」她糊裡糊塗的說，「我不認為她是蓄意要傷害別人。你知道眉格及時行樂的個性，明天的事明天再管。她一直都是這個樣子。」她輕輕撫弄著開始發疼的頭。為什麼對羅素的記憶不停浮現在她的腦海？「你父親一定是氣壞了才會對你母親說那樣的話。」羅素和眉格……眉格和里奧……

「不過只是嘴上說說而已，」他說，「他並沒有真的那麼想，可憐的老媽也不是故意要把宗教扯出來。」

「但是，他們倆都沒有錯。」她突然覺得非常疲倦。「眉格從來就不認為身為一名牧師的女兒是件容易的事，對你母親而言，她簡直就是蕩婦。」記憶的片段無止歇的在她腦海盤旋，使她的眼皮一直向下掉。「你也一樣，也有錯。」

羅素要死了……她跟羅素之間也有一段情，你知道……你喝醉了，試圖結束自己的生命……

他的聲音從遠遠的地方傳來，「為什麼？」

「她爭不過聖人，賽門，所以她讓自己變成一個罪人……」

□

她從睡眠中搖搖晃晃的醒來，帶著作嘔的震驚睜開眼睛，視線裡出現了亞倫·坡司羅的臉。他正彎腰看著她，珍直覺以為那人一定是賽門。認出不是他時，鬆了一口氣。她視線模糊的向四周看了看。「我正在抽菸。」

他指指菸灰缸裡的菸蒂。「我把它熄了。」

「我有訪客。」

「我知道。賽門・哈利斯神父。我下了逐客令，我不得不認為他讓你心情沮喪。」

「他才不敢，」她臉上帶著詭異的笑。「他是英國國教的牧師。」

「也是眉格的弟弟，」他說，拉過另一張椅子來。「妳喜歡他嗎，珍？」

不可遏抑的冷汗再次溼了她的背脊。「他是個故作神聖的假道學，跟他父母一樣，他讓他姊姊變成了妓女。」她的臉轉向眼前這個和藹可親，讓人愉快的男人，他正盡力照顧她，她強烈到幾乎無法控制的欲望想伸手去觸碰他。她想像個小孩蜷縮在他的腿上，想要他用雙手環抱她，堆築出一個避風港，安全的把她圈在他堅實的胸膛中。但是，在現實中，她反而往椅子的另一個角落退去，用瘦弱的臂膀緊緊抱住自己。「我不知道我為什麼這麼說。」

「因為你氣她，比你想像得還嚴重。」

「賽門來道歉。」

「為了他姊姊的行為？」

「也許吧。」她陷入沉默。

「他小她多少？」

「一歲。」

「眉格長得像他嗎？」

「不太像。她非常漂亮。」

「你喜歡她嗎，珍？」

「是的。」

他點點頭。「你剛剛在做夢，看來不是什麼愉快的夢。願意跟我談談嗎？」

她沒有——也不能——回答。即使已經過了十年，那創傷仍令她發疼，她對任何可能打開那份記憶的觸媒都避之唯恐不及。然而，她內心深處又有個急切的聲音，要她說服別人——任何人——里奧在她生命裡根本不算什麼。你喜歡她嗎？是的，是的，是的。但是為什麼即使僅僅這樣說，伴隨著的仍是這樣的刺痛呢？

「我夢到一個我認識的男人，」她突然說。「十年前，他被毆打致死，而我是那個發現他的人。他在喬爾西有一家畫廊。警方認為是他驚動了竊賊，因為整個現場都留下了被搜刮的痕跡，有幾幅畫作失竊了。那天我們約好一塊晚餐，但他一直沒有出現，所以我到畫廊找他。那裡到處都是紅殷殷的血。我在後面的儲藏室發現他，但是我根本無法……」她的聲音因害怕而虛弱，手摀著嘴唇。「他還活著，但是無法說話，因為他的下顎被打碎了。他試著用眼睛跟我溝通，但是我——不了解他要什麼。」她腦海再一次浮現當時駭人的景況，她的震驚錯愕，她的嫌惡，還有羅素那張被棍棒毆打流血不止、面具般的臉，她無法辨認。「當時我除了呼叫救護車外，什麼也沒辦法做，只能眼睜睜的看著他……看著他死去。」她陷入沉思。羅素也中了圈套嗎？

坡司羅沒有催她繼續。他覺得讓她用自己的速度來講比較好，也許是她幾乎沒有對人講過這段往事，所以敘述得不會十分流利。

「在那之後，我有很長一段時間一直為頻繁的噩夢所苦。所以亞當把我交給一個催眠治療師，卻只讓情況更加惡化。那個人是個江湖郎中。他鼓勵我面對那次意外中困擾我最深的事件，然後個個擊破，但是他的方法卻加深了我的罪惡感。」她再次陷入沉默，這回她臉上顯現回溯記憶的表情，似乎重回那個大門深鎖的房間。坡司羅對她沒有說出來的部分更感到好奇。他已經知道這個故事的細節，她父親跟他通電話時告訴他的，還有從她當時的精神科醫生那裡轉調過來的資料。她為什麼沒有提到她和羅素・蘭迪是夫妻？或是她丈夫被謀殺讓她在懷孕第十三週時流產？為什麼她說她是被帶去看一個催眠治療師，事實上，她是被送進一家醫院，因為她處在一種挨餓的狀態中，體重降到只剩八十四磅，還有非常嚴重的憂鬱症？他沉浸在最後一個問題上，拇指不自覺的順著下顎繞了一圈。她用「他」來指稱那位治療師，而放在他辦公室裡的那份報告的撰寫者卻是名女子。

他再等了一兩分鐘。發現她的心思顯然已經不知飄到什麼地方去了，才溫柔的催促她。

「那位瑪麗皇后醫院的精神科醫生對你有沒有任何幫助呢，珍？」

「你是指第二個，絲蒂芬妮・費羅思？」

「是的。」

她似乎覺得這個姿勢讓她不舒服，於是鬆開抱緊的臂膀，無意識的伸手拿菸。「我什麼時候可以被准許到外面去？」她突然要求，一邊用指尖輕敲著打火機，接著藏在吐出的煙幕後看著他。

「越快越好。如果你願意，我們現在就可以去。我有副還算堅實的臂膀可以倚靠，我們也可以在遠離瘋狂人群的地方為自己找到一張椅子坐坐。」

她虛弱的笑了笑。「不用了，謝謝你。我有耐心等到自己可以走出去的時候。」她對著浴室門點點頭。「我上了兩次廁所，幾乎是爬過去的，所以我決定私下練習一下。我不會讓你逮到機會嘲笑我。」

「我為什麼要那樣做呢？」

她聳聳肩。「也許不會在我面前，但是我相信你會把它編成一個好故事，在高爾夫俱樂部裡供人取樂。」她模仿他低沉的嗓音。「我說，各位，我告訴你們我在醫院裡的那個歇斯底里的小寵物的故事沒？她開她的車撞向一根混凝土柱，奇蹟似的活了下來；然後當她嘗試站起來時，跌了個狗吃屎。」

「你認為這是人們關心你的出發點嗎？」

「絲蒂芬妮．費羅思是這個樣子。」但那時我並不信任她。她對空氣吐煙圈。「你瞧，我不是一隻出於自願的實驗白老鼠。我寧願跟我所有的恐懼憂鬱和固執妄想一塊生活，也不要那些穿著鄉下草靴，笨拙愚蠢的人任意蹂躪我的頭。」她不懷敵意的笑了起來。「我猜她或我父親告訴過你，我變得十分沮喪，然後開始讓自己挨餓？」她詢問的看著他，他點頭。「是誰？我很好奇，是絲蒂芬妮，還是亞當？」

他毫不猶豫的回答。「兩者都是。絲蒂芬妮把當時的病歷影本送來給我。你父親在你剛來時和我談過。」

「你見過他了嗎？」

「沒有。我們只在電話上談。」

她點頭。「那是他工作的態度。科技，特別是不帶感情的傳真，是專為亞當這種人發明的。他很清楚他跟素未謀面的人交涉相當具威脅性。如果我是你，我會維持現狀。」

「為什麼？」

「沒什麼特別理由。」

「他聽起來很容易相處，而且他非常關心你。」

她對自己笑著。他懷疑她知不知道她那種微笑有多撩人。就個性而言，她讓人迷惑。她打定主意要讓他遠離她的父親，透過讓人難以理解的方式——透過譏諷，而非事實，透過同情，而非開誠布公。他知道他自己無法免疫。那機敏的智慧配合著虛弱的身軀，結合成一股龐大的吸引力。特別是對他而言，但當然，她不會知道的。

「關心到目前為止，他還沒有來看過我，」她指出。

「打電話給他，把原因找出來，」他提議。

她搖頭。「亞當和我從不過問對方的私事，坡司羅醫生。」

「你老喊他亞當。我猜這意味著你們把彼此放在同等的位置。」

那顯然是她不想觸碰到的話題。「我們在談我所謂的憂鬱，」她猝不及防的說。「『所謂』是個關鍵字。」

他跳過這個議題。「你想知道是絲蒂芬妮或亞當告訴我，你因為憂鬱開始厭食，」他提醒她，「而我回答說都有。我們要不要從那裡接下去？」

「情況剛好相反。我變得憂鬱是因為我不吃東西了，所以他們把我送到醫院，開始餵我食物，我才開始好起來。」

他倒認為她情況開始好轉是因為服用抗抑鬱劑的關係，但是他不想在這點上多費唇舌。

「你知道你為什麼厭食了嗎？」

「知道。」

他等了一下。「你要告訴我是為了什麼嗎？」

「也許。如果你先告訴我絲蒂芬妮在報告裡說了什麼。」

如果不告訴她實話，他心中想著，她絕不會善罷甘休，至於她相不相信他告訴她的是實話，倒是另一回事。「那份報告在我的辦公室，」他說，「我沒辦法逐字逐句引述她的用詞，但我可以告訴你大概。你被送進醫院時有嚴重的反應性抑鬱，是在你經過了丈夫被殺及流產之後發生的。你的症狀極為嚴重——特別是喪失食慾及持續性失眠。費羅思醫生認為你的心理失調，而你營養失調跟喪失食慾沒有多大關係，毋寧說是厭食。她診斷你是潛意識型的自殺，對你進行藥物以及心理治療，她承認你對心理治療懷有敵意，可是你的狀況在三四個星期後有顯著的好轉。我記得，六週後你被視為康復而獲准出院。雖然之後你拒絕回門診做病情的後續追蹤檢查，費羅思醫生仍然把你的案子當做她成功病例之一。」他停頓一下。「直到我向她要求看你的病歷之前，她一直那麼認為。」

珍皺起眉頭。「我不知道她認為我是蓄意厭食的。」她沈思的吸了口菸。「這就解釋了為什麼你們現在都相信自殺並非空穴來風。江山易改，本性難移，」她懶懶的說，目光無所事事的跟隨著在窗外草坪上散步的男子。淡色頭髮，綠色運動衫，棕色燈芯絨褲。有那麼一剎那，她以為她看到了里奧，她的心猛烈跳動了一下。

「如果你不是有目的的讓自己挨餓，又為什麼要這麼做呢？」

她等了一會兒才回答。「因為我一開始碰到的那個江湖郎中把我所有的噩夢都釋放了出來。過程中，我變成了個失魂落魄，精神異常的人。」她聳聳肩，順手把菸摁熄。「噩夢還不算什麼，你多半不記得細節，醒過來時心理得到的紓解往往掩蓋了夢境裡的恐懼。」她的指尖輕輕滑過椅子扶手，接下來的數分鐘裡，她不斷重複這個動作。「我不否認，我當時根本睡得不多，但是，除了那些，我自覺對發生的事情處理得還算好。然後，我父親出現了。」她搖搖頭。「你必須知道他一直都非常討厭羅素，部分原因是我們沒有知會他便逕行結了婚，更重要的理由是羅素整整比我大了二十歲，還是我在牛津時的老師。如果我父親在談話間必須提到他時，他永遠以『變態戀童癖』稱呼他。」她沉浸在這句話裡一會兒。「話說回來，流產後大約一個禮拜，亞當突然受到良心譴責——至少我當時是這麼想——他為我找了收費昂貴的治療師，幫助我渡過第二次的喪親之痛。」她拿起另一枝菸。「如果我不是太過沉溺在傷痛裡，也許很輕易就看出他其實是個騙子。但當你在那種情況下，很難能夠看清楚什麼事。你知道『涌進療法』嗎？」她丟出了一個問題給他，同時彎腰找打火機。

坡司羅頗感意外。「精神治療的專有名詞？喔，是的，那是治療恐懼的一種相當激烈的方法。強迫病人直接面對他所害怕的事物，通常是在沒有預警的情況下和在沒有出口的密閉環境裡進行。這種方法的危險性相當高，而且不能保證有效。但是如果成功，成效驚人。在恐懼症的治療裡，這種方式有一定的地位。」

「你們這裡使用這種治療法嗎？」

「沒有。」

「催眠呢？」

他搖頭。

「那麼你們到底用什麼方法呢，坡司羅醫生？」

「什麼都不用。」她一臉不相信，他微笑著。「至少沒有詭計，也沒有捷徑。我們只是簡單的把重心放在重建自尊上，大部分來這裡的人在跨入大門前，已經贏了一半的勝仗，因為他們已經下定決心要戰勝困擾他們的障礙。」

「昨天你的一個病人進來這裡。他想知道我是嗑海洛因還是古柯鹼的，我猜，他本身就是一個毒蟲。他沒有給我已經贏了一半的印象。」

「他長得怎樣？」

「很高，瘦長，薑黃色的長髮。」

他看起來很欣慰。「馬修・孔爾。喔，那真是前進了一步。至少他開始注意到除了海洛因、安瓶還有快樂丸等以外的世界了。」

「那就是他沒有經過邀請，逕行走進我房間的原因嗎？你鼓勵你的病人互相接觸？」

「我完全仰賴人類本性，」他不含一絲狡詐的告訴她。「最後，好奇心通常會凸顯出來。你是我們所裡最新的住客，因此你變成大家的焦點。我滿高興馬修拿出勇氣向規定挑戰。」

「什麼規定？」

「你門外有一張很大的告示，寫著請勿打擾。」

「我倒不知道。」

「你應該看看的。」

「如果真有這麼一張牌子，為什麼賽門・哈利斯視而不見？」

他聳聳肩，「你確定他沒看到？」

「他走了進來。」

「沒有被邀請？」

「沒有，他問我他是不是應該找個禮貌的藉口離開，在他已經上門的情況下，我實在開不了口說不想見他。」

「為什麼不能？」

因為從來沒有人教我怎麼叫別人滾蛋。「我不想做心理治療，坡司羅醫生。我也不要團體治療。我不會參加的。我不要玩遊戲。」

「有人跟你說你必須要嗎？」

「我知道這些是怎麼進行的。」

「我懷疑你真的知道。」

「你提到的那個催眠治療師，」她說，不理會他的話。「他針對根本就不存在我身上的恐懼進行治療。我因為沒意會出羅素的意思，而背負著沉重的罪惡感。現場有那麼多血，他的臉已經皮開肉綻，像肉泥一樣恐怖。」她抬起手來壓了壓綁著繃帶的眼睛，那兒開始發疼。「他要我吻他，」她像機器般平淡的說，「但是，我做不到。然後我失去了孩子，血更是流得到處都是。」她停頓。「我需要的，是多一點時間讓我慢慢平復。」

他讓她沉浸在靜默中一會兒，她漠然的拂掠椅子扶手，深深的吸了口菸。「那個治療師對你做了什麼？」他終於催促她。

她驚訝的看著他，以為他應該猜到了。「當我在昏睡狀態中，他把一塊生牛排放到我眼前，然後搖醒我。那塊東西散放著血腥和死肉的味道，我以為那是羅素從墳墓裡跑出來跟我討吻。在那之後，有很長一段時間，我一碰到食物就忍不住想吐。」

「老天！」他看來相當震驚。「這個男人到底是誰？」

她茫然的瞪著他好一陣子。「我不記得他的名字了。」

「他辦公室在哪裡？」

她還是記不起來。「在倫敦什麼地方，」她告訴他。

「好吧，沒有關係。」

「你不相信我，對不對？」

「我沒有理由不相信你。」

「如果那從來沒有發生過，我為什麼會記得這麼教人不舒服的事？」他沒說話。

「你認為那是我自己編出來的，」她控訴著。「但是我為什麼要捏造一個從來沒有發生過的事？」

也許因為從來沒有人因羅素的案子被起訴，他想，她的罪惡感似乎根植於更強大的痛苦，遠超過她出於人類天性而不願吻她面目全非、垂死的丈夫。

□

阿丁利林地的雙屍案

一對男女的屍體昨天在漢普夏郡阿丁利林地被發現。死因還待進一步的查驗，警方不排除有他殺的可能。「我們正尋求協助來查證死者身分，」警方表示。「初步研判死亡時間是十到十二天前，但截至目前為止，失蹤人口名單上沒有找到符合他們特徵的報告。」

該名男子高六呎一吋，體格中等，年紀約在三十到四十之間，金髮。穿著鹿毛色棉質寬鬆長褲，格子襯衫，深綠色稜紋毛衣。該女子高五呎四吋，體型纖瘦，年約三十到四十，黑色短髮。穿著藍色丹寧牛仔褲，海軍藍短袖襯衫。

警方表示對於這對屍體出現在林地感到不解。「那個區域沒有接獲任何有關棄置汽車的報告，」發言人說。「而且也沒有公共汽車行經那片林地。我們相信他們一定是被人載到那裡，我們呼籲任何曾讓符合上述描述男女搭便車的人提供消息。他們有可能是從別郡搭便車到這裡來的。」

警方已經排除自殺的可能，但對死者身上沒有任何證件感到疑惑。「這很不尋常，」發言人說。「我們認為應該會有錢包或手提袋什麼的。」目前警方仍於該林地進行搜索，以求能找到進一步的證據。

瑪麗．休斯太太，現年七十三歲，跟她的狗派皮塔一起發現該屍體。在輕微心臟病發作後，此刻安坐家中休養。她跑了快一哩路到最近的電話亭打電話向警方報案。她的心臟病發作是因為太過費力引起。「我應該用走的，」她說。「我現在是個老人了，那些屍體又不會跑掉。再沒有比上了年紀的傻子更傻的了。」

六月二十四日《威瑟克斯郵報》

6

六月二十四日星期五，威爾夏郡小頓瑪麗，教區牧師居所——上午十一點

查爾斯·哈利斯打書房窗戶看著那輛白色勞斯萊斯——車牌號碼是KIN6——穿過牧師居所通往前院的鐵門，在正門口停下。車牌號碼說明了一切。一個黃色釘子技巧的放在數字6的圈圈連線上，變成字母G。KING，這個自詡為王的字就在那輛浮華的車前後怒吼。不是第一次了，他疑惑何以珍毫未受到她那浮誇粗鄙家世背景的影響。也不是第一回了，他接著痛斥自己胸襟竟然如此狹小。

當他看到司機打開後車門扶貝蒂·康思立出來，心中的沮喪不由得加深。如果是亞當，他自信還能應對得體，但是貝蒂則是另一回事，尤其在敏感的此刻，他可以預知會發生什麼事。她在來訪的途中，已經鱉了一肚子氣。他歎了口長氣，打開書房門，喊他的妻子。「卡洛琳，我們有訪客。貝蒂·康思立的車子剛剛開了進來。」

他的妻子從廚房的門閃身出來，瘦削的臉上布滿焦慮和慌張。「我不想見她，」她說。

「我受不了，查爾斯。在電話上跟她說話已經夠糟了。她只會不斷對我吼叫而已。」

「我們沒有其他選擇。」

「我們當然有，」她尖銳嚴厲的叫著，緊張的情緒緊緊攫住她。「沒有法律規定我們一定要開門。我們沒有道理因為里奧寧願選擇我們的女兒而受到指責。」門鈴響了起來。「不要理她，」她發噓聲制止著他。「我不會讓一個潑婦跑到我家指著我的鼻子大罵。」

但是他是個遵循舊式禮教的人，還保有著傳統禮儀。他意含告誡的搖了搖頭，橫過玄關，把大門打開。「嗨，貝蒂，」他友善的說。她滿身都是杜松子酒的味道，嘴上一角的唇膏被抹去了。他看著她，想著，眼前這女人構成了一幅無盡悲哀的圖像，她的臉已因歲月的剝蝕而憔悴，卻仍試圖以濃妝遮掩，而那肥胖臃腫的軀體，還想努力的塞進少女式嬌小的洋裝裡。變老永遠是她最怕的事，因為酒精已經掏空了她僅有的智慧，現在她再也沒剩下什麼能吸引別人注意的東西了。

她擠過他身旁，一副準備交戰的態勢面對著卡洛琳，不小心碰到了胡桃木茶桌，把置放其上花瓶裡的水潑出來，流在上過蠟、光滑的桌面。「都是你那淫蕩的女兒把珍逼得走上絕路，不是我，更不是她爹地，」她咬牙切齒的說，揮動著食指戳向另一個女人。「她不會為了我們自殺。你把我惹火了，狗屎聖潔夫人。你以為你可以隨便你愛怎麼樣就怎麼樣，事實上，要負起所有責任的，是被你捧在掌心上的眉格。」

卡洛琳．哈利斯求助的瞥了瞥她的丈夫。彷彿在說，這都是你的錯，自己看著辦吧。而他只是苦惱的聳了聳肩，逕自離開，讓她獨力去打這場仗。「我真的看不出我們這樣討論有什麼用，」她尖銳高聲的說。「已經有太多流言散布在外了。」

「是的，哼，眉格老說你是條拘謹的母狗，寧願把所有的髒東西掃到地毯底下，也不願意搬到台面上來。」她多肉的手緊緊抓住桌緣，搬弄著高貴口音。「『喔，我說，我看不出這樣的討論有什麼用。』」她深深吸了口氣。「但你見鬼的在這時候討論它。『現在，聽著，貝蒂，不要因為你自己的失敗而責怪眉格。珍需要一個可以談話的母親。』」她重重拍打桌面，擺在上面的花瓶激烈的左右搖擺著。「她已經有個母親了。我。」

「但你也許不是她理想中的母親，」卡洛琳冷冷的反擊。「你在電話裡說的那些話十分侮辱人，貝蒂。你甚至在還不知道珍是不是死了之前，就指控我們是凶手。你還能期望我怎麼做？附和你？查爾斯和我還沒有把里奧為眉格離開珍的消息消化掉，你就在電話上盡可能的辱罵我們。整件事其實讓我們所有的人都措不及防。」

「你哪裡感到抱歉了？我要的是道歉，夫人。還是你太高高在上，以至於說不出口？」眼淚在上了厚厚一層睫毛膏的眼睛裡湧著。「你知道外面的人都是怎麼說？婚禮取消，是因為安東尼•沃爾德爵士不肯讓他的兒子娶康思立家的人。為什麼呢？因為我們太見鬼的平凡了。」她噙回眼淚。「整個木桶裡就只有一顆腐爛的蘋果。我要讓大家知道，你的眉格只要有錢在招喚，就會脫下內褲交換。」

卡洛琳．哈利斯的嘴角下垂，緊緊抿成薄薄一條線。在她來得及開口說什麼反擊之前，牧師插了進來。他一隻手握住貝蒂・康思立的手臂，把她轉過來面對著他。「這是真的嗎，貝蒂？」他臉上堆滿了含著歉意的微笑。「你瞧，我們知道得很少。除了眉格電話上告訴我們的，那實在不多。她只說了里奧寧願要她而不是珍，然後他們即將要到法國去度假。」

女人的厚嘴唇誇張的張合著。「為什麼我和我的男孩們要因為你女兒跟別人在外頭亂搞而受到責備？」她醉醺醺語意不清的說著。「亞當說是我們的不良行為才毀損了珍的機會，我自己卻不這麼認為。里奧是道道地地的渾球——就跟他父親一樣——但是我們並沒有從中破壞什麼呀。」她吸了口氣。「這不是我們的錯，」她又回到老話題。「眉格忌妒，她一直就忌妒珍，故意跟任何珍喜歡的人上床，就像公共廁所一樣。你們大概不知道，她跟羅素也睡過。」

查爾斯滿臉驚詫，轉過頭去看他的妻子，但是卡洛琳移開視線，硬是不肯面對他的眼神。

「我不知道這件事，」他說。「我很抱歉。」

□

六月二十四日星期五，漢普夏郡，內政部法醫檢驗室——上午十一點半

羅伯・克拉克醫生，內政部病理學家，同情的看著眼前三個警察，並把他們趕出檢驗室，來到他的辦公室，同時摘下他的手術用手套和面罩。「不怎麼有趣的景象，」他打趣著說，打開他辦公室的窗戶，讓外面交通繁忙馬路上但相對來說較清新的空氣流到室內，「但是把那對

屍體密封在屍袋裡，噴上化學藥劑殺掉所有的蛆，為了方便檢驗屍體。要咖啡嗎？」他問。

三個男人同時痙攣似的吞了吞口水，懷疑著他怎麼能在此時喝下任何東西。他們剛剛才看過屍袋裡的情形，雖然只是瞄了一眼而已。腐敗物的惡臭仍然纏繞在他們喉間，就跟昨天一樣，那時他們站在壕溝的邊緣，作嘔的盯著躺在裡面的一堆衣服碎片和一團白色的屍體殘骸。他們一致搖著頭。

「不需要，謝謝你，羅伯，」督察長法蘭克．區佛說，拿條手帕擦了擦嘴角。他比其他兩名警察要年長些，是個骨架勻稱、神情嚴肅的男子，灰髮，淡藍色眼睛，此刻正焦躁的看著他說話的對象。他是愛打扮的男人，對絲質衣飾的喜好已經成為同事間的笑柄。他頸子上繫著絲質領結，西裝胸前口袋裡搭配的絲質手帕，還有他昂貴的絲質襪子因繫著吊襪帶的關係永遠維持著同樣的形狀。謠傳說他連內褲都是絲的。「請不用招呼我們，」他低語著，不高興的看著辦公桌上的空咖啡杯，「你請用。」

「好的。」醫生把頭探出門外，搖晃著杯子對他的祕書要黑咖啡。「那會把味道驅除掉，」他沒有感覺的說著，一邊在他的辦公桌後坐下，並對著幾張空椅子向他們揮了揮手。「現在，讓我們看看我們有什麼。」他讀了讀眼前用鍵盤敲出來的筆記。「我不準備用我們面對的綠頭蒼蠅生命史來惹人厭。重點是，在溫暖的天候下，綠頭蒼蠅在產下卵到成蛹階段，大約要花費十到十一天的時間。我們沒有找到任何蛹，發現時的成蟲是已經是第三期成熟的蛆，這足以推斷那些卵是在大約八到九天之前產下來的。」他點了點日曆。「昨天是二十三日，所以我估計產卵時間是十四或十五日。外加一到兩天的時間給綠頭蒼蠅找屍體，我估算的死亡時間會是十二，十三或十四日，十三日星期一會是我的第一選擇。」他的祕書端來了咖啡和一盤巧克力餅乾，他粲然的看著她。「先生們，確定你們不要來一些？」

他們臉色明顯的蒼白了起來。對巡官莫道克這個高大壯碩，四十來歲、永遠皺著眉、滿面愁容外含怒意的中年男子而言，羅伯・克拉克顯然是故意這麼做，這一向是病理學家以及刑事局門警察的角力賽。他一直就覺得這個矮小卑鄙的人——克拉克身高可憐只有五呎六吋——脾氣又臭又大。現在他更確定了。他發現這驕傲得如小公雞般的科學家跟那位引發他第三次離婚的數學老師有著驚人的相同點。老天可鑒，他有多厭惡眼高於頂的小個子！

「好了，珍妮。謝謝你。」克拉克拿起餅乾在咖啡裡浸泡了一下，然後愉快的大聲咀嚼。「他們的手和腳都曾被綁住，這你們已經知道，所以我們了解這兩個人當時無法自我防衛。致死原因是被堅硬的鈍物野蠻擊打造成。」說著，他用指尖輕彈著一疊X光照片，推向區佛督察長。「我們在他們被裝進屍袋前拍了這些照片。你可以清楚看到兩具屍體的頭蓋骨部分有幾處出現裂縫或已經破裂。特別是在這個女人的顱頂骨上可以看到一個明顯的圓凹形。我猜凶手使用的工具是一根有長把手的棍棒或長柄大鎚，以及其他類似這樣的工具。注意看那男子右邊鎖骨上的裂痕，顯示了一記失去準頭的擊打，」他用手做了往下揮動的姿勢，「也許是這樣落下時擦過他的頭旁，然後載重量兩噸卡車的力量就全部降落在這不幸男子的肩頭上。」他搖搖頭。「我們的想像是，有兩個人跪在地上，雙手被綁在身後，一個瘋子用一個相當沉重的器物，拿他們當目標物做擊打練習。我想我們可以假設第一次的擊打是從後面揮來，因為那些是由上往下擊落的，而那些粉碎顎骨和頰骨的鎚打，則是當這兩具身體側倒在地時發生。想像一下我們要追索的這個瘋子用握高爾夫球桿的方式持著那根槌子，然後把倒地的兩個人的頭當球揮打。就能比較清楚的解釋當時發生的情況。」

區佛再一次輕輕敲著他的唇，看著那疊照片。「你想這是在哪裡發生的？發現屍體的溝渠裡？或是邊緣？」

「我會猜是溝渠邊緣。我設想的擊打在有空間限制的地方會比較難以達成。是的，我猜他在溝渠斜坡上方殺了他們，然後把屍體推滾到溝渠底端。進一步推測不是件讓人愉快的事，」他拿起另一片餅乾放進杯子裡沾了沾咖啡，「但是高爾夫球式的揮桿，有可能是他用來把屍體推滾下斜坡的方法。雖說這麼做並不是很有用，」他若有所思的說。「他必須把他們的屍體筆直的排在斜坡上端，然後猛力擊打他們的腰部，才有辦法真的把他們推下去。」

「我們在近溝渠底端五碼遠處發現到滑行的痕跡，又怎麼解釋？」

羅伯．克拉克找出另一張照片。「非常有趣，」他說。「很顯然的是細窄堅硬的鞋跟所造成。看這裡，鞋跟插入得很深，像是穿著這隻鞋的人側身滑下去，用鞋跟插進土裡想煞住車。因為這痕跡寬不到一吋，所以我假設那是一隻女人的鞋子。」

「那名女性死者穿著球鞋，」區佛說。

「是的。所以不會是她弄的痕跡，那男性死者也不能，他鞋跟足有四吋寬。另外，那痕跡不是最近才弄出來的——你可以看看這裡，雜草已經開始發芽了——可能的解釋是，謀殺發生時，現場有個女人；或是有人在那位老婦人更早之前就發現了屍體，只是沒有報案。」

「如果是真的，」區佛沉思著說，「很可能就是我們要找的那個偷錢包的人。合邏輯的推測應該是，凶手把可以證明他們身分的所有證件都拿走了，但是也不無可能是另外有人偷走。」他看了看他的同事。「你們怎麼想？」

加瑞・莫道克不置可否的聳了聳肩，一雙窄小眼睛沉陷在肥厚的眼袋夾層間，厭惡的看著病理學家浸泡餅乾的過程。「你說在謀殺發生時，很可能有名女子在現場，」他提醒他。「是不是也可能說是女人犯下這個罪行的呢？或者她是看到一個男人犯罪的目擊證人？」

克拉克很顯然忘了其他人的嫌惡，把手指間的餅乾碎屑抹掉，然後向他的咖啡進軍。「假設兩個人被束縛著，跪在她面前，再假設她有柄夠長的一根大鎚或木棒，那麼任何女人只要有力氣揮動這樣的器物，就有可能做出這種事。但這不太像是一個女人單獨完成的犯案手法。」

「也不是不可能的？」

「沒有什麼事是真正不可能的，但是，老實說，統計數字和心理學不會支持你。這是一個屬於特殊體型的犯罪，強調強健體力以及極度殘暴，這兩項條件都跟典型的女性殺人的特徵不符。這不是意味著沒有如此喪心病狂的女人存在，但就我的經驗而言，女人偏好在有四牆圍繞的房子裡犯下罪行，用枕頭摀住頭臉，用毒藥、槍、甚至刀等。如果我是你，會比較傾向於尋找一個男人或數個男人，外加一個緊跟在後目睹全部經過的女人。最近雨下得不多，實在令人遺憾。如果土壤夠潮溼，我就有辦法告訴你現場共有多少人、體重還可能包括他們的身高。」他停頓一下。「當然，你們了解現場一定流了很多的血，你們也知道，在現場清理那些血跡是個愚蠢的行為。你們要找的凶手也許在開走的車上留下了血跡。我認為那些是值得好好調查的線索。」

「告訴我們被害人的資料，」法蘭克．區佛說。「我們已經有了身高、體型和膚色。還有什麼嗎？他們身上穿的衣服有沒有透露出什麼訊息？」

「啊，嗯，傑瑞正對他們的衣服進行驗查。」克拉克拉出另一疊資料。「要得到詳細分析報告還得等上一段時間，這些是他目前所得。這些人不窮，事實上，剛好相反，傑瑞說得朝高級消費市場的方向進行。先說那女人。牛仔褲沒提供什麼訊息，她穿的是男式李維五〇一型水洗藍牛仔褲，但那件短袖襯衫是美國的牌子，製造廠商叫亞利桑那，是以伯明罕為據點的一個進出口公司進口的。我們跟那家進口公司初步接觸的結果是，這件衣服市價五十五英鎊，而且在全國只有十家商店有賣，商店全集中在倫敦、伯明罕和格拉斯哥。今天下午會有詳細住址的傳真進來，等資料一傳過來，傑瑞就會送去給你們，還會包括她那件衣服的其他細節：如尺寸、顏色、樣式等。」他循著筆記上移動的手指說。「她的球鞋是耐吉的，零售價是八十五英鎊。而她的內褲，沒有多少資料可說，只是馬莎百貨公司的高級貨。重點是，她身上穿的所有衣飾都不是我們所謂的便宜東西，尤其是那些都只是休閒服。

「現在，繼續說那個男人。他穿得更是所費不貲。那件深綠色毛衣，軍裝款式，手肘有皮製裝飾，乃卡帕柏力・布朗設計，只在全國最貴的哈洛斯百貨公司有專櫃，一件要一百三十英鎊。」他對法蘭克・區佛嘖嘖不滿的哼聲微笑著。「好傢伙，那只是個開始。綠棕格子休閒襯衫，只能在傑明街上的一家專賣店買得到，零售價八十五英鎊。長褲，一樣是卡帕柏力・布朗設計，棉布裡、前端打摺、鈕扣裝飾，顏色據稱是灰褐色，哈洛斯專櫃賣一件兩百五十英鎊。襪子是瑪莎百貨公司的，鞋子很有可能是在義大利買的，因為傑瑞沒有那種牌子進出口公司的紀錄，他還在努力尋找。他提出這個男人在哈洛斯百貨公司很可能有帳戶，而且跟傑明街上的那家著名專賣店也有帳戶往來。他已經在兩組衣飾上找到一些有價值的纖維，相信是來自同一張地毯，可能是米白色的中國厚毯，上面有一些毛髮，他目前猜測是貓的毛髮。如果多給他幾天，他聲稱可以描述這兩個人在被帶到阿丁利林地之前所在房間的樣子。」

「還有呢？」區佛問。

克拉克失笑。「這些還不夠你們開始進行調查了嗎？老天，先生們，我們見到屍體還不到二十四小時呢。你們還想要什麼呢？」

「一些可以檢驗的指紋，」他說。「你昨天認為不太可能，但是你今天也許有新的發現了？如果他們倆其中一個有前科，指紋會是驗明身分最快速的方法。」

「是的，不錯，當我們把他們從屍袋裡拉出來檢查後，我會有比較清楚的判斷。」

「那些用來綁他們的手腳的綠色尼龍繩呢？能不能提供任何有用的線索？」

「沒有。那幾乎在所有的園藝中心、ＤＩＹ家具店或者是超級市場都可以買到。不容易斷裂，得要經過好幾年才會磨損。打的是標準的平結，重複打了幾次，以防鬆落，那些結後來看起來很結實，很可能是被害人曾經努力掙扎想要掙脫。這倒是一個值得推敲的門徑。一個人如何能綁住兩個健康的成年人？還有，他是什麼時候做的？是在他把他們帶到阿丁利去前呢，還是之後？如果是之前，他又是如何把他們帶到森林區裡面的呢？如果是之後，當一個人被捆綁時，另一個為什麼沒有趁機脫逃？我真的認為最可能的情形是，你們要找的嫌犯應該有兩個以上。」

莫道克巡官撫摸著下巴，深思著。「你確定犯案工具是一根長柄大鎚，而不是一根粗重的樹枝？如果是一根樹枝，那麼就有可能面對的是臨時起意的攻擊。我們要找的瘋子——我故意用這個字——無意中在林區裡發現熟睡中的情侶，把他們擊昏，綁住他們，然後毒打他們致死，之後奪取他們的錢財逃逸。這樣的假設有沒有可能？」

「絕不是一根樹枝，」克拉克醫生和藹可親的說。「那名女子頭蓋骨上的凹洞非常整齊，是個簡潔又對稱的形狀，沉重有力，而且也許是在最正確的角度向下打擊，所以才造成這麼深的凹洞。我當然不會用自己的生命打賭說那一定是把大鎚子，但是我敢用我的積蓄來賭。」

第三名警員，史恩．費哲警佐，斜靠在敞開窗戶旁的牆上，加入了談話。「請允許我插嘴，長官，」他對莫道克說。「如果是臨時起意的殺戮，我們應該已經找到車子了。一個會在哈洛斯百貨公司買衣服的傢伙是不可能打算跟他的女人搭便車到阿丁利林地打盹兒的。」他環臂在胸前，手指輕輕彈著他皮製夾克的袖子。「聽醫生對可能發生的狀況的描述很有意思。無論在任何戰爭場景裡，你一定看過這麼個場面，受害人在一個鑿好的大墓穴前屈膝跪著，然後身後有子彈直接射穿他們後腦勺，接著他們搖搖晃晃的掉入坑洞裡。我敢說那兩人是被處死的。」

其他的人靜靜的咀嚼這番話。

「我們說到殺人的手法？」區佛督察長最後問。「如果是職業殺手所為，我們會看到有子彈孔的X光照片。你自己就說了，從後腦勺射擊。我無法想像一個職業殺手用大鎚。」

「長官，我曾看過幫派分子用棒球棍將對方解體，」費哲說，「但是，看看我們所有的資料，一個男人和一個女人，三十到四十歲之間，我會說我們要找的是一個因忌妒而報復的丈夫。我猜這是對感情出軌的處刑。」

區佛把這想法放到腦子裡。「我仍然不了解為什麼沒有人報告他們失蹤。穿著入時的人不會失蹤長達兩個星期後仍然沒有人注意到。」

「除非是他們自己家人幹的，」莫道克說。「也許我們碰到的是一樁家庭倫理悲劇——有錢的父母被值青少年時期的兒子屠殺，動機是貪錢或為了報復長期性虐待，看你要相信哪一個。有個叫傑瑞米・班布的人——還記得他嗎？——他把全家人都殺了，只因為他要房子和錢，然後還試圖嫁禍給他已經死去的姊妹。這實在讓人開始懷疑我們為什麼要給自己找麻煩，培育下一代。」

克拉克醫生看了看他的錶，站了起來。「嗯，不像你們，我賺的根本不足以讓我有能力養小孩。在這個工作裡，我所能得到的唯一的真正滿足，就是花許多心力為你們的案子尋找蛛絲馬跡，然後偶爾因著機緣把事情搞對了，得到一點小小的榮耀，如此而已。小心尋找血跡。你們要找的某一個人，或兩個甚至三個人，應該會被相當數量的紅色鮮血沾了一身。某人，在某些地方也許曾經看到過，經你們提醒後，會恍然大叫一聲：啊！」

「好吃懶做的人一向只注意到他的胃和老二，」莫道克酸溜溜的說。

「好了，就這樣，」克拉克說著，邊打開了門，「今天結束之前，我應該能告訴你們比較確實的年齡估計，也許還能找到有用的指紋採樣，另外，還可以告訴你們那名女子是不是生過孩子。」他領著他們來到走廊。「但，首先，我得把那個充滿驚奇的袋子拉鏈拉開。你們有誰願意幫幫忙？」他得意的笑著往檢驗室的方向走去。

「可憐的老騙子，」區佛督察長對其他人說。「他賺的是我的兩倍多，工作時數卻只有我的一半。」

當病理學家把驗屍室的門打開時，一股死屍的味道飄過來。

「我猜你們注意到了，」莫道克說，對他上司露齒竊笑，還對一頭金髮覆蓋下泛出蒼白臉色的年輕警佐點點頭，「那位好醫生吃餅乾的時候，沒有洗手。」

□

薩爾司柏瑞，南丁格爾療養所——中午

珍在她落地窗前站著，往後倚靠著椅子。她其實早已經知道那個薑黃髮色的男子探頭到她門內觀看了一陣子，然後她才說，「你為什麼不進來？」她對著身前的玻璃窗櫺說。

「你在跟我說話？」

「這裡沒有其他的人。」

馬修瘦長的身軀穿過啟開的門縫，來到她旁邊，加入她對窗外花園的觀察行列。他接著發現長時間直挺挺站著簡直是苦刑，她從眼角餘光瞥到他緊張的抽搐著，心底偷偷笑了起來。老天，他真是一點也不吸引人。

「你是教徒嗎？」他魯鈍的問。

「為什麼這樣問？」

「你昨天有個牧師訪客。我想你可能是上帝隊的一員。」

她斜乜著看了他一眼，注意到他正忙著摳他下巴的痘痘，她於是把眼光調回到撒滿陽光的草坪以及在上面走動的人。「他是我一個朋友的弟弟，來看我好一點沒。沒什麼其他更邪惡的含意。」

他身體動了動指向右邊的一個男人。「看到那個穿著格子襯衫，藍色長褲的傢伙沒？認不認識他？『黑夜樂團』的主唱。曾經每兩個小時就得注射一次海洛因。現在看看他。還有他旁邊的另一個傢伙。擁有一家貨運公司，但是除非一天喝兩瓶威士忌，他根本無法工作。現在，他戒酒了。」

「你怎麼知道？」

「我跟他們一塊兒做過團體治療。」

「坡司羅醫生要你來這裡看我嗎？」她譏諷的問著。「這是台面下的一種團體治療嗎？」

「拜託，幫幫忙。醫生從來不會叫任何人做任何事，他只是悠閒的坐著，然後從一堆戰利品中獲取利潤。」他用腳尖踢著地毯。「就我看，他做得越少，我們在這裡待得越久，他就會越高興。這種錢賺得不費吹灰之力，真是可笑。」

「他很顯然做對了什麼，」珍指出，「否則沒有一個病人會好轉的。」

馬修顫抖的手撫摸著頂上短短的頭髮。「讓我們遠離誘惑，就這樣而已。這裡沒有酒精，沒有毒品，但是我猜所有的人在離開這裡之後，第一件事就是找刺激。我就見鬼的一定會這樣做。耶穌基督，這個地方簡直是個停屍間。沒有刺激，沒有見鬼的娛樂，無聊死了。如果我的手現在可以抓到什麼，我鐵定給自己來一針。」

她突然對他感到厭煩。「那麼你為什麼不呢？」

「我才說了，這個地方沒有毒品。」

「一定有一些的。昨天晚上我就可以有安眠藥。你為什麼不溶解幾顆，然後注射？」她平淡的說。「多多少少有些效果的，不是嗎？」

「不是我要的那種，而且我到哪裡找注射器？」

她再看了他一眼。「那麼，走出去。到城裡去。我們是這裡的囚犯嗎？」

「不是，」他咕噥一聲，摩擦著手臂，好像很冷似的，「但是有人會看到。這個地方到處爬滿了安全警衛，以防無產階級者攻擊有錢有名的人。再說，我到哪裡找錢？你一進來，他們就把你所有東西都拿走了。」

這也許解釋了她的手提袋為什麼不在她身邊。她衣櫥裡有幾件衣服，但是沒有手提袋。她曾以為是在車禍發生時搞丟了。

「喔，」她毫無意義的譏諷著，「如果我跟你所表現出來的一樣急迫，我就會去搶老太太的錢。我不懂是什麼東西阻止了你。」

「你就跟所有的人一樣，」他生氣的說。「去去去，打倒老太太、或把銀行經理揍扁、偷小孩子的小豬錢筒。老天，我不是個罪犯。我只是要打見鬼的一針而已。你有時候應該聽聽醫生的話。你為什麼要留在這裡，馬修？你已經不是二十一歲的人了，你知道你在做什麼，所以出去走走，打電話給你的供貨人，要他帶些什麼給你。我真的打了個電話給我老頭，告訴他這個醫生根本沒有要治療我，他反而鼓勵我。而這就是你付那麼多錢的結果。」

「你父親怎麼說？」

「他說：『沒有人會阻止你，馬修，所以去做你想要做的吧。』我不知道大家是什麼地方不對勁了。那個出去散步的提議呢？你現在想不想出去走走？」

「我不能，」她非常簡慢的說。「我的腿還沒有什麼力氣。」

「是喔，我忘了。你曾經試著要結束自己。好吧，那我去找一輛輪椅。」

「我猜坡司羅醫生告訴你我有自殺的傾向，對不？」她苦澀的說。

「狗屎，才沒有。正如我說的，他一件鬼事都沒有做。所有的人都知道你。你出現在報紙上。百萬富翁的女兒試圖自殺。」

「我沒有要自殺。」

「你怎麼知道？報上說你不記得任何一件事。」

她轉向他。「你這個該死的小鬼，」她說。「你見鬼的又知道什麼事了？」

他伸出一隻意外溫柔的手指，碰了碰她臉頰上的眼淚。「我也曾經歷過，」他說。

□

二十分鐘後，她仍然站在窗前，往後倚著椅子，這時亞倫．坡司羅走進來。「我帶來馬修要給你的口信，」他告訴她。「他是這樣說的：『告訴那十二號房的妞兒，說我找到一張輪椅了，但布滿灰塵，我正想辦法弄乾淨。她也許不會反對在花園吃個無聊的午餐，所以我已經在山毛櫸樹下為她準備好了。』」他和藹可親的臉換上了個露齒的笑臉。「這個迷人的邀請有沒有讓你心動，珍？或者我應該告訴他說我已經命令你上床休息了？跟以前一樣，他完全忽視了你房門外掛上『請勿打擾』的告示。所以我猜，他還沒得到與你共進午餐的機會，而且很可能一直不斷說他有多想要來一針，把你煩得要死。當然，這完全要看你自己的意思。」

她冷冷的嘲笑似的看著他。「我開始了解你是怎麼管理這裡的，坡司羅醫生。」

「是嗎？」

「是的。你是以人們對權威甚為反感的基礎做為出發點，人們總是很叛逆。」

「那倒不一定，」他說。「我努力的方向是鼓勵所有的個體建立自己的價值觀，至於要透過怎樣的過程建立，卻一點也不重要。」

「那也就是說，你強迫我們要一直做選擇。」

「我不強迫任何人做任何事，珍。」

她皺眉。「喔，那麼我該怎麼做？跟馬修一起吃午餐或是叫他閃一邊去。我是說，他也是個病人。我不想做錯事。」

他聳肩。「這跟我無關。他會把輪椅清理得閃閃發亮，因為他已經決定你值得他這麼做。他的思路在這個階段只循著一條路線直直走，不懂轉彎，因為他服用藥物太久了。但他父親是個法庭律師，他母親則在廣告業界，十年前他在課業上名列前茅，所以他倒也不完全是個傻子。這是個自由選擇，珍。」

「我真希望你不要一直這麼說。在我的生活哲學裡，從來就沒有所謂的選擇自由，就像天下根本就沒有白吃的午餐一樣。到頭來，你都得付出代價。」她讓他看到她嫌惡的表情。「而我好奇的是，如果你早準備要告訴我這麼多有關馬修的事，你又對他說了我什麼？」他好玩的弓起一邊眉毛。「我說十二號房的妞兒比你聰明太多了，是牛津讀古典文學出身的，也許認為你是個油嘴滑舌，沒有膽量為買一劑毒品去找老太太們的麻煩。很接近真象，對不對？他把所有的事都連上和你之間的對話。」

「分毫不差，」她僵硬的說。「我自己都沒有辦法說得這麼好。」

「那麼，我該怎麼回覆？你願意在輪椅上跟他共用午餐呢，還是不要？」

「你知道我並不想要。」

他用指尖指了指她。「那麼我就這麼告訴他。」他以最快的速度消失在門外。

「等等！」她大叫。「回來！」但是他沒有回來，她突然爆發了前所未有的怒氣，起身橫過房間，把自己丟到房門口。「坡司羅醫生！」她對著他遠去的身影狂喊。「你敢說一個字看看，你這個可恥的渾球！」

他轉身，開始往回走。「你真的要跟馬修一起吃午餐？」

她等著，直到他來到她面前。「不怎麼想，」她安靜的說，「但是我要。」

「為什麼？」他好奇的問。「為什麼要做你不想做的事？」

「因為你不會好言的對他說『不』。你會把我說的話一字不漏的轉述給他，而我不想你那樣做。他比別人對我好，我怕你這麼做會傷了他的心。」

「你是對的，珍。」

她無聊的歎了口氣。「看在老天的份上，聽著，我知道你在做什麼，我也知道你為什麼要這樣做。你跟絲蒂芬妮．費羅思沒什麼兩樣。你要我離開這個房間，你要我停止自憐，你要我開始跟別人接觸。但是你為什麼不直接說：站起來，珍，因為這樣只會對你自己好？為什麼要把那個性格扭曲的男孩扯進你的遊戲裡？他對發生在我身上的事根本一點責任都沒有。」

她為什麼不能體會到，他真正要她離開的是她在心裡構築的那個房間？到底是什麼把她禁錮在那裡？

「我同意，但我沒有要把他扯進來，是他自己把自己扯進來的。」他敲了敲那張掛在她門旁牆上的「請勿打擾」的牌子。「你不覺得稱他為性格扭曲的男孩有點高高在上的感覺嗎，珍？他已經二十八歲了，不需要你我的保護。」他露齒而笑。「最後一點：就我的方法而言，我從來沒有建議任何人做什麼。你如果不是自願要去做，那就什麼都不要做。我的信用在這裡受到考驗。我不要別人拒絕我。那會削弱我堅持的所有原則。」

「那麼麻煩告訴馬修，說非常謝謝他，還有，是的，說我很高興跟他一起吃午餐。」她伸手，把那張告示撕下來，揉成一團，向他丟去。「就一個好的存在主義者而言，坡司羅醫生，我確定你知道我為什麼這麼做。」

他一面踱步離開，一面發出震雷般迴盪在走廊雙壁的笑聲，還上下拋弄揉成一團的告示著。「因為你喜歡，」聲音從他肩上飄過來。

她坐在輪椅上，被推著在花園裡到處展示，就像個安坐在手推車裡獲得大獎的豬，而那瘦長的護衛隨侍，則驕傲的把她炫耀給觀看的眾人。她恨死了每一分鐘，整個時間裡她只猛烈的抽菸，一根接著一根，像個煙囪，還對這樁她稱之為坡司羅引發出來的綁架事件咬牙切齒。當他們沿著圍牆散步到終點時，來到了主要進出大門，停在警衛亭旁，她振作快活了起來。守門警衛抬起頭來看了他們一眼，就又低下頭繼續讀他的報紙。珍對沒有障礙的出口欠了欠身。

「我們為什麼不繼續往前走？」她建議。「你可以去弄些毒品，而我可以找個計程車回家。」

「當然，」馬修說。「那麼你就接手吧。」

她斜眼盯著他。「接手什麼？」

他雙手做了往前推的姿勢。「推輪椅呀。如果你想要跑掉，跟我一點關係也沒有。你不是我的責任。」他在她旁邊蹲下來。「可是如果你真想要出去，為什麼不告訴醫生，從房間裡叫計程車就好了？」

她聳聳肩。「也許跟你沒有這麼做的理由一樣。」

「是哦，」他說。「想來那個樂團歌手說對了。他說，當你把自己摔到一個幾乎沒有盡頭的深淵，一路滑落到谷底，發現自己竟然沒有死掉時，也許該問問自己為什麼會掉到那裡去。所以，你要吃午餐呢，還是要出去？」

「都要，」珍說，「但是這個時候只吃午餐也行。你根本就不是叛逆分子，對不對？」

馬修露齒而笑。「那要看，」他說。

「看什麼？」

「看對誰有利？如果我有利可享，那麼我也許會有興趣。你有什麼呢？」

「我還不知道，」她想想說，「但我可以免費告訴你這個。如果有一天你真能把毒癮戒掉，你肯定可以賺大錢的。你甚至比我父親還懂得如何操控別人。」

「一個人總是得從別人眼中看清自己，」他說，轉動起輪椅。「你也不差。現在，抓緊。讓我們看看這玩意兒可以走多快。」他彎腰把她往後壓回座位裡，而當他這麼做時，她轉頭向他微笑著。

突然間，似曾相識的感覺讓她本能的揚手欲攫住從她眼前略過的影像。眉格和羅素……眉格和里奧……鮮血……婊子……婊子……婊子……

7

剛開始時，鮑比．法蘭克林很小心的使用那四張偷來的信用卡，卡片背面的簽名全都是華麗的花體字太容易模仿了。他先以最謹慎的方式刷卡，買三十英鎊以下的東西，以避免招致電話審核，但是兩天後，他受不了一件皮製夾克的誘惑，價值一百五十英鎊，終於警戒心敵不過貪心。他在服飾店經理銅鈴大的眼睛瞪視下不停的冒冷汗，腦中一片空白的盯著經理打電話詢問該卡的授權狀況，然後，他意識到的下一件事是那件夾克被遞送到他手中，他於是了解那些卡還沒有報失。接下來的五天，他輪流著使用那些卡，買了總價將近六千英鎊的東西，很明顯的仍然尚未超過信用額度。他還沒有碰那女人的卡呢。自然而然的，他變得粗心，也變得不在乎。那是一種獸性的本然，急著要對外公布他的聰明靈巧，誇示他新發現的財富，對鮑比而言，他根本就沒有未雨綢繆的概念，有的只是孩子似的對誘惑投降，在同儕之間展示他的與眾不同。他越來越像隻驕傲的公雞，趾高氣昂的炫耀他的東西，刺激同伴的嫉妒和反感，終於他學校一個同學向警察密告，告發的代價是一根菸和一罐啤酒。

□

六月二十四日星期五，漢普夏郡溫徹斯特市，羅門賽路警局——凌晨十二點十五分

大約是珍坐在輪椅上考慮著要逃離的同一時間，史恩・費哲警佐敲著莫道克巡官辦公室打開著的門。「你記得督察長說過，可能另有第三個人偷走我們正在處理那對無名屍體的身分證件和錢的事嗎？我花了點時間調閱上個星期的報告，結果發現了一名騙子幾乎符合所有的條件，這不太可能只是個巧合，長官。一個叫鮑比・法蘭克林的小子今天早上被一個制服警員帶進局裡。他住在山楂樹園，來自一個單親家庭，家裡五個孩子都學壞了。排行老大。他用偷到的信用卡買電器用品、衣服等，五天內就花了六千英鎊。當他們撬開他房間的地板時，找到四張里奧・沃爾德先生以及兩張眉格・哈利斯小姐的信用卡。他聲稱是在商街上一個遺失的購物袋裡找到的，但是泰德・蓋瑞提打電話去詢問那些卡是什麼時候報失時，他被告知，對發出那些信用卡的銀行而言，那些卡仍然有效。泰德試著要跟卡片持有人聯絡。沃爾德登記的住址是里其蒙市格雷凡園十二號，哈利斯的是翰默司密市秀柏利路四十三號之一。兩支倫敦的電話都沒有人接聽。你怎麼想？」

莫道克凝重臉上那道雙眉間的皺紋因這個消息而舒展開來。「法蘭克林還在這裡嗎？」費哲點頭。「他是個難纏又愛耍心眼的小子。十七歲，聲稱知道自己的權利。我們以前就抓過

他，但這回他年齡夠大了，犯的罪行也夠重到我們可以對他提出控訴。據蓋瑞提說，他有五台電視，半打音響系統，都還包在盒子裡，放在床邊，還有一大堆時髦全新的衣服藏在櫃子裡。」

「有人代表他嗎？」

「一個從西克斯事務所來的年輕女人。她要他把嘴巴閉起來。」

那道皺紋又回來了。「米蘭達．瓊斯，我猜。如果女人們能安分的守在她們擅長的角落，不到男人保留地來亂闖，世界會比較平靜。」他懶懶的瞥了一本正經的年輕警佐一眼。「你同意這說法的，對不對，史恩？」他追問著，心中其實很明白費哲沒有膽量反駁長官。

費哲盯著巡官頭頂上方的天花板，戲謔的在心中盤弄如何打擊眼前這個混帳。他真的討厭莫道克。他尤其懷疑這個男人對女性的敵意其實是一種病態，莫道克正在辦他第三次的離婚。然而，即使這樣，他的行為仍無法叫人原諒，就像他在離異程序中拋棄他六個孩子明顯的意圖一樣沒有藉口可講。「她其實比那事務所的其他辯護人還要好些，長官。」

「好吧，我們去看看他，」莫道克說，離開座椅站了起來。「我猜，他不會是我們要找的殺人犯，是吧？」

費哲側過一邊讓他通過。「我也這麼認為，長官。根據泰德．蓋瑞提的說法，他喜歡小女孩。兩年前，有個十三歲女孩控告他強暴，但是他沒有被起訴，因為那女孩兒的母親在知道她女兒曾經跟太多男孩子睡過後，很快的就把她帶開了。一般來看，這個法蘭克林有戀童癖的傾向，不出兩三年，我們也許就會因為兒童性騷擾案件，需要固定拜訪這個猥褻的小人。這個傢伙根本沒種，所以他很可能在兩具死了很久的屍體上搶奪錢財也不會有任何不安，但是，我非常懷疑他有膽子在他們還活著的時候綁架他們。」

□

實在是個中肯的評價，莫道克想著。這時他正在偵查室訊問那個低級下流得駭人的年輕人，這小子開口閉口滿嘴猥褻的字眼，而且，在訊問過程中，他一直用手指把玩他兩腿間的玩意兒，還顯然並沒有意識到自己的行為。他看來不甚健康，沒有洗澡，有張皺巴巴，尖銳的小臉，眼睛四處亂飄，不正視前面對著他說話的人，嘴角還陰沉的歪著。在這樣的時刻裡，潛藏在加瑞·莫道克裡奉行法西斯主義的一面，就會開始嘀咕這個社會為什麼要容忍這樣的敗類存在。

「我們遇上了一些問題，」在法蘭克林以「沒他媽的意見」來回答他問的頭三個問題後，他低語著。「我要直接處理這個問題，鮑比，你會知道我究竟要什麼。然後，我想，你也許就會決定給我一些答案。我對你不法盜用信用卡的事情一點興趣也沒有。就我而言，那是另外一回事。我有興趣知道的是卡上寫著的那兩個人的名字，里奧·沃爾德先生以及眉格·哈利斯小姐。我之所以想要知道，是因為我們昨天下午在阿丁利林地找到了兩具到目前為止還無法確認身分的屍體。現在，根據費哲警佐還有我的猜測，那兩具屍體很有可能就是沃爾德先生和哈利斯小姐，如果你能向我們證實這點，鮑比，可以省下我們很多的時間和精力。我們猜想你是在一星期或更久以前偶然發現那兩具屍體，然後做一般精力充沛的正常男人會做的事，把他們的錢包拿走。」他親切的笑著。「又怎樣呢？他們反正是死了，又不是你殺的，對這點可沒有疑問，而他們不再需要他們的信用卡了，對不對？就給我們這個答案，怎樣？那真的可以幫助我們找出他們是誰。」

「滾開，」鮑比說。「沒他媽的意見。」

莫道克看了那年輕的律師一眼。「這麼吧，我和警佐先出去五分鐘，讓你和你的客戶商量一下，怎麼樣？我想，應該先告訴你，一旦我們確認了那對屍體就是沃爾德和哈利斯，很可能決定對法蘭克林先生提出另一項控訴，名目是妨礙公務。」

費哲帶著無法掩飾的厭惡看著鮑比下意識的自慰行為。「如果我們被迫到山楂樹園挨家挨戶的訪查，不知道會不會找到另外一個人，比如說一個年紀不大的女孩，當時跟鮑比一塊兒在林地。」

「沒有人跟我在那裡啦，」法蘭克林急切的說，沒有注意到他的律師警告的抓住他的手。狗屎，如果他們真的發現他跟一個只有十二歲的女孩性交。

「好好好，我是看到那兩個屍體啦，而且，老天，他們實在恐怖。臉被幹得粉碎，到處都是綠頭蒼蠅，但我只是一個人。如果真有人跟我在一起，你想我能拿走他們的卡嗎？用用你們的狗腦袋。他們在林子裡就會要分的，不是嗎？就像你說的，他們兩個都死了，不會再用到那些該死的卡了。覺得沒有什麼害處，就把卡拿走，想做一點小生意。」

「你有責任向警方報案，鮑比，」莫道克溫和的說，他慣常的攻擊性格隱藏在面帶鼓勵的笑臉下，似乎在說著：小子，不要擔心，我們是這世界上的大男人，你和我，我們都知道法律是用來被破壞的。

「你娘的！這事跟我一點關係也沒有。如果我對你們條子有一丁點好感，我也許會這麼做。但是你們從來沒有給我什麼好處，我為什麼要幫你們？他們反正是死透了的，你不會相信。這有什麼不同，如果他們被早發現一個星期或什麼的，跟到今天才發現又有什麼不同。他們還是死的，不是嗎？」

莫道克無法對這點爭執。「你確定當時只有你一個人，鮑比？如果真有個女孩跟你在一起，我們現在必須要知道。那很重要。」他腦中閃現的是壕溝邊緣的滑行痕跡，一隻女人的高跟鞋造成的痕跡。

「是，我確定。」他想了一下。「我可以免費告訴你這個。如果哪個女生看到我所見到的一切，她一定到現在還會噁心的不停嘔吐。我自己是沒有想那麼多啦。」他的膚色看起來越來越不健康。「我還得憋著氣才能夠去搜他們。那很噁心。想想那溝裡應該有一萬隻綠頭蒼蠅。你要扣押我嗎？不是我把他們做掉的。我不做那種事。」

莫道克瞥了費哲一眼，費哲聳了聳肩。這小子的故事顯然有其真實性。「沒有，」巡官說，並且站了起來。「除了你已經被控訴的罪名外，我不打算要在你頭上套別的罪名，但是我們會再傳訊你的，鮑比，所以我建議你得隨傳隨到。費哲警佐和我本人都不想因為要找你而花上不必要的時間。」他在門邊停下。「最後一件事。那些屍體有沒有試圖掩埋的痕跡？」

「你是說埋到墳墓裡？」

「不是，我是指他們有沒有被蓋在什麼東西之下？」

「只有葉子。」

「藏得很好？」

「沒錯。非常好。」

「那麼，你是怎麼知道他們在那裡的？」

法蘭克林尖銳小臉上的鼠目緊張的轉動了一下。「因為有東西到過那個男人那裡，」他說。「也許是隻狐狸。他的頭和上半身露出來了，至少看起來是那樣。我不知道那女人在那裡，直到我開始把葉子從他身上弄開，才看到她的頭靠在他見鬼的腳旁。告訴你實話，」他說，「我現在希望我從來就沒有見過他們。」他在他褲子上抹了抹他的手。「那讓我很擔心，不知道我在那之後有沒有把自己洗乾淨。我一直很擔心。」

□

薩爾司柏瑞，南丁格爾療養所——晚上六點半

亞倫・坡司羅後來在那天傍晚到珍房間去看她，發現她在裡面努力認真的踱著步。「我再

也不要坐輪椅出去了，」她生氣的對他說。「我以前並不知道我對別人盯著我看有多敏感。實在是個丟臉的經驗。」她用手指戳了戳眼睛上的繃帶。「這個愚蠢的東西什麼時候可以放開我的眼睛？」

「也許明天早上，」他說，懷疑她這樣的火大僅僅是因為覺得受到侮辱嗎？他想，大概還要再等上一陣子，她才會有足夠的信心承認她記起了什麼。「九點半的時候，你必須要到阿斯塔刻醫院去。一切都沒問題的話，繃帶就可以取下來。」

她走到梳妝台旁停下來。「感謝上帝。我現在感覺自己像是科學怪人。」

他和善的臉龐湧出一抹微笑。「你看起來不像。」

一陣靜默。

「你結婚了嗎，坡司羅醫生？」

「曾經。我妻子四年前死於乳癌。」

「對不起。」

「為什麼想知道？」他問她。

直截了當的好奇呀。你這麼和善，不應該會那麼自由的，而且你幾乎每件襯衫都多少缺了幾顆鈕扣。「因為現在是六月一個星期五的下午六點半，而我在想你怎麼還杵在這裡。你住在這兒嗎？」

他點點頭。「樓上房間。」

「有孩子嗎？」

「一個女兒，在讀大學，現年十九歲，非常固執。」

「我倒不訝異。你也許從她還只有大人膝蓋高開始，就把她當成你研究個人責任理論的白老鼠。」

「就是那樣。」

她饒富興味的看著他。「原諒我的好奇，如果你的病人選擇了錯誤的價值觀，你怎麼辦？就是說，因判斷錯誤而造成錯誤行為。我無法相信他們全都在存在主義者坡司羅畫出的線內排排隊站好。就統計學上來說根本不存在。」

他彎下身坐在一張椅子上，一雙長腿伸到前面，雙手懶散的交叉放腦後。「那是個非常難以回答的問題，但我有心給個答案。你所說的『錯誤』，是指他們離開這裡之後，仍然沒能把進這療養所前想戒除的癮頭戒掉？也就是說，他們花在這裡的時間沒有能說服他們用另一種方式看待自己的生活？」

「這麼說太過簡化了，但是，勉強可以這麼講吧，我想。」

他揚起了一邊眉毛。「那麼簡單的回答就是，如果我的方法對他們沒有用，他們就只能繼續維持現狀或者是去尋找別的方法。但是，這種狀況通常只發生在那些來到這裡不到四十八小時就離開的人身上，因為他們一開始就沒有想要來這裡。」

就像我，她想。「但是你一定也碰過自甘墮落的例子吧。像馬修，我就不認為他一旦離開這裡，還能循規蹈矩的做人。」

「我想你低估了他。你知道，他才來兩個星期而已。再給他一個月的時間，然後告訴我他能不能做到。」

她看來大吃一驚。「一個月？我應該在這裡待多久呢？」

「不管長短都隨你意。」

「那不是回答。我是說我父親要你把我留在這裡多久？」

「這裡不是監獄，珍。我不留置任何人。」

「那麼明天我眼睛上的繃帶被取下後，我就可以離開囉？」

「當然可以，只要你記得我星期三告訴你的話。你生理的機能還沒有完全恢復，所以我有責任通知你父親說你自願出院。」

她虛弱的笑笑。「那是不是說我精神健全呢？」

他聳肩。「就我來說，你就跟雙靴子一樣堅韌。」他傾身向前，小心檢視她的表情。「老實說，我無法想像我眼前這個獨立堅強的女子，就是警方對我描述的那個心碎、不堪一擊把車子故意撞向一堵牆柱的女人。」

她抬起手指按住眼瞼，隱藏突然襲來的眼淚。「我也是，」好一陣子後她說，「但是我不斷的讀著報紙上的那篇報導，一次又一次，我無法想像還有別種解釋。」她放下手，盯著他看。「我今天打電話給眉格，是答錄機應聲。我想如果我可以跟她或里奧談談，他們至少可以告訴大家我真的沒有因為他的離去而傷心。」

「你能想起什麼事來了嗎？」

「你是說，不傷心不沮喪？」他點頭，而她搖頭。「沒有，我只是非常確定那不會困擾我。」

「為什麼？」

因為上次發生同樣的事時，我並沒有感到傷心難過。「因為，」她不自覺的大聲說，「我自己並不想要里奧。」她把視線從他身上轉開，害怕從他的表情裡讀到不信任。「我知道這聽起來像是酸葡萄心理，但我真的對不用嫁他而鬆了口氣。我記得我可以把所有時間都耗在工作室裡，只為了避免回家跟他共度所謂溫暖的夜晚，我不認為那是因為結婚前的退縮。我開始很明顯的討厭他。」她空洞的笑了笑。「好個獨立堅強的女子。為什麼我要跟一個我並不喜歡的人結婚？那實在沒有道理。」她沉入簡短的靜默中。「也許沒那麼糟，」她突然說，「如果我不需要不斷的架構自我防衛機制的話。」

「防衛什麼？」

她再一次用手壓住她沒有裹住繃帶的眼睛，不想讓他看到蒸騰的眼淚。「害怕，」她說。

他等了一會。「怕什麼？」

「我不知道，」她喃喃的說。「我不記得。」

□

漢普夏郡溫徹斯特，羅門賽路警局——晚上七點

那對屍體開始被標以試探性的名字和住址之後，調查線索就不可思議的源源不斷。打到里其蒙區警局的電話提供了一個有用的訊息，格雷凡園十二號在十多天以前也受到漢普夏郡的另一警察分局的調查，因為一樁交通事故牽扯到該址住戶，也就是珍・康思立。

「你要跟佛定橋的哈立威爾警佐聯絡，」電話那端如此建議費哲。「他要我們對康思立進行一些調查，因為他們認為那名女子是蓄意自殺。重點是，她跟里奧・沃爾德曾有婚約，他跟她同住在格雷凡園大約有兩個月，然後在六月十日星期五晚上離開她，跟康思立最好的朋友同居去了，那時距離他們原定的婚禮還剩三個星期。我們跟康思立的鄰居談過，他們提到另一次自殺企圖，那是在十二日星期天，另外我們還跟沃爾德的父母在電話中聯絡過。得到的資料是，沃爾德和他的新女友已經躲到歐洲大陸去，避開取消婚禮會引起的尷尬。」

「知道那名女友的名字嗎？」費哲屏著氣，緊張的問。

「哈利斯。眉格・哈利斯。」

賓果！「你有沃爾德父母的住址嗎？」

「讓我瞧瞧。父親是安東尼・沃爾德爵士。住址：艾須維，道桐莊園，靠近焦得堡地區。」

「眉格．哈利斯的父母呢？」

「對不起。她只是個新任女友。我們除了她的名字外，沒有其他資料。」

「好吧，你能不能把所有相關的資料全部傳真過來？」他把號碼唸出來。「如果可以的話，能不能在五分鐘內傳來？」

「沒問題。順便問一下，發生了什麼事？」

「還不確定，我們這裡有兩具屍體，初步猜測是沃爾德和哈利斯。你最好通知你們那裡的兄弟們我們明天也許會過去。再見。」

他掛斷電話，翻閱警察通訊錄，然後打電話到佛定橋。「請問哈立威爾警佐還在嗎？」他問。「是的，我知道已經很晚了。」他的手指敲鼓似的打在辦公桌上。「好的，喔，這很緊急。你能不能聯絡上他，請他回電話給阿丁利林地事故處的莫道克巡官，或是費哲警佐。」他激動的留下號碼。「麻煩你把這個列入緊急優先事件。」

他把他的速記收起來，踱步到走廊另一端的傳真機，里其蒙區警局傳送的資料已經看到頭兩頁了。他快速瀏覽那兩張紙，然後擠進莫道克的辦公室。「這裡有漢普夏郡的傳真資料，長官。里奧．沃爾德直到兩個多星期以前，還跟一位珍．康思立小姐訂有婚約。他們原先預定七月二日結婚，但里奧在六月十日拋棄她，和她最好的朋友，眉格．哈利斯同居。」他抬頭。「康思立小姐的父親是法蘭柴思—霍汀有限公司的亞當．康思立，婚禮要在黑靈頓舉行，就是康思立先生的住所。位於佛定橋北邊的大宅邸。」他把那些傳真交給莫道克。「我已經留話請佛定橋的哈立威爾警佐回電。他是負責那次訊問的人，六月十三日當天，他的同事忙著把康思立小姐從她車裡拖出來，她昏迷不醒，喝得爛醉如泥。他們猜測，是另一次自殺的嘗試，前一次是在六月十二日。」他敲敲掛在牆上的全國地形測量圖。「據跟我談話的里其蒙區警局的人員說，出事地點是史托尼·巴塞的棄置機場，那裡——」他在地圖上攤開手掌，「位於阿丁利林地和黑靈頓範圍之間，大概三分之二左右的路上，也就是說，從林地到那座機場將近十五英里遠，而從黑靈頓到飛機場則約七英里。長官，我對這有相當強烈的直覺。地理區域沒有錯，溝槽邊緣上有女人高跟鞋造成的滑行痕跡，醫生也說過女人有可能犯下這個罪行。」

莫道克是個比較謹慎的老手。「讓我們等等哈立威爾的消息，」他說。

□

半小時之後，他們移步到督察長辦公室，把他們截至目前所得到的資料報告給他。「有另一種說法，雖然遙遠但若有足夠證據我也可以接受——就是沃爾德和哈利斯真的在法國南部海邊享受日光浴，」莫道克最後說，「因為法蘭克林有可能對我們撒謊，我們找到的那兩名死者早先一步偷走了他們的信用卡，後來法蘭克林又從死者屍體上拿走，但這實在很難相信，不值得進一步去考慮。我們的推測可以解釋為什麼沒有人因他們失蹤報案。根據哈立威爾提供的訊息，里奧的家人說他們跑到法國，為了躲開取消婚禮可能造成的難堪。我們接下來該怎麼做？告訴安東尼·沃爾德爵士說我們猜躺在檢驗室解剖台上的屍體是他兒子，要他來認屍？或者等到我們確定了他們的身分後，才分別通知他們的家人？我們也許可以在哈利斯位於翰默司密區的家中找到指紋，但是里其蒙區警局說他們不可能在不讓珍．康思立知道發生了什麼事的狀況下，再回到格雷凡園去。如果她真有涉案，這麼做對進一步偵查沒有好處。」

法蘭克．區佛輕輕在他辦公桌上彈著手指，若有所思的望著窗外。「我有沒有告訴過你們，」他最後說，「我初入警界時，是在倫敦東區的邁爾點區做巡邏警員？」

莫道克和費哲直勾勾的盯著前方。他豈止是曾經告訴過他們，他事實上已經告訴他們幾千幾百遍了。莫道克掩藏不住他的不耐煩。這老頭子的回憶沒什麼好聽的，只除了一個有趣的事實，區佛是倫敦東區一個妓女的私生子。就算是莫道克也不能否認從貧民區出生的他，可以一路在不同的警界領域裡攀爬到今天的位子，還跟同一個女子維持了三十八年的婚姻，真是一項了不得的成就。

「那時我才剛出校門，」他陷入沉思，「我碰到躺在街上的一個黑人，他那時被亂棒打得只剩下一口氣。」他停下冥想了一會兒。「後來發現這可憐的傢伙跟倫敦東區幫派老大的妹妹有婚約，當時有間接證據指向他那未來的大舅子很可能就是行凶者。我的長官就只缺身分的確認。但當那名被害人終於轉醒後，他卻拒絕合作，我們只好把整個案子撤銷。我從來沒有見過有人害怕成那樣。他是黑人，皮膚就像是黑桃牌的顏色，但是每一次我們提到起訴這個字眼時，他臉色就蒼白得可怕。」他眼光在面前的兩人之間移動。「那毆打他的混蛋叫亞當．康思立。他不願意家裡出現黑人血統。」他灰白的眼神定在莫道克身上。「但是他最後仍然無法阻止。那黑人小夥子比康思立預期的還要有種。一星期後他娶了那個妹妹，撐著拐杖走上紅毯。」

莫道克吹了聲口哨。「同一個傢伙？這個女孩的父親？」

區佛點頭。「他後來發了財。採用的手段是廉價買下有人住的房子，然後派遣他的流氓手下把那些可憐的人趕走，再以空房高價賣出。六〇年代他變成仕紳，大約是他女兒出生的時候。」他視線穿過窗戶望向黑夜。「好，」他說，「我建議我們小心的踩著步伐走。費哲，你和我，明天早上去拜訪安東尼·沃爾德爵士。我們準時八點出發，預計在九點到九點半之間跟他見面，還有我要你通知克拉克醫生一下，說我們也許會把他請回來。」然後他轉向莫道克。「同時，加瑞，我建議你把你的人分成兩批——一半放在眉格·哈利斯身上，另一半去調查珍·康思立。我要知道他們是在哪裡認識的，認識多久了，他們的個性怎樣等等。特別是我要知道珍·康思立和她父親之間相處的關係。有問題沒有？看你在我們回來時能得到什麼資料。」

「但我猜我們先不要去驚動康思立本人？」

「先不要。」

「那個女兒呢？哈立威爾說她在腦震盪之後，目前在薩爾司柏瑞的南丁格爾療養所療養。我們是不是也不去打擾她？我們手上有對她酒醉駕車的控訴權，我們也許可以這個名目跟她談話而不至引起懷疑。」

「你這麼認為，是嗎？」區佛譏誚的說。「聽著，我的夥伴，我們面對的絕非善類，你最好確定康思立不會從你問的問題中嗅到任何訊號。懂了嗎？我們必須先搞清楚，百分之百的明白我們所處的位置以及我們握有的資料，在那之前，任何人都不允許對那家人採取行動。如果珍跟她父親有那麼一點相像，你就得像處理一條滑溜溜的蛇一樣的面對她。當然你不能去打擾她。不許去打擾他們任何一個人。」

□

六月二十五日星期六，蘇瑞郡焦得堡區，道桐莊園——上午九點半

安東尼．沃爾德爵士領著兩個面目凝重的警察來到他房子的起居間，額頭上豎著幾道疑惑不解的皺紋，就著空椅子對他們揮了揮手。「說實話，先生們，我已經憋到這裡了，」他抬起手伸到頸子旁，「為了那個可憐的女孩還有她的企圖自殺——我當然不會為我兒子的行徑喝采——但是老實說，我和妃麗芭真的因為這些跟我們毫無關係的事件不斷的受到騷擾感到煩不勝煩。你知道我跟你管轄這區的同行在電話中談過多少次了嗎？更別提可憐的妃麗芭跟珍的繼母那場令人毛骨悚然的對話了。妃麗芭是一直堅持做正確的事，對珍的康復致上最深的祝福，但是貝蒂是那麼的魯莽，你根本不能期待她那種背景出身的人能有什麼不同的行為態度。」他鄙夷的搖了一下頭。「她實在惹人厭了，只比倫敦東區妓女要好一些而已。天知道，我們最好和那個家庭沒有半點糾葛。」

費哲清楚區佛的生長背景，有點不適的扭動著。但督察長只簡簡單單的點點頭。「是不容

易，爵士。」

「當然，你是對的。我們為什麼要對一個沒有能力應付自己情緒的成年女子負責呢？這件事真有那麼重要，你們連等里奧回來都不能等？」他往後坐進沙發裡，一條腿優雅的疊上另一條腿，每一個動作都顯示他貴族的氣勢。倘若不是現下這種情況，費哲也許會忍不住要踢他幾腳。他覺得，安東尼・沃爾德爵士不是個正直誠懇的人。「妃麗芭和我對珍根本就不熟。里奧在那個奇怪的週末帶她來，但我們對她無法產生一絲親近的感覺。當然，她是個非常聰明的女子，但是對我們而言，她太過前衛了。」

「事實上，我們倒很想跟你談談你的兒子，」法蘭克・區佛坦白的說。「你可有住址或電話號碼什麼的，可以讓我們跟他聯絡上？」

安東尼爵士搖搖頭。「自從他們離開，我們還沒有得到任何隻字片語。這並不讓人意外，他們正陷入一個尷尬的處境。」他手掌蓋住膝蓋。「我們也是。你可以想像，我們一直沒有張揚。婚禮前四個禮拜拋棄新娘並不是件值得炫耀的事，但問題是，我們沒辦法因為他做出這樣的選擇而責備他。尷尬中鬆了口氣，也許是最符合我們此刻的心情了。她實在不適合他，把所有的事情都看得太嚴重了。自殺就是最好的例子。」

費哲研究著他旁邊桌上的全家福照片。「爵士，這是你的兒子嗎？」他問，指著一個高大淡色頭髮的男子，雙手環抱在胸前，臉上帶著大大的笑容，倚靠著一輛賓士敞篷車。家人的面容非常相似。他跟安東尼爵士一樣額頭寬廣，濃密的髮，就連那顆出身貴族的頭都擺出相同的傾斜角度。

「是的，那就是里奧。」

「他和哈利斯小姐有沒有說清楚他們要去哪裡，安東尼爵士？」

「沒有。他們只是說他們要開車過海底隧道，直到砲火停止。」

「你本人跟他們談過話嗎？」

「沒有面對面。里奧在一個星期六的早上打電話來說婚禮取消了，他和眉格最好消失一段時間。」

「那星期六就是六月十二日？」

「是的。兩星期以前的今天。」

「從那時候起你就沒有他或眉格的消息？」

「沒有。」他用手掌刷了刷他的長褲。「但我必須說，我不知道這為什麼很重要。你的前往未婚妻想要結束她自己的生命，根本就不是什麼該砍頭的罪呀。或者現在是了？我很遺憾的說我年紀越大，就越覺得現在的法律沒有什麼道理。」

法蘭克．區佛從襯衫口袋裡拿出一份折疊的紙張，放到他腿上攤開，然後遞給安東尼爵士。那是從鮑比．法蘭克林手上尋獲的信用卡影本。「你認識這張紙上的任何一個簽名嗎，爵士？」

安東尼爵士拿起紙張伸長手臂端詳著。「是的，」過一會兒，他說，「上面四個是里奧的。」他半瞇著眼。「底下兩個簽的是眉格•哈利斯，所以應該是眉格的簽名。」他把視線轉向督察長。「我不懂。」

「我很抱歉，安東尼爵士，但是我們有理由要進一步了解你的兒子和哈利斯小姐。我們來這裡，主要是希望你能提供給我們一些他們目前的狀況，讓我們能確定他們還活著。」他對那張紙點點頭。「一個十七歲的男孩昨天在溫徹斯特被傳訊，罪名是信用卡詐欺，那六張卡就曾在他手裡。他告訴我們他是在一星期以前從阿丁利林地發現的兩具屍體身上偷來的，該林地位於溫徹斯特西邊大約兩英里處。我非常遺憾的來通知你，我們相信那兩具屍體其一是你的兒子，里奧·沃爾德，另一位是他的女友，眉格·哈利斯。」

也許這個消息實在太過突兀，令人無法接受，或也許很單純的，這消息太沒有道理。安東尼爵士意外的笑了起來。「不要胡鬧了，先生們。我已經告訴過你們。他們現在正在歐洲大陸的什麼地方。這是什麼，一個無聊的笑話？」他兩道眉毛氣得聚攏起來。「是康思立那變態的所作所為，我猜。」

「不是的，爵士，」區佛溫和的說，「不是個無聊的笑話。雖然，站在你的立場，我誠懇地希望是。但是我們真的發現兩具身分尚未證實的屍體，」他朝著照片笑了笑，「一名男子，年紀約在三十到四十之間，身高六呎一吋，金髮；另一位女性，年紀在三十到四十之間，五呎四吋，黑色短髮。雖說那個男孩告訴我們怎麼偷到那四張卡的故事有可能是個謊言，但我得說可能性不大。那名男子似乎符合你兒子的特徵，我們還要進一步比較那具女性屍體跟哈利斯小姐的特徵。我們還沒掌握對她特徵的任何描述。」

安東尼爵士仍然搖頭拒絕相信。「一定是什麼地方出錯了，」他堅定的說。「里奧在法國。」

「也許你能告訴我們眉格的特徵，」費哲建議。

「她來過這裡一次，」老人緩緩的說，「那時里奧和珍在這裡度週末，她在往倫敦的路上順道來這裡午餐。妃麗芭立刻就喜歡上她。她是個好女孩，顯然她吸引了里奧。跟珍比較起來，在任何一方面她都比較突出。良好家庭，正派背景。妃麗芭和我在聽到我們的男孩說他打算另娶眉格時，都非常高興。我相信她的家在威爾夏郡。一個漂亮女孩，黑髮、苗條、總是帶著笑臉。」他跌入沉默中。

「年齡——」費哲開口，但區佛瞥了他一眼，做了個噤聲的手勢。

傷心絕望浮現在安東尼爵士的臉上。「你知道，這消息會毀了我的妻子。里奧是獨子。我們曾經努力過，但毫無辦法。」他拇指和食指按壓著眼帘，阻止眼淚氾濫。「為什麼？是意外嗎？」

區佛清了清喉嚨。「不，我們不這麼認為。法醫認為他們是被謀殺的。」他雙膝夾住雙手。「我很抱歉，安東尼爵士。」

他再一次搖著頭，這會兒是憤怒的搖頭。「不，不，太過分了。」

大家都靜默了好一陣子。

他顫抖著舉起手橫到前額。「誰會想殺他們呢？」

「我們不知道，爵士，」區佛靜靜的說。「他們已經死了有好一陣子了，也許有兩個禮拜。目前我們猜測事情大概是發生在六月十三日。」

「那會是珍企圖自殺的那一天，」他有氣無力的說。

「我們知道。」

安東尼爵士的嘴唇再次啟動。「我想你們應該知道她先生是被謀殺的？」他粗嘎的說。法蘭克·區佛皺著眉頭往前傾。「你是說康思立小姐的丈夫？」這對他而言倒是新聞。男人點著頭。「她那時是蘭迪太太。大概是九、十年前的事了。她丈夫的名字是羅素·蘭迪。喬爾西的藝術商。」他透視般的盯著法蘭克。「他被一個像鐵槌類的東西搥打致死，凶手從沒有被找到。蘭迪被毆打得情況非常嚴重，面目全非。報上指稱那是有史以來最殘酷的謀殺案件之一。督察長，我兒子是怎麼被殺的？我還能認得出他嗎？」他看到警察眨動的眼睛裡閃現短暫的猶豫，迅速闔上的眼瞼像是一扇關上恐怖景象的窗子。「他難道跟蘭迪一樣也是被搥打致死的嗎？」

法蘭克抬起疲倦的手拂了拂臉。老天爺，他想著。會這麼簡單嗎？「死亡從來就不好看，安東尼爵士，在死了幾天後更是如此。」

「他跟蘭迪一樣是被搥打致死的嗎？」沃爾德聲音裡透著怒氣。

「就現階段來看，」法蘭克小心的說，「什麼都還沒有辦法確定。法醫還沒有完成檢驗程序，直到那以前所下的任何結論都不正確，但我可以向你做私人保證，一旦他們把報告交給我們，我會把他的結論先轉給你。」

不管是什麼觸發了安東尼爵士的憤怒，此刻突然消失了。他一下子看來有些迷惘，彷彿他兒子死亡的事實現在才開始在他心中落實。「我想你是要我去指認那具屍體。」他開始站起來。

「不急的，爵士。我要你跟你妻子好好談談，不管需要多長的時間。請不要覺得你必須立刻去辦這件事情。」

「但它是，」他爆發似的說，從椅子上起身。「妃麗芭到醫院當義工去了，所以她不會知道我不在家。你曾提到過一絲渺小的可能性，」他提醒警察，眼淚在他眼裡打轉。「為了我可憐的妻子著想，我祈禱那會是真的。」

□

漢普夏郡，內政部法醫檢驗室——上午十一點四十五分

他站著，沒有掉淚，俯看他兒子的屍骸躺在一張醫務用的乾淨台子上，他的軀幹小心謹慎地被覆蓋在白色棉質被單裡。那頭髮，跟生前一樣的呈現金色，濃厚茂密，毋庸置疑，是里奧的。另外，叫人不忍卒睹的是，他的臉僅剩下勉強可供辨認的輪廓。他的眼睛尋找著克拉克醫生。「我應該怎麼告訴我的妻子？」他問。「我甚至不知道要怎麼開口。」

克拉克垂頭看那具可憐的屍體。「她需要的是安慰，安東尼爵士，不是事實。告訴她他看起來有多漂亮。」

□

藝術商被殺

羅素・蘭迪，四十四歲，其慘不忍睹的屍體昨晚在他位於喬爾西的畫廊儲藏室被他的妻子，二十四歲的珍・康思立發現。救護車到達現場時，一息尚存，但在駛往醫院的途中斷氣。蘭迪太太懷有三個月的身孕，處於震驚狀況。她先前在他們約好共進晚餐的葛芙洛契餐廳等了一個多小時，他一直沒有出現，之後她搭乘計程車到畫廊找他。她獨自一人發現身受重傷的他。醫生說他可能是在被發現的一至二小時之前受到襲擊，如果能及早發現，他或許還有救。

畫廊有被搜刮的跡象，現場遺失了幾幅甚有價值的畫作。警方相信蘭迪先生很可能是驚擾了搶匪。現場發現一把長柄大鎚。羅素・蘭迪是藝術界新近竄起的新星。他的「印象畫廊」開幕不到四年，專門收錄年輕畫家的作品，如麥可・帕奇亞以及珍娜・霍普金。

一九八四年二月二日《每日電訊報》

□

珍·蘭迪流產

在藝術商丈夫，羅素·蘭迪被殺後的兩個禮拜，珍·蘭迪受到第二次打擊。經證實，昨天她流失了她期待的胎兒。悲痛欲狂。警方對於她丈夫被謀殺一案至今仍然毫無頭緒。

一九八四年二月十八日《每日電訊報》

□

蘭迪謀殺案疑雲重重

警方證實對四十四歲藝術商羅素·蘭迪的謀殺案有諸多疑惑，蘭迪被毆打的身體兩天前被他的妻子珍發現。「現場有闖入的痕跡，」警方發言人說，「還有一些畫作遭竊，但是我們無法解釋發生在蘭迪先生身上狂暴的攻擊行為。專門偷藝術品的人通常跟殘暴扯不上關係。藝品竊賊頗為他們所謂的職業倫理驕傲。」

警方要求藝術商及收藏家注意失竊的作品。「如果我們可以確立竊盜是殺人動機，」發言人說，「那將有助於我們的調查。就現階段而言，我們還無法確定蘭迪先生命案裡的凶器——長柄大鎚——是原本就在現場，還是由施暴者帶至現場地。很顯然，我們必須考慮到謀殺的意圖是一開始就存在著。」

珍・蘭迪，二十四歲，是法蘭柴思—霍汀有限公司的百萬富翁總裁，亞當・康思立的獨生愛女。據聞他對他女婿的死感到非常痛心，雖然在婚禮之後他曾公開表示羅素・蘭迪只比對妙齡女子有興趣的好色淘金者要好那麼一點點。康思立的第二次婚姻裡有兩個兒子，邁爾斯和佛格斯，分別是十六及十四歲。

蘭迪家的朋友們說，羅素在社交圈裡很受歡迎，沒有樹敵。「他很聰明，還非常有幽默感，」一個親近朋友說。「我無法理解有人會想殺他。」

被偷竊的畫作經估計後價值二十五萬英鎊，警方相信那些作品很難脫手。麥可・帕奇亞的作品在極簡主義藝術派裡雖小有名聲，但支持者並不多。他最著名的作品《棕與黃》，由一小塊黃色畫布及兩邊各貼上一塊較大棕色畫布所組成，目前正於泰德畫廊展出。這幅作品被買下時，曾激起大眾憤怒的情緒。一位藝評家甚至用髒話來抨擊它。

「案情撲朔迷離，」警方發言人說，「為什麼小偷會想要偷那樣的作品。誰會願意去買？」

一九八四年二月三日《每日電訊報》

□

備忘錄

收文者：亨迪利
發文者：費雪督察長
時　間：一九八四年八月九日
主　旨：羅素・蘭迪謀殺案——一九八四年二月一日

在我們昨天的談話後，我要求安得魯及梅瑞迪把該案件摘錄成大綱呈遞給你。謹摘錄重點部分如下：

◆截至目前為止，沒有一幅遺失的畫作出現在市面上。我同意安得魯和梅瑞迪的看法，盜竊根本不是動機。根據進一步的調查，仍然沒有找到目擊行凶者闖入的證人。（附註：蘭迪太太已經申請保險補償金。那些畫作估計值二十萬英鎊以上。）

◆調查蘭迪被謀殺前三個月的行止，但沒有任何證據顯示他遭遇到麻煩。他的事業營運普通，私人財務狀況亦同。資料顯示他偶爾吸大麻，但並沒有從事任何不法活動。經探詢其朋友、同事和親人，沒有跡象顯示有婚外情。因此情殺被視為不可能。

◆他有一些同性戀朋友，但在同性戀圈密切訪談後，安得魯與梅瑞迪確信他本人不是同性戀者，因此這不是「同性戀」的殺戮。

◆他和妻子相處得很好。朋友說他「對她極度迷戀」，沒有證據顯示有家庭暴力的情形。她二月一日下午和晚上的不在場證明無懈可擊。那天自中午以後她落單的時間是在付錢給載她從餐廳到畫廊的計程車後，獨自進入建物內。當她發現蘭迪時，她僅單獨一人。安得魯、梅瑞迪已針對法醫提供的證據做過幾次偵訊，證實最初的推論，亦即在她晚上九點五分抵達現場時，蘭迪已經受到襲擊一個小時以上了。從計程車司機宣稱她下車的時間以及打九九九求救的電話時間顯示，她不可能來得及犯下該罪行。

◆她在謀殺案前三個月的行止亦做了追蹤調查。安得魯、梅瑞迪特別注意婚外情的證據，但是什麼也沒有發現。他們同時也尋找她雇用第三者謀殺她丈夫的證據，但仍一無所獲。必須說明的是，他們找不到她欲除掉她丈夫的動機。經訪談的朋友同事已超過百人，他們全都以親切友好來形容他們夫妻之間的關係。雖然有跡象顯示蘭迪先生有週期性的猜忌，但這是因為他比她大了二十來歲，而不是她有任何不可告人之舉。

◆就蘭迪太太的父親，亞當・康思立的角色而言，則存有未曾澄清的疑處。所有證據都指向他敵視蘭迪先生。他從一開始就很明顯的反對他們結合，而且對於這個婚姻是瞞著他私底下進行感到非常憤怒。他拒絕跟他女婿說話，即使和他女兒頻繁的電話聯絡。她的朋友說她對存在他們之間無法跨越的鴻溝很無奈，但是拒絕在這場「嫉妒」角力中偏袒任何一方，持續以她自己的方式跟兩人維持良好的關係。她給自己唯一的限制是她不在一方面前提到另一位。

◆對康思立在謀殺案發生前數星期以及當天行止的後續調查中，安得魯和梅瑞迪得到結論，雖說康思立親手犯下該項罪行的機會不是沒有（當天他在倫敦參加會議，騎士橋舉行的會議在下午四點半結束，下一場是六點半在艾德威路舉行，他在這段空檔的確有充裕的時間到喬爾西去），但他們相信那不可能。康思立拒絕透露他在那段時間的行蹤，但根據數個星期前所進行的調查指出，有三名證人證實他當時是跟牧羊人市場一名妓女在一起。這個定期習慣已經持續有好幾年了。

◆雖欠缺其他解釋，安得魯及梅瑞迪傾向於相信康思立雇用殺手結束他女婿的生命。然而，他們無法提出證據。因為缺乏證據支持，調查無法繼續進行。他們對他的懷疑是基於他們對康思立所作的人格及背景調查，內容如下：

1.自早年開始他的事業以來，外界就一直謠傳他跟倫敦黑社會有密切的往來。三〇及四〇年代出生成長於船塢區。其財富奠基於世界大戰前後在黑市恐嚇詐財累積而來。五〇、六〇年代轉往不動產業界，然後將他的事業「合法化」，成立法蘭柴思—霍汀公司，接著擴張成為全方位的發展公司。

2.七〇年代因不動產的蓬勃發展而積聚了巨大的財富。傳聞他習慣以非法的方式進行交易（未證實），但針對那些斗膽披露卻有勇無謀的報業官司，他已經贏了兩次庭外和解。

3.柴契爾上台時，他以低價買進倫敦船塢區一大片土地。為此，據說他動用了黑社會的勢力。

4.他共結兩次婚。前妻，即珍・蘭迪的母親，於一九六二年死於敗血病。她是一個中產階級醫生的女兒，在私立學校受教育，據稱康思立十分愛她。他於一九六七年再婚。現任妻子，依麗莎白・康思立，出生背景與他相同，是他姊妹的女性朋友。據說他在一九五八年曾與依麗莎白訂有婚約，但後來毀婚，改娶他第一任妻子。第二次的婚姻並不幸福。康思立太太有酗酒問題，該婚姻生下的兩個兒子則因偷竊、蓄意破壞以及偷車而屢受警告。這兩名男孩自從因持有毒品被馬堡中學開除後，回到黑靈頓接受私人指導。眾所周知，康思立最寵愛的就是他的女兒。

結論，我支持安得魯及梅瑞迪的分析。雖說康思立自己親手犯下該項罪行的可能性太小，他仍是主要嫌疑犯。在沒有任何目擊闖入建物或謀殺過程的證人，及遺失畫作仍未出現的情況下，很難繼續進行調查。即便我們能夠查康思立帳簿以尋找雇用殺手的支出，破案機會仍是相當渺茫。

約翰

8

六月二十五日星期六，溫徹斯特，羅門賽路警局——中午十二點半

莫道克巡官和他的手下已在僅有的短短時間裡，蒐集到許多關於珍・康思立的資料，但對眉格・哈利斯或她父母的消息卻仍然付之闕如。「康思立小姐發生車禍時，有兩位警員曾去拜訪她的父母，」他告訴區佛。「繼母依麗莎白・康思立太太處於酒醉狀況，並且對里奧和眉格做了刻薄的批評：兩個渾球；但眉格是條隱伏在草叢裡的蛇，隨時準備跳出來掠奪珍的男友，從她們一起在牛津時就這樣。」他往上看。「電話公司幫不了忙。粗略估計，威爾夏郡大概就有超過五千家姓哈利斯的。如果我們有她父親的名字或許會有些幫助，即使是他的職業也好，但你說安東尼爵士不知道她父親叫什麼。」

「沒錯，」法蘭克・區佛帶著比平常更強烈的諷刺說。「雖說他對她就要成為他的媳婦感到興奮，但對她的了解卻少得可憐。」

莫道克好奇的看了看他。嘖嘖嘖，他想，時間真能改變些什麼。「我已經派了兩個人到眉

格就讀的大學去詢問有關她親屬的消息，」他繼續道，「但是這裡可能有其他的問題，哈利斯可能不是她的本姓。最快最方便的方法就是從她在翰默司密的住處下手，費哲和我今天下午就過去。」

「知道了。珍・康思立那邊呢？」

「好，首先來說蘭迪謀殺案。」他指指放在督察長桌上的紙張。「這是我們針對那件案子所能得到的資料。看起來很容易了解，這兒還有個電話號碼可以詢問最新發展。我猜你之所以當時沒有想到康思立，是因為那時她稱自己為珍・蘭迪。後來，她從治療抑鬱症的醫院出來後的那幾個星期內，高價把他的畫廊賣掉，用那筆錢在平立寇投資一家攝影工作室。她把它買下來，包括所有的庫存、店面、設備和信譽。在那之前，她是個兼差的攝影師，只在固定人員缺席時才由她補位。」他的語氣儘管不情願，仍帶了些激賞。「她似乎把工作室帶向了成功。原來的經營平平無奇，只拍些地區的大人物家庭、朋友、寵物等的肖像照。在康思立小姐的管理下，它變成傳播媒體最喜歡的攝影室——演員、流行歌手、時裝模特兒、雜誌等。她在那個專業領域裡贏得了很好的名聲。」

「現在是誰在管理？」

莫道克看看他的筆記。「一個叫迪恩・佳瑞得的傢伙。他打一開始就跟著她。她是登報紙廣告，要求攜帶作品，經應徵挑選而錄用他的。當時超過一千人爭取，她面談了五十個，選了一個。他在專業領域裡享有才華洋溢、敬業苦幹的名氣。我要縵娣・巴瑞打電話過去詢問是否還能跟住院的康思立小姐預約時間，總機小姐叫安姬莉卡，她非常樂觀的表示工作室會繼續經營下去。緩娣說，她對老闆的效忠是發自內心的。」

區佛點頭。「還有呢？」

「里其蒙的房子是蘭迪在一九八一年買的，三萬英鎊的貸款。他一死，貸款即刻付清，房子於是變成康思立小姐所有。沒有跡象顯示她想要賣掉房子。她跟住隔壁的克藍西上校和克藍西太太處得很好。同一條街上的鄰居們心目中，她是個好女人。她平實無華的住在那裡，不讓她父親醒目的勞斯萊斯駛近，她不想引人注意。有趣的是，當康思立小姐發生車禍時，沒有人提起過蘭迪，起碼應該有些人會記得他的。不過，他們倒是很願意談談里奧．沃爾德。大家一致的看法是不太喜歡他，他行為舉止頗遭人非議。然而，里其蒙區的警察卻有個印象，她的鄰居對黑靈頓的婚禮被取消感到非常激動，比對里奧惡劣行為的反應還強烈。」

「她在蘭迪和沃爾德之間還有其他男朋友嗎？」

「只有那些我們在八卦新聞雜誌專欄上看到的。似乎有這麼兩三位，但沒有一個維持到六個月。我要提醒你，她跟沃爾德在一起也不到六個月。她二月遇見他，而他在六月就死了。想想，婚禮預定在七月舉行，整個過程就像是旋風式的羅曼史。」

「他們何以互相吸引？」

莫道克聳聳肩。「不清楚。克藍西上校說，對他和他太太來說，雖然取消婚禮的是里奧，但是珍對這個婚禮早已失去信心而裹足不前。他說他實在不了解她為什麼要因為他的離去而想結束自己。」

「有什麼想法呢？」

「顯然——她親手殺了他們或目睹殺戮過程，然後受到跟她以前看到蘭迪的死同樣的打擊。她表現得相當怪異，這點毋庸置疑。我是說，根據我們目前蒐集到的資料，她最喜歡的攝影背景是墓地、廢棄船廠和地下鐵胡亂塗鴉的牆。」他從口袋裡拿出一張折疊的紙，是雜誌上撕下來的攝影作品。「如果你有興趣，這是她目前最知名的作品。一個超級名模站在一道骯髒的牆面前，牆上塗滿了你能想像最猥褻的字眼。」

區佛把照片攤在他辦公桌上，研究著。「很吸引人，」他說。「她倒滿像個藝術家的。」

「喔，我認為這很低級，長官。為什麼把一個漂亮的女人放在這種亂七八糟的背景前呢？」

「如果是你，會把她放在哪裡呢，加瑞？」對方鋒利的問。「床上？」

「為什麼不呢？至少是一個有吸引力的地方。」

督察長皺皺眉頭。「那是一種主張。我想它是要表明真正的美麗是不會因外在環境而受到腐蝕，不管是置放在如何污穢如何醜陋的地方都一樣。」他捏了捏他的鼻子。「難道你不認為相對於蘭道死時的醜陋，這張攝影照片有其意義嗎？我懷疑她是什麼時候開始採用這樣的背景。這張照片裡顯現出完美卻脆弱的人類軀體，依舊勝過荒地上愚蠢污穢的訊息。在某種程度上實在讓人感動。」

莫道克心底卻嘀咕著這個老人的心神已經開始衰弱不振了。這張照片只是個皺巴巴的時裝照罷了，又不是什麼蒙娜麗沙。

□

漢普夏郡佛定橋，黑靈頓——中午十二點半

邁爾斯．康思立生氣的搖撼著他的母親，把她推向沙發。「我實在不敢相信。老天爺，你這愚蠢的豬。你為什麼就不能把你那張見鬼的嘴巴給閉緊？你還告訴了誰？」他憤怒的眼神橫掃遠遠躲在客廳一角的弟弟，他正假裝讀著父親在他們剛搬到這幢大宅時買的皮革精裝書。

「你的腦袋也在處決之列，你這狗屎。我建議你收起你臉上那種得意的冷笑，否則我會把它打掉。」

「滾開，邁爾斯，」佛格斯說。「如果我有一點點大腦，一開始就不應該聽你的。」他對著昂貴的沙發踢了一腳。「那是你的主意，看在老天份上。你那時說，錯不了的。有什麼可能出錯的呢？」

「什麼也沒有出錯。你會看到的，只要再多一點時間，我們就會自由，外加一大筆財富。」

「你上一次就這麼說過了。」

□

温徹斯特，羅門賽路警局——中午十二點四十五分

法蘭克讀著放在他辦公桌上有關蘭迪謀殺案的資料，接著撥了莫道克留給他的電話號碼。安得魯巡官從一開始就介入那件案子。

「該案在一九八五年底時就已經完全結案了，」他的聲音從蘇格蘭場總部那端傳來，「也就是杰森．非普斯因為達哈迪家謀殺案而入獄那時候。記得他嗎？因為達哈迪侄子的教唆，以二萬英鎊的代價把全家人都棒打致死。他們倆都被判了四個終身監禁。我們曾試著說服非普斯承認犯下謀殺蘭迪的罪狀，那跟達哈迪家的謀殺案同出一轍，但我們一直沒有得到結果。是他做的，這點倒沒有疑問，如果我們能讓他開口，我們就有可能抓到康思立。他才是我們要的。」

「告訴我有關他女兒的事，」法蘭克提出。「她是個怎麼樣的人？」

「說實話，我是站在她那邊的。她是個好孩子，受到不小的驚嚇，那是當然。在那之後，精神就崩潰了。她一直說那是她的錯，但是我們從來就不相信她跟謀殺有任何關聯。梅瑞迪問她是不是懷疑她父親涉案，但她回答沒有。一兩天後她就流產了。」

「她有沒有對誰可能犯下這案子提出看法？」

「一個不知名的藝術家，蘭迪曾拒絕其作品。她說他在表達看法時有時非常嚴厲、不留情面。她強調他在謀殺發生前幾天告訴她，他被一些曾到過畫廊的痞子監視著。她當時沒有多加注意，因為他把它當笑話講，但之後那確實在她腦子裡縈繞。我們對此做過調查，但沒有找到

實質證據。我們認為，如果真有那麼一個監視者存在過，與其說是個懷恨在心的藝術家，倒不如說是康思立雇的殺手。」

區佛沉思了一會兒。「這似乎仍是個地雷區。我跟康思立唯一有過接觸是在好些年前，他把他未來的妹夫打個半死，只為警告他不要妄想舉行婚禮。現在你告訴我他後來把他的女婿做掉了？他為什麼不在婚禮前就這麼做呢？」

「那正是他女兒的論調。她聲稱康思立想盡辦法在那之前的三年讓他丟了工作，想要藉此擺脫他，但從那時候開始就承認失敗了。我們認為是後來珍的懷孕改變了狀況。她承認她和蘭迪之間曾處於低潮期，但她懷了孕，對嬰兒的期待再一次讓他們和好，我們不認為她在告訴她父母懷孕的消息一個星期後，那個可憐的男人就被謀殺，純粹只是時間上的巧合。我們猜測康思立私下希望那個婚姻會自己崩潰，而當他知道不可能時，就親自簽署了蘭迪的死亡證書。」

區佛彈了彈放在身前的紙張。「根據你傳真過來的備忘錄，你和梅瑞迪相信康思立極為寵愛他的女兒。然而，我們應該說的是比寵愛更噁心些的情況，對不對？我可以理解如果蘭迪待她極壞，康思立會想要他好看。但是從你告訴我的種種來看，他的憤怒似乎是出於嫉妒。這樣的行為通常伴隨在非常強烈的性動機之後才會產生。」

「簡而言之，那正是我們當時所做的猜測。聽著，那個男人的性慾很強，每星期都會到牧羊人市場找妓女。他的第二樁婚姻非常失敗，因為他娶的那名可憐女人比不上他第一任妻子千分之一，兩年內就沉醉到酒精裡去了。她的兒子也根本不能跟前妻的女兒比，他的女兒幾乎是死去母親的翻版。沒有證據顯示康思立曾虐待那孩子。但他再婚前，他們共同居住了五年，我們估計他侵害孩子的可能性相當高。我們曾以對他的了解為基礎，進行他心理狀況的分析，揭露了許多事情。他強烈傾向於運用粗暴手段來操縱旁人和事，我們認為他的女兒沒有受到侵害的可能性很小。」

「你有這麼告訴過她嗎？」

「是的，」遲疑著，「後來證明我們錯了。我們拿那份分析報告給她看，接下來我們知道的是，她因嚴重的厭食症以及自殺傾向的抑鬱症接受心理治療。說實話，我們對這個結果感到非常沮喪。」

「我得提醒你，」法蘭克若有所思的嘟囔著，「那是被性侵害的孩子突然被迫面對埋藏在過去的記憶裡時，最典型的反應。」

□

翰默司密，秀柏利路四十三號之一——下午三點半

那天下午，莫道克和費哲來到眉格在翰默司密的公寓。他們在門口跟兩名倫敦警察和一名鎖匠會合，但稍後他們並不需要鎖匠的服務，因為一個圓胖的中年鄰居從她的窗戶看到他們聚在那裡，上前詢問他們所為何來時，拿出一把備用鑰匙。「但眉格在法國呀，」她說，反駁他

們同情的口吻堅持他們相信哈利斯小姐已經死了。「我看著她離開的。」她不解的擰扭著雙手。「我一直在幫她照顧她的貓。」

男人們嚴肅的點點頭。「你記得她什麼時候離開的嗎？」莫道克問。

「喔，老天，你問我。兩三個星期以前吧。某個星期一，也許。」

費哲查了查他的記事簿。「星期一，六月十三日？」他問。

「聽起來沒有錯，但是我不能確定。」

「從那時候起，你有她任何消息嗎？」

「沒有，」她承認，「但是我並不這麼期待。」她看起來有些生氣。「我真不能相信她死了。是車禍嗎？」

莫道克巡官迴避這個問題。「我們目前所獲得的資料還不是很清楚，你是……」

「我姓海姆茲，」那女人熱心的說。

「海姆茲太太。你對哈利斯小姐的男友知道多少？」

「你是說里奧。他不太像是男友。眉格說，年紀差太多了。她老是稱他為她的夥伴。」

「他曾經住在這裡嗎？」

「偶爾。我想他已經結婚了，只有老婆不在時才來找眉格。」她突然間注意到莫道克用的是過去式語氣來問。「曾經？」她問他。「里奧也死了嗎？」

他點點頭。「恐怕是的，海姆茲太太。你有沒有哈利斯小姐父母的聯絡地址或電話什麼的？我們很想跟他們談談。」

她搖搖頭。「她去年給過我獸醫的電話，以防貓咪生病，就那麼多了。就我記得的，她的家人好像住在威爾夏郡的什麼地方。她每年大概回去個兩三次，在那裡度週末。但是，這多可怕呀！」她看起來很是震驚。「你是說她死了，而她父母親還不知道？」

「我相信我們可以在房裡找到幫得上忙的東西。」莫道克謝過她拿來的鑰匙，然後走下階梯來到位於地下室的公寓，門牌標明著四十三之一號，門口散置著陶土花瓶。他把鑰匙插入鎖孔時，心中不禁嘀咕著眉格家人的難以捉摸。安東尼・沃爾德爵士聲稱知道哈利斯家，卻對他們到底是住在威爾夏的哪個區域或是眉格父親從事什麼工作一點概念也沒有。「你必須去問問珍・康思立，」他告訴他們。「她是僅存唯一知道的人。」

但是，在眼前這種狀況下，漢普夏警察倒寧願拐彎抹角，取道翰默司密，抵達威爾夏。

一隻龜甲色的貓在他們開門進入狹窄的玄關時，帶著毫不隱藏的喜悅歡迎著他們，用牠光滑的頭和耳朵磨蹭著他們的腿，喉間興奮得咕嚕咕嚕叫，以為是食物來了。費哲溫和的用鞋頭把牠推開。「我很不願意當那個轉達壞消息的人，小傢伙，但你從現在開始就是孤兒了。媽咪已經死了。」

「老天，費哲，」莫道克執拗的說，「只是隻貓罷了，看在耶穌基督的份上。」他打開一扇顯然是通往客廳的門，跨了進去，看到壁爐前，打過蠟的地板上鋪著一張織有淡藍、粉紅色花紋的米白色中國厚毯。「一隻貓和一張米白色的地毯，」他咕噥一聲。「這下子，科學家要更囂張了。」他走到一邊，從夾克口袋裡掏出筆來，在答錄機上按了幾下。

「嗨，親愛的，」一個輕快的女性聲音。「我猜你會在外面聽答錄機留言，所以你一有空就打電話給我。我看到今天的報紙，珍出了車禍。我實在不知道該做些什麼。我應該試著打電話給她嗎？我是很想。你們畢竟曾是那麼好的朋友，而且如果我們不理她，會很沒禮貌，只因為……喔，說得夠多了……不再跟你辯了，我們說好的……你一聽到留言就趕快打電話給我吧，我們可以好好談談。再見，親愛的。」

「嗨，眉格，你他媽的到底在哪裡？」一個充滿憤怒的男子聲音。「你發誓在你離開之前會先來辦公室的。去死吧，現在是星期三了，這裡有山一樣高的鬼留言，而我連是頭是尾都搞不清楚。比爾·萊利是什麼鬼？大部分的留言是他留的。你在回電話前，最好先打給我。這很緊急。」

「眉格。」相同的男子聲音。「回我電話。立刻。渾帳，我實在很生氣，氣得想要扁你一頓。你知不知道珍企圖自殺？你可憐的父母每天都打電話來問我有關你的消息。他們對這件事感到非常沮喪，我也是。請速回電，看在老天的份上。現在是星期五，六月十七日，八點半。沒吃早餐，整晚沒睡。我就知道沃爾德除了會帶來麻煩之外，什麼都不會。」

「我是賽門。」一個完全不同、較冷靜的男子聲音。「聽著，媽和爸爸已經六神無主了。你不能像隻鴕鳥似的把頭埋在沙堆裡，假裝什麼事也沒發生。我相信你已經知道珍企圖自殺的消息，報上都登了。媽說你拒絕回覆留言，但如果你不想打給她，那麼至少打給我。我要去探望珍，看看她怎麼樣了。我們必須要有人表示關心。」

「親愛的，又是你媽咪。請你，請你，打電話來。我真的對珍非常非常抱歉。他們說她試圖自殺。我實在無法忍受她這麼難過都是因為你和里奧的關係。應該有人去跟她談談。別忘記羅素被殺時她的情況。請你一定打電話來。我實在好擔心。我希望你很好。你一向都會回電話的。」

「只是要讓你知道，比爾・萊利打算要控告我們。他聲稱我們違約。如果你並不準備負責到底的話，你他媽的為什麼要答應跟他簽約？留言時間是六月二十三日星期四，晚上九點半。如果你不在二十四小時之內跟我聯絡，我們的合夥關係就終止吧。我實在對你很火大，眉格，我是說真的。」

「哈囉，眉格。」一個低沉的女子嗓音。「是我，珍。聽著，我知道這太突兀，」低低的笑聲，「我應該要把你辛苦收集的首版書都撕毀或什麼的——但是我真的只想跟你好好談一談。事情似乎變得有些複雜了——嗯，你也許已經聽說過了……」停頓。「他們說我開著車子撞上混凝土石柱——蓄意的。你能相信嗎？最嘔的是我喪失了記憶，記不得星期六以後發生的事，所以每個人都驟下結論說我是為你和里奧的事感到傷心。」另一陣笑聲，只不過這回比較勉強。「那是個陷阱，老戲重演，所以我需要跟你們兩人談談。你也許不相信我，但我向老天發誓我沒有絲毫恨意，所以如果你可以不顧難堪，打個電話給我，號碼是，薩爾司柏瑞二二一四二〇。這是間瘋人院，而我在這裡見鬼的不敢到處亂闖。請回電。」

答錄機剩下的帶子是空白的。

莫道克揚起眉毛，看著費哲。「她是說真的嗎？」他問。「或者她是在警察發現屍體後故意打來說給警察聽？」

「你是指她的留言？」費哲聳聳肩。「我猜是真的。那個生氣的合夥人在兩天前打了他最後的電話，所以她的電話應該是最近才打的。」

「那跟這通電話真的是她打的有什麼關係？」

「因為她不知道屍體什麼時候會被發現。如果只是個詭計，她應該會較早打來，以確定我們能聽到這留言。」

莫道克仍維持懷疑的態度。「除非她看了報紙。」他轉頭往靠著牆的書架上隨便拉出一本書。「這些倒是真的。看看這個。葛蘭姆．葛林簽名的書。」他順著手指讀著架上書背的字。「達夫尼．都莫里耶、桃樂絲．榭爾絲、洛斯．藍道、柯林．德克斯特、P.D.詹姆士、約翰．勒卡雷。她甚至有伊安．佛萊明的。我在想她會把這些書留給誰。」

「也許是她的朋友珍．康思立，」費哲說，打開壁爐右邊的一道門，裡頭是間整齊的白色廚房，有深藍灰色的流理台和淡灰色的櫥櫃。他轉向兩名倫敦警察。「你們能不能搜搜這裡？抽屜裡也許找得到文件什麼的。我去搜臥室。」

他跨過玄關來到另一邊的門，打開來檢查那個房間。跟這公寓其他地方一樣，很乾淨，卻是過分整齊。事實上，因為太過整齊了，他覺得那應該是客房，再走向另一扇他還沒有打開過的門，卻找到了浴室。裡面除了兩條鬆軟的浴巾整齊地放在架上之外，整間浴室不像是有人用過，沒有海綿刷，沒有香皂，沒有牙膏。他把洗手槽上面的儲物櫃打開，瞪著簡樸的內容物陷入沉思。一瓶漱口水，一盒牙線和一個乾淨的漱口杯。眉格・哈利斯是如此不真實，他想著。沒有人會把家整理得這麼整齊的，即使他們離開去度假也一樣。里奧在這間屋子出入的跡象呢？應該有什麼痕跡可以看出有個男人偶爾住在這裡吧。他打開洗衣籃蓋子，空的。

他再次回到玄關，注意到一個小型暖氣機下有個貓窩，不懂眉格這個看來非常在乎不在家時家裡都要維持整齊清潔的女子，為什麼要給自己找麻煩養隻貓呢。她似乎有很嚴重的潔癖。回到臥室，他打開衣櫥，翻動吊在裡面的幾件衣服。只有女人穿的，他注意到，沒有男人的。所有的抽屜也是這樣。他繼續搜尋可以讓他對這名女子有所了解的任何東西，卻越來越覺得這像是旅館房間，只供客人睡一晚而已。她的衣服都整齊的疊好放好，飾品等小東西和化妝品也分門別類排在梳妝台的抽屜裡，床頭櫃上的一碟乾燥香花散放著清淡的香味。即使這個房間曾有過她私人的物品，也全被帶走了。

費哲回到莫道克旁邊，莫道克正在翻閱一本書。「去年的日記，」他說，「但是裡面沒有半個電話或住址。你那邊進行順利嗎？」

費哲搖頭。「什麼也沒有。只是幾件衣服。看來她把所有跟她有關的東西都帶走了，實在是太奇怪了，她應該只計畫離開幾個禮拜而已。我也沒有找到任何行李箱。」

莫道克放下那本日記，環顧客廳，深皺著眉頭。「我實在弄不懂。這裡實在太簡單也太乾淨了。你注意到沒有，這裡沒有照片？我到處找，看看有沒有相本，結果一本也找不到。這裡至少應該有一張全家福什麼的，對不對？」

「文件呢？」費哲提示。「房屋險、貸款細節、遺囑？這些東西都放在哪裡了？」

莫道克朝著角落的一個松木櫃斜了斜頭。「應該放在那裡面，但是沒有遺囑，只有一個文件夾，上面橫寫著『房屋險』。裡面甚至連封信也沒有，根本看不出她交往的朋友是誰或家裡住在哪兒。這實在讓人摸不著頭腦。大部分的人都會有幾封信隨手亂扔的。」他移向廚房。「你們兩個找的結果如何？有任何發現嗎？」

年長的男子搖搖頭。「告訴你，長官，這讓我想起夏天出租的那些小房舍。這裡有刀叉鍋碗瓢盆什麼的，全都很乾淨，但是到處找不到食物，冰箱是空的，洗碗機是空的，垃圾箱裡的塑膠袋是新放進去的。她不是打算把房子租給別人，就是要搬出去讓別人住進來。」他朝牆上掛的一張留言板彎彎身。「她的留言板上什麼都沒有。你去度假時是不會那麼做的。我敢說她已經搬到別的地方去了。」

費哲表示同意。「一定是這樣，長官。不然實在說不通。你曾看過哪個屋子像這樣沒有一點個人色彩？」

「她為什麼把那些首版書留下來呢？」

「也許是因為這裡的保險項目特別指明投保這批收藏，於是這裡就理所當然的是最穩當的置放處。有沒有可能她在離開度假前，把所有私人物品全都搬走了，只留下貓，因為有鄰居幫忙照顧，然後回來時把書搬走，再將剩下的衣服及貓帶走？她有可能搬去跟里奧住了——這是最合理的解釋。」

「混帳，」莫道克生氣的說，「之前所有的資料都顯示是他搬去跟她住。如果他有自己的地方，他幹嘛到那個格雷凡園跟那個叫康思立的女人住在一起？法蘭克會氣瘋的。我猜現在就只有珍・康思立知道所有的事情了。」

□

薩爾司柏瑞，南丁格爾療養所——下午三點半

卸下了眼睛繃帶的珍，穿著黑色毛衣和長褲，坐在山毛櫸樹蔭下的長椅上，盯著療養所正門前一片礫石區來來去去的人們。她很舒適的隱藏在一副鏡面太陽眼鏡下，感覺到多日以來第一次能夠讓自己疲倦的身軀放鬆下來。

復甦的記憶如細針般刺痛著她的腦子，她早就知道里奧和眉格的事了。老天爺！里奧自己告訴她的，就在他父母家的客廳裡，安東尼和妃麗芭沉默的坐在一邊，驚異的目睹一切。她曾對著他們尖叫——她為什麼要尖叫？——然後里奧說：我要娶眉格——而她那麼那麼的驚訝。

眉格和里奧……眉格和羅素……但，是什麼時候的事呢？里奧什麼時候告訴她的？

她跟記憶纏鬥著，急切的想要抓牢什麼，卻像一個夢，先是片段的畫面，然後消失，漸行漸遠。疑慮中，她直覺拿起一束放在她膝上的鮮花，接著聽到賈西・漢尼斯在說：「珍，親愛的，你還好嗎？」

她已經忘了他會來訪，抬起眼睛看著他焦慮的臉，機械似的微笑著，收起她鋪陳開來的下意識，讓記憶隱沒。「我很好，」她聽到自己的回答。「抱歉，我在發呆。你怎樣？」但是，喔，老天，她曾經那樣的憤怒……她記得她的憤怒……

他在她面前蹲了下來，雙手輕柔的放在她的膝上，眼神專注的審視她臉上的每一絲表情。「讓我老實告訴你，我最近相當淒慘。你呢？」他似乎想看到一些反應，卻失望了——感到意外？——因為他什麼也沒看到。

她抬起一隻可憐兮兮的手按住狂烈跳動的心。有什麼事發生了。這認知像是一噸重的重物壓著她。有事情發生了……恐怖的事情發生了，而她卻太過懼怕而不敢在記憶裡搜尋……「我形容自己正處於一種靜止的、懸宕未決的動畫裡，」她說，猛烈急促的吸氣呼氣著。「我思故我在，但是因為我無法讓思緒變得有條理，所以這種存在對我而言實在沒有意義。」她覺得他看起來很沒吸引力，鼻子和嘴巴全皺在一塊，寫滿害怕和擔憂。「我猜你很沮喪，那表示你還沒有找到眉格。」

他搖搖頭，她灰心的看到他眼裡含著淚水。

「我很抱歉。」她手指撥弄著腿上的花束，然後把它們放到身旁。「謝謝你帶這些過來。」

他蹲低一些，把手從她膝上收回。「我覺得這一切糟透了。你難道就不能打電話來，告訴我你有麻煩？你知道我會來的。」

「你聽起來就跟賽門一個樣，」她輕鬆的說。

他搔搔頭，把視線從她憔悴消瘦仍帶瘀青的面容及剃光了髮的頭上轉開。「賽門幾乎每天都打電話來。他的父母完全崩潰了，除了互相指責對方外，也指責眉格，更想做些什麼來彌補……喔，我相信你可以想像他們現在的感受。賽門試過打電話到黑靈頓，打聽你的所在，卻被攻擊得體無完膚。那很可以理解，當然了，但那並沒有讓事情變得容易些。」

「對不起，」她再一次抱歉，「但，奇怪的是，賈西，那也沒有讓我覺得好過些。就因為我把車開向一堵牆柱，搞得大家不斷的相互指責。」

他快速的瞥了她一眼，沒有說什麼。

「我不是故意要那樣做，」她從齒縫間擠出這些字眼。「我花了很大一筆錢在那輛車子上，而且我可以想出幾百種方式自殺，每一種都比撞毀一輛好車要好得多。」

他拔起草地上的一片葉子。「我昨晚跟迪恩說過話，」他不太自在的說。「那可憐的傢伙哽咽著說，如果我跟你聯絡上，要轉告你工作室一切正常，若是你能的話，請你打個電話給他。我給他這裡的電話，但是他怕你不高興，所以不敢自己主動打來。」

真是狗屎。「我不會不高興的，」她逼出笑容說。「我很好。我很期待回家的日子。」為什麼別人施予的同情這麼讓人難以忍受?「我們把這些花放到房間去,然後出去走走。」愚蠢的女人!五十碼後她就會不支倒地。

「你確定你可以?」他問,說著站了起來。

「喔,是的,」她精神奕奕的說。「我不是一直告訴你,我很好。」她起步走在他前面,這樣他就看不到她的臉。「相信我,我沒有打算在這裡停留太久。他們已經說過,我的精神狀況已經康復到可以回家了,現在我只需要證明我的體力也可以勝任。」她以為她在騙誰呀?「這裡還不錯,」她說,奮力舉起自己不太穩定的腳跨過落地門的門檻,再把自己往椅子的方向拖拉。

那束花從她指間滑落到地板上。她感覺到賈西的手臂環抱著她,感覺看到漂浮在她潰堤似的記憶之河上朦朧的影像。

□

倫敦,翰默司密,秀柏利路四十三號——下午四點

費哲按了按四十三號的門鈴,詢問海姆茲太太,眉格是不是曾提到她度假回來後要搬出她的屋子。

「沒有說這麼多,」身軀碩大的女人想了一下說,「但是,你倒提醒了我,他們離開之前

不久，是有一陣忙碌的進進出出。我記得我還跟我的亨瑞說，如果真要有新房客住進來，我也不會驚訝。然後她要求我照顧麻瑪公爵，我就把那事給忘了，她堅持那可憐的小動物不准到其他的房間去，只讓牠待在玄關。海姆茲太太，她說，然後丟給我一罐貓罐頭。現在該怎麼處理牠呢？亨瑞不喜歡牠靠近，你要知道，他身體不太好。」

「我們會盡力把事情弄清楚，」費哲說，「也許你可以繼續餵那隻貓？」

「我不會讓牠挨餓，」她頗為勉強的說，「但是得快點想個解決的辦法。不通風的玄關不是個養動物的好地方。」

他同意。「你會不會剛好知道哈利斯小姐從事什麼工作呢，海姆茲太太？」

「在我看來你似乎對她知道的並不多，警官。你確定你找對人了？」

他點點頭。「她的工作？」他問。

「她稱自己是獵人頭的人（**譯註：提供高薪以徵聘特殊人才的挖角人員**）。曾經在市中心的一家很大的顧問公司工作，大約五年前成立了自己的公司。」她張開雙手，前後微微擺動。「從我知道的蛛絲馬跡看來，公司不是運作得很好。人們因為不景氣害怕離職，而你卻不能在沒有工作缺額時去獵人頭。」

「知道她公司叫什麼嗎？」

「不知道。我們偶爾談麻瑪公爵，談送牛奶的人，除了那些——」她聳聳肩，「我們只是鄰居。沒什麼特別交情，不怎麼來往。不過，我倒是對她的死有些難過。她從來沒給我們帶來任何麻煩。」

費哲朝巡官停車的地方走了幾碼後，發現自己咀嚼著那最後一句話。「她從來沒給我們帶來任何麻煩。」是他聽過最令人沮喪的墓誌銘了。

□

薩爾司柏瑞，南丁格爾療養所——下午四點

「出了什麼事？」亞倫．坡司羅問著，伸手抓住珍的手腕，檢查她的脈搏。他不知道眼前這個男人是誰，也疑惑著他何以聽到身後有聲響時這麼吃驚。

「喔，看在老天的份上你快看看她，」賈西焦急萬分的說，同時把她沒有反應的頭放到枕頭上，再輕輕的把她身體放到床上。「我想她要死了。」

「不會。這個人的身體就跟戰車一樣。」他放開手腕。「她只是睡著了。」他看著男人皺縮的鼻孔和滿是驚駭的雙眼。「倒是你，看起來比她還糟。」

「我以為她要死了。」他雙手支在床緣撐著自己。「現在我想吐。老天，我不確定我能再忍受多久。我已經有好幾天沒有睡了，自從賽門．哈利斯打電話來說珍死了之後。」

「他為什麼這麼說？」

「因為貝蒂．康思立瘋了似的打電話給眉格的母親，對那可憐的女人尖叫著說她的女兒是殺人凶手。」

亞倫轉身朝向落地門後的花園庭院。「讓我們到外面坐坐。我是坡司羅醫生。」他握住了那男人的手臂，扶著他出去。

「賈西‧漢尼斯。」他讓亞倫領著他來到窗外。「前一分鐘她說她很好，下一分鐘她的眼睛往上吊，然後——轟！」他砰的一聲坐在木製長椅上，低下頭把臉埋在手掌間。「我真見鬼的希望她不要一直假裝沒事，事實上她一點也不好。羅素被殺後，她就是這個樣子。不停的說：我很好，然後就被送進醫院。」

「你認識她有很長時間了？」

他點頭。「十二年。跟我認識眉格的時間一樣長。我是眉格‧哈利斯的事業合夥人，」他解釋。「我們合夥開了一家人力顧問公司。」他生氣的掄起拳頭。「或者該說我們曾經共組公司，直到她跑掉，讓我陷入困境，一個銀行經理吸血鬼似的追著我，還和一堆我聽都沒聽過的人進行合作。」

亞倫可以感覺到在生氣和緊張的浪潮中，他的壓力逐漸減緩。「我懂。」

「真的嗎？我看不見得。也許你知道眉格搶走了珍的未婚夫？我是說，你知不知道這對眉格的父母造成怎樣的打擊？首先他們接到這個晴天霹靂的電話，說里奧為了她而拋棄珍。接著，他們聽到珍企圖自殺。老天爺！除了那些之外，我還該死的陷入水深火熱之中，一個人面對整個辦公室。而眉格呢，不當回事似的跟剛搶過來的渾球在法國晒太陽。」他的語聲乍然停頓。「我真不知到底發生了什麼事。」他揉揉眼睛。「我真他媽的累壞了。」

亞倫同情的看著他。「我想你太過擔心珍的狀況了，希望這麼說能減輕你的壓力。我們已經考量了所有的情形，證明她的確在好轉當中。」

「賽門警告過我說她看起來不太好，但我沒有想到會這樣。」他向她的房間偏了偏頭。「她比我想像的還要糟糕。」

「她也許沒有那樣糟的，你知道。她頭部受到重擊，記不起她生命中的兩個星期，此外一切正常。她是個堅強的女人。給她一兩個禮拜的時間，她就會康復過來。現在只是時間問題了。」

賈西瞪著他的雙手。「你也許從來沒有見過她留頭髮的樣子。引人注目，頗有義大利美女的風情。」他一隻手攀上自己的肩膀。「濃密的黑色長髮到這裡，一雙黑色的眼睛。我常想，她以隱身在相機之後做為職業太過浪費了，她實在應該站到鏡頭前擺姿態。」他頓住，沉默下來。

「聽起來你很喜歡她。」

「我是，但我的時間永遠不對。當我恢復單身時，她結婚。而當她自由時，我已婚。」他眼光調向圈著草坪的群樹。「然後我離婚，里奧卻擠進舞台上。你想她還愛著他嗎？」

「她自己說沒有。」

賈西扭過頭來研究著那名年長男子的臉。「你相信她嗎？」

「是的，我是。」

「為什麼？」

亞倫聳聳肩。「她對眉格的所作所為反應不夠激烈。」但你卻非常生氣，他在心裡對眼前的男子說。

□

威爾夏郡小頓瑪麗，教區牧師居所——下午四點

查爾斯・哈利斯放下筆，把雙手疊放在他正在準備的講道內容上。「必須有個結束，卡洛琳。你正在為沒什麼大不了的事把自己弄得歇斯底里。當眉格準備好時，她自然會打電話來。而且，讓我們回到現實，」他苦澀的追加，「『當眉格準備好時』是個重要字眼，那是根據她以往打電話及回家來的次數做的判斷，你我已經來回地獄一趟了，她還一點也不知道。她一直就對緊跟在她身後的不管是什麼的男人都有興趣，本來就不太理會我們。」

卡洛琳嫌惡的看著他。「那就是你氣她討厭她的原因，對不對？那些男人。」

「別鬧了，」他斥責著。有太多次，他得努力的控制自己才能不出手打她。「我們還要再進行那樣的討論嗎？」他說，拿起他的筆，回到他的講詞上。「我有工作要做。」他在紙張邊緣上做附註。

「你很驚訝聽到她和羅素的事，對不對？」她懷有惡意的說。

「是的，沒錯。」

「你那小眉格躺在一個老得可以做她父親的男人手臂上。她愛過他，你知道。」

他努力把眼神定在紙上，但發現他無法寫下任何東西，因為他的手在發著抖。

「你女兒寧願跟一個老男人發生性關係，也不能忍受跟你待在同一個屋簷下，是不是很讓你氣結呀？」

「沒有，」他靜靜的說，「真正讓我生氣的是，她對待她最好朋友的無恥行徑。我們兩個，卡洛琳，你和我生出了一個怪物。」

9

六月二十五日星期六，薩爾司柏瑞，南丁格爾療養所——下午六點

珍坐到她山毛櫸樹下那個優越的位置，深色眼鏡牢牢就位，沒沒無聞的康復著。對外人而言，她是好奇心聚集的焦點，這名纖瘦憔悴的女子，獨自一人坐著，隱藏在低垂樹枝繁葉織就的保護帘幕後。亞倫・坡司羅從他辦公室的落地長窗觀察著她，覺得她像隻被關在籠子裡的小小鳥。他印象最深刻的，是緊緊裹著她的那股濃厚的孤獨和寂寞。他在想，有沒有可能去指點她，或是有沒有可能幫她從自我禁錮的鐵籠釋放出來，他認為珍非常渴望能夠幸福快樂。她其實無法忍受自己這樣脆弱無助。

「我鬆了口氣，」當他問她取下蒙著眼睛的繃帶有沒有讓她覺得很高興時，她回答。「只有小孩才懂快樂是什麼。」

「當你是小孩時，你快樂嗎，珍？」

「應該是吧。烤麵包的香味總是讓我有好心情。」她看他滿臉困惑的皺著眉，輕輕笑了起

來。「我父親並不是一開始就很有錢。我記得還很小的時候，我們住在倫敦一棟兩層樓的房子裡。那時候我母親親自準備所有的餐點，自己烤所有的麵包，現在我一聞到剛出爐麵包的溫暖香味，就會忍不住想快樂的翻筋斗。」

「那是哪一個母親？你親生母親還是繼母？」

她突然看起來相當迷惘。「我想應該是我繼母。我親生母親在世時我還太小，記不得任何事。」

「那倒不一定。我們很小的時候就開始在情緒盒子裡儲存記憶，所以沒有道理說你記不得當你還只是剛學走路的孩子時的幸福快樂，特別是如果那快樂時刻之後緊接著的是憂傷的階段。」

她看向別處。「為什麼會有那樣的階段？」

「你的母親過世了，珍。對你和你父親而言，那必定是段憂傷的時期。」

她聳聳肩。「如果真是這樣，我反正不記得了。很悲哀，我曉得。死亡理應造成相當程度的心靈衝擊，你不認為嗎？然而想到我們事後忘得多快，多麼迫不及待的往下一步走，實在教人不寒而慄。」

「但是，我們能這樣其實很重要，」他回答，「否則我們就會變成狄更斯小說《遠大前程》裡面的海微珊小姐一樣，永遠動也不動的坐在一張空空如也的餐桌旁。」

她微笑。「我記得我讀過的狄更斯。可憐的海微珊老小姐在結婚當天被她未婚夫遺棄之後，餘生都停留在穿著新娘禮服坐在婚宴席間的記憶裡。可是在現下情況裡，結婚不是我特別想要思考的問題。」

「那麼，讓我們談談你想要討論的事情吧。什麼東西讓你覺得你還存活著？」

她搖頭。「什麼都沒有。我比較喜歡什麼都去不感覺的平靜。因為所有事情若有高潮，就必定有低潮，而我恨透了失望帶來的傷心絕望。」

「人際關係不必一定會伴隨失望的，珍。大部分的時候，他們代表了我們多數人渴望的一種完滿。你難道不認為那是個值得追尋的目標嗎？」

「我們在談婚姻和孩子，是嗎，玻司羅醫生？」她猜疑著。「賈西・漢尼斯告訴你他喜歡我，是嗎？」

他咯咯輕笑。「沒有用這麼多字眼，但他顯然滿喜歡你的。」

「他對眉格的興趣比對我還高，」她輕蔑的說。「高太多了，說真的。她把他當兄弟對待，因為事業和羅曼史一向不能兩全，而他從頭到尾只想跟她上床。沒錯，當他娶他太太時，是很喜歡他那位妻子的，」她諷刺的說道，「但是四年後他卻輕輕鬆鬆的離開她，還聲稱她太過無趣。你建議我該有這種所謂的完滿人際關係嗎？」

「我懷疑他會覺得你無趣，珍。不過不管怎麼說，那都是旁枝末節。我其實認為我們討論的是知足。」

她低聲笑了起來。「唔，我是個還不錯的攝影師，這讓我感到滿意。如果我能因我的作品而留名，即使僅僅一張，也足以讓我不朽了。我別無所求。你知道，這也屬於一種誕生。你的創作從沖洗室的黑暗裡顯現出來，那種成就感不下於一個嬰兒從母體子宮裡生出來。」

「是嗎？」

她再一次聳肩。「我是這麼認為。當然，我承認我目前只把『生育』和到盥洗室裡如廁這檔子事做比較，但我也能夠想像孕育出一個活生生的小孩是比較有價值的。唉，在某些情況下所得到的成就感沒有什麼差別。」她臉上空無表情。「同理可證，我也可以想像當你投注許多心力在一件事情上，結果卻沒有你預期的那麼好時，也會有相等程度的失望。藝術品，不管是嬰兒還是攝影，從來就無法完美無缺。」她猶豫了一會。「我猜，如果你夠幸運，他們也許會很有趣。」

說完，她禮貌的欠了欠身，走到外面，留下坡司羅在原地思索著她是否想到自己流產前抱持的希望和她父親對她的期望。他的思緒轉到她那兩個還住在家裡、沒有結婚的弟弟們。如果珍每一次提到他們的名字時，臉上禁錮的表情代表著與他們之間相處的關係的話，那麼兩兄弟對他們這位聰慧的姊姊實在付出了太少的關懷。

他正要從他辦公室的窗口轉移視線，不再對著她孤單靜坐的身影深思時，看到一名男子正橫過草坪走向她。他到底是見鬼的打哪兒出現的？沒什麼大不了的，只出於他對珍的安全有責任，而且她顯然沒有注意到有人來到她身後，一股迫切的緊張自他心裡浮升。他翻轉修長的手指，打開落地窗上的鎖，把門窗大大的打了開來。但是因為來人比他還接近她，他只好提高聲音假稱。「喔，你在這裡，珍！」他喊。「我到處找你。」

錯愕中，她轉過頭來，先看到她最小的弟弟，然後越過他看著坡司羅。「老天，你讓我嚇了一大跳，」他們兩個逐漸靠近時，她抗議著。「哈囉，佛格斯。」她點點頭表示歡迎。「你們兩個見過面了嗎?佛格斯・康思立，我弟弟——亞倫・坡司羅醫生，我的存在主義精神科醫生。你實在是個不會演戲的人，」她對亞倫說。「過去十分鐘你一直在觀察我，幹嘛突然那麼緊張?」

他握了握佛格斯的手。「因為我很認真的負起我的責任，珍，就我而言，你弟弟是個陌生人。」他雙手環繞在胸前。「我想知道，」他不帶絲毫敵意的說，「你從什麼地方進來的?南丁格爾療養所有規定，所有的訪客要先在前面接待室得到允許，才能訪探我們在這裡的客人。只是個很簡單的禮貌，但卻很重要，我相信你會同意。」

佛格斯在那年紀較長的男人注視下微微臉紅。「對不起。」他看起來非常年輕。「我不曉得。」他對他後面草坪的另一端比了手勢。「我把車停在大門下面，然後走上來。」他陰沉沉的看著珍。「事實上，我本想按照規矩來的，但是我看到你坐在樹下。」

珍摘下她的深色眼鏡，瞇著迎向午後陽光的一隻瘀青的眼睛，微微抬頭斜看著坡司羅醫生。「我不記得我以前曾對這樣的監視保護簽署過同意書。再說，這樣的規則由所長來執行尤其怪異。」

他友好的微笑著。「然而，規矩就是規矩。我必須要確定程序在這件事之後更要徹底執行。」他向他們倆點點頭。「祝你們談得愉快。如果你想要喝茶，可以請你弟弟通知接待室，他們會端出來。」他舉起手來道再見，然後神采奕奕的回到他辦公室。

珍看著他的背影。「我想他比他幾個病人還要瘋，」她說。

佛格斯跟著她的視線走。「他喜歡你，」他率直的說。

她爆發出一串笑聲。「別傻了！這男人眼睛沒瞎，而他們倒是偶爾讓我照鏡子看看自己樣子的。」她突然嚴肅起來，瞇起雙眼。「事實上，我對他一直觀察我感到厭煩。那讓我覺得自己像個囚犯。」

「你喜歡他嗎？」

「是。」

「他結婚了嗎？」

「他是個鰥夫。」她皺眉。「問這些幹嘛？」

他聳肩。「你知道人家怎麼說精神科醫生跟病人間的關係。我只是在想他會不會在康思立婚姻史上加一筆。」

「省省吧，佛格斯，」她不悅的說。「我不想要在這裡待太久，不會有時間跟那個男人發展出什麼關係，我們只是認識而已。」

他斜倚著樹幹。「那麼，你計畫什麼時候回家來？」

「回家去，」她更正。「回到里其蒙，還有回工作室。呆坐在這裡，什麼也不做，我對這樣的生活並不在行。」

「聽起來像是在說我，是嗎？」

「不是，」她溫和的說。「很奇怪的是，佛格斯，我目前對我自己的問題比對你的還要關心。」她研究著他那張陰沉遲鈍的臉，跟邁爾斯這麼像，只是缺少了他哥哥那副隨時可以換上的迷人面具。「你來這裡有什麼事嗎？」

他的腳在草地上磨蹭著。「我只是來看看你好不好，就這樣。邁爾斯說他來的時候你很虛弱，還說你跟他說話說到一半就昏倒了。」

「只是太過勞累。」她戴回深色眼鏡，這樣他就看不到她眼裡的表情。「邁爾斯告訴我，亞當把你整哭了。是真的嗎？」

他再一次臉紅。「邁爾斯這個混帳東西。他曾發誓不告訴任何人。你知道嗎，有時候我真不曉得我比較恨誰，是他還是爸。他們倆真是一坨狗屎。我希望他們立刻倒地就死。他們一死，所有的事都會沒有問題了。」

她從他五歲開始就不停的聽到相同孩子氣的抱怨。改變的只是他聲音裡含帶的語調。「看來他又用皮帶抽你了。這回你做了什麼讓亞當生氣的事？」

「才不是我惹他生氣的。是你，因為你在這個地方。」他沿著樹幹滑下來，蹲坐在旁邊。「他失去控制，開始對所有的人尖叫怒罵。邁爾斯該死的跟平常一樣，膽小的縮在角落，媽媽坐在一邊嚎啕大哭。你知道是什麼情況。不需要我來告訴你。」

「但你一定做了什麼，」她說。「他也許因為我的事變得脾氣暴躁，」她對著建築物比了比手勢，「但是他不會沒有理由就隨便打你。所以，你到底做了什麼？」

「我借了二十英鎊，」他囁嚅著。「他那個樣子，你會以為我犯了該砍頭的罪。」

她歎了口氣。「這回是跟誰拿的？」

「有關係嗎？」他生氣的說。「你就跟見鬼的老爸一樣糟。我有打算要還的。」他的嘴醜陋的緊緊抵著。「為什麼就沒有人看到，如果爸把我當個人對待，而不是像對奴隸那樣的話，我就不會需要跟人借錢了。那實在很丟臉，你曉得嗎，承認自己是亞當‧康思立的兒子，但所有的人都知道你根本沒什麼錢。我一直就告訴他，如果他給我可供花費的錢，我就不會跑去跟別人借錢了。我是老闆的兒子呀，那總該值些斤兩吧。憑什麼邁爾斯和我要從基層做起？」

「你知道，」她突然感到沒有耐心，「如果你偶爾誠實的對著一張黑桃說那是黑桃，你就成功的贏得亞當的一半的尊重。是你和邁爾斯不停的撒謊讓他不得不生氣。你難道連這點都看不到？你是個賊，」她譏諷的看了他一眼，「每個人都知道，所以幹嘛編出一套借錢的說詞？你這回偷誰的？」

「堅肯斯，」他咕噥道。「但我是要還他的。」

「難怪亞當要拿皮帶抽你了，」她疲倦的說。「我不會喜歡向我的園丁說對不起，因為我二十四歲的兒子偷了他的錢。你以為堅肯斯沒有膽子告訴別人，所以你就逃掉了，那跟一開始就打定主意偷他的錢一樣可恥。」

「喔，不要再說了，珍。我已經從爸那裡聽得夠多了，不管怎樣，你們都錯了。我真的打算要還他的。如果他跟我提起的話，我會解決，但是他卻決定向老傢伙告狀，把一件小事弄得雞飛狗跳。」

有些基本原則在珍腦子裡瓦解了。事後回想起來，她覺得過去她一直認為是血緣的關係，她不得不被這個家庭綁住，雖然她恨不得像逃離瘟疫一樣遠遠的避開。瞬間，她發現自己毫無愧疚的承認她一點也不喜歡他們。更甚者，她對他們只有輕蔑，只有藐視。事實上，她相信所有人都了解亞當對他們的態度，只是從來沒有人付諸言語：邁爾斯和佛格斯是他們母親的兒子，就跟貝蒂一樣，他們只把亞當・康思立當成長期飯票。她殘酷的笑著。「我要告訴你一些我這生當中還沒有告訴過任何人的事。首先，我瞧不起你母親，從她進我家的那一刻開始。她是個肥蠢又酗酒的女人，還是個讓人訝異的低能。第二，她為了想當個受人尊敬的仕女而嫁給我父親，她夠狡猾，說服了他，雖說她永遠無法得到和我母親相同的待遇，但她最起碼可以在他勞累工作了一整天後，讓他舒舒服服的回家休息。他當時很寂寞所以陷了進去，但是他卻被一個粗鄙、眼裡只有錢的女人給套牢了。」她伸出三根手指。「第三，也許事情還不算太糟，直到她把你和邁爾斯帶到這世界來。連你們的名字都教人難堪。亞當本要為你們取些簡單大方的名字，像大衛或麥可，但是依麗莎白卻要能夠符合有錢人身分的名字。」

她故意用假聲模仿她繼母的腔調。「名字聽起來必須要時髦漂亮，爹地，大衛或麥可太普通了。」她生氣的吸了口氣。「第四，亞當發現他竟是兩個全世界最懶惰、最愚蠢、最不誠實的兒子的父親。你們身上每一個遺傳基因都顯然承襲你母親。你們兩個人甚至根本對你們的家庭沒有任何貢獻。相反的，你們唯一的興趣是把我和亞當拉到你們那種低劣的水準。第五，你如何能自圓其說偷園丁錢的行為？園丁每天辛勤的工作，只為維持他尚可溫飽的家和一輛只求能跑的汽車，而你，你這無恥的混帳，」她對他吐了口痰，「卻悠哉游哉的駕著你那輛空擺架子的保時捷，去唬那些笨到以為康思立的名字代表了什麼的小婊子？你能對我解釋嗎？你有能力跟我解釋這一切嗎？」

他瞪著她。他意外的看到他父親的形象如鏡子反射出現在她下巴，以及她語氣裡的怒意。但是他早已花費數年的時間練習玩弄著她的良心，跟邁爾斯一樣，他在這方面已經變成了專家。「我們很早就知道你是個勢利的母狗，珍，」他懶懶的說。「你又怎麼能夠想像當媽搬到那個家，那個已經有了一個的完美小孩和她無處不在完美母親的照片的家時，她的感覺？她說你那種高高在上的態度讓她想要摑你幾巴掌。說實話，我真希望她當時有那麼做。如果爸待你就像他待我們一樣，那麼也許我們大家都會比較好過些。」

「他並沒有從一開始就用不同的態度對待你們，」她冷冷的說。「我還記得他第一次抽打你們，是因為你和邁爾斯第一次被告偷竊。你那時九歲，邁爾斯十一歲，你們偷了村裡商店收銀機裡的錢。亞當還了一百多英鎊給戴維斯太太才把事情擺平，然後他拿出皮帶抽了你們兩個，要你們記得下次如果膽敢再犯，就會再被打。」她搖搖頭。「但是那根本沒有用。你們還是繼續做，他就只好繼續打你們。然後是我，得試圖讓他平靜下來，因為貝蒂總是喝得糊裡糊塗。你以為我喜歡那樣嗎？」

他聳肩。「你喜不喜歡跟我有什麼關係，我才沒心思管，而且，你把事情誇大了。大部分的時間你不是在學校就是在那見鬼的牛津，當家裡的天才，而邁爾斯和我得到的待遇卻像未開化的穴居人一樣。你應該偶爾站在我們的處境想一想。你很清楚他從頭到尾都很討厭我們。我們偷商店裡的錢，只不過想要引起他放在他寶貴的珍身上的一小部分注意而已。」他嘴角不高興的癟了癟。「你不知道生活在那樣的陰影下是什麼滋味。當你放假回家時，他只對你和你做的什麼事情有興趣，而當你離開時，他就只把自己關在那間到處是你母親見鬼照片的辦公室裡。」

她知道這是什麼，自私、心靈扭曲操控下的感情勒索，但是維持了一生的習慣不容易說消失就消失。於是，跟往常一樣，她再次受挫於亞當對她母親和她根深柢固的寵愛。「但是你們為什麼就不能自立自強呢？」她問他。「你們為什麼還要繼續做那些你們明知道他恨得要死的事呢？為什麼還要待在那裡讓他有機會鄙視你們呢？我就是不能理解。」

「因為那也是我的家，不只是他的，我就不懂他憑什麼把我攆出去，」他說。「你是沒有關係。你反正有了羅素的錢。你運氣好。」

她腦袋裡突然有扇門砰的一響隔開已浮現的一處記憶。有那麼一瞬間，她好像抓到了記憶中的什麼，但那卻像夏天裡一縷清風，讓人可以感覺到卻看不見，接著就消失了。他們以前有過類似的談話嗎？「你把事情全搞擰了，佛格斯。你怎麼可以把羅素被殺看成是我的好運呢？」

為什麼羅素不停的在每一段談話裡閃現出來？她已經把他從她記憶之海裡抹去了這麼長久的時間，但是現在，她似乎一直被迫不由自主的想到他。

「別裝了，珍。你沒那麼喜歡他，而最後你卻得到所有的戰利品。」他語氣裡沒有挑釁的意味。他就跟她一樣，對這種得不到結論的爭執早已失去了精力。當信任已經蕩然無存，認知就是僅存的東西了，任何想法不管有沒有說出來或埋藏在各人心底，也都沒有什麼太大的關係了，因為每個人都已經了解自己的立場。除了……「你對媽大肆撻伐，倒顯得亂沒天良，」他語帶諷刺，但並不真的全心全意。「她四處為你伸張正義。自從你到這裡來後，她做的事比爸還要多。她到過沃爾德和哈利斯家，就里奧和眉格對待你的態度分別向他們的父母抱怨。她叫安東尼爵士『社會屁股的瘡疤』，稱卡洛琳『緊著貼屁股的婊子』。」

珍突地把頭低下，以免他看到她眼睛裡的笑意。

「沒錯，她酗酒，」佛格斯悻悻然的說，「但她的確心地不壞。事實上，邁爾斯和我覺得那很好笑。」

珍也這麼認為……她以前曾取笑安東尼是「寄生蟲」，但貝蒂的見解卻似乎更為不安好心……

□

温徹斯特，羅門賽路局——晚上七點半

「你得讓我跟康思立小姐談談，」加瑞・莫道克說，疲倦的跌坐在椅子上。「說真的，長官，在哈利斯小姐電話旁守株待兔，等那該死的鈴聲響起，我實在不認為會是個找到她父母住所的好方法。」

「你有繼續跟安東尼爵士聯絡嗎？」

莫道克點點頭。「他只是對我們重複在威爾夏郡說的那番廢話。他向你說的那些什麼他對里奧決定要改娶像眉格那麼好的女孩感到鬆了口氣等等狗屎，分明只是隨口說說而已。就我的理解，她之所以比較好，只不過因為她不是珍・康思立。我得到的印象是，即使里奧宣布說他要娶從鄉下隨便一個酒吧帶回任何一個女孩，沃爾德家人都會高興得跳起來。」

「不怪他們，」督察長譏諷的說。「我也不會願意有像亞當・康思立這樣的親家。」

「嗯，看上去，他女兒聽來倒是很明理。她在答錄機裡留下一段話。聲音很好聽，很有幽默感，說她沒有懷恨在心，要眉格跟她聯絡。」

巡官伸手到他口袋裡，拿出一捲錄音帶。「我們在翰默司密警察局做了拷貝，然後把原版放回公寓去。」他把它放在他身前的桌上。「她的留言是最後一通。我已經聽了好幾遍，我現在比較傾向同意費哲的看法，她對里奧和眉格的死並不知情。」

區佛手指把玩那捲錄音帶，然後拿起來，旋轉他的座椅，把帶子放到他身後架子上的錄放音機裡。他低垂著頭坐著，聽著錄音帶裡的口信，在珍的留言放完後，才移動身體。他按下迴轉，再聽一次她的留言，然後撫摸下巴深思，按停止鍵。「她說她不記得六月四日以後發生的事情，」他指出。

「跟佛定橋區的報告吻合，」莫道克說。「根據報告，車禍後的腦震盪讓她得了失憶症。」

「同意，但是這並不表示她之前並不知道他們死掉的事實。你懂我的意思嗎？她有可能把那部分的記憶抹除掉了。」他一根手指在桌上彈著。「我想，單就一個錄音假設出什麼，相當危險。」

「我不是要反駁，長官，但是我真的認為現在是我們訊問她，而不致引起任何人懷疑的最好機會，至少不會引起她父親的懷疑。」他身體前傾。「瞧，我們只是單純的想要找到哈利斯小姐的行蹤而已。她的信用卡在警方查獲一名小偷後，落在警察手中，而幾次嘗試以她倫敦的住址跟她聯絡都沒有結果。翰默司密警察，為了她的利益著想，進入她的公寓，想獲得她家人或朋友的聯絡資料，但是卻發現她的公寓像是才搬空一樣清潔溜溜。唯一的線索是康思立小姐，因為她是唯一在電話答錄機裡留下電話號碼的人。翰默司密警局要求我們聯絡康思立小姐，看是否能循此線找到哈利斯小姐。」他張開雙手。「你願不願意讓我就這個理由去找找她？這是個合情合理的途徑。」

督察長把手拱成尖形放在身前的桌上，低眼看著這個男人。「你知道如果你出了岔子，我會剝了你的皮。」

莫道克咧嘴一笑。「相信我，長官。」

他的眼睛瞇了起來。「我最討厭聽到這種話。聽著，確定你在跟她說話前得到她醫生的同意。等一下，你事實上可以更進一步，要他在你問問題時待在現場。我不要警局被控告說欺壓生病的年輕女子。」

「幫幫忙，長官，」莫道克裝著一副哀怨的說，「我還不知道該怎麼做呢，我一直都那麼疼女人。」

法蘭克的雙眉往中間靠攏，形成了個皺眉表情。大家都知道，莫道克被三個不同的女性員警分別控訴性騷擾，只是沒有結果罷了。「我警告過你了，」是他目前所能說的話。

□

薩爾司柏瑞，康寧路警局——晚上八點鐘

布萊兒女警把一張影印資料伸到警佐鼻端，那時她值勤就要收班了，她精神抖擻的揮動著手上的紙張。「讀讀這個，警佐。這跟發生在芙婁西・海爾身上的事如出一轍。相同手法，也一樣不願意接受訊問，同時受了類似的傷。」

他兩隻手接過來，端正放在他桌上。「布萊兒，這對你也許是個意外的驚喜，但我對這樣的結果早有心理準備。再說，我還不需要把文件紙貼到眼睛上才看得清楚。」然後，他快速瀏覽內容。

事件報告

參與警員：修斯警員和安得森警員

一九九四年三月二十三日，晚上十一點十分於天堂大道五十四號接獲性侵害報案。

一名女子猛烈敲擊鄰居大門，妨礙公共安寧。調查過程中，發現該名女子需要進行緊急醫療救護。臉上有嚴重瘀傷，直腸被割。

姓名：沙蔓珊・蓋瑞森。本地妓女。聲稱行凶者為其丈夫，但相信不是實話。該女拒絕進一步合作。

「你跟修斯和安得森談過後續結果了嗎？」他問。

「還沒有。」

「那麼明天跟他們談談。」他在那張紙上攤開他粗大的手掌。「如果你能找到沙蔓珊，也跟她談談。固定跟我報告進展。好女孩。我想你逮到什麼東西了。讓我們瞧瞧你如何把這個渾球緝捕到案。」

布萊兒臉上刷的一下變得緋紅。才二十一歲，她還沒有學會玩世不恭，別人的讚賞對她很重要。

□

薩爾司柏瑞，南丁格爾療養所——晚上十一點半

時間變得無關緊要。一小時讀一本書，只像是過去了一分鐘。而一分鐘的疼痛卻宛如持續了一個鐘頭。只有恐懼是無窮無盡，因為它自己會滋養自己而不停的成長茁壯。誰的恐懼？你們的？他們的？我們的？我的？他的？她的？每一個人的？

就連黑暗也充滿了恐懼。

迷惘……疑惑……不解……

遺忘……遺忘……遺忘……

有那麼清明澄澈的一刻。

我怎麼在這裡？我在做什麼？

眉格是個婊子！辯解的聲浪隆隆作響。我父親讓我變成了魔鬼。

10

六月二十六日星期日，威爾夏郡——下午兩點十分

因著種種理由，史恩．費哲警佐並不怎麼高興和莫道克一塊兒前去探訪珍．康思立。他沮喪沉默的坐在駕駛旁的座位上，車子正駛往薩爾司柏瑞。他其實是用石頭砸自己的腳。他先前鬆口答應妻子和兩個小女兒這個星期天帶她們到蘇得蘭海邊玩，在他不得不取消時，她們又掉淚又抱怨，讓他覺得十分過意不去。他鬱卒的心情因莫道克惹人厭煩的愉悅哼唱更趨灰暗。莫道克一路完全走調，一再重複的唱「陽光讓帽子戴上了他，萬歲萬歲萬萬歲……」

「拜託，長官，」他終於說。「聽你唱歌比拔牙還糟。」

「你一副倒楣像，費哲。到底發生了什麼事？」

「因為今天是星期天，長官，此舉是浪費時間。你知道有可能她全家人都在那裡陪她，我們不會有機會的，如果我們不希望康思立在背後盯著我們的話。」

「不會的。」莫道克自滿的咕噥著。「我今早已經要縵娣．巴瑞先過來一趟，跟護士們聊

聊，目的是要知道誰在什麼時間曾經來看過珍。據她報告，康思立自從他女兒住到這裡來以後，沒有來探訪過，她的繼母來過一次，看來不太可能再出現，兩個弟弟各自分別前來，很不高興的離開。據說他們之間沒有什麼情誼，所以他們為她放棄星期天的可能性等於零。」

「你在玩火，」費哲生氣的說，意識到自己在莫道克不走正途的行事中扮演共謀的角色。「要遵照規定，督察長說過。如果他發現你偷偷讓縵娣背著人調查，肯定會火冒三丈。」

「誰會告訴他？」莫道克不在乎的說。「如果我沒事先準備就闖進去，冒的險會更大。」他把車子晃進主要道路上，加速上坡。「聽著，小子，你有時得拿出些骨氣來。在這行裡，如果你不偶爾先發制人的話，很難有什麼斬獲的。」他再次回到他那不成調的曲子裡去。

費哲轉頭瞪向窗戶外。莫道克真正讓他光火的地方是，這混帳對的時候比他錯的時候還要多。「先發制人」在莫道克的字典裡代表捷徑，利用一些違逆警察守則的手段，但他最後總是沒事。就他自己的話來說，「他可以聞到犯罪氣息」。私底下，費哲認為巡官跟他逮捕的人一樣沒有道德觀——他已經不只一次聽到紛傳的流言，說莫道克在收受賄賂——但這其間也隱含著一個惱人的問題，亦即警方的辦事效率。就費哲這麼一個好深思的人而言，整個議題讓他感到相當困擾。這裡面有個本質性的吊詭：警方總是被迫每一步驟都得按照規定來，而破壞規定的罪犯惡行卻千古未變。

□

薩爾司柏瑞，南丁格爾療養所——下午兩點半

亞倫．坡司羅靜靜聽著眼前兩位刑警的說詞，他親切的臉龐逐漸因攏起的雙眉皺起來。「聽起來你們需要跟她見面一談，似乎還有其他沒有說出的理由，」他接著說。「如果翰默司密警局只是要哈利斯小姐父母的住址，為什麼不直接打電話問康思立小姐就好？」

「因為，她在哈利斯答錄機上的留言提到這家療養所時，以瘋人院稱呼，」莫道克輕鬆的說，「我相信你知道，警方在訊問精神上受到困擾的人時，受到法律嚴格限制。所以，在他們直接來問她之前，翰默司密警方要求我們先來查探她進這家療養所的原因。我們很快的從佛定橋的同事那裡得知，她在自殺未果之後被送到這裡來，她未婚夫遺棄了她跟哈利斯小姐在一起。我們不想對她進行不必要的干擾，所以我們認為由便衣來訪查比較妥當。」

亞倫對他「瘋人院」以及「精神上受有困擾」的用詞相當反感。更有甚者，他對莫道克本人更是不滿。討厭這個男人自以為是的個性，像股難聞的惡臭不由分說的闖進這裡。「你為什麼不先打電話來呢？」他疑心的說。「我會很樂意幫你們問的。」

莫道克舉起雙手做出投降的姿態。「好吧，我誠實告訴你，先生。問題不在康思立小姐身上，而是康思立小姐的父親。上頭傳下的命令非常清楚。不要給亞當．康思立任何控告漢普夏警局對他生病女兒不夠體恤的藉口。我們完全不知道向她打聽那個引誘她未婚夫的女人會有什麼後果。我們只知道，僅僅提及眉格．哈利斯的名字就可能讓她尖叫想爬牆而逃。我們連調派

警力都已經捉襟見肘了，遑論浪費在法庭上交戰的錢，尤其對手又是個脾氣不太好的富翁，他對她女兒的情況已經夠煩心了。」他把掌心向上的雙手翻轉過來。「就是這些理由。再說，她身處瘋人院裡，而且她害怕在這裡亂闖。這些是她的用詞，先生，不是我胡謅的。」

費哲不得不佩服莫道克的心理戰。不管坡司羅開始時對他們前來的動機產生什麼樣的懷疑，此刻也都被急切護衛療養所及他的病人的心情掃到一旁了。「巡官，如果你能不再稱南丁格爾療養所為瘋人院，我會很感激，」他尖刻的說。「珍對任何事都秉持著健康的嘲諷態度，還不忘加上她的幽默感。她只是開玩笑罷了。我對她心智上的平衡完全沒有疑慮，而我相信她本人也同意我這麼說。意外發生之後，她受到一些記憶喪失的干擾，但除此之外，她在精神上是健全的。」

「喔，真讓人鬆了口氣，」莫道克說。「那麼讓我們跟她談談就沒什麼問題了？」

「如果她同意的話。是的，我看不出會有什麼問題。」他站了起來，走向房門，饒富興味的注意到，費哲警佐看來也跟他一樣，覺得莫道克巡官不是個讓人感到愉快的人。從身體語言就可以看得出來，這個年輕人刻意不讓他長官的影子映照在他身上。他領著他們跨上走廊。

「我想我留下會比較好，」他說，輕輕敲著十二號房門。

「我沒有意見，先生，如果康思立小姐同意的話，」莫道克嘲弄的強調。

□

輪到珍靜靜聽著巡官解釋他們的來意。她坐在窗戶旁邊的椅子上。兩位警官進來時，她沒有點頭招呼，一聲不吭的聽莫道克把話說完。沒有立刻回話，她只默默的瞪著他一兩分鐘，蒼白的臉上帶著微微好奇。「眉格的父母住在靠近戰敏鎮的一個叫小頓瑪麗的村子，」她最後說。「她父親是那裡的牧師。我很抱歉無法給你電話號碼，因為我寫在我的聯絡本裡。我的聯絡本目前不在我手上，但我想你們可以去查分類電話簿。她父親名叫查爾斯，和眉格的母親住在教區牧師居所裡。」

她伸手到桌上的菸盒，中途改變主意，把菸盒留在原處。她突然發覺自己不願讓別人注意到她顫抖的雙手，同時也懷疑她能穩穩持著打火機點菸。「但是眉格不會在那裡，」她繼續以低沉的嗓子說。「她現在法國度假。」

「喔，那麼，這應該可以解釋我們為什麼聯絡不上她，」莫道克說，好像這是他第一次聽到這個消息。他看著亞倫．坡司羅。「事實上，醫生，我真的不認為我們有理由把你留在這裡，除非康思立小姐害怕一個人面對我們。」他對她微笑。「你會嗎，康思立小姐？」

她不在乎的聳聳肩。「一點也不。」

「那麼，非常謝謝你，先生。我們不會談太久。」莫道克站在打開的房門旁。

亞倫氣得橫眉豎眼瞪著他，心中非常清楚他只是個過路橋板。「我願意留下來，珍，」他說。「我相信你父親也會希望如此。」

她對著他低聲笑了起來。「我相信你說得對。但就像你一直企圖說服我的，坡司羅醫生，我有自主權，不是我父親。不管怎樣，謝謝你。我想我可以自己回答幾個問題的。」

「好吧，如果你需要我，你知道我在哪裡。」他穿過房門離去，莫道克結實的手把門在他身後關上，他實在很想知道裡面到底進行著什麼事。但是，很顯然的珍跟警察一樣不願讓他聽到談話內容。

門裡的那一邊，莫道克意含鼓勵的對珍說，「知道是法國的哪裡嗎，康思立小姐？」

她搖頭。「不知道，但我可以猜。我對跟她一塊兒去的那個男人有些了解。里奧・沃爾德，他在布列塔尼南方海岸有棟小木屋。住址是伊弘得勒，聖捷克路，特瑞海濱別墅。那裡有電話，但是，同樣的——」她微微聳了聳肩，「號碼在我聯絡本上。」

莫道克點頭。「但是如果你知道她在法國，」他兩道眉毛困惑的豎著，「你為什麼打電話到她倫敦的家呢？」

珍盯著他看了一會兒，然後拿起她的菸盒，彈出一枝菸夾在指間。尼古丁比驕傲還重要。她伸手取打火機，費哲幫了她，穩定的持著火，點燃微微晃動的菸頭。她微笑著向他道謝。「眉格可以從外面接聽她的答錄機留言，」她說。「我假設她會這麼做。」

「誰告訴你她人在法國？」

「她的合夥人，賈西・漢尼斯。」她透過煙幕注視著他。「他星期三打電話給我。」

莫道克瞥了瞥費哲，看他記錄下來沒。「眉格可有回電話給你，康思立小姐？」

「還沒有。」

「這位漢尼斯先生有跟她聯絡上嗎？」

「就我所知，沒有。她沒有給他聯絡電話。」

他作戲般的查了查他的筆記。「事實上，我們知道里奧・沃爾德先生跟你的車禍有些關係。他在兩星期以前是你的未婚夫，對嗎？」

她向空中吐出一串煙，看著它如漣漪般往天花板旋轉擴散。「沒錯，」她平靜的說。「但是他寧願選擇你的朋友眉格・哈利斯而離開你。」

她輕輕笑著。「你又對了，巡官。」

「所以，也許哈利斯小姐不好意思打電話給你，」他繼續，「雖說你在她的答錄機上強調說你並不恨她。」

她把菸灰彈進菸灰缸裡。「老實告訴你，」她緩緩的說，「我記不得得我說了什麼。」她看著他，深色眼眸中帶著詢問的眼神。

「你說聽到消息很突兀，你應該要把她收集的首版書都撕毀，還告訴她你把車駛向混凝土柱子後喪失了部分記憶，她如果能忍受跟你說話的難堪，希望她能回電給你。這聽起來熟悉嗎？」

「聽來像警訊，」她嘟囔著。「你的話有問題。你剛才說翰默司密警方聽了她的答錄機，把這個電話抄下來，然後要求你到這裡來要她父母家的住址。你沒有提到你自己也聽了留言。」

她手掌用力的壓住一邊隱隱作痛的腦袋。「所以要不就是他們聽留言的時候你在場，就是他們給了你一份拷貝。」

「他們把內容傳真給我們，」莫道克說。「為什麼你覺得這像警訊？」

「我可以看看傳真嗎？」

他再度看了看費哲一眼。「我們有帶來嗎，警佐？我最後一次看到時，是在你桌上。」年輕人搖搖頭。「抱歉，長官。我沒有想到我們會需要它。」他轉身把手上的筆記貼在牆上，暗自希望他的怒氣和焦慮沒有表現得太明顯。

珍看著他一會。他根本不擅長說謊，她想，他的膚色背叛了他。他膚色很淡，像佛格斯，血液很容易就布滿他的臉頰。她對他的憐憫像根細針微微刺著她發疼。他有個善欺凌弱的長官，而她比任何人都來得清楚，要抵抗這樣的強權者得具備不凡勇氣。「那麼，」她平靜的說，「你為什麼不打眉格公司的電話，問賈西這些問題呢？」

「因為翰默司密警方沒找到那家公司，」莫道克說。「就像我開始時說的一樣，她似乎正要搬離那棟房子。根據他們告知，那裡除了一些首版書、衣服和貓之外，什麼都沒有留下。」

她轉向費哲。「誰在照顧厤瑪公爵？」

「一個鄰居，海姆茲太太，」他親切的回答。

大家隨後陷入一長串的沉默。

「眉格到底發生了什麼事？」珍悄聲的問。「我不相信溫徹斯特的刑警會因為某人的信用卡遺失了，一路到倫敦去搜尋她的公寓。」

莫道克努力控制著，雖然他很想讓費哲知道他剛剛的表現證明了他是個草包，但是他壓抑著，在珍的床旁高高坐著，雙手夾在膝蓋間，上身前傾。「不是只有她的信用卡遺失了，」他嚴肅的承認，「還有沃爾德先生的。他信用卡的註冊地址是里其蒙，格雷凡園十二號，這個住址因為你的意外還存放在漢普夏警局的檔案中。里其蒙警局給了我們里奧父母的住址和電話，他們是在車禍發生之後從你房子裡找到那些資料。然而，在我們聯絡上安東尼爵士，想要知道里奧和眉格的去處時，他什麼也無法提供給我們。那讓我們擔心，因為我們不知道他們為什麼沒有任何一人通知信用卡公司說他們的卡遺失了。如果他們是在布列塔尼的一棟小木屋裡，也許就可以說得通了，但是我不懂安東尼爵士為什麼不給我們那個住址。」

她把專注在他身上的視線轉移到她椅子後方，試圖控制心底逐漸上升的恐慌。有事情發生了……恐怖的事，讓她如此害怕，不敢到記憶深處去挖尋……「他不知道，」她不穩定的聲音說著，轟的瞬間她感到血液衝漲到她的雙耳。「他對他兒子的了解非常有限。妃麗芭也是。」

莫道克笨拙的臉逐漸靠攏，精明幹練的小眼睛定在她臉上。「你還好嗎，康思立小姐？」

「還好，謝謝你。」有事發生了……忘掉……忘掉……忘掉吧！「對他們來說，」她稍微穩定的繼續，「他唯一的資產只有一些股票和股份，而事實上他在布列塔尼有棟小木屋，倫敦有間房子。他租給任何付得起租金的人，在佛羅里達還有一間大廈公寓。我知道，除此之外可能還有更多。那三個只是他告訴我的。」

「你知道倫敦那棟房子的地址嗎？」

他們起了爭執……安東尼和妃麗芭曾經在那裡……我要娶眉格……眉格是個婊子……她把視線移回莫道克臉上。「我只記得在喬爾西的什麼地方，」她說，神經過敏的舔了舔嘴唇。「他的律師可以告訴你。他叫默利斯・布侖姆，辦公室在艦隊街什麼地方。我確定你可以透過律師公會找到他。」

莫道克停下看費哲寫下名字。「有什麼理由讓他不願告訴他父母他所擁有的產業？」他問她。

她想了一下。「那要看你怎麼為好理由下定義。是的，他是有理由，個人認為那些理由既齷齪又卑鄙，但里奧覺得有理。」她停頓。「我沒有辦法不懷一絲怨懟的告訴你。」

「我們必須知道，」巡官說。

是嗎？她開始覺得不容易集中注意力。我在早餐後跟里奧說再見……我們將在七月二日結婚……「他們是同類型的人，也許妃麗芭沒那麼糟，但是安東尼和里奧絕對是。」她的聲音又開始變得奇怪的遙遠。「如果你找得到人付你錢，不用自己掏腰包，利用人們的專門技術或知識助你往上攀升。你一面製造卑劣假象說自己很富有，一面哭窮。很快的就讓被壓榨的人感到疲乏，特別是你知道你資助的寄生蟲其實什麼事也沒做。」她瘋了嗎？眼前這兩個是最不該聽到這番告白的人。向醫生告白……他會讓你在這裡的時候過得很舒服……那是個人自由的選擇……

莫道克看著她的眼睛逐漸睜大，鑲嵌在因為沒有頭髮而顯得特別瘦小的臉上。他感覺到那雙眼睛的吸力，心中同時想著：逮到你了，你這隻殺了人的母狗。你真的恨死了那個可憐的混帳。「里奧是用這種方式對待你的？」他溫和的問。

「沒那麼快。他沒有那麼愚蠢。事實上，一開始時他相當慷慨。直到他搬到格雷凡園時，我才知道我為自己套上了一個怎麼樣的枷鎖。」她深深吸了口氣。

「不急，康思立小姐。慢慢來。」

羅素被殺的情境潮水般湧入她的腦海。慢慢來……不急……我們知道你父親恨他恨到可以把他幹掉……我們知道你父親是個變態……「他是『你的就是我的』原則的信奉者，」她急急的說著，想要掩蓋腦子裡此起彼落的聲音，「但絕對沒有互惠的餘地。他對我就跟對他父母一樣守口如瓶。我對他名下產業略為所知是有一天默利斯‧布侖姆打電話到我家來找他，我從對方的談話中確定他在佛羅里達擁有其他的東西。我非常生氣，逼里奧告訴我實情，因為他過去一直不停的告訴我他有財務上的困難。」跟佛格斯如出一轍，他總是從她的皮包裡拿錢。老天爺，她現在記起來了。就是這種卑鄙的吝嗇終於讓她認清：他逃漏稅，對銀行的任何事務和信用卡帳戶保持神祕，還有，那種一切以自我為中心的生活態度。

「他以前從事什麼工作？」

她注意到他用的是過去式，但沒有道破。「他稱自己為股票掮客，但他從來沒有提起任何客戶的名字，所以我猜他是自己在號子裡玩。」

「他每天出去工作嗎？」

他的確每天都出去。「他每天都在市中心。」我要娶眉格……「跟上時代的脈動，這是他的說詞。」

「他說他有財務上的困難，是什麼情形？」

「他說因為錯誤的投資使他失去了所有，但我想他在撒謊。他從沒有停止抱怨，總愛說跟我比起來，他有多悽慘。他對他父親也用同樣的態度。」

「然而你說他父親跟他是同類型的人。」

她那天決定扯破臉，告訴他們她對他們的觀感，說他們是自以為是的社會寄生蟲，唯一值得引起別人尊敬的是他們某位祖先用智慧和膽識贏得了貴族的頭銜。「安東尼的作為非常惡劣。他從不會主動歸還他欠的錢，除非對方下最後通牒，他總是希望在必須簽支票付錢之前，對方就先垮台。」

「如果我沒有弄錯你的意思，康思立小姐，你是說里奧只在需要錢時才找他父親。」

她點點頭，沒有出聲。老天，他們為此恨死她了。還有，當里奧告訴她他一直跟眉格有段情以及眉格才是他想娶的人時趾高氣揚的表情。簡直是晴天霹靂！她全記起來了。安東尼的憎恨……「你只是閹豬的女兒……我們從來就沒有要你進到這個家來……」妃麗芭的痛苦。「別再說了……別再說了……說出去的話就像潑出去的水，收不回來的……」里奧發怒……「我要娶眉格……我要娶眉格……」

「那就是為什麼他從來沒告訴他父親自己擁有那些產業的原因？」莫道克問。「他不要他父親知道他實際上的價值。」

她再度點頭。「他曾是——他是，」她更正時態，「金錢的奴隸。他們兩個都是。」她把自己的思緒從過去拉回來。「我可以確定如果里奧知道他的信用卡遺失了，他一定會立刻掛失止付，他不可能不帶著它們就到法國去。」

「那麼你有什麼看法？」

里奧死了。一幅不知從何而來的畫面，落在她疲倦不堪的腦子裡。一個亮閃閃的影像，界限分明，但是它停留得那麼短暫，在她能理解之前就消失了。眉格是婊子……眉格是婊子……太多祕密……似曾相識的感覺……這以前曾經發生過……「老天，」她說，抬起滿是瘀青的手撫住胸膛，「我以為——有那麼一剎那，我以為……」她眼神空洞的看著莫道克。「你問我什麼？」

他沒有漏掉她臉上的戰慄。「我是在問你對里奧沒有通知信用卡公司止付他信用卡這事有什麼看法？」

她抖動著的手緊緊壓著前額。「我感覺很不舒服，」她突然說。「我想我大概要吐了。」

費哲彎下身來審視著她的臉。「我幫你找醫生來，」他說。

「哈利斯小姐的公司名稱，是我們唯一需要的另一件事，」莫道克催著，站起身來。「我們可以從那裡開始著手調查。你說她合夥人叫賈西．漢尼斯。公司叫做什麼？」

「停止，長官，看在老天爺的份上，」費哲生氣的說，按床邊的鈴。「你難道看不出來她不舒服嗎?」

「哈利斯—漢尼斯，」她喃喃低語。「電話號碼就在眉格家號碼下面，眉格・哈利斯先，然後就是哈利斯—漢尼斯。我不懂你為什麼不在來這裡以前先打那電話。」

□

「怎樣?」莫道克質問費哲，他正拿出鑰匙打開車門。「我們為什麼沒有那樣做?」

「不要問我，長官。我到道桐莊園去了，記得嗎?我記得是督察長指示你盡可能的挖掘你範圍所及有關眉格・哈利斯的事。」

「都是見鬼的翰默司密的錯，」莫道克暴躁的說。「混帳，那他媽的分類電話簿就在他們眼前。」他滑到駕駛盤後。「你認為她怎樣?」

費哲彎身進到車裡，把門拉上。「我對她感到抱歉。她看起來病得不輕。」

「嗯，可是那並沒有阻止她把你耍得團團轉，對不?」他發動引擎。

「或是你，」費哲簡慢的說。「是你把警鈴弄響的，不是我。」

莫道克沒有在聽。他換檔加速，急轉方向盤。「我告訴你，她肯定不是很喜歡里奧，也不喜歡他的父母。你見過安東尼爵士。你同意她對他的描述嗎?」

「當一個人處於過於驚愕的狀態中，你無法做出什麼正確評斷。他不窮，這倒是可以確定。」他回想著。「老實說，我倒真覺得他是個偽君子，但是那可憐的渾球真被他兒子的死訊給嚇到了，我無法做太多分析。」

「不過，實在太奇怪了，」莫道克若有所思。「如果她真的像她所說那麼蔑視他們，那麼她為什麼還讓婚禮繼續進行？我是說，取消婚禮的是里奧，不是她。如果他真被錢奴役，他為什麼要離開康思立家，只為了可以跟牧師女兒在一起？這聽起來並不真實。」他在費哲肩上友善的敲了一記。「幹得好，小子。看起來你打一開始就沒有錯。她是我們要的人，毫無疑問。現在我們要做的就是把這母狗抓住。」

費哲倒是有了疑惑。就理論上來看，她的確嫌疑重大，但是本人，可以想見的，卻是另外一回事。一個人真的可以外表看起來如此脆弱，仍有能力犯下這樁需要體力的案子嗎？「她不夠強壯，長官。被害人有兩個，里奧身高還超過六呎呢。」

莫道克減速通過療養所鐵門。「她銳利得像根針。她用欺瞞哄騙的方法殺掉他們，不是用體力。」他把車子轉向馬路。「別被弱女子的把戲給騙了。老天，我從來沒有看過這麼精明的女人。她幾乎總是超前我們一步，她要真有失憶症，我就把我的帽子吃下去。」

□

狂野婦人酒館，薩爾司柏瑞——晚上六點半

布萊兒女警穿著牛仔褲，套件T恤，總算沒遭遇什麼麻煩的在一家市中心的酒吧找到了沙蔓珊·蓋瑞森。她獨自坐在吧台，一身慘不忍睹的裝扮：黑色無肩帶緊身衣，凸顯著她中年發福身材每一寸膨脹的部位，緊身衣緊得擠出腋下的肥油，像團軟啪啪的豬油吊在緊身衣外緣。無光澤的頭髮像塊潮溼的塑膠布繞著她濃妝的臉，廉價玫瑰香水味如沼氣般自她淌著汗的身軀冒出來。

「沙蔓珊·蓋瑞森？」她問，滑坐上隔壁凳子。

「喔，老天爺，」那女人歎了口氣，「告訴我你不是來找麻煩的，甜心。我現在最不想要的就是麻煩。我只是來小酒吧喝個安靜的酒而已，好嗎？你看到任何客人嗎，我很肯定沒有。這個悲慘的地洞在禮拜天晚上還可能有些機會。」

「我不是來找麻煩的，」布萊兒說，迎上酒保的眼睛。「你喝什麼？」

沙蔓珊看了看她放在手掌裡旋握了四十分鐘的半品脫黑色液體。「雙份蘭姆酒加可樂，」她說。

布萊兒給自己點了琴湯尼，飲料送上來後，才建議她換到窗戶旁比較隱密的座位去。

「你說沒有麻煩的，」沙蔓珊提醒她。「有什麼你想在那邊說的不能在這裡說？」

「我要跟你談的是三月二十三日發生在你身上的事。我覺得如果我們能私下談談，對你比較好。」

一絲荒涼的神情罩住那張濃妝的臉。「我就知道那鬼魂會回來糾纏我。我說我不想談它，你怎麼說？」

「那麼我就只好自己表演談話的一方，讓這裡每個人都聽到。」她往酒保方向看去。「我試著讓你用你覺得比較輕鬆的方式談。沙蔓珊。如果你想，我們可以回你家去。」

「老天，不行。你想我會要我孩子知道發生了什麼事？」她離開吧台前的凳子。「把你的屁股移到這裡來吧。我沒有答應你什麼。光想起那件事，就讓我直冒冷汗了。我猜有另一個女孩發生事故了，才讓你找上我。」

布萊兒在她對面的椅子上坐下，上身往前傾，手肘支在桌上。「另一個女孩怎樣？」「傳言是這樣說的，發生在我身上的事，也發生在另一個人身上了。」

「確實如此。」

「她說了什麼嗎？」

「目前還沒有。她嚇壞了。」

沙蔓珊拿起她的蘭姆酒加可樂，大大吸了一口。「一點也不讓人意外。」

布萊兒點頭。「我們需要你們幫忙。我們擔心如果他再次下手，很可能把下一個女孩殺死。」她不放鬆的檢視著女人的表情。「女孩」，她想，是個相當離譜的稱謂。芙婁西自稱四十六歲，而沙蔓珊早已過了四十。還有其他相同處。她們兩個都圓胖豐滿，金髮，過多的粉將臉塗抹得幾近白色。「他怎麼聯絡上你的，沙蔓珊？他是在街上找到你，還是你在哪裡張貼廣告？」

「聽著，甜心，我說我沒有答應什麼。我是說真的。」

「芙妻西叫我『甜心』，你也喊我『甜心』。你瞧，請不要介意，你和她十分相像。我會用『慈祥的母親』來形容你們兩位。」她停下來，組織著她的想法。「芙妻西對攻擊她的人所做的唯一描述是『尊貴的小公爵』，所以我猜他比你們兩個都要來得年輕許多，談吐優雅，可能長得很好看。而且，我也猜想，他不是沒有經過選擇找上你們。這是根據你和芙妻西有相似的年齡和外表所下的判斷，他很顯然的在找某種特別類型的妓女。那表示他應該是在街頭選上你的，否則他不會知道你長得什麼樣子。我猜對了嗎？」

「我很早就過了在街上攬客的日子了，甜心。」沙蔓珊再次歎氣。「聽著，再幫我叫一杯雙份蘭姆酒加可樂，那麼也許——只是也許——我就告訴你。」

「我不會隨意撒錢出去，除非那是一個肯定的也許，」布萊兒堅定的說。「這不是正式的訪談，你知道，我用的是自己辛苦賺來的錢。」

「別傻了，親愛的。這個年頭，沒有人會感謝你。」

「他付了你多少錢要你閉嘴？」

「四十鎊，」沙蔓珊說，「不過不只是因為錢的關係，甜心。是他。他警告我如果我開口，他會再下手，我相信他的話。告訴你，我現在仍然相信。他生下來就是要做這種事。」

「四十鎊，」布萊兒喃喃重複著，真的很訝異。「老天！他鐵定有很多錢可以任意揮霍。你通常怎麼計費？十英鎊？」沒有回答。「那麼他是個富有、談吐不凡、長得又好看的年輕男人？」再一次，沒有回答。「拜託，沙蔓珊，他怎麼知道你長得怎樣？至少告訴我這點，我可以放話給其他女人要她們小心些。」

女人用手肘把她的杯子推向女警。「我認為你剛好弄反了，甜心。我認為他要找的是又年輕又漂亮的，卻發現來到眼前的是個又老又肥的廢物。我所知道的是，他打我卡片上的電話──我張貼很多廣告在雜貨店的窗口，我不知道他是在哪裡看到的──跟我約了時間，爬上我那張寒酸的床，然後發狂發瘋。聲稱我年紀足以做他的母親，說我不應該掩飾真象張貼廣告。現在，給我另一杯喝的，這才是好女孩。」

布萊兒手拿杯子，站起身來。「那麼你想他常找妓女，卻只攻擊毆打上了年紀的？」

粗壯的肩膀往上拱了拱。「『想』從來就不是我擅長的事，親愛的。如果我能想，我也許就會是腦科醫生。不過提醒你，我猜他父親曾毆打他媽。『告訴他們說是你男人做的』，他說，『他們會相信你的。』」

11

六月二十六日星期日，薩爾司柏瑞，南丁格爾療養所——晚上七點

珍紊亂的思緒根本無跡可循。一段段散落毫無組織的對話像瘟疫般折磨她虛弱的腦袋。你弟弟們恨你嗎？是的，是的，是的！你高高在上的態度讓她想狠狠賞你幾個耳刮子……她那時才七歲，還只是個孩子……家裡已經住了一個完美的孩子，牆上到處掛著她完美母親的照片……那是她的錯嗎，她父親在婚後幾個月就開始瞧不起他第二任妻子，是她的錯嗎？人際關係不一定都會讓人失望的，珍……她從來就沒有不失望過。她嫁給羅素，只因為她同情他，後來卻發現憐憫不是婚姻的良好基石，但已經太晚了。然而，沒有人能有預知未來的智慧，換成是其他人可以做得更好嗎？你怎麼說呢？我不知道，我不知道，我不知道！有什麼令人害怕的事情發生了……羅素的死……

坡司羅醫生十一點過來看她。「覺得怎樣？」

她用枕頭支撐著自己。「很糟，」她誠實的說，再一次莫名其妙的想從床上跳下來，闖進

他看起來溫暖舒適的臂膀裡。喔，老天，她從來沒有感覺這麼孤單無助。

他俯身靠近她，她可以聞到他手上香皂的味道。「那位警佐喊我進來時，你告訴我那些警察沒有給你帶來麻煩，但是我想你在哄我。他們到底要跟你談什麼？」

她眼睛定在他掉了個釦子的襯衫上，那兒有一縷如發芽似探出頭來的毛髮，一小撮黑色捲曲的毛有趣又怪異的捅出來，像是對他身為療養所負責人身分的諷刺。亞當要是看到，早就炒他魷魚了。亞當是重外在勝於實質的人，而且很霸道。

「他們只是想要知道一些有關眉格的事，」她說。「他們並沒有困擾我。我只是覺得很疲倦罷了。」

他拉了張椅子坐下來。「好吧。那麼你為什麼覺得很糟？身體上？還是心理上？」晶瑩的淚珠在她眼睫上閃動。「生活，」她說。「我的生活糟透了，我不知道要怎麼改進。」

這是個多麼誘人的組合，他心中想著，從一個警察在場時意志堅強的獨立女子，轉換成此刻在醫生面前含著淚水軟弱無助的病人。他暗自希望他能肯定那淚水是真的。療養所護士群的一位，翡蘿妮卡．高登那個早上曾對他說：「她有她的辦法，亞倫。我想是那雙相當特別的眼睛。它們表達著一件事，而她的聲音則說著另一件事。」

「那雙眼睛說了什麼？」他曾問她。

「求救，」她簡潔的說，「而那會是她永遠也出不了口的話。」

「也許是生活本身把你弄得匱乏了，」他提議說。

「不是，」珍無精打采的說。「那是我一直用的藉口，那不是真的。我讓事情自行發生，而不是想控制事情的發生。比方說，這個地方。我不想待在這裡，但我仍然在這裡。我留下來的唯一理由是，如果我不這樣做，我父親就會一路追我追到倫敦，不停施壓迫使我跟他回家，我寧願在這裡也不要回他家去。」她拉起被單蓋上眼睛，抹去淚水。「我只是剛開始了解我有多被動。」

「為什麼呢？因為你不想跟你父親抗爭到底？」

「不只那樣。」她坐起來，把雙臂繞著拱起來的膝蓋。「你知道嗎，我唯一能以同樣輕鬆態度交談的男人是我在里其蒙的鄰居，他已經八十多歲了。我整個下午都在想是不是還有其他人，而我卻想不出半個。」

「你工作室的人呢？迪恩還有安姬莉卡。你應該能夠以同樣的態度跟他們交談。話說回來，你到這裡來後，可有打電話給他們？」

他知道她沒有。到目前為止她只打了兩通對外電話。沒有一通是打到工作室去。

「沒有必要。我們交談的內容從來只涉及公事，我信任他們可以做得很好。再說，我沒辦法輕易和別人談論我的私生活。」

他早注意到了。「賈西呢？你難道也不能跟他說？」

她做了個鬼臉。「當我看得到他時，不過我不常看到他。不管怎麼說，最後我還要因為身為眉格的朋友而向他道歉。天知道他為什麼要跟她合夥。她有時相當不負責任。」

他暫時離開眉格的話題。「那麼，羅素呢？」

她視線越過他，看向窗外。「他就像我父親。占有欲強，容易吃醋，他認為我很棒。」她陷入沉默，流連在過去的記憶裡。他正要提醒她，她自己回過神來繼續。「就像以為脫離了平底鍋的煎烤，不想卻飛到了火堆裡。奇怪的是，我們沒有結婚前，他很好，沒事。我想是所有權改變了他。他變得跟我父親一樣。」

「你為什麼覺得你父親擁有你呢，珍？」

「我沒有。那是亞當看事情的角度。他認為他可以控制我們全部的人。」她看了他一眼。「那也包括你，坡司羅醫生。」

他皺眉。「因為他付錢給這療養所，要我們照顧你嗎？那很難說是控制。」

她微笑。「但是如果輕推變成硬擠，你會把誰的利益放在前頭？你自己和你女兒的，或是我的和其他病人的？」

他覺得有趣，大笑了幾聲。「那就好像是問我在坎特伯里大主教和開膛手傑克之間做個選擇。我為什麼要被迫面對這麼戲劇化的選擇呢？」

「因為如果你做了什麼我父親不喜歡的事情，很可能會發現自己丟了飯碗，」她率直的說。「你想想看，羅素在四十歲時突然離開在牛津舒適的高薪工作，轉而到倫敦買一家營運不振的藝廊是怎麼回事？是身不由己，相信我。」她殘酷的笑著。「套句老話，我父親給了他一項他無法拒絕的提議。」

有趣的用詞，他想。「那提議是什麼？」

「自動離開或背負醜名的離開。」

「我恐怕得請你解釋一下了。」

「亞當不會用文明的遊戲規則來玩。他用幕後資料來毀掉擋他路的人。」她聳肩。「他用五萬英鎊來買對付羅素的資料，那還沒有算上他付給負責查探是否真有其事的調查人員的費用。他不是省油的燈。」

他把他的懷疑藏了起來。「我可以知道那資料內容是什麼嗎？」

她盯著他看。「你不相信我，對不對？」她看出來他不怎麼相信。「那麼，你的喪鐘就快敲響了，坡司羅醫生。每個人都低估了亞當。他讓人們相信他們面對的是位紳士，事實上不是。他不像貝蒂，你光是面對他或跟他說話，不會知道他的底細的。他太精明了。」

坡司羅再次覺得自己被拉進一個她和她父親爭鬥的角力裡，於是選擇把這議題放到一旁。「我既非相信，也不是不信，」他說。「我只是單純的想知道羅素做了多壞的事。即使是十年以前，尤其是在像牛津那樣開放的學府，背負醜名的離開似乎不合時代潮流。」

「但是如果你會為此入獄，情形就不同了。」她歎了口氣。「羅素過去每個夏天都到歐洲大陸做巡迴演講。回來時，他在車子底盤裝上數量達五十公斤的大麻。交易過程直截了當。他在義大利取貨，然後在英格蘭收費。他把那些錢花在他的藝術收藏品上。他沒有因此良心不安。他的看法是，大麻沒有酒精或香菸對身體的危害來得大，是政府政策讓吸大麻變成犯罪。但是走私的罪責是入獄。亞當給了他辭職或追訴的選擇。羅素選擇辭職。」

「你知道他走私大麻嗎？」

她搖搖頭。「一直到後來才知道。」

「亞當怎麼知道的？」

「根據羅素的說法，他找到義大利的聯絡人，收買了他。亞當辦事的原則是，每個人的甲胄上都有隙縫，如果他找得夠久夠仔細，最後總會發現。我想有可能是他的人估算了羅素的收藏品，了解他無法僅以他的薪水負擔，進而開始追蹤他海外的旅行。」

「想來那是羅素告訴你的，不是你父親。」

「沒錯。」

「他可有解釋你父親為什麼要他離開牛津？」

「讓他遠離我。」

「那麼羅素又為什麼娶你呢，珍？為什麼那個脅迫不繼續追著他？假設他跟以前一樣不願意被關到牢裡。」

她空洞的笑了起來。「聽起來你似乎覺得這一切都是我捏造出來的。」

「倒不是。我只是想要了解。」

再一次，她不相信他。「我以前就告訴過你，坡司羅醫生。我們在我父親不知道的情況下結的婚。我說服羅素，一旦我變成了蘭迪太太，亞當就會投降，因為不管他要怎麼對付羅素，亞當絕對不會把我也拖下水。而我對了。他沒有。」

亞倫在那句話上沉思了一陣子，認為珍不僅沒有被動的性格，她剛剛才很完整的表現出一個操控別人行為的特質。「你有沒有想過你父親為什麼會有那樣的反應？」

她皺眉，但沒有說話。

「如果我的算術沒有錯，羅素只比他小了十二歲。你真以為亞當會張開雙手歡迎他成為他的女婿？」

「當然不會，但是等到亞當發現的時候，我的確已經嫁給了羅素。你瞧，我們本來只是低調的交往著，除了我們之外，跟什麼人都沒有關係。」她可憐的盯著她的雙手看。

「誰告訴他的？」

「我的弟弟們。」

「他們又怎麼知道的？」

她撫平攤在她腿上的被單。「羅素假期時習慣寫信給我，他們拆了其中一封信，拿給亞當看。我早該知道那遲早都會發生。他們從來就沒有停止扯我後腿。」她停下。「更諷刺的是，我父親在發現之後反而因此恨他們。我想他知道如果他們沒有把那件事攤開在他眼前，我們之間不會有什麼進一步發展。」

「你是說，如果你不是因為你父親對付羅素的行為感到愧疚的話，就不會嫁給他？」

她只虛弱的對他微笑。「他當時真的完全被擊垮了。是的，你這個追根究柢的人，我嫁給了他。事實上，我當時也很淒慘。他離開牛津後，我還要一年的時間才能完成學位，那時是一長串帶著眼淚講電話的日子。我以為如果我們把事情公開，我們兩個都會比較快樂些。」

「但是你們沒有？」

她沒有回答。

「你結婚多久？」坡司羅問。

她看著他。「三年。」

「而你並不快樂？」他蓄意追問到底。

「那段關係讓我窒息。他害怕我會為另一個更年輕的男人離開他，於是對所有的人都懷有敵意。」她似乎認為不義的是她。「其實情形有時也沒那麼糟。他心情好時，是個有趣的人，即使現在我想到他，還是有感情的。總而言之，美好的記憶多於不好的時光。」

亞倫不經意的回應了前一天曾在費哲腦中一閃而過的話，好一個給死去丈夫的墓誌銘。「即使現在我想到他，還是有感情的。」對亞倫而言，一切都是那麼清楚的顯示她其實努力著不要想起他。

「我想知道，」他好奇的問，「你同意他的走私行為嗎？」

她撥弄著指甲。「我同意他認為讓大麻犯罪化是愚蠢行為。事實上，任何毒品都是。地下市場總是破壞了社會秩序。但是我認為他那麼做實在很傻。人們遲早會發現。」

「他是個怎樣的情人？」

她嗤鼻笑出聲。「我就在想我們什麼時候會轉到這個問題上來。佛洛依德肯定會準備一堆回答。你為什麼對吸古柯鹼的人那種瑰麗的理論這麼信賴？我實在搞不懂。」

他微笑。「我以為我們不會再那麼做了，或說不會做到你所影射的程度。佛洛依德在歷史上自有其地位。」他往後靠到椅背上，翹起他的腳，故意把他們之間的距離拉大。「你難道不同意男女之間的性，是架構整個關係不可或缺的部分嗎？」

「不。我跟艾歷克·克藍西就沒有上過床，但我跟他比任何人都處得好。」

「就是你那位年長的鄰居？」她點頭。「那麼，我提到的關係是指牽扯到性行為的關係。」

「那麼你已經得到我的回答。在我經驗當中，最好的人際關係就是不牽扯到性行為的。」

她伸手取菸。「事實上，羅素是個好情人。他知道該按什麼鈕，以及什麼時候按。他很體貼，而且不過分求索。床是少數幾個地方我們可以平和溝通的場所，因為那是唯一羅素可以把他的嫉妒放到一邊不管的地方。」她點燃菸。「我們臥室裡沒有電話，所以亞當聯絡不到我。」

又是亞當。「他的嫉妒有任何根據嗎？你曾被別的男人吸引過嗎？」

「當然有，」她誠實的說。「每個人都會的，即使是你。婚姻藩籬另一邊的草坪永遠看起來更為青綠，但是我從來就沒有採取任何行動。」她深深吸了口菸。「他真正忌妒的對象是我父親。他體認到亞當跟他一樣有強烈的占有欲，那嚇壞了他。他確定最後贏的一定是亞當。」

「前些天你曾告訴我你愛你父親，是真話嗎，還是你只是告訴我你認為我想聽的話？」

「部分是真話。」她帶著突如其來的興致看了他一眼。「我從來就搞不清楚我是想坐在他的腿上讓他抱著我呢，還是在他的墳前跳隻獲得自由的輕快的舞。我猜佛洛依德會認為我是個相當吸引人的案例。」

「他曾抱過你嗎？」

她搖搖頭。「他討厭表現出熱情。有時我會趁他不注意時親他臉，然而大多數時候他碰也不碰我一下。」

「他曾擁抱過你繼母嗎？」

「沒有。」

「你弟弟們呢？」

「沒有。」

「他們摟抱過他們的母親嗎？」

「沒有。我們不是個善於坦率表達情感的家庭。」

「那房子裡有愛的痕跡嗎，珍？」

「那裡有熱情，」她說。「他們彼此像貓狗一樣的爭鬥著，想要得到亞當的讚許。」

「你沒有加入？」

「我不需要，」她輕蔑的說。「我已經獲得了。亞當花上大把鈔票把他最聰明的孩子變成他引以為傲的東西。我有能力為自己的私生活做合理決定的事實，對他而言只是個小小的不如意。」她忿恨的掉轉頭去，不再看他，把下巴托在雙掌裡，瞪著鏡子。「他把我變成了個淑女，而他沉醉在那個形象裡。」

「那就是你叫他亞當的原因嗎？以表示你不是一個淑女？」

「我不懂。」

「我假設那是一個平等的宣言。是在說：『你和我沒有什麼不同，亞當。如果你無法像位紳士，那麼我就不可能會是個淑女。』」

她繼續瞪著鏡子裡反射的自己。「你實在假設得過了頭，你知道嗎？在平常狀況下，我很少想到亞當，也從來不用邏輯的字眼。」

「你先前曾說最好的人際關係存在沒有性行為的基礎上，」他提醒她，「然而，你顯然無法跟你父親維持一個良好的關係。我可以從那衍伸出你和他曾發生過性關係嗎？」

「不，」她冷靜的說，「你不應該推演出那樣的事情來。我不准你在我身上套用被濫用了的孩童性侵害理論，就因為那已經變成一種流行了。話說回來，你怎麼會知道這些？我以為你曾經說過你不是心理治療醫生。」

他可以感受到她的怒氣。「為什麼反應要這麼激烈？是不是因為你知道，如果不是因為他的自制，你和他有可能會發展出性關係？也許那份慾望不是只存在一方而已。」

她突然閉上眼睛。「我真的勸你記住，我父親是用什麼方法對待他不喜歡的人，坡司羅醫生。與他為敵，是瘋狂的舉動。」

現在，為什麼，他想著，他覺得她是在對她自己說話？

□

努力集中精神回想之後，她記起了迪恩．佳瑞得家裡的電話號碼。「迪恩嗎？」他在那一端拿起話筒時，她說，「聽著，我非常非常抱歉打擾你在家的時間——」

「你是哪位？」

「我是珍。」

「喔，我的老天！」他熟悉的聲音尖叫著。她可以清晰的在腦海中描繪出他此刻的樣子。客廳的電話，本身就是所謂的裝飾藝術品，襯著他充滿活力五顏六色的生活空間，家裡面堆滿二〇三〇年代流行的裝飾藝術家具。他很可能現在就倚在一張法式躺椅上。他氧化漂白的銀色腦袋靠在華而不實的雕花窗格上，一手握著話筒，另一手端杯香檳。迪恩即使是一個人獨處也像在表演，她就欣賞他這點，因為她知道自己做不到。

「我們快擔心死了，」他急切的說。「我對安姬莉卡說，安姬莉卡甜心，如果我們失去她了怎麼辦？我們還真不知道該怎麼辦。是要面對可怕的前景，打電話給你父親讓他把恐懼加諸在我們身上呢，還是戰戰兢兢的行事，等到你終於能回來。你知道他打電話來跟安姬說話的時候，可怕又無禮，不停的叫她黑鬼，但是他就是不肯說你現在人在哪裡。他只說你神志不清的躺在醫院，要我們照你先前交代的做。然後就一堆警察湧進來問東問西，我們真的要嚇死了。」

他的慌亂總算告一段落。「工作室運作良好，」過了一會兒，他越發平靜了。「不要擔心。感謝上帝，人們對你的信任牢不可破，沒有顧客離開我們。」

她微笑。「我知道，那就是為什麼我一點也不擔心的原因。」

「你應該早點打電話來，」他說。「我們好擔心。我們想要給你送一些花去。安姬莉卡傷心的一直哭，還說應該要有人來看看你。」

「我很抱歉。麻煩的是——」她停頓，「說實話，我目前只能算是半好的狀態。我在我頭上給撞出一條縫來，把自己變成了個失憶症病人。」她勉強笑了笑。「對過去三四個星期的事記得的不多。很傻，對不對？聽著，我告訴你我在什麼地方，你需要跟我聯絡的時候可以直接找到我。」她給了他療養所的地址和電話。「但是我沒有意思要在這裡待太久，」她繼續。「一旦我的精力恢復過來，我就會搭上往倫敦的第一班火車。」

他像隻下蛋的母雞般咯咯笑著。「你就在那裡好好的休養。在你康復之前回來沒什麼用處。這裡一切都很上軌道，等我把跟你說過話的好消息傳出去後就會更好。事實上，我親愛的，雖說你喪失了一些記憶，但你聽起來還不壞呢。失憶的事讓你困擾嗎？」

「是的。」她深吸了口氣。「我在六月四日以後有跟你們兩人之間的誰說過話嗎？就是當我要到漢普夏的時候？你記得嗎？我是說，我在我父母家停留的時候，有沒有打電話給你？還有我離開我父母家後的那個星期一，有到工作室去嗎？十三日那天？」

「沒有，」他語含歉意的說。「警察來工作室時就一直問同樣的問題。我們有沒有見到過你？有沒有跟你說過話？我們知不知道你為什麼要在星期一回漢普夏？我們實話實說。自從三日星期五開始，我們就沒有聽到你任何消息。在十三日你應該回來上班卻不見人影時，安姬莉卡就開始不停的打電話給你，但是只有你的答錄機應聲。星期二早上我們鼓足勇氣想聯絡魔鬼堡，老惡魔自己倒先打電話來把壞消息傳給我們，說你昏迷不醒。打那時候起，我們就咬牙等著。」他沉默了一會。「你真的不記得四日以後發生的事情了？」

她聽到他語氣裡藏不住的關心。「不記得了，但是沒有關係，」她一邊輕輕笑了起來，一邊說。「重要的事情已經被知會了，比如說婚禮取消啦，里奧跟眉格跑掉啦，還有我試圖自殺。我只是一點也記不起來而已。」

「喔，如果你聽來會好過一些，親愛的，我們兩個人都不相信那車禍是蓄意的。你回你爸媽家前的一個禮拜，就已經讓大家很清楚的知道你已經下定決心不要那場婚禮了。安姬和我都以為你回去是要把這個決定告訴那個老惡魔，停止一切籌備事宜。當我們知道你沒那麼做時，還吃了一驚呢。」

她瞪著自己鏡中的反影。「我說過我不要它了嗎？」

「沒有用這麼多字，但是你恢復到那個充滿陽光般燦爛的自己了。我跟安姬說，嗯，感謝上帝，她終於恢復理智，叫里奧閃一邊站去，安姬同意我的看法。喔，你知道我們從來就沒有喜歡過他。他當然長得很帥，但是他不適合你，珍。他只熱中於走在別人前頭，而你需要的是一個真正關心你的人，甜心。讓我們面對現實，我們每個人都需要。」

她笑開了。「喬治好嗎？」

「甭提了。他為了一個菲律賓廚師離開了我。」

「我很抱歉。你存活下來了嗎？」

「當然。我哪一次沒有活下來？現在，告訴我你打電話來有什麼事。我打骨子裡就知道這其中一定有理由，不會只是為了要聽我美妙的聲音而已。」

她捲起膝蓋，把手肘支在上面。「我想要你打電話給里奧的父母，說你需要連絡里奧或是眉格・哈利斯，而且事情緊急。」

「怎樣緊急的事情？」

有些恐怖駭人的事……「你難道不能編個藉口？說你是里奧學校的老朋友，要在這個國家停留一個星期的時間，說你想跟他碰面。如果他們問起，他上的學校叫伊頓。我只是想要你試試看能不能找到他們在哪裡，而不要讓他們起疑是我在問，可不可以？我實在很想跟他們說說話，告訴他們我真的沒有為此難過。你能幫我這個忙嗎？」

「當然。他父母的電話號碼幾號？」

「我不知道，但是你可以問問查號台，我以前問過一次。他父親姓沃爾德，住址是焦得堡，艾須維，道桐莊園。如果是他接電話，他是安東尼爵士，如果是她，則是沃爾德夫人。還有，迪恩，不管他們說什麼，你一定要在今天晚上回我電話。麻煩你，拜託。我不管他們告訴你什麼，你一定要打電話來，好嗎？」

「沒問題，」他精神抖擻的說。

□

二十分鐘後，電話鈴聲響了起來。珍雙手顫抖著接起來，話筒緊緊貼著面龐。「珍・康思立。」

「我是迪恩，」他小心翼翼的說。

「他們死了，對不對？」

電話那端安靜了一會。「如果你已經知道了，為什麼還要我打那通電話？」

「但是我並不知道，」她安靜的說。「我猜的。喔，上帝——我多希望是我弄錯了。我很抱歉，我真的很抱歉。我不知道還有誰可以問。你跟誰說的話？」

「他父親。他聽起來非常難過。」

她開始解釋。「警方今天下午派人來了一趟，問我一些有關他們的問題，但是他們不肯告訴我為什麼。然後我想，我的老天，他們已經死了，沒有人告訴我。」她咬住她下嘴唇。「安東尼有說他們發生了什麼事嗎？」

那一端再次出現沉默。「聽著，親愛的，半小時以前，我以為你還昏迷不醒，然後我才剛剛知道你沒事。我不知道該怎麼做。我回電話過來，因為我那樣答應過你，但是讓我明天早上先跟你的醫生談談。那會讓我見鬼的快樂一些，真的。」

「不要，」她鎮定的說。「現在就告訴我。」她以為她聽到他神經質的手指在話筒上弄出嘎嘎聲響。「別掛電話，迪恩，我發誓，如果你這麼做，我會炒你魷魚。」喔，耶穌基督！她聽起來就跟她父親一個樣兒……不管她多努力否認，他那種獨裁的熱切也同樣存在於她身上……

「你不用威脅我，」他微微的指責著。「我只是想要找到最好的方式。」

「我了解。而我，對不起，我在這裡快要發瘋了，我必須知道到底發生了什麼事。」她等著，但是他沒有回應。「好吧，」她乍然說，「那麼我只好說你欠我一個人情。」她眼睛瞇起來。「你知道我不在的這段時間，所有的顧客對你一個人主持工作室仍然保有信心的唯一理由，是因為我從頭到尾都鼓勵你把名字跟我的並排。我不必那樣做的。我可以像所有攝影工作室一樣的把你的作品放在工作室名下，不讓你的名字曝光。你至少欠我這一樁。」

「我欠你的不只這麼一次，珍，那就是我為什麼在這裡像個糞池裡的磚塊。我不想把事情弄得更糟。」他聽到她深吸了口氣。「好吧，放輕鬆點，我會告訴你。但是，你得答應我在聽完之後不會做什麼傻事。」

「你是指自殺？」

「是的。」

「我答應，」她虛弱的說。「但是如果我真的很想要那樣做，預先對你承諾是阻止不了我的。我想讓你知道這個才公平。」

奇怪的是，他覺得這份坦白比發誓還要讓他覺得安心。「安東尼爵士說里奧和他的女朋友被殺。他們的屍體在上星期四，在溫徹斯特附近的一片樹林裡找到，但警察堅稱他們是在發現前一個禮拜被殺。」

她握緊拳頭，抵住心臟。「那個星期的哪一天？」

「安東尼爵士說是星期一，但是我不確定他真的知道。他實在非常難過。」

巨大的冰山沉入她冰凍一片的腦海。「他還說了什麼？」

「沒有了。」

「他有提到我嗎？」

他沒有回答。

「求求你，迪恩。」

「他說里奧跟一個女人有婚約，那女人的前夫死於同一種方式。」

她瞪著鏡子裡自己憔悴的影像。

「你還在嗎？」

「是的，」她說。「我很抱歉我強迫你這樣做。這並不公平。」

「不要擔心。」然後線路斷了，他的聲音空洞響著。

□

威爾夏郡薩爾司柏瑞，拉佛司塔克，南丁格爾療養所

傳真一頁至：亞當·康思立（漢普夏，佛定橋，黑靈頓）

日期：一九九四年六月二十六日星期日

時間：晚間八點半

親愛的康思立先生：

不知能不能邀請您於明天早上或下午時間到療養所一訪，非正式的談談珍的進展？我相信您知道，她很注重自己的隱私，而且是個不善於談論自己的人，然而如果我能對她的過去和背景有個清楚的了解，將會很有幫助。我對分析她意圖自殺的原因有些困擾，因為她表現出的性格極為獨立，尤其在她丈夫猝死的意外情況下還仍能相當成功的自我調整。我很願意聽聽您對這點的看法。我另外建議討論聯合會談的可能性，亦即在我的指引下，您和珍能夠互相探究任何存在於你們之間的裂痕。她很顯然非常敬仰您，但是她丈夫死亡帶來的矛盾心理仍然延續著。我試著用電話跟您聯絡，一直沒有收到回應，我斗膽提議明天您能在方便的時間過來一趟。我了解您必定非常忙碌，但請您相信，如果不認為這件事很重要，我不會如此冒昧打擾您。

敬安

□

漢普夏，佛定橋，黑靈頓

亞倫．坡司羅

傳真：一九九四年六月二十七日＊傳送一頁

親愛的坡司羅醫生：

如果就你得到的指示，你認為超出貴療養所能力，請立即通知我。就我所知，我女兒是被允許以她自己的速度和時間慢慢恢復的。

最誠摯的

亞當．康思立

12

六月二十七日星期一，漢普夏郡，內政部法醫檢驗室——上午九點半

查爾斯·哈利斯牧師和他的妻子一起到檢驗室對女兒的屍骸進行確認，這回的認屍過程比里奧的更令人痛心，因為哈利斯太太也來到現場。法蘭克·區佛盡了他最大能力試圖說服她留在家裡，並要女警陪伴，但是她堅持要親眼看看眉格。一路上，她的悲傷都藏在沉著冷靜的外貌下，一旦面對她女兒駭人的屍體時，她完全崩潰了。「是珍·康思立下的毒手，」她哭著說。「我警告過眉格，如果她真要搶走里奧，會發生事情的。」

「卡洛琳，」她丈夫在一旁說，伸出手臂環繞她的肩膀。「我確定這跟珍一點關係也沒有。」

她的憤怒突然間升高，變得恐怖起來。「你這個愚蠢的男人！」她尖叫，把自己從他的環抱中掙脫出來。「躺在這裡的是你的寶貝，不是什麼教區居民的孩子。看看她，查爾斯。你的眉格，你親愛的孩子，面目全非。」抖動的手捂上她的嘴。「喔，上帝呀！」她深沉的怨恨爆

發出來。「你怎麼可以這麼盲目？先是羅素，現在是里奧和眉格。」她轉過身來對著區佛督察長。「我一直在擔心。自從眉格說里奧為了她離開珍，我就在擔心會有什麼樣的下場。她是個殺人犯。她和她那個野獸般的父親，兩個人都是凶手。」

克拉克醫生鎮靜的拉過裹屍布蓋住眉格的頭，然後執起那母親的手，勾住自己的手臂。「哈利斯太太，我們必須離開了，」他溫和的說。「在我們走之前，你要不要跟眉格說再見？」

她迷惘的眼神盯著他看。「眉格已經死了。」

「我知道。」他對著那張悲傷的臉微笑著。「但這不是個壞地方。上帝也在這裡。」

「是的，」她說，「你說得沒錯。」她轉過來，對那具被覆蓋的屍體投下最後一眼。「上帝保佑你，親愛的，」她哽咽著。「上帝保佑你。」

法蘭克．區佛看著羅伯領著那位哀傷的女人穿過房門，一個念頭閃過腦海，也許法醫的確值得享有那麼高的酬勞。他笨拙的面對眉格的父親。「我不像克拉克醫生一樣擅長處理這種場面，」他抱歉的說，「但是如果你想單獨在這裡跟你的女兒……」他嘎然而止。「不需要，」牧師說。「上帝和眉格兩人都知道我的信仰。我該說的都已經說了。」他帶頭走向門口，然後猶豫了一下。「你不用把卡洛琳的話放在心上，督察長。珍絕對不會做出任何傷害眉格的事。」

「你很確定嗎，先生？」

「是的，」他簡短的說。「她是個非常善良的孩子，你知道。我一直就相當欽佩她的勇氣。」

□

薩爾司柏瑞，南丁格爾療養所——上午十點

珍房裡的電話響了起來，隆隆刺耳的鈴聲折磨著她的神經。她奮力把自己從椅子上推起來，不情願的拿起話筒。「喂，」她說。

「是你的父親，珍。我派了一輛車去接你。」

恐懼像熾烈的鹽酸撕裂著她。他知道了什麼？報紙或電視新聞都沒有提到過眉格和里奧。她的手指下意識緊緊掐住話筒，指節因為太過用力而泛白，但她的聲音很平靜。

「好，」她說，「派車過來吧，我一點都不在乎。我從一開始就不想待在這個地方。但是我不會回家的，亞當。我會要司機把我帶回里其蒙，如果他拒絕照做的話，我會叫輛計程車到火車站去。這是你打這通電話的目的嗎？」

線路另一頭出現不祥的沉默。

「讓事情順其自然發展下去，不然我發誓我會自己離開。」她的語氣強硬起來。「而這次，你會永遠失去我。你聽清楚了嗎，亞當？我會請求法院簽發強制令，阻止你靠近我房子一哩內。」她把話筒用力摔回去，頹然坐在床緣，彷彿所有的精力突然間有如鋸屑般從她膝蓋、大腿間流失。她開始覺得她眼睛後如鋸子來回切割般的疼痛，她抬起不停顫抖著的手指用力擠壓著太陽穴。

突如其來的片段記憶閃現在她腦海裡，卻仍然模糊朦朧。眉格跪在地上，乞求著……求求你……求求你……求求你……她滿是疑惑的看著她朋友懼怕的臉孔，內心深處湧現一股恐怖的激流，讓她自己的心臟陷入狂亂，一陣反胃的作嘔讓她跌跌撞撞的闖進浴室，隨後由於極度激動而大吐特吐起來。她猛烈顫抖的身軀在鋪著瓷磚的浴室地板上躺了下來，而當她的面頰觸碰到冷冷的瓷磚時，她絕望的體認到一件事實，撇開她朋友所犯下的一切錯誤，她仍然一如往昔地友愛著眉格．哈利斯。

足足一個鐘頭之後，她不可遏抑的顫抖才終於停止。

□

温徹斯特，白鹿飯店——早上十點十分

「我們對你們女兒的一切知道得非常少，」區佛督察長對哈利斯牧師及他的妻子說。「就如我先前所說，我們花了一番工夫才找到你們。眉格的公寓幾乎沒有任何可以突顯個人特質的東西，我們只能猜測她當時在準備搬出去。」

他沒有帶他們到警察局四壁蕭然的簡報室，選擇來到這個靠近停屍處的旅館樓上一間不太大的會客室裡。費哲和一名女警不惹人注意的坐在後面記錄。他這回沒有套上他往常那種豔麗絲質領結，也沒有絲質手帕，相反的，他穿著陰鬱的黑色系，讓他看起來就像真正的他——一個尋常的男子，在尋常的環境裡，善良而且和藹親切。哈利斯太太彎著腰坐在靠近半開窗戶的一張沙發椅上，一杯茶，動也未動的放在她身旁的茶几上。她丈夫坐在她旁邊一張硬木椅子，不知道該是要安撫她還是讓她獨自靜一靜而不去打擾她，另一方面又努力壓抑自己的悲傷，以免讓她更加難過。區佛同情他們兩個的處境，對眉格的父親，他的憐憫尤其深切。為什麼會這樣呢，他想著，為什麼男人就應該被期待隱藏起他們的感覺呢？

「她準備跟里奧去度假，」查爾斯靜靜的說，「但是她沒有提到她要搬家。沒有對我說。」他遲疑地看著他的妻子。

「她什麼都不會告訴你，查爾斯，因為她知道你反正不會認同。」她抹了抹她紅通通的眼睛。「十年前她曾經墮胎過。她也沒有告訴過你，對不對？為什麼不告訴你呢？因為你已經毀了她的生活。」她不停在手掌心中來回的搓揉一條手帕。「喔，反正已經被毀了，但是如果她能像面對父親一樣的跟你談，而不是面對一個牧師的話，也許情況就不會那樣糟。每一件事都得變成了祕密，因為你會一再對著她講道。」

她丈夫看著她，她臉色因為震驚刷成一片慘白。「我不知道，」他低語。「我很抱歉。」

「當然你會愧疚。現在，」她殘酷的繼續。「我也很抱歉。對她感到抱歉，對那個未出世的孩子感到抱歉，也對我自己。我會很高興當外婆的。」她的聲音轉成啜泣。「都浪費了。全都浪費了。」她轉向督察長。「我們有一個兒子，但是他從來就不想要結婚。他要跟他父親一樣接受神職。」淚水再次充斥眼眶。「多麼殘酷的浪費掉了。」

區佛耐心等著她恢復自制。「你是說你知道眉格要搬出她自己公寓的事情囉，哈利斯太太，」他終於開口。「你能告訴我們嗎？她要搬到哪裡？」

「跟里奧住在一起。他有一棟房子。她搬去他住的地方比較有道理。」

「你知道那房子在哪裡嗎？」

「倫敦喬爾西區的什麼地方。眉格準備從法國回來後給我那裡的住址。里奧的父母不知道嗎？」

法蘭克迴避這個問題。「他們目前還沒有從震驚中恢復過來。」

一陣難堪的沉默擴散著。

「你們見過安東尼爵士和沃爾德夫人嗎？」區佛接著問。

卡洛琳悲戚的癟了癟嘴角。「我們甚至沒有見過里奧，」她說。「更何況是他的父母呢？整個事情發生得太快了。珍的結婚請帖還擺在我們家壁爐架上，然後眉格就打電話來說里奧寧願娶她。」她不可置信的搖搖頭。

查爾斯不安的坐在椅子上。「她星期六早上打電話來，」他靜靜的低語著，「我想那天是十一日，我因為那則消息感到非常沮喪。我無法不去懷疑里奧到底是個怎樣的男人，竟然會在快要舉行婚禮之際遺棄他的未婚妻，轉向她最好的朋友。」他放棄似的舉舉了手。「她告訴我她很早以前就認識里奧了，比珍還早，而他跟珍求婚，只是因為他們倆之間有些愚蠢的爭吵。

『他想要我覺得難堪，』她說。」他停頓一會兒。「我有時候忘了她已經是個成年女人——曾經是個成年女子，」他糾正自己，「沒錯，我承認我的個性比較傾向愛說教，但是對我而言，這個男人不能信任，我們當時為了他起了很大的爭執。我說他的行為既不成熟，也不值得稱頌，而且如果他真的準備這麼卑鄙的對待珍，那麼眉格最好明智的不要跟他有任何瓜葛。」他的語氣猶疑了一下。「她當場就掛了我電話，從那時候起，我們就再沒有說過話了。但我相信卡洛琳稍後在同一天曾經試著再跟她聯絡。」他轉向他的妻子。「對不對？」

她雙臂緊緊環抱著自己瘦弱的身軀。「你明明知道。你當時就在旁邊聽到了。」她發著抖，歎了口氣。「她也不肯聽我的，但至少我們沒有對彼此尖叫。我問她，她以前為什麼從沒有提過她已經認識他很久了，而她卻說她沒有提起的事情有幾千幾百件。說那是她自己的人生，沒有法律規定孩子們得告訴他們父母所有的事。我指責她的父親，」她語音乾澀，轉過她的肩膀，完全把查爾斯摒棄在外。「她因為不願意看到他，在家一刻也坐不住，當然會有很多事我們從來就不知道。」

督察長在靜默中消化這些訊息，小心讓自己的表情保持中立。「她什麼時候告訴你她要搬去跟里奧一塊住？」過了一會兒，他問。

「就在那通電話裡。『我們現在就要住在一起，直到結婚，』她說。『里奧在喬爾西有棟房子，我現在就在搬我的東西過去，但是我不要你告訴爸，因為我再也受不了他的教訓。』她接著說他們要到法國去，直到風波平息後才回來，還說她會固定打電話回來聽答錄機上的留言。」她手指扯著她的手帕，試圖把縐褶拉平。「她說一旦我們看到里奧，我們就不會再煩心了，答應他們一回來就把他帶到家裡。我說，那可憐的珍怎麼辦？眉格說珍會存活下來，她一向都可以存活下來。然後我們就互相說再見。」她用手帕遮住眼睛。

就法蘭克聽來，這番對眉格的描述聽來並不怎麼討人喜歡，他懷疑哈利斯太太自己知不知道她描繪出的是怎樣一幅側寫。「告訴我有關眉格的事，」他提議。「她是個怎樣的人？」

她慘澹的臉明亮起來。「她長得很漂亮。善良，體貼，非常有愛心。『別擔心，媽咪，我永遠在這裡，』她常常那樣說。」眼淚再次湧上眼睫。「她是如此聰明。只要她下定決心努力，她可以做任何事。『我上路了，』她總是這樣說。每個人都非常喜歡她。」

法蘭克轉向牧師。「你也是這樣看她的嗎，先生？」

查爾斯看了看他妻子僵硬的背脊。「她有缺點，督察長，我們全都有。她也許有些以自我為中心，對別人的感覺太過不在意，但是，沒錯，她是個很受歡迎的女孩。」他雙手交疊在大腿上。「我們的兒子賽門可以給你比較中肯的描述。過去幾年他曾在倫敦不同的教區服務，比我們還常看到她。正如卡洛琳說的，她上了大學後，我們就像是失去了她一樣。她以前會一年回家個兩三次，而除此之外，我們之間很少聯絡。」

「他還在倫敦嗎，先生？」

「不在了，兩年前他就被派任到屬於他自己的教區去了。那是一個叫做菲蘭藤的村莊，南安普敦東北方約十英里。」他撩起牧師袍的袖口，看了看他的手錶。「他現在應該已經在小頓瑪麗的教區牧師居所了。我想如果他過來這裡，我們會比較輕鬆。」

「只有對你會比較輕鬆，」卡洛琳顫抖著說，轉過頭來面對他。「你以為他會站在你那邊。」

查爾斯搖頭。「沒有什麼站在哪一邊的問題，卡洛琳。我只是希望我們能互相扶持。」

她的雙眼頃刻間冒著發怒的火焰。「有太多太多的祕密。我再也沒有辦法忍受了。」她伸出鳥爪似的手掌抓住督察長的袖子。「我早就知道我們已經失去她了，」她說。「我祈禱我們只是因為里奧而失去她，但是我心中眾多聲音中的一個告訴我她已經死了。我不停的問自己，珍為什麼要試圖自殺。」她的眼球憂心的轉動著，法蘭克轉頭要求女警協助，但是卡洛琳繼續以她那不穩定的聲音說：「你知道，羅素被殺之後，她也做了同樣的事情，那回她用絕食自殺。如果不是她父親干涉，她可能就成功了。這就是珍的做法，督察長。她不能忍受她的男人被別人搶走。」

「你在胡言亂語，卡洛琳，」她丈夫嚴厲的說。

「喔，是嗎？」她急促尖銳的說。「至少我不是個偽君子。你跟我一樣清楚事情的真相。我們談論的就是她對眉格的嫉妒，查爾斯，你一直就很了解這件事。」

他雙手掩上他的臉，沉重的呼吸著，好一陣子。「我實在無法再繼續了，督察長，」他出乎意料的說。「我誠懇道歉。我可以請你跟賽門談嗎？我相信他會是個最好的人選，他可以為你客觀分析這整件令人遺憾的事。」

費哲坐在幾碼遠外，抬起眼來，碰巧迎上區佛的眼神。用「遺憾的事」來描述一件殘忍的凶殺案，實在是相當冷血。然而，在當時那個場合下，他們沒有人能了解查爾斯・哈利斯牧師有多麼鄙視他的女兒。

□

薩爾司柏瑞，南丁格爾療養院——下午一點

「你現在忙嗎，坡司羅醫生？」

他抬起埋在辦公桌堆積如山文件裡的頭，看到珍在門口徘徊著，她深色眼瞳裡閃現著猶豫不決。「我們這裡採行輕鬆的形式，你知道。你願意的話，可以喊我亞倫。」

任何親暱的接近都讓她膽寒。「我寧願繼續稱呼坡司羅醫生，如果你不介意。」

「沒問題，」他無所謂的回答。「進來吧。」

她待在原地不動。「沒什麼要緊事。我可以待會兒再過來。」

他指指一張空沙發椅。「進來，」他再說一次。「我正需要休息一下。」他站起來，繞過辦公桌，引她進入室內，並且在她身後把門關上。「有什麼事？」

因為退路被堵住了，珍只好面對現實。她走過拼花木條地板，但是沒有坐下來，反而來到窗戶旁邊，往外看著窗外的花園。「我父親打電話來要我離開這裡。我奇怪著到底是發生了什麼。你知道嗎？」

「不，」他說，回到他座位上，轉過來看著她的背部。

「你打電話告訴他警察來訪的事？」

「沒有。」

她轉過身來，密切的審視他的面容，然後卸下重擔似的點了點頭。「那麼我就不懂了，」她說。「他為什麼要我離開呢？」

「我猜那也許跟我傳給他的傳真有關。」他伸手拉開他最上層的抽屜，拿出引發問題的那份傳真及他早上收到的回函。「拿去看看，」他提議。「像這種特殊止痛劑般的信件我檔案裡存有上百封，只不過是一般程序性文書，你父親為什麼會認為這具威脅性呢？」

她高坐在扶手沙發邊緣，垂著頭讀著那兩張紙，然後交還給他。「你接受了什麼指示？」她緊張的咬囓著拇指。

「就是他說的。讓你以你自己的速度恢復健康。他不要心理治療師插手。」

為什麼不？這回為什麼會對心理治療師有戒心？亞當以為她會告訴他們什麼？事實上，她又能告訴他們什麼？「那麼應該就是為了你邀他來談羅素之死，」她緩緩的說。「一群野馬都沒法趕得動他，何況是還有我在場。」

「他在擔心什麼？」

「什麼也不擔心。」

她為什麼老是要隱瞞？他想。為什麼她覺得有必要保護她的父親，尤其是在她很明白的顯露出她認為是她父親殺了她的丈夫的情況下？「一定有些什麼理由的，珍，要不然為什麼要一群野馬來拖他呢，」他就事論事的說。

「沒有什麼，」她堅持。「對亞當來說，羅素根本就沒有存在過。他的名字從來沒有被提起過。那段篇章已經是個被人遺忘的歷史。」

坡司羅認真就這點想了想。「你顯然認為你父親把發生在你身上的悲劇描述為『被人遺忘的歷史』，」他若有所思的說。「還是你自己也這麼想？」

她沒有回答。

「告訴我你父親的背景，」他隨後提問。「他從哪裡來？」

她急速，幾乎心血來潮似的說著。「我只知道貝蒂告訴我的。亞當從來就不談他的過去。他在倫敦東區出生。在五個孩子裡排行老三。他父親和他兩個哥哥曾經是商船上的海員——在一次航程上，三個人同時因沉船死在北大西洋。戰爭時期他弟弟和妹妹被疏散到加拿大北部德文島，留下他跟他母親面對災難。他受的教育很有限。事實上他從甲板船塢上的黑市商人間學到的東西，比在學校裡學得還多。到戰爭末期他已經累積了足夠的國外人脈和資金，可以從事進口生意。他引進的第一批貨物是絲、棉和化妝品——第一批貨物進來時他才十七歲。一夜間他就因為那批貨物在黑市脫手而加倍了他的財富，他從來不走回頭路。他變成惡霸——跟克來爾雙胞胎關係很好。這就是我所知道的全部。」

他相信她。如果亞當・康思立就像是她描述的那樣，他該是個把自己生活的每一部分都劃分得清清楚楚的人。就跟他女人一樣。如果能進行深入探究，他是不是也會同樣的把暗室門砰然關上然後丟棄鑰匙，這會是個相當有趣的類比研究。他很可能也是這麼處理生命中的不如意。「對亞當來說，羅素根本就沒有存在過，」珍曾經這麼說。

「他母親呢？」坡司羅此刻問著。

「我不知道。他跟我母親結婚後，就跟她不大有往來。就我自己的猜測，雙方家庭都不贊成那樁婚姻。」

「那弟弟和妹妹呢？他們怎麼了？」

「戰爭結束後，他們回到倫敦，也許跟他們母親住在一起。亞當對這件事提起過的唯一一次就是他說過他從來都把他們當陌生人，因為他和他們從小就分開了。」

「他現在還這樣認為嗎？」

她讓身子滑坐到沙發椅上，頭往後枕著椅背。「他已經有超過三十年沒有跟他們說過話了。喬叔叔移民到澳洲後就失去了聯絡，而露西姑姑嫁給一個黑人。我父親在她走上紅毯的那一刻起，就把他們之間的關係一清二楚的割斷了。」

「就因為她的丈夫是黑人？」

「當然。他是個種族歧視者。貝蒂年輕時跟露西很熟。她告訴我亞當曾經試圖阻止那場婚禮。」

「怎麼做？」

顫抖著雙手，她燃起一枝菸。「貝蒂喝醉了酒。我不確定她告訴我的是真話。」

「她說了什麼？」

她急切的吸了一口菸，考慮著該怎麼回答。「她說亞當毆打露西未婚夫以示警告，」她很快的說完，「但是露西仍然跟他結了婚。那有可能是真的。他是真的憎惡黑色人種。」

亞倫盯著她看了一會。「你對那件事的看法怎樣？」

「羞愧。」

他等著。「因為你父親是個用暴力解決事情的人？」他問。

她可以感覺到她嘴裡有一股苦澀辛辣的膽汁流逸著，於是狠狠吸了口菸把那味道掩蓋掉。

「是——也不是。多半是因為我認為自己應該可以找到露西和她的家人，跟他們站在同一陣線支持他們——但是我從來就沒這麼做。」

翡蘿妮卡．高登對那雙眼睛的描述一點也沒有錯，他想著。她那腦袋瓜裡到底是如何運作的，讓她看起來這麼害怕，卻又同時聽起來如此沉著鎮靜？「為什麼不呢？」

她仰頭看著天花板。「因為我擔心挨鞭伴讀者（譯註：指舊時陪王公貴族子弟伴讀並代替其受罰的人）會因此而受到處罰。」

「你是指你的弟弟。」

「那倒不一定。泛指任何一個代為受罰的伴讀，」她有氣無力的說。「如果我真的著手尋找我姑姑，貝蒂就會是目標，因為她跟露西自小就是玩伴，曾經被指為煽風點火的教唆者。但通常受到牽連都是弟弟。」

「我們談到的是實際發生的狀況還是隱喻？你父親真的體罰你弟弟們？」

「是的。」

「那麼，你想，羅素是不是另一個受鞭伴讀呢？」他溫和的問。

他問得那麼出奇不意，她驚訝的瞪著他看。「我父親沒有殺他，」她說，語氣不自覺升高。「警方很早就排除了他的嫌疑。」

「我只是在打個比方，珍。」

她沒有立即回答。「我不認為你是，」她說，低垂著眼，「但是那一點關聯都沒有。羅素從來就沒有因為我做的錯事而受到處罰。」

「沒有，」他同意。「我猜你倒是因為他而受到處罰。」他把玩著他的筆。「你對你母親了解有多少？譬如說，為什麼雙方家庭都反對他們結合？」

「她來自中產階級，而我父親是工人階級。我猜那是因為她親人直截了當的勢利，父親那邊則相反的是因為驕傲自大。我想他來自黑市交易的財富事實上也幫不了什麼忙。」

她沉默了一會兒。「我知道他很愛她。」

「他自己告訴你的嗎？」

「不是，他從來就沒有提到過她。」

「那你怎麼知道？」

「貝蒂告訴我的。她的名字是珍．依眉．妮可絲，她是醫生的獨生女，受私塾教育，是個高尚的仕女，他辦公室牆上貼滿了她的照片。」

他想到珍檔案上頭的名字。珍．依眉．妮可拉．康思立。「你長得跟她很像嗎？」

「當然，」她帶著些自暴自棄的聲音說。「亞當就是想要重新塑造她。」

他不了解她的意思——她聲音裡的自暴自棄——但是他懷疑那跟她母親一點關係也沒有。「即使是你父親也無法創造奇蹟的，珍，」他語帶諷刺的說，眼睛注視著她手裡挾握著的菸頭，燃盡的菸灰正逐漸拉長捲曲。「我猜想整個故事的內容很可能只是你繼母的看法，而不是他的。任何人都會找個理由來說服自己為什麼他的伴侶會對他冷淡下來。沒有一個人能不要自尊。」他用腳尖把紙屑簍挪向她。「你應該知道。」

□

威爾夏郡小頓瑪麗，教區牧師居所——下午一點十五分

費哲看著區佛以同情的態度來面對這個苦難的家庭，目光中不禁流露出比昨天隨同莫道克還要情願的敬意。督察長跟他一樣清楚這個案子還有著什麼奇怪的暗流潛伏著，但當下他卻沒有強迫哈利斯父母說出來。

他們開兩輛車護送哈利斯夫婦回到小頓瑪麗，哈利斯太太由女警同坐前一輛車領路，他自己，區佛和哈利斯先生在後面跟著。三個人幾乎沒有怎麼交談。牧師很顯然不知道該開口說什麼，督察長倒是寧願讓他去整理情緒。如果說「先發制人」是莫道克的銘言，那麼「耐心守候」就是區佛的。

當然，事後回想起來，費哲問自己，莫道克那種不考慮當事人情緒的方法是不是真的比較不恰當。就區佛的方式而言，他願意花時間等待接下去會自然產生的訊息。莫道克則會想盡辦法把最後一點消息給榨出來，對當事人所遭受的精神創傷根本不予理會，那麼查爾斯就沒有機會跟賽門商量不洩漏眉格和羅素的婚外情。費哲也質問自己，如果他們早就知道那件事，正義實現的方式難道就會比較中肯嗎？

當他們的車跟隨前面那一輛來到牧師居所的街道上時，查爾斯·哈利斯舉起一隻手碰了碰圍在頸邊的牧師袍硬領，似乎尋求著慰藉。「我想先跟賽門單獨談談，可不可以？」他急切的說。「只是解釋你們的來意，然後也許你可以在外面跟他談，遠離他的母親？讓你對眉格有個較清楚的印象比較好，而我擔心如果卡洛琳在旁邊聽著，你就得不到真相。」

督察長點頭。「我會要求格蘭姆女警帶哈利斯太太進屋裡去。費哲警佐和我在這裡等著。」

五分鐘後，賽門出現，他瘦削的臉龐看來茫然惶恐。他領著他們轉過屋子的一角，來到草坪上圍著數張椅子的戶外餐桌旁。「爸要我告訴你有關眉格的事，」他說，坐了下來，「但是我不確定……」他猛然扯下眼鏡，擰捏鼻梁兩端。「我很抱歉，」他說，努力讓自己冷靜下來。「這實在教人無法接受。」他哽咽著吞嚥口水。「我很抱歉，」他再說。

「沒關係的，先生，」法蘭克說。「如果我們用問問題的方式，會不會對你比較輕鬆？」

賽門點頭。

「你父親說你曾在倫敦工作了幾年，見到眉格的次數比他們要來得多。也許你可以告訴我們她的生活形態。比如說，她有很多朋友嗎？她常外出嗎？她喜歡到迪斯可舞廳、酒館等等地方嗎？」

「是的，」賽門說，「你說的那些都對。她熱愛生活，督察長。」他用衣袖抹了抹眼睛，然後把眼鏡重新戴上。「她個性非常樂觀積極，人們都很喜歡跟她在一起。」

法蘭克轉動座椅避開直射的陽光。「那正是你母親所描述的，」他說，「但是你父親似乎有所保留。你想為什麼會這樣？他和眉格相處得不好嗎？」

賽門的表情因為陽光反射在他鏡片上而難以辨識，法蘭克暗自嘀咕一開始時就應該安排他坐在比較容易看得到他表情的位置。「沒有的事，爸和眉格處得還好，」他說，但是他的語調太過平板，不具什麼說服力。他接著沉默了一會兒。「看來，這樣也許會比較簡單，我告訴你爸要我說的話。他擔心你們會因為發生在羅素身上的事，把珍．康思立當成首號嫌疑犯。」他把眼鏡又摘下來，放到桌子上，在他褲袋裡搜尋出一條手帕，擤擤鼻子。「這並不有趣，」他抱歉的說。「過去兩星期，我一直在生眉格的氣，可是，現在——唉，你從來就不會往死亡上頭想。」他深深吸了口氣，穩定自己。「諷刺的是，在這種情形下安慰人們通常是我的工作，告訴人們重要的是他們昔日曾經存在過的愛，而不是這短短兩個星期的怒氣。」他再擤擤鼻子。「可是，等到你自己親身經歷時，你才了解說了一大堆其實無濟於事。」

「我們都只能盡力而為，先生，」法蘭克說，不自然的拍了拍對方的肩膀。「在這個行業裡，我們總是碰到這樣的問題，同樣的哀傷到處都是，只是什麼地方都沒有簡單的答案。」

奇怪的是，賽門似乎覺得這個平淡無奇回應非常具有安撫作用，也許那證明了在安慰他人方面，會說出像這樣陳腔濫調的並不只有他一人。他雙手放在桌上，把玩著他的眼鏡。「爸不要媽聽到這段談話的原因，」他說，「是因為她從來就不知道真正的眉格是什麼樣子。她知道眉格有很多男朋友，但是她只願意相信那些只是很尋常的朋友關係。」他立刻糾正自己。「當然，那些關係是很尋常的，然而那是就眉格的定義而言，不是我母親的。我想你可以以性濫交來描繪眉格，但是那又會讓你對她有錯誤印象，因為當我們用這個字來形容女人時，通常帶有輕蔑的意味。」他不確定的笑了笑。「我實在不知道該怎麼跟你解釋才不會讓你對她產生偏見。你必須了解眉格，就某個層面來說她是非常天真無邪的。她極喜愛享受歡樂。」

費哲抬起頭。「聽起來像是在說她很享受性帶來的樂趣，先生，卻不想要賦予承諾。就現在社會而言，那真有那樣不尋常嗎？」

「沒有，」賽門鬆了口氣說，「但我相信你們可以了解如果我母親一旦知道了，她會怎麼反應。她是個非常傳統的婦人。」接著，他默不作聲。

費哲等了一會兒。「事實上，先生，」因為賽門沒有繼續，督察長對他鼓勵的點了點頭，他於是說，「你母親似乎強調拘泥於傳統，食古不化的人是你父親。她提到他的說教讓眉格巴不得趕快離開家遠離他。她還說到他們常常起爭執，而他總是在電話裡跟她講道。她還知道眉格墮胎的事，你父親顯然並不知道。你確定她真如你說的一無所知？」

賽門抑鬱的點了點頭。「是的，但是我恐怕你們只能相信我的話。媽喜歡相信自己所理解的眉格是過著怎麼樣的生活，但那不是真的。事實上，眉格對她說謊，只因為不想讓她傷心。」

「那麼墮胎的事是個謊言囉？」

「倒不是，那的確發生過。但是她一直沒有告訴媽，直到她們因為里奧起了爭執。那是我那麼氣她的理由之一。如果她能回到家來，當著他們的面親自說開，而不是打一通電話像下一紙最後通牒的告訴他們那是她自己的生活，她有權決定她要怎麼做，那麼他們也許就不會那樣難以接受這整個事實。」他從桌上拿起眼鏡，握在手裡前後擺動，接著被蠱惑似的盯著那鐘擺般的搖動。「她說了好多好多我確定她事後會後悔的話。」

費哲在繼續他的問題前，看了督察長一眼。

「你是說她宣布她和里奧的關係造成了你父母之間的摩擦？」

賽門再次用指尖掐了掐鼻梁。「就像一場噩夢，」過了一會兒，他說。「我想問題是眉格自己知道她的行為多麼不堪，所以一開口她就反擊似的武裝自己。爸爸當然是針對著她對珍的背叛，而媽則針對著她必定已經跟里奧上過床了的事實。如果她只是道歉，把事情停在那裡的話，就沒事了。」他垂頭喪氣的看著警佐。「然而，我們從來就不會那樣做，對不對？保護自己是人的天性。」

「她到底說了什麼？」

「我知道的只是她事後告訴我的。她大約在午餐時打電話給我，不過在那之前媽就已經來電跟我訴了一堆苦，所以我那時也非常生氣。」他把手帕舉到眼睛上。「我們對彼此說了很多不該說的話，而現在一切都太遲了。」他粗重的氣息在鼻間吞吐著，試圖平靜自己。「就我了解，她說爸是個假裝神聖的假道學，對任何穿著裙子的人都有著強烈的性慾，包括她自己和珍，但是沒有膽量去做什麼；而媽是冷漠的老古板，沒有辦法忍受別人可以在性行為中獲得樂趣。眉格說她已經告訴她墮胎的事，她要證明終於有女人認為懷孕生子不是性交的唯一理由。」

他瞥眼看到費哲眼裡閃過一抹饒富興味的眼神。

「我在轉述她告訴我的事，警佐，」他疲倦的低語著，「我沒有說那是真的。她在防衛自己，所以她直接指向他們的弱點。我母親是個老古板，她對現下社會性行為的開放感到悲哀，但是她並不冷漠。我父親非常喜歡珍，因為她對他有興趣的古典文學頗有涉獵，但是他對她並沒有任何綺念。如果眉格有從法國打電話來，或珍沒有開著她的車撞牆，整個風暴在一兩天內就會平息下來。但實際情況不是那樣，我父母開始互相指責對方，他們都認為是對方的錯——為了眉格輕率的奪取她朋友的未婚夫，造成珍的企圖自殺。你必須了解他們的處境有多麼困難。珍的家人在找代罪羔羊——就當時情況來看，無法譴責當事人——但是代罪羔羊卻是我可憐的父母。他們被迫面對相當難堪的控訴，所以也難怪他們認為他們必須為整件事負責任。」

費哲點頭，翻閱他的筆記。「你比你母親早知道你姊姊墮胎的事情嗎？」

「是的。」

「那是什麼時候發生的？」

「很久了。當時她已經離開牛津。在那之後她變得更加小心。」

「你知道誰是父親嗎？」

「不知道。我也不認為她知道。」

「她在當時就告訴你了嗎？」

他點頭。「是我開車帶她到醫院去的。」

「你同意她這麼做嗎？」

賽門頭一次笑了起來。「我同不同意都沒有任何意義。」

「但是你應該有你自己的想法，先生。」

「事情就那麼好笑，我沒有。就眉格所做的一切事情，我從來不發表任何意見。她反正不會肯聽。」

費哲翻到他想找的那一頁。「你說：『這樣也許會比較簡單，我告訴你爸要我說的話。他擔心你們會因為發生在羅素身上的事，把珍．康思立當做頭號嫌疑犯。』你能不能就這段話再做番解釋呢，先生？」

賽門點頭。「很顯然，我母親不停指控是珍殺了眉格和里奧，他擔心你們會相信她的話。」

他詢問似的看著另一個男人，沒有得到回應。「但是珍不可能做出這種事。她和眉格的關係不僅僅是朋友，她們其實更像姊妹。」

「那麼，當眉格搶了她的未婚夫，她就更有理由生氣了，」費哲建議。「你難道要說康思立小姐根本欣然接受？」

「她自己說她沒有生氣。我星期三去看過她，她看待整件事情的態度非常泰然，並且要我轉告眉格她對他們沒有心懷怨懟，還說她希望每個人都停止為那件事煩心。」

「康思立小姐目前有失憶症，先生。她怎麼知道當時她的心情是怎樣？」

「我不知道，警佐，但是我相信她，我父親也是。」他往前傾強調他的重點。「我們認識她已經有好些年了，我們無法接受她是凶手的說法。她當然沒有謀殺羅素。那天下午她和眉格在一起。眉格是她的不在場證明。」

督察長若有所思的點點頭。「你說你父親因為眉格背叛珍而責備她。你會不會也因為這件事對珍非常不諒解？」

「不會。珍沒有道理要受到這樣的待遇。她的生活已經充滿了挫折，但是她從來就不讓那些挫折腐蝕她的心靈。她非常慷慨。」他偏頭向著馬路那邊的教區居民指指。「五年前她幫爸爸為尖塔募款，還說服她的父親為我發起一個幫助羅馬尼亞孤兒為訴求的慈善團體演講。她是個很好的人。」

法蘭克微笑著。「你對她有很高的評價。」

「非常高。」

「也許比你對你姊姊的評價要高些，是嗎？那些喜愛尋求歡樂的人通常都比較自私。更有甚者，他們會是家裡那頭醒目的黑羊。」

賽門看著他。「是的，」他簡短的說。「眉格確然如此。」

13

六月二十七日星期一，薩爾司柏瑞，南丁格爾療養所——下午一點十五分

亞倫察覺珍發現她洩漏了太多自己的事。他想這可能是他對她多認識一些的最後機會。

「你告訴我說你父親希望你離開，但是你還沒有說你想要怎麼做。」

她把下巴支在手掌心中，用疑惑不解的表情瞅著他，整個姿勢似乎像在檢視什麼。「我說我會自己回里其蒙，然後請求法院簽發禁令，阻止他再涉入我的生活，除非他肯罷手。現在我非常擔心。」

他訝異的笑了起來。「為什麼？我想不出更好的做法了。你應該有權利做你自己想要的選擇。」

「我希望你能試著了解，」她無能為力的說。「會被剝奪的不會是我的自由，而是你的。如果亞當認為建議申請法院禁令的是你……」她微微聳了聳肩，沒有把話說完。

「你是在擔不必要的心，」他說。「他能對我怎樣？」

「他的王國不是建立在魅力或符咒上的，坡司羅醫生。如果他準備做什麼，他會很快的完成。他不會要你再在我的腦子裡裝進更多他不喜歡的想法。」

「我必須要重申，」他說，好奇的看著她，「他能對我怎樣？」

「那是羅素的說詞。」她突然站了起來。她也許可以再加上——還有里奧和眉格——但是她沒有說出來。

□

亞倫撥了通電話給馬修．孔爾的父親。「沒事，」他向他保證，「馬修的狀況很好。我只是在想，不知道我能不能借用你的腦子對另一件事情提供參考意見。」

「請說。」

「你對法蘭柴思—霍汀有限公司的亞當．康思立的認識有多少？」

「我是刑事法庭辯護律師，」孔爾提醒他。「不是股票掮客。」

「這就是我找你的原因，」亞倫說。「我聽說他早年從倫敦東區的流氓開始發跡，而我懷疑是不是真有其事。」

「我懂了。」接著有簡短的停頓。「好吧，傳聞他在五〇六〇年代跟克來爾家族及理查森家族共同經營事業，而且一直保持低調，在一得到機會時，就很快的轉成合法併購。然而他從沒有因任何原因被起訴，因為他採用義大利黑手黨系統，在他和他黨羽進行的暴力行為之間架起安全的緩衝器。不過這些全都是道聽塗說，坡司羅，不是公開討論用的。過去，有兩家報社笨到把這些刊登在報上，結果他贏了那些官司，還獲得賠償。」

亞倫信手在他手邊的紙上塗鴉，心裡在想該如何組織他要問的下一個問題。「他現在如何主導進行他旗下事業？」

「怎麼了？你是想要投資那家法蘭柴思─霍汀公司嗎？」

「也許，」坡司羅撒了個謊。

「奇怪的謠言時不時傳來，說他使用不正當手段取得土地，還在倫敦船塢區取得產業，但是這一切完全都只是臆測。我會說他跟任何人一樣乾淨。事實上，」他承認，「我自己就在他那裡做了一點投資。」

「他的社交技巧如何？有人告訴我在跟他私人接觸時要非常小心。你同意嗎？」

「你怎麼能期待一個從倫敦東區出身的男孩做什麼好事呢。」孔爾聽來有些詭異。「我不會願意跟他有太深的交往。這麼說好了，他被稱為白色巨鯊不是沒有理由的。如果你抓住一個原則，他現在是用律師做為他的護墊，而不是雇用肌肉，那麼你就很可以略窺他辦事的藍圖了。」

「什麼意思？」

「Plus ça change, plus c'est la même chose.」

「你是說：一朝為黑手黨老大，終生改不了狗吃屎？」

電話那端傳來愉快的笑聲。「坡司羅，是你說的。我拒絕承擔誹謗的罪名。」

□

「賈西嗎？我是珍。你在忙嗎，能不能跟你談個一分鐘？」

「什麼事？」他聽來有點敵意，她想。

「眉格死了。」

短暫沉默。「我知道，」他說。

她因為冷而窣窣抖動，臉上有著若有所失的表情，好像本來在期待什麼。「誰告訴你的？」

「賽門打電話來，」他吞吞吐吐的說。「他們兩個都死了，眉格和里奧。你怎麼知道的，珍？你開始記起事情了嗎？」

「沒有，」她突然說，「我猜的。有警察來這裡問了些有關他們的問題。賽門還說什麼沒有？」

「不多，只說他母親快要發瘋了。她要知道里奧父母親住在哪裡，所以他打電話給我。」

「你告訴他了嗎？」

「我說我不知道，所以他去問迪恩．佳瑞得。」

換她沉默了。「你很清楚他們住在哪裡，」她最後說。「我記得當我和里奧剛訂婚時，我就告訴你了。我說，那婚禮會是場噩夢，蘇瑞的仕紳對漢普夏的暴發戶，兩邊都想表現得比對方好。然後你還大笑，問沃爾德家的人是從蘇瑞什麼地方來的。我告訴過你是艾須維的道桐莊園。」

「我不記得了。」

他在撒謊，她想。「賽門為什麼不打電話給我？」

又是一陣沉默。

「我很抱歉，」她說。

「為了什麼？」

「為了眉格的死。她跟你，都是我的好朋友。」

「這就是你打電話來要告訴我的事？」

她用力掐握著電話筒，使得她的手指隱隱發疼。「我想要知道其他的人是怎麼在談論這件事的，賈西。眉格的父母是不是認為我殺了眉格？還有賽門呢？」

「是什麼讓你猜到他們是被殺的？」他問。

「我不是傻子，賈西。」

「沒有人說什麼，」他說。「至少對我沒有。」

她不相信。「你為什麼要怕我？」她問，直接切入她從他聲音裡聽到的恐懼。「你認為是我做的嗎？」

「不是，我當然沒有那麼想。聽著，我必須掛斷電話。警察馬上就要來了，而我忙著要弄清楚當另一個合夥人死掉時，這個事業該怎麼繼續下去。當事情都告一段落後，我會打電話給你。」他掛斷了電話，徒留她聆聽著空寂的沉默。另一個她無法信任的人？或是一個跟她一樣害怕的人？

她小心的把話筒放回去，疑慮在她疲倦的腦子裡沸騰。他說的是真話嗎？他為什麼要怕她呢？因為他以為她的記憶力開始恢復了嗎？她躺到床上去，直勾勾盯著天花板看，不記得任何事讓她可以感到安全的躺著，但同時她也知道，她會在最後時刻拾起一些記憶。不管她父親也許多麼希望那些深鎖在她腦海裡的事情永遠埋藏起來。她知道不可能。如果亞倫．坡司羅沒有以他富有同情的存在主義論調把真實從她腦海誘引出來，其他人遲早也會這麼做的，但他們不會用這麼溫和的方式。

淚水刺痛了她的眼。第六感告訴她那是一種自我毀滅——她沉浸在那想法裡一陣子——重新播放沒有人相信的回憶。這回眉格已經不能提供她的不在場證明了。

□

「有位先生要見你，坡司羅醫生，」年紀較大的祕書說，她的頭正探進他辦公室。「一位姓甘迺迪的先生。我告訴他你很忙，但是他說他確定你可以勻出時間跟他談談。他是律師，代表亞當．康思立先生。」她做了個鬼臉。「他的態度非常強硬。」

亞倫完成他正在寫的筆記。「你最好讓他進來，希爾達，」他說。

不一會兒，一個矮小瘦削的男人，帶著眼鏡，堆著愉快笑容進到辦公室來，用力的握了握坡司羅的手。「午安，」他說，掏出他的名片，然後在辦公桌另一邊的椅子上坐了下來。「謝謝你答應見我，坡司羅醫生。你的祕書不知道有沒有告訴你我代表亞當．康思立先生？」

「她是提過了，」亞倫同意著，一邊觀看這個矮小男人，「但是我無法了解為什麼康思立先生認為有必要送派一位律師過來。」耶穌基督！

甘迺迪先生微笑。「我被指示過來提醒你在答應照顧我當事人的女兒時，對他所做的承諾。」

亞倫皺眉。「再說一遍，」他要求。

矮小男人往後靠坐，疊起二郎腿。「康思立先生非常疼愛他的女兒，坡司羅醫生，對她的健康情況相當關心。他要求你以康復期病人的身分來照顧她。今年稍早他曾對這家療養所做過詳細調查，他妻子曾經是這家療養所的病人，他認為珍會發現這裡的氣氛要比一般醫院要來的合適。特別是，他很在意珍不會被強迫參與任何會提醒她過去那些不愉快經驗的精神治療。因為如此，他要求你——以一個醫生的身分，而不是精神治療師——把她當做康復中的病人對待，讓她以自己的速度和時間恢復過來。」他臉上再次堆滿愉快的笑容。

「你同意這是他在這個月十二日傳真給你的摘要吧？」

「是的。」

「所以，也可以很公平的說，收到我當事人的傳真之後，在你們電話上的交談中，你很明白的陳述：『我可以向你保證你女兒不會被施加壓力，康思立先生，而且除非她自己願意，否則不會被要求參加任何形式的治療。』」

「我也許說過類似的話，但我無法擔保一字不漏的如你引述的字句。」

「我的當事人可以，坡司羅醫生。他是個非常謹慎小心的人，而且堅持把任何跟他相關的談話都錄製下來。那正是根據你說過的一字一句所做的引述。」

亞倫聳聳肩。「好吧。就我所知，那些保證全都在施行中。」

甘迺迪從他袋子裡拿出一張折疊的紙張看了看。「你昨晚發了一張傳真給我的當事人，其中寫著：『我另外建議討論聯合會談的可能性，亦即在我的指引下，你和珍能夠互相探究任何存在於你們之間的裂痕。』我能否請教，康思立小姐有請你向她父親提出這個建議嗎？換句話說，她自己選擇要進行這樣的會談嗎？」

「還沒有。我認為先徵求他的意見比較有道理。如果珍的父親不準備參與，那麼跟她談這項提議就沒有意義。」

「然而，坡司羅醫生，雖說只是簡單的建議一種治療的形式，你就已經違反了我當事人要他女兒以自己的速度恢復的指示了。另外，從你傳真其他的陳述可以很清楚的看到，你曾經鼓勵珍談論康思立先生特別要你不要提及的事件，因為他認為那些事件會讓她困擾。」他引述傳真上的字句：「『她很注重自己的隱私，而且是個不善於談論自己的人。』『我對分析她意圖自殺的原因有些困擾。』『她丈夫的死亡帶來的矛盾心理仍然延續著。』」

亞倫再次聳肩。「我不記得你當事人給我的指示是讓他的女兒單獨拘禁，甘迺迪先生。如果他這麼說過，那麼我絕對不會同意讓她到我們療養所來。」

「我恐怕得請你解釋一下。」

「珍是個有智慧，思路清晰的年輕女子。她有能力而且願意參與任何談話。要阻止她談話的唯一方法是把她跟這療養所裡其他人隔離開來。那是她父親要的嗎？」他雙眼瞇起來。

「阻止她談話？」

小個子男人咯咯笑了起來。「為了什麼呢？」

「我不知道，甘迺迪先生。」手指間把玩著他的筆。「不過，我不是那個擔心的人，你的當事人才是。」到底是誰見鬼的影響力在這裡運作？亞當還是珍？

「我當事人關切的重點完全在他女兒身上，坡司羅醫生。他堅決認為重提過去對珍不會有好處，今天早上就得到明證，她在電話中威脅我當事人說要訴諸法院取得禁令。他有理由相信她突然恢復到那種過去的敵對態度，跟你拒絕遵循他的指示一定有關。」

亞倫就這點思考了一陣子。「我們能不能回到重點？」他提議。「康思立先生是想要控制他女兒的每一分鐘呢，還是只是要找個理由拒絕付帳？」

「我受到的指示是來提醒你曾對我當事人保證照顧他女兒的承諾。」

「如果你說的是治療上的壓力以及沒有經過同意就要求會談，那麼我們之間沒有什麼爭議存在。我沒有徵求過珍的同意。」

「你傳真上說：『她是個不善於談論自己的人。』」他抬頭。「這很明白的顯現出你曾經試圖引導她那樣做。」

「這太離譜了，」亞倫生氣的說。「我寫信給康思立先生，就因為我以為他非常關心他女兒的健康狀況，而以珍的醫生的立場，我認為讓她和她父親間重新建立一個溝通管道對她只有好處沒有壞處。然而，如果他唯一的反應是派一個律師來宣告冗長的官樣文章，那麼很顯然是她對了，而我錯了。她父親只對控制她有興趣，雙方會面則一點意義也沒有。」他整理辦公桌上的文件。「想來你不斷重複的指示詞間，還暗示著隱藏其下的威脅。不知道你肯不肯乾脆的告訴我？」

「現在是你離了題了，坡司羅醫生。」

「我只好投降，這一切都太出乎我意料之外了，」亞倫糾結著眉毛困惑的研究這位律師。「我對耍弄我病人們健康的把戲沒有半點興趣。如果康思立先生是在找藉口不肯負擔費用，那麼我應該和康思立小姐本人談談。我倒是對她百分之百願意負擔這個她父親以她名義欠下的債務完全沒有疑議。麻煩你轉告你的當事人，說我就他說他了解他女兒個性的說法大有保留。對她過去經驗的重述，她顯然比他還要少些焦慮。另外，我無法同意警方所下的結論，說她企圖自殺。」他往前傾靠。「你也可以告訴他，以我專業的判斷來看，對珍平靜心靈的最大威脅來自康思立先生本人。從她對他的態度上可以看出她矛盾的心理，而那種心理只能讓他們自己澄清才能化解，尤其是跟她丈夫死亡有關的事情，還有她認為康思立先生企圖繼續干涉她的生活。

可惜的是，他顯然不願意跟她談，而禁令能劃下一道清楚的界線。看來這是唯一可行的途徑了。」他把雙手平放在桌上，藉以挺起身來。「再見，甘迺迪先生。我相信你絕對有能力可以把我的話一字不漏的轉達給你的當事人，就像你把你當事人的意見轉達給我一樣。」

律師也很快的站了起來。「沒有必要，坡司羅醫生，」他低語，拍了拍他胸前口袋。「我都錄了下來。我相信我告訴過你，康思立先生堅持把跟他相關的任何談話都錄音下來。我知道他對你說的每一件事都很有興趣知道。再會。」

□

十分鐘後，亞倫辦公桌上的電話響了起來，他神情抑鬱的接起。

「坡司羅醫生，賽門・哈利斯牧師在線上，」希爾達說。「你要接嗎？」

「不怎麼想，」他咕噥的抱怨著。

「他說很緊急。」

「大家都這樣說，」亞倫諷刺的說。「如果大家都不認為他們要說的話很重要，該是個天大好消息。」

「你聽起來有些生氣，」希爾達說。

「那是因為我在生氣。」他歎了口氣。「好吧，把電話轉過來。」

賽門的聲音循著電話線傳到這頭。「坡司羅醫生嗎？不知道你還記不記得我？我是珍・康思立的朋友。星期四曾經過來看她。」

「我記得，」他說。

「我發現自己處於招人厭的地位，」這年輕男子說，語氣裡明顯的充滿著困惑。他稍稍停頓。「珍告訴過你眉格和里奧都死了嗎，坡司羅醫生？」

亞倫抬起一隻手蓋上他的鬍子，不自覺的開始梳弄著。「沒有，」他說。

「他們是被殺的，有可能就在她企圖自殺的同一天發生的。」

亞倫的視線投向辦公室的另一邊，上面掛有杜勒的油畫《騎士、死神與惡魔》，心中想著，此刻看到這幅畫是多麼恰當。「我很抱歉，哈利斯先生。你一定很難過。」

「我們還沒有時間難過，」賽門道歉似的說。「警方一直在這裡，一小時前才離開。」

「我很抱歉，」亞倫又說。「是什麼讓你認為珍已經知道了？」

「她的助手告訴我的。」

「你是說迪恩．佳瑞得？」

「是的。」

「他怎麼知道？」

賽門歎了口氣。「好像是警察昨天去找她，她猜出發生了什麼事情。她晚上打電話給迪恩，說服他向沃爾德家確認。」他又停頓一下。「事實上，她比我們知道得還要早。我父母一直到昨天晚上十點鐘被告知，他們今天早上才去認屍。我母親非常難過。她因為眉格的死而譴責珍。」

亞倫禁不住想他的病人還有多少事情沒有告訴他。「你為什麼要告訴我這些？」他問。又一次猶豫的停頓。「我剛才說了，我發現自己處於招人厭的地位。我父親也是。」他清了清喉嚨。「當你受到驚嚇時，很難把事情看清楚——喔，我相信你了解的，」他突然頓了一下。「安東尼・沃爾德爵士想要投書《泰晤士報》控訴珍和她的父親，我母親從旁慫恿。那是很可以理解的。你可以想像，他們兩個有多傷心——嗯，當然我們都是。」他擤了擤鼻子。「我不確定報社會刊載多少相關內容，但是可能很糟，尤其如果那些花邊小報也沾上邊。我母親不夠理智——她很……是……我爸和我覺得珍應該要受到保護——那簡直就是個私設法庭——我不知道應該打電話給誰。我以為她會告訴你——告訴你他們的死訊。」他的語聲因激動而破碎。「我很抱歉——真的很抱歉。」

亞倫靜靜的聽著線路那端無聲的啜泣。「我不會太擔心，」他盡量冷靜的說，雖然他自己也很激動。「珍是個不尋常的堅強女子，」即使是他也沒有弄清楚她到底有多堅強，直到最近，「我很肯定只要再過些日子，她就可以完全恢復所失去的記憶，真正的讓自己放鬆。」他想了一會兒。「也許我們到目前為止談的都只是猜測，而不是事實？如果真有對康思立小姐任何不利證據，警方現在應該就會詰問她了。我說的對不對？」

賽門極力恢復鎮定。「就我所知，是的，然而我們得到的資訊非常有限。安東尼爵士星期六早上就知道了，他說里奧被棍棒之類的東西毆打致死……跟羅素・蘭迪一樣。」

「珍的父親知道眉格和里奧死了嗎？」

「我不認為他知道。我爸和我認為他們意圖趁珍最脆弱的時候打擊她，我們無法認同這種執行正義的方式。」

亞倫很好奇。「你對她非常寬宏大量，哈利斯先生。」

「事情並不都是像表面上看起來那麼容易，」賽門繃緊情緒說。「我們很擔心我母親，我們不要因珍企圖自殺而受到良心苛責。一旦新聞發布，她會承受很大的壓力，她以前試過一次，很可能會再試一次。」

「嗯，至少就這一點我想你不用擔心，」亞倫慢慢的說。「如果說我曾對她心智平衡存有任何疑惑，你的這番話讓我放了心。謝謝你告訴我這些，哈利斯先生。」

他道了再見，皺著眉，若有所思的把話筒放回去。到底發生了什麼事？亞當．康思立知道嗎？那是他派甘迺迪來的原因嗎？萬能的上帝啊！他和療養所被牽連成曲解正義的共犯了嗎？

「狗屎！」他對杜勒的《騎士、死神與惡魔》咆哮。他為什麼要該死的同意讓那個女人住進來？

□

他找來翡蘿妮卡．高登，值勤護士。「我已經積到這裡了，」他告訴她，手掌攤開擺喉間，作勢要砍。「我要開個小差，大概幾小時吧。如果有什麼緊急事件，通知耐吉•懷特代為處理。」他想了一會兒。「但是如果是有關康思立小姐的緊急事件，打我行動電話通知我。」

喔，不，」他糾正自己，「跟她有關的事情，我們要多設想一步。每半個小時要有人去察看，不准有任何閃失。聽到了嗎？你或其他護士每三十分鐘親自去察看，如果有半點疑慮，就打電話給我。好嗎？」

翡蘿妮卡點頭。「有什麼特殊理由嗎？」

「沒有，」他發牢騷似的說，「只是安全考量。她父親派個詛咒人的律師過來，狠狠揪住我的耳朵，還警告我。如果她突發奇想要做什麼傻事，我可不要被控告對她有過失責任。」

「她不會的，」這女子很有信心的說。

「你為什麼確定？」

「我觀察過她。每一個人都照著她的意思行動，包括你，亞倫，那樣的人是不會輕易做什麼傻事的。」

「她已經做過一次了。」

「胡說八道！」翡蘿妮卡慈祥的露齒而笑。「她也許要讓她父親認為她真的那麼做，如果那真是個認真的嘗試，她早該死了。我猜當她把自己擲出汽車外時，很多計畫細節隨之被隱藏起來，來自父親小小的同情是其中一件。提醒你喔，」她深思的追加，「她顯然對移動物體撞上堅硬柏油路的科學理論所知不多。我相信嚴重的腦震盪及失憶症原先並不在預期的結果中。」

亞倫聳聳肩。「那也許也不是最後的手段。你不需要是愛因斯坦才知道怎麼偽裝成失憶症，翡蘿妮卡。」

她驚訝的盯著他看。「你是說她在裝蒜？」

「那倒不一定，」他撒謊。「我只是在陳述一個事實的可能性。」

「可是她為什麼要用這麼複雜的方法呢？除非她隱瞞了什麼事？」

「也許她真的有。」

□

暖洋洋的午後，佛格斯斜倚在坡司羅的汽車上，而醫生正跨過砂礫鋪就的步道來到近前。他敷衍的對著那年紀較長的來人點了點頭，一隻手橫在引擎蓋上。「我就猜這可能是你的車，」他說。「上回我來看珍時就注意到了。你打算賣掉嗎？」

亞倫搖頭。「抱歉，沒有。我們作伴已經有太長的時間了，不是說賣就賣得了。」他掏出鑰匙插進車門鎖孔。「你看過珍了，還是你正在要去的路上？」

「在等她。她到花園裡的什麼地方散步，邁爾斯去找了。甘迺迪有沒有嚴厲的責備你呀？」

「那是他被雇用的宗旨嗎？」

「那要看爸的心情。我告訴他星期六我來這裡時，你太過專橫，所以我猜他也許命令他的牧羊犬來提醒你是誰在付錢。我還告訴他，我想你對珍有不軌意圖。」他用眼角餘光偷覷亞倫，研判著他的反應。「爸對那點很光火，所以派甘迺迪過來，我倒是一點也不意外。」

亞倫哼哼的冷笑著。「我很懷疑你會有什麼膽子告訴你父親任何事，佛格斯。」他拉開車門。「純粹出於好奇，你怎麼知道甘迺迪來過？」

「我看著他離開。」他打了個呵欠。「邁爾斯想要見見你。我答應我會攔住你直到他回來。」

「下一次吧。」

「不，現在。」佛格斯抓住他的手臂。「我們要知道到底發生了什麼事。珍記起什麼了嗎？」

「我建議你去問她。」亞倫低頭看著那隻阻攔的手。「任何時間你們想來和我談談，我都歡迎，只要你們事先約好時間。但是現在——」他抬手來放到年輕人的手臂上，把他的手拉開，「我有更重要的事情要做。」他和藹笑著，輕鬆的坐到方向盤後。「很高興又見到你，佛格斯。幫我向你母親和哥哥問好。」他關上車門，啟動引擎，打方向盤，車子循著車道駛去。

□

高登護士那天晚上九點輪值察看時，發現珍站在她房間的窗前，觀看天際如將燒盡的霏紅灰燼的餘光。「美不美？」珍沒有回頭，直覺告訴她訪客是誰。「如果我可以永遠站在這裡看著這幅美景，那麼我就可以得到永恆的幸福。你想像中的天堂是這個樣子嗎？」

「那要看你想的天堂是怎樣的狀況。你是從觀看一個簡單的日落開始，逐次發現它慢慢的變化發展，直到燦爛眩目的燃燒。那麼，你要在哪一個階段停下來，才能產生你想要永恆幸福的片段呢？我想我會一直懷疑下一刻變化出的景色會比我凝結的此刻要來得更美麗，而那會讓此刻的心情變得像是沮喪挫敗的地獄。」

珍靜靜的笑了起來。「那麼就沒有所謂的天堂囉？」

「對我而言，沒有。極樂幸福只有在你完全沒有預期到時，才是幸福。如果它無限期的延展，那會使人無法忍受。」她微笑。「一切都還好嗎？」

珍從窗畔回轉過來。「跟半小時以前完全一樣，還有那半小時前的半小時。你能告訴我為什麼需要這麼密切的察看我嗎？」

「也許醫生擔心你太過勞累自己。你今天下午那個差勁的散步讓我擔心。你實在走得太久也太遠了。」

「其實沒有的，你知道，」珍懶懶的說。「大部分時間我是躲了起來。」她對展現在另一名女子臉上的驚異笑了起來。「我看到我弟弟來了，就趕快的把自己藏在陰暗處。」她回頭瞥了一眼窗戶的方向。「坡司羅醫生告訴我他在等候我父親的來訪，」珍輕鬆的撒著謊。「你知道亞當來過了沒？我以為他會順便過來看看我。」

「我想是他的律師來了，」她說，打打枕頭使之鬆軟，順手拉平被單，「但我不認為你父親來過。」

珍額頭抵住窗戶玻璃。「坡司羅醫生為什麼沒有來看我？」

「他給自己幾小時的休息時間，可憐的傢伙，」她愛憐的說，心中一如往常的悄聲希望自己沒有被高登先生綁住。「他腦子裡總是想這想那，卻沒有一個人可以幫他分擔。」

珍手臂環抱自己纖瘦的身軀，企圖止住顫抖。他腦子裡也在想里奧和眉格的事嗎？是甘酒迪告訴他的嗎？

高登護士皺起了眉頭。「你在窗邊站了很久了，你這傻女孩。現在趕快換睡衣躺到床上去。你現在的身體狀況如果再感染上肺炎，實在不划算。」她噘起嘴不同意的嘖嘖出聲，攤開睡衣，套上珍的肩膀。「你出事的那個晚上，幸虧那對年輕的情侶及時出現，不然你那時就會得到肺炎了。」

「那倒是相當方便，」珍面無表情的說。

□

六月二十八日星期二，薩爾司柏瑞，南丁格爾療養所——凌晨十二點五分

醫生的車轉過療養所的鐵門，車前燈橫過草坪掃出一道白色拱形光芒。時間已過了午夜，亞倫減緩車速，變成幾乎爬行，因為他不想車輪碾動石子路的沙沙聲吵醒病人們。回到家並沒有讓他感到較為輕鬆，沒有什麼在他這趟歸程的終點迎接著他，除了一股久積的憤恨。他讓自己享用的奶油蒜味龍蝦晚餐，配上一瓶昂貴葡萄酒所帶來的短暫歡愉，都在他小心開車回來的路上完全蒸騰而去，現在只剩挫敗後的沮喪。到底在他生命中他達成了什麼成就感？掌理這一

幫過度自我膨脹，沒有一點自制力的有錢混帳，到底有什麼滿足感？珍為什麼沒有告訴他眉格和里奧已經死了？還有，他為什麼沒有辦法把那該死的女人排出他腦袋？

他生氣的用一隻手猛力敲著方向盤，突然間發現車燈亮光中閃現一張蒼白的臉，就在近旁幾吋處，隱藏在沿著車道栽植的灌木叢裡。該死！該——死——！他的心臟猛地急促敲打起來，同時用腳踩煞車，讓近乎爬行的車子立時停了下來。他交代過，每半個小時察看她一次，而她還是跑到外面來幾乎讓見鬼的車子撞上。

「珍，」他喊著，笨拙的打開車門，把自己拖出車外，一隻手放到車頂上讓自己直立起來。「你還好嗎？」

沒有聲音。

「聽著，我看到你了。」如果他真的撞上了她，就只有上帝能幫他了。他用車後燈的紅光檢查車後草坪，那裡沒有蜷成一團的身軀。「我知道你聽得到我，」他繼續，視線往樹叢裡找去，搜尋著她的身影。他轉到車子的另一邊，倚靠著車門。她遲早要移動的，那麼他就能再看到閃現的蒼白臉龐。「我認為你在騙人，珍。失憶症全是鬼話，而且我不相信你曾經試圖自殺。那是個設計好的圈套，乾淨俐落，是為了讓你父親認同你，而一切都成功了，雖然你讓自己遭受到比預期還要嚴重的傷害。你現在要不要告訴我整件事情的來龍去脈？」他等著。「我應該警告你，我現在覺得見鬼的憤怒，站在這條惹人厭的車道上跟我想玩蠢遊戲的病人做拉鋸戰，不會使我的心情好轉。但是，你別以為我會乖乖放棄，把你留在這裡。你只要移動一條肌肉，我就會抓住你。所以，你是要自己走出來，還是我們一直僵持到天亮？你自己選。」

接著是朦朧不清的移動，來得如此迅速，如此接近，他完完全全懾住了。他突然滑向一邊，但是肩上一陣劇痛，長柄大鎚堅實的金屬頭硬生生的把他的手臂打脫臼。他跌跌撞撞的閃開另一記弧形的擊打，蹣跚轉過車前引擎蓋來到開著門的駕駛座旁。隨著一股緊急慌張的直覺反應，他把自己拋向方向盤後，砰的一聲關上車門。他笨拙奮力的伸出一隻手橫過胸前，將換檔桿放到後退檔，這時長柄大鎚穿過擋風玻璃擊向他的臉。

□

愛咪・史脫頓看著她的錶。「坡司羅醫生幹嘛要我們每半個小時去察看呀？」她喃喃抱怨。「那女孩從十點開始就睡熟了。」

「我們的職責不包括問為什麼，」翡蘿妮卡・高登說。「我們不是去做就是等死。先喝完你的茶。遲個五分鐘不會有什麼影響。」

□

他不知道臉上流的是汗水還是血。當車子高速後退時，他只感覺到全身疼痛。恍惚中，他看到了那個身影——一個男人——迅速隱沒在黑暗中，然後他倒退的車撞上一棵粗壯的橡樹。他媽的到底發生了什麼事？

□

十二號房門把輕輕轉動，門被推到半開，黑人女護士張頭向漆黑的室內觀望。她聽到聲響，帶著一絲警覺，她往牆上摸索電燈開關。「親愛的，你還好嗎？」燈光突地灑滿室內，她往床上瞥了一眼，珍把她被單揉成一堆。她再往落地窗看去，窗帘被風吹得撲撲拍動。護士沒有耐性的發出嘖嘖聲，穿過室內關上窗戶並鎖上，接著走向床鋪，一隻溫暖柔和的手覆蓋上女子的額頭。

珍突然間直直從床上坐正，就好像被電流嚇到一般，嘴唇駭人的張闔，奮力吸取空氣。她無法呼吸……上帝萬能，她無法呼吸……她雙手伸向喉嚨做著徒勞的掙扎，想把不管是什麼阻塞呼吸管道的東西扯去。是土，骯髒辛辣的土……她快要死了……不——！她猛然從床上跳了下來，朝浴室的門衝去，用力扭轉盥洗槽上的冷水龍頭，把頭放在冰涼冷水下沖洗。她大大的吸了口長氣，讓那甜美的水洗去死亡的味道。

「喔，老天爺，好女孩，」那護士尖叫起來，「你怎麼了？你生病了嗎？你服用了什麼？你為什麼穿著外出服？上回我來看你時，你還睡得很沉呢。」

珍頹然倒坐在地板上，充滿血絲的眼睛瞪著她。「是個夢，愛咪，」她低語。「只是個夢。」

「喔，你真是一個不快樂的女孩。我這一生中從來沒有那樣害怕過。你等著，我會告訴坡司羅醫生。我以為你可以好好照顧自己。」她拍了拍胸脯。「我差點心臟病發作。你為什麼要打開你的窗戶呢?晚上九點鐘後，只能打開上面的窗子，是這裡的規定。你到底做了什麼?」

珍在鋪著瓷磚的地板上蜷縮成一團。「沒什麼，」她說。

□

樹林裡的兩具屍體身分已確認

星期四在靠近溫徹斯特的阿丁利林地發現兩具屍體的漢普夏警局，昨天晚上對外發布死者分別是里奧・沃爾德，三十五歲，住在焦得堡，艾須維的道桐莊園，以及眉格・哈利斯，三十四歲，住在倫敦，翰默司密的秀柏利路。警方朝他殺方向進行偵查。

兩名受害人身分的確認消息來自里奧的父親，安東尼・沃爾德爵士，六十九歲，他憤怒的指稱警方對此事件漠不關心。「我星期六早上指認了我兒子的屍體，」他聲稱，「但從那時候起，就再也沒有聽到漢普夏警局的任何消息。他們告訴我，我兒子和他的女朋友大約兩星期以前遇害，然而沒有看到他們繼續進行了什麼偵訊。眉格的母親跟我聯絡，她住在威爾夏，同樣對警方的冷淡感到失望。我們都認為這跟雙方父母都住在該郡管轄範圍之外的事實有關。如果是由蘇瑞郡警方進行調查，我想我會比較有信心。」

里奧・沃爾德先前曾跟珍・康思立，亞當・康思立的女兒有過婚約，這已經不是祕密。住漢普夏郡黑靈頓的亞當．康恩立，本身是法蘭柴思—霍汀有限公司總裁。該婚禮被取消，因為里奧聲稱他要娶珍的朋友，眉格．哈利斯。

康思立小姐旋而牽扯進發生在漢普夏一個廢棄機場的懸疑車禍事件。警方認為是自殺未遂。康思立小姐僥倖挽回一命，漢普夏警方除了在車禍當時檢查出她所含酒精濃度過高，至今仍未以任何理由對她提出控訴。

珍．康思立的第一任丈夫，羅素．蘭迪，十年前遭一把長柄大鎚搥打致死，凶手一直沒有被尋獲。漢普夏警方拒絕評論里奧．沃爾德和眉格．哈利斯是怎麼死的，但是安東尼爵士認為兩個被害人都是被搥打致死。「太殘忍了，」他說。「我不忍去想像哈利斯太太的心情。」

「目前，我們沒有什麼線索可以繼續追查，」漢普夏警局督察長區佛說，「但我們會針對現有的資料進行調查。我對安東尼爵士的說法感到遺憾，但是我可以向他保證我們對於追蹤殺他兒子的凶手不餘遺力，尋遍了所有的可能。」

區佛督察長說他無法對殺害該情侶所使用的長柄大鐵做任何確認。「兩具屍體被埋了十天左右，」他說，「這種情況下，很難去確定受害人是什麼時候及怎麼死亡的。」

六月二十八日《泰晤士報》

14

六月二十八日星期二，薩爾司柏瑞，南丁格爾療養所——凌晨一點

兩名警員檢查那輛車子破碎的擋風玻璃及壓扁的後車箱時，臉上毫不掩飾的帶著作嘔的表情。亞倫把車子退到前門附近才停止。他當時知道他脫臼的肩膀需要到最近的急診室去接受一般性痲醉。他用了最大的力氣按喇叭，像吹奏著最後一個音符。聽到警衛從夜色衝出來救助他時，他忍不住鬆了口氣的淚如泉湧起來。翡蘿妮卡・高登則以堅韌的手勁和鎮定的情緒，把脫臼肩膀扳回原來的位置。老天垂憐，他曾瀕臨危險關頭。十五分鐘後，出事的肩膀腫脹起來，疼痛教人簡直無法忍受。

「這是刑事案，」警察說，用他的手電筒照亮損傷部分。「先生，你說他對你的車共打了幾次？」

「就一次，」亞倫說，右手手掌托住左手手肘，看來對固定手臂的吊帶沒有什麼信心。

「我倒車企圖遠離他時，撞上了東西。我其實比較在意的事是，他對著我直接揮打了兩次。」

「然而，先生，」另一個人沉重的說，「他似乎對車子造成的損害比較嚴重。」

「記得提醒我把事件發生三十分鐘後我肩膀脫臼的照片拿給你們看，」他艱困的說，「然後再告訴我我的車損害得比我嚴重。」他領頭走進建築物內，進到他的辦公室，再慢慢的走向辦公桌，拉扯著半邊身軀。「我想你們大概想過他也許還在外面。」

「不可能，先生，尤其是在那一陣騷動過後。」

警車在九九九緊急報案電話後十分鐘內就趕到，坡司羅醫生描述事情發生經過。他說在他車頭燈照射下瞥見了一張臉，然後停車出來察看，警方根據敘述做了合邏輯的假設，認為那是意圖偷竊的夜賊，醫生很不幸的正巧擋住了他的去路。仔細檢查過所有的門窗後，卻沒有發現任何硬闖的痕跡。

「我們找不出你的安全設施有什麼漏洞，」兩名員警中體型較大、眉間恆掛著皺紋的警察說，「我們懷疑這傢伙對療養所做過很仔細的勘查。否則如果他真是計畫偷竊，事前無法知道要偷闖進來有多難。你確定你不認識他？不然，我真的不懂他為什麼要冒險攻擊你。當時他很顯然還沒有犯下什麼罪行，尤其是如果他從正門進出的話。但你的安全警衛說他不可能從正門進出，因為他從十點鐘起，就在接待室就位。」

「我相信。事實上，我開始時以為我也許弄錯了，我根本沒有看到什麼人，直到一支鐵鎚掃過我的臂膀。我完全不曉得他有那麼靠近我。我甚至沒有聽到他走動的聲響，可是，也有可能是因為我離開汽車時讓引擎持續轉動，那就沒什麼好意外的了。」

「你想不出任何理由來解釋為什麼有人會攻擊你？」

亞倫搖搖頭。「除非他知道我是個醫生，以為我車子裡會有藥物。我已經絞盡腦汁，還是想不出原因。」明天就會有足夠時間了，他心中想著，去搞清楚他在車頭燈影下看到的是不是珍，或者那只是他的想像在作祟，因為她的影子一直盤旋在他腦海裡。

「也許是一個過去的病人，認出了你的車子？」

「我不那麼認為。當病人一到這裡，我就會告訴他們。我們療養所裡只供應非常有限的藥物，因為它們都被鎖在那邊那個保險櫃裡。」他偏了偏頭指向角落的一具堅實的櫃子。「他們鐵定清楚知道我從來就不在車子裡放藥物。」

警員矮下身來坐椅子上，從口袋裡拿出筆記本。「好吧，讓我們記下一些細節。你說他在敲碎擋風玻璃後逃走，所以那時候你一定看清楚是什麼人了。」

亞倫從桌上的一盒紙巾中抽出一張面紙，拿來擦臉，他臉上還有被碎玻璃刺穿面頰留在皮膚下而汩汩滲出的血絲。「沒有。我當時只是很努力的橫過右手來把檔換到倒退檔，我當時注意力只在那裡。」

「能不能麻煩你描述一下呢？」

「他比我稍微矮一點——五呎十吋或十一吋。或許可以說是體型中等——我確定他不胖——穿著黑色衣服。」

警察等他繼續，鉛筆停在放膝蓋的筆記本上準備著。然而亞倫沒有繼續，他於是抬起頭來。「先生，稍微詳細些的描述會比較有用。比如說，他皮膚顏色？」

「我不知道。我想他戴著滑雪面罩。我看到的只是一個從頭到腳穿著黑衣的男人，揮著一支鐵鎚。」

「好吧。那麼也許你可以對他的服裝做些描述。他上身穿什麼？」

亞倫搖頭。「不知道。」他在警察的眼神裡看到一抹不耐。「聽著，」他隨著突來的怒氣說，「那時天色很暗。我從我的車子裡出來，然後我知道的下一件事是有個混帳想把我敲成碎肉。老實說，我根本就沒分神去注意他衣著的細節。」

警員等了一會兒。「當你回到車裡，他準備逃跑時，你還看到了什麼。」

「一切都發生得太快了。我能告訴你的只有他當時穿著黑衣。」

「先生，我們很難就此展開任何調查。」

「我明白，」亞倫暴躁的說。

接著是短暫的沉默。「然而你卻非常確定那是個男人。為什麼？他跟你說了什麼嗎？」

「沒有。」

「有沒有可能是個女人呢？」

「也許，但是我不相信會是。對於他的每一件事——體型、力道、侵略性——都告訴我那是個男人。」

「如果你看過我們處理一些案子裡的女人的話，就不會這麼肯定了，先生，」警員語帶黑色幽默。「這年頭已經沒有什麼女性較柔弱的說法了。」

亞倫深深吸了口氣。「我們把這些留到明天再問可不可以？我實在累了，我的肩膀折騰得我疼痛不堪。」

兩名警察交換了眼色。「當然可以，」仍然維持站姿的警員說。「這個地方看來夠安全，而且，沒有一個較清楚的描述，我們今晚也實在無法進行什麼。明天我們會請一位便衣來跟你談。在這同時，先生，你也許可以寫下你今天到了些什麼地方，或跟誰說了些什麼話。」他謙恭有禮的點了點頭。「午夜過後才回療養所的人，是醫生的可能性要比訪客或病人來得高。所以就這點看來，我認為你那藥物的理論也許是最合理的解釋。」

□

亞倫在走回他床鋪的路上經過護理室，停了下來。「一切都好嗎？」他問。

翡蘿妮卡・高登是唯一留守的人，看著他還淌著血的臉。「你是想要做烈士嗎？」她質問。「那就是你不肯讓我處理那些割傷的原因嗎？」

「你下手太重，女士，」他發牢騷似的說。「我寧願自己找時間來弄，安安靜靜，溫溫和和的。有問題嗎？」

「老天爺，沒有，」她鋒利的說。「怎麼會有問題呢，這只不過是間充滿了沒有安全感的酒鬼和毒蟲的大房子，在午夜被安全警衛、警察在砂礫車道上的踐踏聲和穿過臥室窗戶的手電筒燈光吵醒而已，怎麼會有問題呢？告訴你吧，愛咪和我疲於奔走。她現在正匆忙趕去察看你進來之前響起的三個鈴聲。」她手肘下面板上的一個燈開始閃動起來。「又一個。他們都太吵了，這樣對病人不好。他們想知道到底發生了什麼事。」

「珍．康思立呢，她怎麼了？你還有繼續每半小時的察看嗎？」

她抖著夜間紀錄簿給他看。「睡得很沉，從十點鐘就開始睡了。事實上，她是唯一一個沒有給我們惹麻煩的人。你開始按喇叭前，愛咪才去看過她，但是還沒有做記錄，因為我們沒有時間，有太多太興奮的人要我們服務。在那之後，我探頭進去看過一次，但是她就像熄了的燈一樣。你還要我們繼續察看嗎？」

「是的，」他若有所思的說。「以防萬一。知道她在那裡，讓我比較安心。」

直到他離開之後，翡蘿妮卡才突然醒悟到他用詞不當。她想要跟愛咪．史脫頓討論，但是卻忙忘了，因為另一個鈴響讓她急急的下樓。事後，她跟費哲警佐一樣，常常想著，如果當時愛咪就有機會告訴她說珍當時穿著外出服，最後結局是不是會一樣。

□

第二天早上，亞倫．坡司羅在早餐之前進入珍的房間時，她蒼白的臉頰倏忽流失了最後一層血色，他左手被一條吊帶綁著，臉上有著割傷的痕跡。「是亞當幹的嗎？」

他顯然嚇了一跳，有點迷惑。他之前預想過她的反應會如何，但無論如何不是這個樣子。

「你父親為什麼要打破我的擋風玻璃？」

「他不會，」她急促的說。「當我沒說過，這麼說很蠢。這就是所發生的事？昨晚警察到這裡來的原因？」

他微笑。「現在，我得相信他們通知我說你整晚都睡得很熟。」

「我是。」

「那麼，你怎麼知道警察來過呢？」

「馬修告訴我的。他半小時前來過。」

那天殺的馬修！看來他似乎大半時間都耗在這個房間裡，而不是他自己的。「他說了是怎麼回事嗎？」

珍搖了搖頭。「他正在到處遊走查問看看有沒有人知道。」

她是個扯謊高手，因為她了解能說善道的重要。「喔！」他高據在床邊一角。「而你無法告訴他，因為你也不知道。」

她迎著他的注視，好一會兒才轉開。「沒錯。」

「警察認為闖入者是為了尋找藥物而來。」他審視著她疲累的臉。「對一個睡了整晚的人來說，你看起來精神並不好。」

她勉強擠出一絲愉快的笑容。「剃光頭的緣故，是因為我沒有讓我在你對一般囚犯的評價多占什麼優勢。然而，那並不是它原先被設計時的用意，對不？頭髮時髦的裝飾品。」

「你冷嗎？」他問她。「你在發抖。」

「因為我的神經。」

「你是因為我而感到緊張害怕嗎，珍？」

「不是。」

「那麼你為什麼要緊張害怕呢？」

「我不知道，」她說。「我不記得。」

他大大露齒而笑。「昨天晚上我做夢夢到你。我夢到我仰身躺在一個懸崖邊緣，然後有一隻手伸上來，抓住我的腳踝，開始把我拉下去。當我轉過身來，向下看去，你的臉正仰起來看著我，臉上還帶著微笑。」

她皺眉。「這代表了什麼嗎？」

「是的，」他說，站起身來。「你在開我玩笑。」（譯註：You were pulling my leg. 雙關語，原意為：你在扯我的腿。）

□

為了接續前晚兩個制服警員沒有完成的調查手續，威爾夏警局派來一位名叫哈登的刑警。他是個粗率的中年男子，被派來進行警方調查程序上所謂的「應酬」——繼續進行「調查」，但沒有要深入追蹤調查的意思。讓亞倫比較氣惱的是，他帶來一份報紙，上面登載了賽門．哈利斯在電話中告訴他的事情。

「坦白講，先生，」哈登刑警透露著，同時把他寬大的臀部塞進皮製沙發精心設計出的凹槽內，「我比較傾向相信那個毒蟲的理論，除非你經過一個晚上的休息之後記起什麼更具體的細節。你了解我們面對的難題。要順利從整個村子把你所描述的那個男人搜出來，簡直是大海裡撈針。如果你能給我們一個名字，或是他偷了什麼東西——從遺失的物品追蹤到他還有一絲絲的可能——情況也許會有些不同。但是這——」他搖了搖頭，「這種在大海撈針的事，先生。我相信你了解問題癥結所在。」

「那麼我寫下的這張名單，記載昨天跟我談過話的人，完全沒有用，只是浪費時間罷了。」亞倫焦躁的說。「我本來可以在床上多躺個半小時，那會對我比較有好處，而不是白白努力想要幫助警方調查一件他們沒興趣繼續偵辦的案子。」他一把抄起放在茶几上的名單，準備把那張紙揉成一團。

「我並沒有這麼說，先生，」哈登說，伸出手取那張紙。「我們當然會小心審查你提供我們的任何資料。但是昨晚的事件報告中強調，你並不相信攻擊事件是針對你個人。也許你重新想過了？」

亞倫搖頭。「我說的是，我想不到有什麼人要那麼做，但我的確說過那個人在我躲到車子裡去之後，對著我揮舞大鎚子。如果他要的是毒品，他為什麼在那時候放棄了呢？」

哈登在他說話時，快速的瀏覽名單。「因為那樣的人是不能用常理看待的，先生，我相信你了解。他的心思就定在你車子裡的任何東西上，所以他擊碎擋風玻璃，為了要取得物品。醫院每星期都會遺失價值好幾千英鎊的存貨。遲早會有人認為這個地方是值得來冒險的。」他點點那張名單的一角。「甘迺迪先生，亞當．康思立的律師，」他緩緩念來。「那是法蘭柴思－霍汀有限公司的亞當．康思立嗎？」

亞倫點點頭。

令人驚訝的是，刑警臉上原來漠不關心的表情突然變得精明起來。「我能請教他的律師為什麼要來看你嗎，先生？」

「康思立先生的女兒是這裡的病人。」

「喔。」刑警皺起眉頭。「為什麼要派他的律師來？你們之間有什麼衝突嗎？」

「就我所知並沒有。」

「那麼你們談論些什麼呢？過程愉快嗎？」

「非常愉快。我們討論康思立小姐病情的進展。」

「那很尋常嗎，先生？跟病人父親的律師討論她的病情？」

「就我的經驗來說，不。但是康思立先生是個忙碌的人。也許他信任他的律師會把該列為保密的訊息保密起來。」

刑警臉上的皺痕加深。很顯然的，他發現這段插曲非常神祕，就像亞倫當初認為的一樣。

「你見過康思立先生本人嗎？」

「沒有。我們都用傳真和電話聯絡。」

「所以你無法形容他是個什麼樣的人？」亞倫搖搖頭。「你名單上有個佛格斯・康思立。跟他有什麼關係嗎？」

「最小的兒子。康思立小姐同父異母的弟弟。」

「你和他的談話還愉快嗎？」

他想到佛格斯抓住他的手臂。那姿態教人氣惱，但還不至於充滿敵意。「是的，還算愉快。」

哈登刑警把那張紙折好，塞進口袋裡。「你說攻擊你的人攜帶一把長柄大鎚。你對那點有疑問嗎？」

「沒有。」

「好吧。」他站起來。「我們會盡力而為，先生。」

亞倫質問的揚了揚眉毛。「為什麼突然間改變了態度？兩分鐘以前，你還只是想隨便處理這整件事，現在你卻變得這麼急切。康思立跟這件事有什麼關係？」

哈登曖昧的聳聳肩。「我似乎給了你錯誤的印象，先生。威爾夏警局一向都很嚴謹的對待所有的攻擊行為。如果我們還需要跟你談，我們應該可以在這裡找到你。你往後幾天沒有出遊的計畫吧？」

「沒有。」

「謝謝你的幫助。那麼我先離開了。」

亞倫看著他離開後，深思的皺著眉頭，再次拿起那份報紙。有關里奧和眉格的報導在內頁。他讀著那份報導，終於了解為什麼在康思立這個名字裡提到長柄大鎚，會讓哈登刑警那樣懶惰的男人像被電到般的一奮而起，精神奕奕的準備行動。

□

溫徹斯特，羅門賽路警局——上午十點

一個小時後，距離二十英里遠的溫契斯特，法蘭克．區佛在電話中聽到來自薩爾司柏瑞的同事的報告，在過去的十二小時中第一次有了笑容。昨晚對他而言實在是個噩夢，先是《泰晤士報》打電話來要求證實死者身分確認的事，接著其他報社的記者像轟炸機似的不停質問《泰晤士報》報導所做的暗示可有任何事實基礎。看來，安東尼．沃爾德爵士針對康思立和他女兒所做的指控非常明確。雖然沒有一份報紙膽敢一字不漏的把他的陳述照登出來，但是他們全都追隨《泰晤士報》報導的腳步，提到蘭迪的死亡，引述法蘭克拒絕評論這樁案件是否以長柄大鎚為武器。他們引申沃爾德對康思立的其他指控，說康思立運用他在地方的影響力壓制漢普夏警局的調查，讓各報的讀者自行將暗示轉為明示。

法蘭克的耳邊仍舊充斥著分局長的嗡嗡斥責，還為此隱隱作痛著。分局長為了法蘭克沒有立即向他報告安東尼爵士以及哈利斯太太的狀況而痛罵他。法蘭克指出，眉格的屍體直到幾小時前才正式被確認；還有安東尼爵士在報上對漢普夏警方沒有立即逮捕或偵訊亞當或珍・康思立的抱怨，他曾嘗試解決全屬徒勞。分局長對這種細節問題一點興趣也沒有。法蘭克應該一開始就回應沃爾德以及哈利斯的關注，絕不該讓這樣的不信任形成氣候。

「你早該要想到雙方父母會聚在一塊。你為什麼沒有在哈利斯家人離開後，馬上回到沃爾德家去？在我們似乎沒有意思讓他們了解案情發展的情形下，他們會往最壞的方向想。今天下午我會召開記者會，在這同時我要你好好安撫雙方家庭。沒有人該懷疑因為有重要的人物干涉，漢普夏警局才沒有全副精力偵辦這樁案子。」

法蘭克把話筒放回去時，瞥了瞥手錶。安東尼爵士以及沃爾德夫人不到十分鐘就會到了。哈利斯家人拒絕接受邀約，但同意區佛督察長可以在中午時分到他們家去。記者會預定在三點半召開。他再次拿起話筒，命令莫道克巡官立刻到他辦公室報到。

「長官，」加瑞說，六十秒鐘後現身，不敢再進一步惹惱督察長，恰像法蘭克緊張得不想進一步惹惱分局長一樣。蜻蜓點水的指示從前晚七點鐘開始就殘酷得一直重複。

「我接到來自薩爾司柏瑞的電話。南丁格爾療養所的亞倫・坡司羅醫生昨晚遭到一把長柄大鎚的攻擊。他因為鳴響警報引來幫手而逃過一劫。然而，對我們有利的消息是，薩爾司柏瑞的人說，昨天下午康思立的律師拜訪了坡司羅。我要你去一趟薩爾司柏瑞，帶費哲一道去，跟梅休督察長還有哈登刑警談談，然後再到南丁格爾療養所詢問坡司羅醫生。把他一整天的行蹤全部記錄下來，包括跟他談過話的所有人的名字及談話內容。那名律師的造訪不可能只是個巧合。」

□

安東尼．沃爾德爵士沒有心情接受撫慰。他指稱康思立家的人就是凶手，並一再的控訴警方的冷淡，要求被告知為什麼羅素．蘭迪的死沒有人受到懲罰，堅持如果警方在當時就盡了他們職責，里奧和眉格就可能還活著。他似乎不知道該怎麼處理他的情緒，過去三天那份情緒在他心中醞釀成一股無名怒氣，需要找到一個可以為他的損失負責的人，一個讓他可以猛烈抨擊以為宣洩的對象。沃爾德夫人卻相反的只低垂著頭，什麼也沒有說。

法蘭克也一樣，靜靜坐著，直到風暴中止。

「安東尼爵士，請接受我的道歉，為我以及所有工作人員對你以及你的夫人所造成的輕忽印象而道歉，」他沉穩的說。「我們前段時間的困難是在追尋眉格的父母，我相信哈利斯太太告訴過你了，一直到昨天早上他們才過來認屍。說實話，我應該馬上在那之後打電話給你，讓你知道案情的發展，而我十分抱歉我當時沒有那樣做。」

「最起碼，你們至少應該派個人去安慰我的妻子。為什麼沒有？哈利斯牧師告訴我你派名女警去安撫他的妻子。」

「先生，我們的確曾提議派人安撫以及提供諮商。但是如果你記得的話，你說讓陌生人到你家裡只會讓情況更糟糕。」

「喔，我反正不會這麼輕易就罷手。我要正式提出上訴。就我看來，你應該立刻下台，換上比較有能力的人繼續調查。」眼淚在他眼睛裡聚積。「我兒子被殺了，而你做了什麼？什麼也沒有。就像羅素・蘭迪的謀殺案你們什麼也沒有做一樣。」

「我向你保證，先生，我們在僅有的過去幾天已經盡力做了很多事。比方說，我們已經找到你兒子在倫敦的房子，並且希望能在那裡找到他和哈利斯小姐的私人物品。」他看了看時間。「一組警員今天早上就要到那裡去，由你兒子的律師陪同。另外，我們也要求法國警方進入他布列塔尼的房子。然而因為他和眉格顯然根本沒有離開英格蘭，我們無法期待海峽那岸會提供什麼有用的證據。還有位於佛羅里達的公寓大廈，但是，同樣的，我們認為那裡找不到任何有用的資料。」他停頓一會兒，假裝沒注意到老人臉上受創的表情。「我們仍然試圖找到他那兩輛車。他的律師確定至少一輛停放在他喬爾西房子的車庫裡，他還給了我們在坎登的另一個車庫的住址，那是里奧租了幾年的車庫。布侖姆先生已經同意帶領那組警員搜索過房子後轉到那個車庫去。另外，還有兩個保險櫃，我們會申請搜索票以及查看幾個銀行戶頭，一旦我們取得授權檢查過後，希望可以獲得更多的線索。我很抱歉這些嘗試直到今天才有進展，但是我們上星期天下午才獲知布侖姆先生的名字。我們昨天跟他聯絡上，才安排了今天早上的搜索。」

「但是這實在太可惡了，」沃爾德急切的說。「我們應該立刻就被通知的。」

「事實上，昨天下午很晚的時候，我們收到由布侖姆先生辦公室傳來的一紙傳真，這個消息才被確定下來，」法蘭克說。「因為牽涉到你兒子的所有相關事宜非常複雜，我們花了些時間才把所有事實組合起來。」他把雙手疊放在身前。「我很遺憾事情經過這麼些曲折，先生。請無論如何相信布侖姆先生已經同意在搜索你兒子的不動產後，陪同我到焦得堡去，解釋並證實他所了解里奧的相關財產。也許是我的錯，我以為讓你從一個律師那裡聽到所有細節會比較妥當。看來你兒子有筆很可觀的財產。從你星期六告訴我們的情形而言，你和你的妻子似乎知道得並不太多。」

沃爾德夫人抬頭看著區佛。「他在肯辛頓區有過一層公寓，但是在八八年賣掉了，用來抵償他的債務，」她疲倦的說。「一次股票交易市場崩盤時他輸掉了一切，之後有五年的時間，不得不在丘區租房子住，直到他遇到珍，搬去跟她住在一起為止。」

法蘭克查了查布侖姆傳送來的資料。「是那棟在肯辛頓花園路的房子嗎？」

她點頭。

「那是他不動產的其中一件，沃爾德夫人，在丘區另外還有三棟房子，漢普司堞兩棟。他的產業明細如下：喬爾西有棟五間臥室的房子，這房子一直出租到今年四月，然後他指示布侖姆和房屋代理人讓它空置。肯辛頓的房子，目前空置，但下了出租的指示。漢普司堞兩棟，目前有人租住。丘區一棟三層樓房子，四年前改裝成三戶，目前已經全部出租。布列塔尼有一棟房子，在假期旺季，里奧自己不住時，出租給人；佛羅里達一間大廈公寓，是租給一年為期的度假旅人。請容我不客氣的問，你記不記得他說他曾經租賃的地方在哪裡？」

「丘區的林蔭大道，」她近乎耳語的說。

「丘區，林蔭大道，特利緬因？」他問她。

「是的。」

「八年前他以二十八萬英鎊把整棟房子買下了，沃爾德夫人。或許你誤會了他所謂的出租棲身之所。」

「沒有，」她說。「他一直就讓我們兩個人相信他在收支上無法平衡，但是我知道他說謊。如果我不知道，就有可能照他要求把錢借給他了。」她雙眼紅腫的盯著他。「是珍把布侖姆先生的名字給你的？」

「是的，」他回答她。

「那是不是表示她好轉起來了？我跟她繼母在電話中談過，她告訴我珍喪失了記憶。我很遺憾聽到這個消息。」

「就我所知道的，那僅是部分記憶力喪失，沃爾德夫人。兩名警員禮拜天去拜訪過她，她最記不得的事件，是她車禍發生前兩個星期裡發生的事情。」

「對她來說，這是多麼見鬼的方便，」安東尼爵士憤怒的說。「你知道她也許在裝蒜。」

法蘭克沒有理他。「你喜歡她嗎，沃爾德夫人？」

「是的，我喜歡她，」她安靜的說。「但是，上一次我們看到她時，她非常生氣，我猜那是因為里奧又在玩弄她的把戲。督察長，對自己的孩子保持客觀態度是很難的。不管他們做了多少錯事，你依然愛他們，而且不管你怎麼祈禱，那些罪惡永遠存在。」

她丈夫的手落在她的手臂上，緊緊箍住她。「你背叛他，」他生氣的說。

接著是短暫的沉默。

「我只是陳述事實，安東尼，」她靜靜的說。「那並不表示我因此少愛里奧一些。你知道的。」她對他手指深深掐入她的手臂毫不理會。

「現在唯一重要的事實是，你的兒子被殺了，」他不滿的怒吼著。「你是想要謀殺他的人逃出法網嗎？」

她看著他。「不，」她說，「所以讓督察長知道真相很重要。」

「你弄痛你的妻子了，安東尼爵士，」法蘭克沉靜的說。

那形同枯槁卻狂暴的臉空洞的轉向他。

「你的手，先生。我想你應該鬆手。」

他順從的鬆開緊握的手掌。

「告訴我，為什麼你上回見到珍時，她很生氣。」

「喔，因為她已經受夠了他的謊言和欺瞞，」沃爾德夫人不帶感情據實以報。「就像里奧交往的所有女朋友一樣。到最後她們總會發現隱沒在那張英俊迷人的面孔之下，有非常自私的個性。」她短短瞥了她丈夫一眼。「他不懂什麼叫分享，從小就這樣。不管什麼時候，只要有其他小孩借走了他的什麼東西，他就變得很暴力。所以到後來，我們只好帶他去看心理醫師，她診斷他是人格失調。她告訴我們時，我們無計可施。但是，等到他年紀越長，他自己也許會學著控制自己的侵略性。」

「他有嗎？」

「我想有吧。他停止使用拳頭，但是我必須誠實的說，他內心對於必須跟別人分享他所擁有的一切還是感到憤恨。他仍沒有成熟。」

「康思立小姐形容他在個性上超乎尋常的隱祕。你想，那是不是他解決問題的方法？也就是說他拒絕洩漏他價值多少？」

「是的。」她對那張傳真欠了欠身。「喔，那顯然是真的。我們對他擁有那麼多的產業一點也不知情。我知道他比他自己描述的狀況要好很多，但是沒有想到是到這種程度。督察長，我相信我們一定看起來很容易被騙，但是跟里奧生活在一起，允許他保有他的個人隱私，會讓日子過得比較平順。」

法蘭克等了一會兒。「你說珍受夠了，沃爾德太太。你是指她取消了婚禮嗎？」

這次是她丈夫回答。「不是，」他堅定的說。「她對我們全體說盡狠毒的話，為了什麼目的我們仍然不清楚。她從來沒有說過她要取消婚禮。是里奧告訴她說沒有婚禮了，才讓她終於停止叫鬧。」

「他曾經解釋過為什麼嗎？」

「他說他跟眉格・哈利斯有往來，還說要娶她。」

「珍的反應怎樣？」

「震驚，」他說。「那完全出乎她的意料，她目瞪口呆的盯著他看。」

「你同意嗎，沃爾德夫人？」

她抬頭。「是的，」她道，「我同意。她什麼也沒有說，她顯然沒有預期到那樣的結果。她非常生氣，但是我想她對眉格的憤怒超乎對於里奧的。但現在說什麼都無濟於事。我們都相當沮喪，而且，老實說，安東尼和我在他們離去之後，都感到鬆了口氣。」

「這是什麼時候發生的事？」

「五月底最後一個週末。」

區佛皺起眉頭。「可是，根據我們現有的證據，康思立小姐記得的最後一件事是，六月四號她出發到她父母家去之前，曾跟里奧說再見。為什麼在他說他計畫要娶她最好的朋友之後一個禮拜，他還住在她的房子裡呢？」

「我們不知道，」安東尼爵士說。「他們離開我們家時，對彼此都很光火，里奧後來在那天傍晚打電話來要求我們不要把消息傳出去，直到他告訴我們可以為止。但是他沒有解釋為什麼，然後我們就再沒有聽到他任何音訊，直到兩個禮拜後。六月十一日星期六，他打電話來說他和眉格要消失一陣子，直到所有風波停息。」他的眉毛縮到一塊，聚攏成一個生氣的山丘。「我承認里奧有他的缺點，但是對一個倫敦東區流氓的女兒來講，他是條大魚。依我看，她不肯讓他那麼輕易的就逃掉。她在五月那個最後一個週末沒道理的大發了一場脾氣，然後又改變主意。這就是我的看法。她把他留在她那裡，直到她去了佛定橋，然後在她離開期間，又把他輸給了眉格。我要說的是，如果她計畫不要這場婚禮，那麼她住在黑靈頓的那個禮拜，為什麼沒有告訴她父親事情始末，又為什麼沒有讓她父親把取消婚禮的通知寄出去？那顯然是最恰當的時間。你看，這說不通。」

「是的，」區佛緩緩的說。「我懂你的意思。」

15

六月二十八日星期二，薩爾司柏瑞，南丁格爾療養所——上午十一點半

當亞倫．坡司羅把珍請到辦公室，告訴她有關眉格和里奧的死訊時，她遠離著他，坐在辦公室角落裡一張寬大的皮沙發裡，淡漠的表情掛在她憔悴消瘦的臉上。他懷疑她是不是根本就沒有聽到他在說什麼，或者像她對待生活的態度，就她不願意聽聞的事件選擇逃避。然而，對她而言，那只不過是拒絕接受他語氣裡同情的慰撫及他眼中閃現的熱情而已，那些都讓她覺得很虛假。她心中想著，坡司羅醫生不是個可以信任的人。

「除了兩具屍體身分的確認外，我懷疑報紙上對其他細節的描述並不確實，」他靜靜的說。「我一路讀來只覺得里奧的父親衝著一時的悲痛，做了他將來可能會後悔的陳述。然而我怕警方會再登門拜訪，我不想讓你從他們那裡得知這則消息。」

她勉強牽動嘴角，試圖對他投以感激的微笑。「我星期天晚上知道的。但是你早就知道了，對不對？」

他點頭。

「誰告訴你的？」

「賽門・哈利斯。他昨天下午打電話來，想要警告我這則消息會在今天曝光。」

她臉上閃過一抹卸下重擔的神色。「賽門？」她研究著他的臉。「他幹嘛要費勁這麼做？」

「我想他和他的父親覺得這對你——」他敲了敲放在腿上的報紙，「並不公平。他提到他母親和安東尼爵士的投訴是一種私設法庭的行為。」

「卡洛琳本來就不喜歡我，」她愁悶的說。「不知道她為什麼老是因眉格的一些行為譴責我。她認為眉格交友不慎。我猜一定是她看到亞當，然後覺得有其父必有其女。」

「那並非不尋常。我們總是把自己孩子的失敗和缺點歸咎於別人。」他停頓。「你為什麼沒有告訴我，那次警察來訪讓你沮喪不安？」

她揉揉眼睛。「我不信任警察，」她說，「但那是一種我常會有的驚慌多疑。我也許只是無中生有，想像沒有的事。沒有道理讓你擔不必要的心，除非我證實了。」

「你昨天應該就可以告訴我。」

「昨天我在猜想我父親是不是正計畫著什麼。」

他舉起雙手表示失望。「如果你一直把所有事情全部藏在心裡，我如何能幫你的忙？」

「你是個相當傲慢的男人，」她不帶敵意的說。「你難道就沒有想過我也許並不需要你的幫助嗎？」

「當然，」他草草說，「但那並不表示我應該停止關心。你以為我其他病人不需要我的幫助嗎？他們剛開始時帶著改善的決心，但是幾個小時之後，大部分的人會想要爬出牆外，去找他們要的毒品。我看到的唯一一個最傲慢的人就是你，珍。」

「為什麼？」

「你認為你夠聰明，可以欺瞞我、警方及你的父親。」

她轉過視線迎向他。「我確實蔑視那些把自己關在象牙塔裡，對外面世界的瘋狂暴力視而不見的愚夫愚婦，」她尖銳的說。「羅素被殺。有整整十年的時間我逃避任何一個可能會變得認真的關係。然後，當我以為塵埃已經落定，開始為我自己鬆綁，投向里奧。現在他也死了，還有一個我唯一真正的朋友。所以告訴我，你能給我什麼樣的幫助？幫助我重新記起我丈夫的死、我的朋友和愛人？」她非常激動。「我喜歡這個樣子，不要記起任何事。我不要知道任何事，我不要去感覺什麼。我只是希望被允許拍些超現實的照片，把我所有壓抑的恐懼和欲望，互相牴觸成一幅幅純潔和腐敗此等異質並列的組合物。」她對著他咬牙切齒，展開一個野蠻的笑容。「這段話是直接從《泰晤士報週日版》裡對我作品的評論摘錄下來的。矯飾狂妄的垃圾，可是聽起來很棒。」

他忍耐的搖搖頭。「你很清楚那並不是垃圾。我看過你一些出版的作品，相同的主題不斷的出現。」他往前傾靠。「你似乎以一個異常僵硬赤裸的角度來看這個世界。黑白色調。天使與惡魔。每一個善良之間，存有殘忍；所有的正面，含有負相。為什麼就沒有一個灰色的中間地帶呢，珍？」

「因為所謂完美，只可能存在在一個不完美的背景裡。在完美的背景裡，它變得太尋常。」

「那麼，能最深刻吸引你的是完美無缺囉？」

她迎視他的目光好一會兒，沒有回答。

「不是，」他說，替她回答，「吸引你的其實是缺憾、不完美。你受黑色的吸引比白色還要強烈。」他緊密的研究著她的臉。「你照片裡的背景總是比主題要引人注目；除了在一些很少見的特例上，你把理念掉了個頭，把醜陋當主題，美麗為背景。」

她聳肩。「我猜你沒有說錯。黑色幽默的確比較吸引我。」

「幸災樂禍？」

「沒錯。」

「你錯了，女人。你經歷過別人帶給你的痛苦煩惱，而你嘲笑的唯一對象卻是自己。」他引述她自己說過的話回敬她。「我所受的教育只是浪費時間。《泰晤士報週日版》對我的作品寫了一篇矯飾狂妄的垃圾評論。我不會在你面前試圖掙扎起床，因為你會把我當做休閒打高爾夫球時的笑料。」他停頓。「你嘲笑過里奧嗎？如果你真的喜歡幸災樂禍，你應該要這麼做的，再沒有比一個讓你受到委屈的人得到適時報應更黑色的喜劇了。」

「我可以想到幾個，」她平板的說。「像是有一天早上你在警局牢房裡醒來，突然記起跟地獄死神打交道的就是你自己。那樣的事情真發生時，絕對會是個壯觀的場面。啊！哈！哈！

我們就全都會控制不住笑得在地上打滾。」她轉頭往窗外看去，把自己從場景中隔絕開來，象徵性將拉大他們之間的距離。

「我不認為那有發生的可能。」

「有人殺害了他們。為什麼不會是我？」

「我不是要跟你爭辯你究竟有沒有犯案，珍。我在乎的是你說也許在哪一個早上你發現自己在警局牢房裡醒來，然後砰的一聲記起就是你自己犯下的案子。那根本不可能。失憶症不會過了一個晚上就突然消失無蹤，所以不管警方有沒有根據什麼理由要逮捕你，在那之前你早就會知道了。」他注意著她。「他們有嗎？」

她繼續偏頭瞪向窗外好幾秒鐘，終於，一聲歎息，她轉過來看著他。「我不停的看到眉格跪著乞求，」她說，「昨天晚上我記起到她公寓去，感覺非常憤怒，因為里奧在那裡。我還做了噩夢，夢到溺水以及被活埋。然後我驚醒過來，因為我覺得不能呼吸。我可以記得有某種強烈的情緒。」她陷入沉默。

「什麼樣的情緒？」

「恐懼，」她說。「那感覺突然襲擊我，我開始顫抖。我記得恐懼。」

這些坦白來得快速突然，他完全沒有準備，巨大的悲哀籠罩著他，因為她看來似乎記起了排山倒海的罪惡感。「告訴我有關眉格的事，」他最後提議。

「她在祈求，伸出雙手。求求你，求求你，求求你。」她盡力把眼淚收回，睫毛上仍然閃爍著淚光。

「她是在向你乞求嗎？」

「我不知道。我只是一直不停的看到她跪著。」

「你在哪裡呢？」

「我不知道。」

「有別人跟你在一起嗎？」

「我不知道。」

「好吧，告訴我你記得去眉格的公寓，看到里奧在那裡。」

「我只是有個印象，是里奧來開的門，而我知道那是眉格的公寓，因為里奧手裡抱著麻瑪公爵。麻瑪公爵是一隻貓，」她解釋。「有趣的是我還聽到他發出呼嚕呼嚕聲，但是其他影像就全部靜止不動，像張照片。」

「但是你記得你對里奧很生氣。」

「我想要揮拳打他。」她嘴唇緊緊抿住。「記憶中的感覺就是這個樣子，印象深刻的不是那幅景象，而是我不可思議的暴怒。那份感覺突然在我心中升起，里奧讓我很生氣，然後我就看到他出現在眉格公寓的門口。」

「你知道那是什麼時候嗎？」

她很努力的想著。「應該是發生在六月四日以後，因為我記得的最後一件事是——跟里奧說再見。他陪我走到門口說：要好好的，珍，要快樂些……」她跌入另一個沉默，深思著。

「你那時說了什麼呢？」

「我不知道。我只記得他說的話。」

他拿出記事簿和一隻筆。「把前一天的細節告訴我。那是個怎麼樣的一天？」

她充滿信心的說。「我在工作。我們為一個新的青少年樂團拍宣傳照。要拍出有創意的照片很困難，因為他們完全沒有合作的意願，還非常自戀。四個輪廓鮮明的年輕男子，牙齒發出閃閃白光，胸部平滑無毛。他們以為自己很漂亮，我們只要隨便拍幾張，整個地區未值青春期的少女就會蜂擁而至。」她突然笑了起來。「所以我要迪恩嘲弄他們一下，三個小時之後，我們拍出了一些絕妙的鏡頭，四個怒髮衝冠的年輕男子對著鏡頭怒目而視。」

亞倫咯咯輕笑回應。「迪恩對他們說了什麼？」

「他只是不斷的喊他們『他可愛的小處男們』。他們很快的就發了火，特別是我們讓他們無所事事虛晃了兩個小時，假裝對著燈光和鏡頭瞎搞。到最後他們真的恨死了我們，但是我們卻換得幾張很不錯的照片。」

「那之後你立刻就把那些照片沖洗出來？」

「沒有。那天下午我們還有些場景要搭，而時間不多，所以我們隨便吃吃三明治就離開。」

她突然間困惑的停頓。「然後我就直接回家。」她盯著他。「我是什麼時候看到那些照片的呢？」

「嗯，讓我們先把這點放到一邊。你回家時里奧在嗎？」

「不在，」她緩緩的說，「但是他本來就不應該在那裡。」她的眼睛因著突來的喜悅放散光采。「我記得我檢查過每一個房間確定他真的已經離開，然後我感到完全的平靜，因為整個房子又變成我一個人的了。」她把臉埋在雙掌間。「我記得。他不在那裡了，而我很高興。」

坡司羅疑惑著她為什麼以前沒有注意到她自己這麼明顯的前後矛盾。或者，前後矛盾也許正是這個遊戲的一部分。「那麼，你怎麼慶祝？」

她的眼睛隱約閃動愉悅。「我喝了兩罐啤酒，吃罐頭裡的豆子，半小時內抽了十根菸，看電視上的肥皂劇，十點半在床上吃煎蛋和燻肉。」

他頭抬起來，微笑著。「非常詳細。」

「我是在宣告。」

「因為那些都是里奧不贊同的？」

「只占里奧不贊同的事情裡很小一部分。他認為一個好女人應該以他母親為榜樣，而他母親不斷的姑息她那沙豬主義的丈夫以換得安逸舒適的生活。」

他饒富興味的揚了道眉毛，沒有就那話題繼續。「那麼你看些什麼節目？」

「全是肥皂劇。一個接著一個。《倫敦東區人札記》、《法網》、《利物浦—布魯克區》。」

她微笑。「然後我自己沒有辦法再忍受繼續看下去，所以我轉台看新聞。當你完全跟不上肥皂劇的故事內容時，你很快就會感到無聊。」

「你怎麼不看《曼徹斯特─加冕街》呢？」

「那天沒有播。」

「你確定嗎？」

「百分之百，」她說。「我看遍了《電視節目週刊》，特別把肥皂劇標出來。如果有播，我一定會看。」

他深思的撫弄著鬍子。「我得承認，我自己不是這方面的專家，但是我肯定《曼徹斯特─加冕街》星期五有播，而你說你記得這是六月三日，星期五的事。」他小心翼翼的從椅子上坐起，肩膀僵硬得移近辦公桌。「希爾達，」他對著對講機說話，「你能不能幫我找一本《電視節目週刊》，找到拿進來給我？我需要知道一個星期有哪幾天晚上沒有播《曼徹斯特─加冕街》，但是有《倫敦東區人札記》、《法網》和《利物浦─布魯克區》。」

她吃吃笑聲從線的那端沙沙傳來。「我一直以為你比較喜歡看那些益智類的節目呢。」

「很好笑。但這很重要，希爾達。」

「好吧，抱歉，我不用《電視節目週刊》就可以告訴你，《曼徹斯特─加冕街》是每星期一、星期三和星期五播出。《倫敦東區人札記》是星期一、星期二和星期四。《法網》是星期二、星期四和星期五，而《利物浦─布魯克區》是星期二、星期三和星期五。所以如果你不想看《曼徹斯特─加冕街》，但是要看其他三部的話，那就只能是星期二。」

「老天爺！」亞倫相當驚訝的喊。「你全部都看嗎？」

「大半時候，」她愉快的同意。「還有什麼我幫得上忙的嗎？」

「沒有，這就夠了，謝謝你。」他坐回椅子。「你聽到了嗎？」他問珍。「你記得的顯然是一個星期二，而不是星期五，而且如果里奧已經收拾了他的東西離開，不太可能會立刻回去吃早餐。」

她沮喪的盯著她的雙手看。

「我懷疑你說你很清楚記得那個星期六，是不是只是你這麼認為而已。你記得跟里奧說再見，你還特別記得是星期幾，幾號，但是你知道為什麼嗎？是什麼原因讓你把四日星期六深植在你腦海裡？」

「那很早就排定在我的行事曆裡了，」她說。「在黑靈頓待一個星期，從六月四日開始。」

「而你確實是在跟里奧說再見後，才出發前往黑靈頓？」

「是的。」

「你帶了多少行李回去？」

她困惑的看著他。

「你有帶任何行李嗎？」他問。

「我知道我要去看我父親，」她緩緩的說。

他等著。「然後呢？」他終於出聲問。

「我的袋子掛在座椅後面。」她眼神通向過去。「一個有著長皮帶的皮革小包包。我把它甩過肩膀，然後說，我要走了。」她皺起眉頭。「我想我應該是在前一天晚上就把行李放到車子裡頭。」

「那是你的習慣嗎？」

「那是唯一可以說得通的解釋。」

「我懷疑。」他從他夾克口袋裡拿出一本行事曆。「讓我們往前推算，」他建議，「從你知道確實的那天開始。告訴我你第一次見到里奧的情景。」

□

威爾夏郡小頓瑪麗，教區牧師居所──中午十二點十五分

賽門．哈利斯應門，不太高興的看著法蘭克．區佛。「我們──我是說，我父親和我──」他的話被右邊窗戶突然爆發的尖叫聲打斷。「很抱歉我母親不太舒服。她無法接受發生的事實。我們要她去看醫生，但是她不讓他接近。糟糕的是，她做了非常無理的指控，而我們擔心──嗯，老實說，她正在指控爸做了一些很駭人的事情，而我們──那是說，我──」他沉默下來，因為哈利斯太太的聲音變成高聲叫喊，她的話很清楚的從打開的窗戶傳出來。

「你竟敢否認？你以為我不知道你對她有什麼慾望嗎？你以為她不會告訴我你到底對她做了什麼嗎？她無時無刻不在想著逃離這個家，巴不得立刻離你遠遠的。你讓她變成那個樣子，

而你現在竟然斗膽罵她軟弱。你真是讓我噁心。你一直就讓我打心底起反感。」查爾斯・哈利斯低聲說了什麼，但是讓人聽不清楚。

「我當然會告訴警方。你從來就沒有保護過她，現在我為什麼要護衛你？你這個噁心的男人。」她的聲調再次高升到尖叫。「戀童癖！」然後是門重重關上的聲音，接著一切沉寂下來。

法蘭克看著賽門驚懼恐慌的臉。「先生，那些不會被法院承認的。我無法百分之百的發誓我聽到的是你母親的聲音，而不是收音機播放的節目，所以請不要擔沒有必要的心。正如你說的，她神經繃得太緊，因而失去控制。當人生氣的時候，總會說些我們並不真的這麼認為的話。」

「但是你聽到了。」

「是的。」

「那絕對不是真的。我父親這一生中從來就沒有虐待任何人，更別說是眉格。有問題的是我母親。」苦惱布滿他已經形同枯槁的臉。「這實在很可怕。我一直問我自己，為什麼？我們究竟做錯了什麼，要遭到這樣的報應？」

法蘭克逃掉了得硬擠出什麼安慰話的場面，因為賽門身後的門這時被打了開來，他父親伸出一隻手環繞這年輕人的肩膀，把他拉到屋子裡去。「請進，督察長。你恰好在我們最混亂的時候來訪，我很抱歉。哀慟通常是最自私的情緒。」

□

薩爾司柏瑞，南丁格爾療養所——中午十二點半

亞倫鼓勵的對著珍微笑，因為她的敘述過程中出現了第一次的口吃。「你做得很好。我們稍後可以向迪恩確認，現在你已經順暢的把我帶到了星期五，五月二十七日。」他查了查他的行事曆。「接下來的星期一，五月三十日，假日。這樣的提示對你有沒有什麼用處？你不太可能去工作，所以你也許利用這個長週末去了什麼地方。」

「星期五是《柯夢波丹》雜誌時裝照的最後一天，」她慢慢的回想。「迪恩有熱門音樂會的入場券，他必須在五點鐘到地鐵站跟他愛人會合，所以他留我一個人獨自沖洗照片。我要先把它完成，因為……」她停頓下來，在先前敘述的相同地方停頓下來。「我知道這很急迫，」她說，「但是我不記得是為了什麼。」

「下一個星期只剩四個工作天，因為星期一放假，」他指出，「再接下去的那個星期，你就要回黑靈頓去了。也許你了解你沒有多少時間。」

她眼光對著室內茫然看去。「邁爾斯和佛格斯來了，」她突然說。「安姬莉卡離開之後，他們不斷的敲工作室的大門，直到我開門讓他們進來。他們的計程車司機跟在後面，索討車資。他們兩個人都喝醉了，還說他們把所有的現金都輸在賭博上，回不了家，需要個過夜的地

方。我說他們為什麼不到我里其蒙的家，在那裡等我，他們說他們去過了，但是里奧拒絕付計程車費，所以叫他們到工作室來，要我付。我照付了。」她拿出一根菸，點燃，看著菸蒂尾端旋轉騰空的藍色煙霧，隔一兩秒鐘後才又繼續。

「我現在記起來了，」她用一種奇怪的聲調說。「我幫他們弄了些咖啡，要他們在會客室等我把該處理的事做完，但是邁爾斯醉得太厲害，他硬是闖入暗房，還把光線一起帶進去。」

「發生了什麼事？」

「害得我著手沖洗的底片全部報銷，所以我照我父親的做法，把他打了個半死。」她空洞的笑著。「我追著他跑到工作室，然後掄起一張塑膠椅打他。我當時很生氣。接著佛格斯東倒西歪的跑來看發生了什麼事，所以我連他也一起打。但是我真正想要出氣的對象是里奧。那是導致後來所有事情的最後一記導火線，他明明知道我工作忙得要死，還叫他們到我這裡來。」

「他為什麼會知道呢？」

「因為當晚迪恩離開後，我打了個電話告訴他。我們準備那個週末到他父母家，他原本希望星期五晚上就離開前往。所以我打電話建議他自己先去，我星期六再跟他會合，但是他說他自己也有事要處理，所以沒有關係。」

「他是在那通電話之後，叫邁爾斯和佛格斯到你這裡來？」

她點頭。

「接著發生了什麼事？」

「我下定決心取消婚禮。他連計程車費都不肯付的事實，證明了金錢高出一切。」她的嘴唇氣惱抿成一條線。「他從我這裡騙取錢財這麼這麼久了，卻連個區區計程車費都不付，我想我一定是瘋了。我到底在想什麼，竟然要把自己跟這個除了自己誰都不關心的自私豬玀綁在一起？」她看著亞倫。「所以我那天傍晚把東西收拾妥當，帶著兩個男孩，開車回家，要跟他當面把話說清處。但是他不在那裡。」她聳聳肩。「然後我叫了披薩讓男孩們吃了些，接著趕他們上床。」

一陣短暫的靜默。

「邁爾斯和佛格斯沒有因為你打他們而生氣嗎？」

「我想他們嚇壞了。」她回想。「好笑的是，前些天佛格斯讓我大大光了火，而我以為那是我生平第一次對他發脾氣，但是跟那晚的憤怒比較起來，那根本不算什麼。記得當時我用盡力氣對著他們尖叫怒罵，以至於隔天早上喉嚨沙啞。」她微微笑著。「我沒有太用力的打他們。是因為我竟然出手對他們蠻幹的樣子，把他們嚇壞了。邁爾斯嚎啕大哭，說我就跟亞當一個樣，而我想：我終於了解亞當為什麼要那樣做。」

「為了什麼呢，珍？」

她看著他。「因為你那樣見鬼的疲累，那樣見鬼的辛勤工作，竟讓自己被條一無是處的寄生蟲綁得死死的，幾乎快透不過氣來，然後兩個愚昧的醉鬼跑來，自以為好玩的把你努力想要完成的工作全部搗毀。那個晚上，我真可以把他們全部都殺光，他們每一個。我一晚上沒有闔眼，因為我太生氣了，整晚想著下個禮拜我該怎麼辦。我必須加倍努力看看有沒有辦法彌補耽誤的工作，還擔心被曝光的那捲底片會不會是唯一可以用的膠卷，我該如何跟《柯夢波丹》雜誌交代，說我們必須從頭來過。」

「里奧那個晚上有回來嗎？」

「即使他有回來，我也沒有聽到。我把前後門都從裡面閂住，他進不來。」她下意識的刷了刷她的衣袖，像是把隱形的絨毛拂開。「他星期六中餐時候回來。」

「邁爾斯和佛格斯還在嗎？」

她點點頭。「當他從後門進來時，我們全都在廚房裡。他們沒有辦法離開，除非我借錢給他們付地鐵票，他們才能回到邁爾斯停保時捷的地方，是在一個賭場外的哪裡。但是我拒絕再把錢對著無底洞浪擲。我說他們可以走路過去，我一點也不關心，也不會打電話告訴亞當他們幹什麼去了。他已經警告過他們，如果他們再流連賭場，他會把他們從他遺囑裡剔除。」她閉上眼睛，像是撫摩疼痛般的用指尖碰了碰眼瞼。「所以里奧提議載他們一程，於是他們全部都離開了。」

另一陣靜寂。

「你接著做什麼了呢？」亞倫問。

「我不知道，」她說。「我記不得他們離開後發生了什麼事。我想我可能睡覺去了。」

她放下手，傷心絕望的看著他。

□

威爾夏郡小頓瑪麗，教區牧師居所——中午十二點半

他們全坐在起居室裡，每個人都很不自在。卡洛琳蜷縮在沙發椅上，臉上所有線條全都哭訴著她的悲淒。查爾斯則盡可能的遠離她坐著，賽門傷心的盤據在一張高凳上。過度傷神而極度疲倦的法蘭克被邀請坐在一張皮製單人沙發上，太過柔軟的椅背讓他的背脊不舒服。

「我們已經找到了里奧在喬爾西的房子，」他解釋，「而且，根據我離開警局前接到的報告，那裡留了一些盒子和皮箱，屬於你們女兒的。初步的搜查找到了一本相簿，收錄眉格和里奧在一九八三年七月的即興照片。」他對著哈利斯太太發問。「你知道他們已經認識至少十一年了嗎？」

她的嘴唇緊緊抿成一條細縫。「不知道，」她說。

「她是個事事保密、深藏不露的人嗎，哈利斯太太？」

女人惡狠狠的瞥了她丈夫一眼。「對我不會。她告訴我所有的事。她保密的對象是她父親。」

「那不是真的，」賽門說。

法蘭克看了看他。「你是說她的確是個凡事保密的人？」

「沒錯。她不想讓任何人知道她的私生活，尤其是媽和爸。事實上，特別是對媽。她知道媽有多麼厭惡婚前性行為，所以她從來沒有告訴過她說她跟多少男人睡過，直到最近，她之所以揭發出來，是因為她很氣。」他閉上眼睛，避免看到他母親臉上的痛楚。「她享受性生活，認為那是對待生命、愛情和美麗的一種健康態度，而且無法忍受用骯髒污穢來形容它。」

「你也想要她，賽門，」卡洛琳低聲耳語，「就像你父親。從不考慮她是你姊姊。你以為我沒有注意到？我知道你是怎麼看她的。」

賽門的臉湧上暗紅血色。「讓她不舒服的人是你，」他安靜的說，「不是爸。她所做的一切全都跟你所做的相反。她讓自己受良好的教育，拒絕信仰上帝，她享受性，她維持單身，她投身到倫敦繁華的生活，因為她受不了這個村落所謂正直清廉，其實枯燥貧瘠的生活。她三十四年的生命，比你整個生命所經驗到的還要多。」眼淚濡溼他的雙眼。「她沒有扼殺生命，相反的，她讚揚每一分鐘，就像那是她僅有的時間。我向上帝祈禱，每個人都能那麼做。」

接續著是糟透了的沉默。

法蘭克清了清喉嚨。「那些照片中有一張，底下寫著晦澀難懂的字句。是這麼寫的——」他看著筆記簿，「『幸福的ＡＡ』。他們告訴我照片內容是里奧坐在一張長椅，而眉格倚在他大腿上。」他抬頭。「你們知道ＡＡ是什麼意思嗎？看起來並不像是汽車協會（譯註：Automobile Association 英國汽車事故保險協會）的縮寫，也不是匿名酗酒聚會（Alcoholics Anonymous）的縮寫。」

賽門向他母親看去，但是她退縮到自己的內心世界裡去了，讓沙發溫和的圍繞著她。「墮胎之後（After Abortion），」他安靜的說。「已婚夫婦總是談論著他們在孩子出世前的生活。眉格總是以雙A來區隔她墮胎前後的階段。她說她以前從來就不了解有孩子的生活有多糟，她感謝上帝讓她及早發現，她來到這個世界並不是為了來當母親。」

「里奧是那個父親嗎？」

「我不知道。她從來沒有告訴過我是誰，而我也沒有問過。」

「你比你父母要早知道她和里奧的事嗎？」

「只是不知道名字。我曉得她有個維持了很長一段時間的情人，在她許多段戀愛的空窗期出現又離開。她非常喜歡他，稱呼他是她的老備檔。我假設如果她和里奧已經認識了有十一年之久，那麼就應該是他。」

「她曾提過為什麼沒有嫁給他嗎？」

賽門聳聳肩。「她有一次說他一直在破產邊緣遊走，但我認為真相是，她並不想結婚。她確定不想要有孩子。」他向他父親看去。「她一直認為我比她更適合待在這個家庭，而且總是害怕會把一個孩子硬安置在不屬於他們的世界裡。她說那樣太不公平。」

「不可能是里奧，」他父親說。「她應該不會用『一直在破產邊緣遊走』來描述一個在喬爾西（譯註：倫敦最貴的地段之一）擁有房子的人。」

法蘭克．區佛把筆記簿放回他袋子裡。「事實上，先生，他在這個國家和海外都有一些房產，但是沒有人知道，他的父母也被蒙在鼓裡。他習慣對外宣稱窮困，然而根據他的律師所稱，他擁有一筆相當可觀的財富。康思立小姐稱他為寄生蟲，對錢財方面過度敏感。他母親說他是個失常的年輕人，對與人分享有著病態的厭惡。就各種方面來說，他的個性都不是屬於直截了當型，所以他很可能一直誤導你女兒說他沒有錢。」

「這多悲慘。」查爾斯·哈利斯看來相當心痛。「我們傾向於相信這種人已經不存在了，尤其是年輕人。我想我們也許要譴責狄更斯，因為他創造了一個極端的人物，讓大眾於是乎被人輕易忽略遺忘。」他看到督察長困惑的表情。「像斯克路奇（**譯註：狄更斯《小氣財神》裡一個貪婪小氣的人物**），」他解釋。「只知斂聚財富，自己卻一點也不肯花用的吝嗇鬼。你可以時不時在報紙上看到那種人，比如一些老人們在骯髒窮困的環境裡死去，身後卻留下一筆可觀財富。」他把手放在腿上交疊著。「像我說的，這不是個年輕人該有的心態，但是，也許守財奴從年輕時候開始，一直到老都是守財奴。可悲的里奧，是怎麼樣個淒涼心境啊。」

他的妻子開始尖叫。那是一種刺人耳膜的恐怖聲調，讓人的憐憫倏忽凍結起來，只剩裸露的神經飽受折磨。

□

薩爾司柏瑞，南丁格爾療養所——中午十二點四十五分

「我們來試試不同的方法，」亞倫建議。「你說你和里奧計畫那個週末待在他父母家。你還有任何記憶嗎？或者當你決定你不要嫁給他之後，計畫就被擱置一旁了？」

珍的反應十分直接。「沒有，」她說，「我們還是去了。我跟他們吵了一架。那個週末我好像跟所有的人都有爭執。」

「那並不奇怪。你承受著太大的壓力。婚禮再過幾個星期就要舉行了，而你遲疑著要不要如期舉行婚禮。」

「但是如果我已經知道我不想嫁給他，我為什麼還要跟他回去呢？」那是個疑問，但是她不認為坡司羅找得到答案。

他想起她接受馬修．孔爾的午餐邀約那次。「假設他們正等著你，所以也許你認為前往一趟會比較有禮貌。」

「是的，」她驚訝的說。「我認為如果我不去，會對妃麗芭很不好意思。」

「告訴我爭執的經過。」

「我記得非常清楚，」她說。「星期一午餐過後，里奧跟他父親要錢，而安東尼說他才被迫付一些他所進行的建築工程費用，所以現金短缺，我這時忍不住大發雷霆。」她搖搖頭。「那個工程已經完成了有六個月之久，他很生氣的是，因為建築工人請一位律師出面。」她做了個可憐的鬼臉。「過去二十四小時，我一直強忍著脾氣，那個時候我爆發了。我對他叫囂我記得的所有難聽的字眼，然後轉向里奧，把那股洪流對著他傾倒。可憐的妃麗芭是多麼尷尬，我真的對她非常抱歉，因為她一直對我那麼好，那麼慈祥。」她歎了口氣。「我真希望一開始時，我就很理智的沒有去。我表現得很不莊重，不停的對整個地方吐口水，因為我來不及說出那些髒話。」

「也就是那時候，你告訴里奧沒有婚禮了？」

一副氣惱的神色閃過她的臉。「我沒有機會。我只是發出了一大串糟糕至極的噪音，尖叫狂吼，用骯髒污穢的字眼罵他們。說實在，我當時並不知道我說了什麼或做了什麼，只知道我盡全力把所有毒素排出身體。是里奧說要取消婚禮的。」她微弱的笑著。「他說他一直跟眉格有往來，而且計畫改娶她。」她看著他。「我的確告訴過你，我不會因為里奧和眉格而想要結束我自己的生命的。你現在相信了嗎？我可以記得當他那樣說的時候，我鬆了一大口氣的感覺。感謝上帝，我當時想著，我解脫了。」

「但是那一定讓你很震驚。」

「我猜是的。我從來就沒有想到她會再那樣做，尤其是羅素的事情發生之後。」

他不懂了。「又做了什麼？」

她茫然的看著他。「歷史再次重演，」她不耐煩的說，好像是他應該要知道的。「羅素被殺時，和眉格之間有婚外情。」

情侶被殺疑雲重重

漢普夏警方今天下午披露，被謀殺的情侶，三十五歲的里奧．沃爾德及三十四歲的眉格．哈利斯之間的戀情長達十一年之久，雙方家庭全不知情。「這個階段我們對他們為什麼要保密還不得而知，」指揮調查的區佛督察長說，「但是我們希望，透過照片的刊登，可以讓過去知道他們曾是情侶的人們跟我們聯絡。」

疑雲還包括里奧．沃爾德的房地產，經估價總值超過一百萬英鎊。「他一直告訴他的朋友和親人說他面臨經濟上的困難，」區佛督察長說，「但是當他所值被披露出來後，每個人都非常驚訝。」安東尼．沃爾德爵士，里奧的父親，昨天曾公開譴責漢普夏警方漠視這件案子，如今拒絕對他兒子的經濟狀況發表任何評論。「我妻子和我此刻太過傷心，不願意發表任何談話。」他說。因為沒有留下任何遺囑，直系血親安東尼爵士及沃爾德夫人將理所當然繼承他們兒子的財產。據稱安東尼爵士自己擁有相當龐大的產業。

區佛督察長承認漢普夏警方對於漠視案情的指控很不高興。「我們盡全力的找出殺害里奧與眉格的凶手，」他告訴記者，「但是這類型的案件並不容易調查。這對情侶彼此認識的時間顯然對案情提供了另一個線索，我們要追蹤他們何以覺得保持祕密交往的重要原因。」

他能體諒雙方家庭所承受的壓力，並且對漢普夏警方曾表現出來的輕忽印象感到抱歉。「我們傾向於假設，」他承認，「被害人家庭應該知道我們與他們站在同一陣線共同努力進行調查。然而現在證明這顯然不是普遍的認知，我們會確定將來不會再犯這種溝通上的錯誤。」

六月二十八日《南方晚報》

16

六月二十八日星期二，薩爾司柏瑞，南丁格爾療養所——中午十二點五十分

亞倫·坡司羅疲倦的舉起一隻手抹了抹臉，勉力把自己從椅子上拉拔起來，朝著窗戶不安的踱著步。他能對自己說他相信珍告訴他的一切嗎？尤其當她宣稱記起什麼事情的時刻，總是那麼湊巧，像是她蓄意挑選某個時段記起什麼似的。存活下來的人，無人可以指出她說詞的矛盾之處。到現在，已經有三個人死掉了，每一個都跟這名女子有過相當密切的關係。邏輯上，她至少應該知道有關他們死亡的內幕，同時她父親也應該知道什麼，否則他為什麼要把她放到這裡來，對她的休養方式有如此精確的指示呢？看來，亞當跟她有相同的焦慮，希望她的記憶能夠繼續蟄伏。

「我不確定我相信你說的，」他背對著她說。「兩天前，你對我說羅素是一個占有欲強、忌妒心又重的人。你還說你的婚姻幾乎令人窒息。現在你告訴我他跟你最好的朋友有過婚外情。聽起來實在無法讓人信服，對不對？」

「羅素一向有雙重標準，」珍理所當然的說。「如果他有能力詐騙海關，你又怎麼知道他不會有相同的能力去欺瞞他的妻子呢？」

「那不能算是答案，知道嗎?!對一個女人過度迷戀的人通常不可能對其他女人另起逢場作戲的興趣，這兩者毫無疑問是互相排斥的，不是嗎？」

「那要看你說的是種怎麼樣的迷戀。羅素對自己的迷戀程度遠超過對我的。我頂多扮演一個比獎牌好不了多少的東西，讓他可以拿去在他中年朋友圈裡炫耀，說這個娃娃新娘是如何愛他，以至於她放棄財富和名聲嫁給他。眉格是另一種獎牌，證明他即使四十多歲仍保性感魅力，對異性充滿吸引力。不過，我們在他眼中的價值不過就像他蒐集的那些畫作一樣。他喜歡擁有東西。」

他轉過身來。「我的問題在於，我只能聽你一面之言。對羅素來說悲哀的是，死者無法為自己辯護。」

「有什麼理由你不應該聽我一面之言呢？」她不帶敵意的說著，但是一股怒意已經閃現在她雙眸裡。「你突然間變成一個警察，十分鐘前你還聲稱想要幫我。」她欠欠身準備起來。「對你來說這一切只是個專業訓練，而我卻餓了。我要吃午餐去了。」

他不想被激怒。「別孩子氣，」他冷酷的說。「坦承自己的疑惑和想幫助你，這兩件事並不互相排斥，珍。按理說，它們彼此間還能相輔相成。贏得一個多疑的人的信服，你就為自己多贏得了一個盟友。如果你面對警方時，能在這點上稍微改變你原先的既定態度，也許你就可以從多疑惶恐的焦慮中脫殼而出，給予警方積極的幫助，找到殺害眉格和里奧的凶手。或者，你對那點就像你對提供羅素凶手的名字一樣不情不願？」

她厭惡的看著他。「我會打電話給克藍西上校，要他把羅素的日記和信寄來給你。那些放在我家的書櫥裡。為了證明我先前所說的話，日記裡對我們結婚那天的記載開頭是這樣寫的：『感覺很棒，看上去也很體面。黑色天鵝絨西裝配白色絲緞襯衫。隨後的演說充滿著睿智和歡欣。多可惜只有寥寥幾個客人參與聆聽。』我對那番話的解釋是他太過於自戀。但是當時，我得承認，自己是個高傲專橫的女人，我氣的是他竟然根本沒有提到他的新娘。」

「我很訝異你之前卻沒有提及那段外遇。那有點怪，你不覺得嗎，眉格竟然跟羅素和里奧都發生過關係。她難道有搶你男友的習慣嗎？」

「如果你硬是要用那種狹義的字眼的話，那麼是我從她那裡把他們搶過來的。她跟羅素以前已經有了六個月的關係，然後因為對他煩了，就把他介紹給我。她對里奧做了同樣的事，對我說他是她工作認識的人，還說他和我會像乾柴烈火般熱戀起來。直到後來我才了解所謂工作上認識的人，指的是曖昧關係。」

「你難道不會對接收被她丟棄的人感到沮喪嗎？」

「每一個人都是被別人丟棄的。某種程度上來說，知道在你之前的人是誰會讓你比較輕鬆，因為這樣子你會知道你不是跟一個女超人競爭。」

他回到他座位上。「你沒有回答我的問題。你沮喪嗎？」

「事後回想時會。眉格比我有魅力，對別人的感受完全無動於衷，尤其是男人。她能夠隨便挑選一個人，然後兩三個月之後為另一個人拋棄這個人，過程中不存有一絲一毫的罪惡，也不受到任何良心的譴責。我卻太過笨拙生澀，所以我總是在適合的時機接收一些渾球，被那些渾球絆住。」

「但是稍後，她想要的時候，又會回頭挑逗他們。」他搖著頭，毫不掩飾的表示他的不解。「如果這是真的，珍，我不懂你為什麼說她是你唯一的朋友。」

「我看來沒有把事情講清楚，」她說，對他的不予置信有著意外的樂觀。「你會喜歡眉格的。」她整頓她的思緒。「你瞧，當我說我被他們絆住時，並不表示我認為她應該要對後來發生的事情負責。她不停告訴我不要跟羅素結婚，說我在二十一歲就把自己綁死太過愚蠢，但那時已經太遲了。在亞當對他做了那些事後，我無法丟下他逕自離開，那不是眉格的錯。」

亞倫懷疑他會喜歡像眉格．哈利斯那樣的女人。如果珍所說的所有事情中有一件是真的話，那就是她承認她沒有能力對她個人生活做出理智的決定，特別是在選擇朋友上。她似乎對他們個性上的缺失完全盲目，而他也懷疑，她是不是了解，越是那種以自我為中心的人格特質，就越深深吸引她，而成為她朋友？這是不是因為她無法區分自我中心和自信的不同？她對她那個作威作福的父親懷有那麼多複雜的感情，無怪乎她會覺得讀取人們的想法根本就是件不可能的事。「我猜眉格在羅素結婚之後還跟他藕斷絲連，也不是她的錯嘍？」

她盯著他看了好一會兒。「不全是，不。羅素應該也做了什麼。」她聳聳肩。「不管怎樣，他們非常小心。我一直到他死後才發現這件事，而那時，發生的事情已經發生，無法更改，也犯不上去煩惱了。」

「誰告訴你的？」

「沒有人。她寫了幾封信給他，他把它們藏在一堆舊考試卷裡，存放在里其蒙的閣樓。內容非常親暱，」她說，回憶著。「令人傷心的是，我認為她真的愛他，但是她無法忍受跟別人廝守一輩子。她害怕有一天她會跟她母親一樣住到窮鄉僻壤，最後變成一個只能履行妻子義務的玩偶。」

「你跟她談過羅素嗎？」

「沒有。」

「為什麼不呢？」

「我看不出那樣做會有什麼好處。」

「警方知道這件事嗎？」

「如果他們知道，也從來沒有跟我提起過。」

「你為什麼不自己主動提起呢？」

「因為我在事發一年後才找到那些信件，那時候，整個案子已經結案了。」她揪住下唇。「我不認為你了解因謀殺案被警方偵訊的感覺。那是個教人很不舒服的經驗。我得掌握比一兩封褪色的情書還要確實的證據，才肯讓我們全部的人再經歷一次那種恐怖的輾壓。」

他往前傾身。「所以在往後九年，你裝著什麼也沒有發生，然後你知道了她和里奧的事，而你擔心歷史會再重演。」

她什麼也沒有說。也許她了解那種話聽起來多麼膚淺，而她自己的行為在這種情況底下看來十分怪異，讓人無法理解。

「所以你做了什麼，珍？」

「我認為不要讓任何人知道比較好，所以當我們回到倫敦，我要里奧打電話告訴他的父母，確定他們不會向任何人透露，直到他通知他們可以。我說我得先跟我父親談談。」她下巴埋進雙掌裡，可憐兮兮的瞪著地毯。「但是我不記得我到底跟亞當說了沒有，所以我無法肯定我是否——」她突然噤聲。

「你無法肯定你是否給了他一個殺掉他們的藉口。」

□

威爾夏郡薩爾司柏瑞，蘭新路五十三號——下午一點十五分

布萊兒女警一隻腳跨進芙妻西・海爾的大門，拒絕移開。「除非你跟我談，不然我是不會離開的，」她堅定的說，「所以你還是讓我進去吧。」

一兩秒鐘後，壓在她腳上的力道減輕了，門也被拉開了。芙妻西無精打采的對她打招呼，

臉上逐漸痊癒的瘀青堆疊著七彩般的色調。她上滿石膏的手臂緊緊抓過穿在身上的老舊浴袍，蓋住她寬大的胸部，看起來比她實際年齡四十六還要老上二十年。「你要什麼？」

「只是來聊聊。你現在覺得怎樣？」

「不好不壞。」她苦澀的笑了笑。「坐著的時候還是有些痛，但我活得下去。」她領頭向一個窄小的客廳走，裡頭擺滿過大的家具。「坐下吧，」她粗魯的說，把一隻圓胖的手臂放在電視上，斜靠著它站著。「我現在應該要躺在我的床上，但是我目前可不太喜歡那個主意。我試過跟醫院爭要讓我在那裡住久一點，但是他們為了一個有痔瘡的老男孩把我趕走。」她愁悶的瞅著眼前年輕的女警員。「我猜這些日子大家的生活都不太好。」

布萊兒點點頭。「看來正是如此。我只聽到倒楣的故事。」

「如果我沒有繳稅的話，是不會在意這麼多的。但你若是有把錢繳出去，你就應該有權利要求什麼。」

私底下，布萊兒警員認為芙妻西這一生不可能申報過綜合所得稅，但是她這時候只會意的點點頭。「我同意，那就是我為什麼出現在這裡的原因。在一個文明社會裡，你應該有權利要求生活安全和免於恐懼的自由，然而我們一天不找到那個攻擊你的男子，我恐怕你一天都無法享有那種自由。」她沒有理會芙妻西臉上表露出來的頑固，逕自從手提袋裡拿出一本記事簿。

「你不是唯一被他毆打的妓女。三個月前有另一個人，他對她做了同樣兇殘的攻擊。她說他給了她四十英鎊。他也給你這個數目嗎？」

「或許，」芙婁西勉強說。

「她也說她認為他想要的是一個年輕有魅力的女人，卻沒有想到他遇到的是年紀大到可以當他母親的。那也是你的經驗嗎？」

她聳聳肩。「或許，」她又說。

「她在電話亭以及雜貨店玻璃上張貼廣告。我想那也是你招徠顧客的方法，對不對？」

「或許。」

「過去兩天我走訪了一些地方，詢問用同樣方式張貼廣告的女郎，然而似乎沒有人像你和另一個女人受到如此嚴重的傷害，其中有三個人提供了我一個描述：一個談吐優雅，長得很體面的年輕人，在達到高潮時變得很暴力。」她查了查記事簿。「有人描述說他拉扯她的頭髮，幾乎要硬生生拔出來。另一個說他用她的梳子猛烈擊打她的臉，第三個說他把她的假髮扯下來之後，變得非常生氣，硬是把假髮往她嘴裡塞。她說他後來道了歉，然後多付了她十英鎊補償她的損失。」她抬頭。「三名女子都只二十多歲，但是她們都同意頭髮和梳子對他有其意義。這個聽起來有沒有很熟悉，芙婁西？」

她歎口氣。「聽起來你在加班工作，甜心。繼續吧，描述是怎麼說的？」

布萊兒唸出來。「高度約五呎十一吋。瘦長，體格強壯有力，胸部中間有體毛。面貌英俊但有些稚氣，頭髮深棕色，微微鬈曲，兩鬢更為明顯。眼睛是藍色或灰色。臉上沒有毛髮。一個女子說他眉毛有經過修剪，因為線條十分優雅，很有造型。穿著的服飾不一定，有時是黑西裝白襯衫，有時是白色短袖T恤套李維牛仔褲。她們全都說他很乾淨，談吐得體，也許是私立學校畢業的。你覺得聽起來對不對？」

「他看起來老老實實的，但是，老天，他是個殘暴野蠻的小畜生。」她伸手摸了摸她瘀青的地方。「我告訴你，他根本持續不了半秒鐘。那些喊叫、辱罵和毆打都只是為了掩飾他挺不住故意裝出來的。第一次我根本沒有注意到——說得明白點，若你像我一樣在這行幹得太久了，你根本就不會有太多感覺。但是第二次，他還沒插進來就洩氣了。他為了那樣把我揍得半死。絕不會是因為我老到可以當他的媽——好吧，就算有點關係——大部分是因為他沒有能力勝任。」

「你能為這個描述做點補充？」

她搖搖頭。「抱歉。他長得很好看，事實上是很漂亮，讓我聯想起年輕時的保羅．紐曼。那對你也許沒有什麼意義。你太年輕了，不會記得的。」她停頓了一會兒。「但是他說過一些很奇怪的話。『不是我的錯，是我父親讓我變成魔鬼。』那是其中之一。然後當他要離開時，他說：『我以前從來就不會想殺掉一個女人。』」

「什麼以前？」

芙妻西愁眉苦臉的回應她。「我猜他是指他毆打過那麼多女人，但是沒有一個人死掉。」她突然顫抖起來。「老天爺，他是個瘋子，精神分裂的瘋子。他到達高潮的時候，看起來就像一個小天使，可是到他硬起來的那一刻起，就是個張著火紅大眼的殭屍。如果你問我，我會說他到現在居然還沒有殺死任何人，真是個奇蹟。」

布萊兒同意。「你知道他是怎麼來的嗎？開車？還是走路？」

「我不知道。我只是坐在家裡等門鈴響，然後讓客人進來。」她皺著眉頭。「不過，他倒是帶著幾把汽車鑰匙。我記得他離開時，從上衣口袋裡把它們掏出來。他有一件非常好的夾克，貼身，有墊肩，然後他把鑰匙拉出來，放在手掌上，叫我不要聲張。」她皺攏額頭，專注的回想。「鑰匙環上有個黑色的圓盤，從他指間露出來懸吊著。我記得我當時盯著它看，因為我不要他以為我在盯著他。」她的眼睛突然閃著光。「它上面有金色的字母F和H，跟我名字的縮寫一樣，所以我才注意到。你知道嗎？我猜F.H.是那龜兒子名字的縮寫！」

□

薩爾司柏瑞，南丁格爾療養所——下午一點半

門上傳來輕叩聲，希爾達探頭進來。「很抱歉來打擾你，坡司羅醫生，但是有一位莫道克巡官和一位費哲警佐在這裡。我已經告訴他們你很忙，但是他們說事情很重要，寧願等著。」

「五分鐘，」亞倫說。

在希爾達來得及說什麼之前，門就被大大的推開，莫道克硬是擦過她進到辦公室來。「這很重要，先生，否則，我就不會這樣堅持。」當他看到珍時，停頓下來。「康思立小姐。」

亞倫生氣的皺起眉頭。「打什麼時候開始，警察有權擅自闖入醫生的診療室的？」

「我道歉，先生，」莫道克說，「但是我們已經等了十五分鐘，而且我們真的需要跟你談談，很緊急。」

珍站起來。「沒有關係，坡司羅醫生。我等會兒再過來。」

「我寧願你留下來，」他說，抬頭看著她，眼神傳遞著清楚明確的訊息。「我沒有辦法不去想這會是場很糟糕的心理戰。」

「對誰而言？」她問他，眼睛裡有淘氣的閃光。「Illi intus aut illi extra?」

他翻挖在腦海裡的拉丁語字典尋找譯文。裡面的人還是外來者，他決定了。「喔，當然是illi extra，」說著，不著痕跡的朝莫道克點了點頭。「Caput odiosus iam maximus est.」他希望他說的是：他那顆令人厭惡的腦袋已經快爆炸了。

珍對他微笑著。「如果你能領會，坡司羅醫生，那麼我就看不出這場心理戰有多糟了。那反而表示你占了優勢。不管怎樣，我真的餓了，所以，請原諒我棄甲逃逸，我想我要去幫自己找些午餐了。」她對他微微頷首，然後滑過站在門口猶豫不決的費哲和希爾達身邊。

「好吧，希爾達，非常謝謝你。」他對著沙發欠了欠身。「請坐，先生們。」

「我能不能請教康思立小姐跟你說了什麼？」莫道克一面坐下，一面質問。

「很抱歉，我也不了解，」亞倫和藹可親的說。「對我而言，她在說遠古的希臘話。」

「你卻回答了她，先生。」

「我還可以把那些東西倒背如流呢，」他說。「Vos mensa puellarum dixerunt habebat nunc nemo conduxit。我對這句話的意思完全不解，但是聽起來很有學問。我可以幫上什麼忙嗎？」

莫道克暗自承認被打敗了，隨眼看到放在茶几上疊得整整齊齊的《泰晤士報》。「想來你讀過那篇報導了？」

「是的。」

「所以，你知道里奧・沃爾德先生和眉格・哈利斯小姐已經死了。」

「是的。」

莫道克嚴密的觀察他的表情。「康思立小姐知道嗎？」

亞倫點頭。「我讀過後告訴了她。」

「她的反應怎樣，先生？」

他回瞪著巡官，直到他不敢對視下去。「她非常震驚。」

「你是不是也告訴了她，那個昨晚攻擊你的男子也揮舞著一把長柄大鎚？」

亞倫想了想。「我不記得，」他誠實的說。「今天早上我對我所有的病人提到那場騷亂，但我真的不記得是不是有提到細節。」他好奇的瞪著莫道克。「為什麼？」他問。「你從攻擊我的事件上，及發生在沃爾德先生哈利斯小姐身上的死亡之間，看到了什麼關聯嗎？」

莫道克聳聳肩。「就已經發生的三個謀殺案件以及一樁殘酷的攻擊行為裡，都不約而同出現康思立小姐和一把長柄大鎚，我們無疑的對這個事實感到相當關切，」他率直的說。

「你提到的第三件謀殺案，是指康思立小姐的第一任丈夫。」

「是的。」

「喔，我很抱歉我被你的邏輯弄混了。讓我們純粹就引起問題的爭議點來說，羅素．蘭迪的謀殺案和沃爾德先生的謀殺案之間有所關聯，而聯繫正是康思立小姐。前者有婚姻關係，後者有著婚姻計畫。然後，因為沃爾德先生改變主意決定改娶哈利斯小姐，有人於是覺得她也應該死。發生在我身上的攻擊事件跟這個假設到底有何干係？我和恢復清醒的康思立小姐不過才認識一個星期。我們之間的關係是醫生和病人。我既沒有娶她，也沒有立過要娶她的承諾。我跟她沒有發生關係，我也沒有計畫要有。我不知道她任何一個朋友，她也不認識我任何一個朋友。她是我療養所一名付費客戶，有權在任何時候離開。」他的眼睛因臆測瞇成一條線。「對這樣一個充滿謬誤的關聯假設，我可漏掉了什麼？」

「是的，先生，」莫道克平坦的說。「巧合不是身為警方的工作人員可以輕易忽略的因素。經驗告訴我們，無風不起浪。」他微微笑著。「或者，用另一種方式來說，有康思立小姐在的地方，就同時會出現一把長柄大鎚。」

「你在暗示是她自己掄起那見鬼的東西？」

「就現階段，我什麼也沒暗示，先生。我只是單純的要你注意這個巧合。如果你假裝巧合不存在，就太愚蠢了。」

「喔，昨天晚上，我確定不是珍下的手。她身材不夠高大，也不夠強壯。而且，就體格和高度來說，那是一個男人。」

「我們知道昨天她父親的律師來看過你。」

「也不是他，巡官。他是一個矮小的傢伙，有雙優雅細緻的手腳。我會立刻認出他來的，不管他有沒有戴上滑雪面罩。」

莫道克微笑。「我想的是，康思立先生本人。也許你對那個律師說了什麼他老闆不喜歡聽的話？」

「我不會知道。我從來沒有見過康思立先生，所以我對他長什麼樣子沒有一點概念。」他仔細想了一會。「不管怎麼說，我確定那是個年輕男人，而康思立先生已經六十六歲了。」

「那麼佛格斯・康思立呢？他也出現在你的談話名單中。」

亞倫點頭。「是的，他的體型大約相符。但是晚餐席上我的男侍也是同樣的身材，而我跟這兩個人的對話都頗友善，我無法想像他們之間有誰會要那麼麻煩的在療養所附近徘徊，等著襲擊我。」是真的嗎？到目前為止他已經跟佛格斯打過兩次照面，兩次都讓他不舒服。

莫道克沒有忽略坡司羅突然陷入深思的表情。「告訴我你跟佛格斯・康思立的談話內容，」他提議。

「沒有談多少。我走出去的時候，他在我車子旁等著我。就我所記得的，他表示有興趣買那輛車，然後要我等他哥哥。我解釋我正忙著，建議下次再談。然後我就離開了。」

費哲皺著眉，抬起頭來。「但是你並沒有要趕赴約會呀，先生。根據我們看到的報告，你開車出去兜風，享用一頓豐盛的晚餐，因為距離你上回給自己放的假已經有很長一段時間了。」

亞倫再次和藹可親的笑著。「沒錯，我假造了個有禮貌的藉口離開。很奇怪嗎？我已經花了很長的時間跟他父親的律師談話，我肚子餓了，而且我早答應自己要吃頓美食。聽起來也許很無禮，而我實在不怎麼想再花上三十分鐘跟一個陌生人閒扯淡。」

「你從來就沒見過邁爾斯・康思立嘍？」

「沒有。」

「但是那兩兄弟都來過這裡探看過他們的姊姊。」這句話是以陳述語氣來說，而不是個問題，亞倫懷疑莫道克是怎麼知道的。

「就我所知，邁爾斯是上星期三，大約九點來的，當時我下班休息著。佛格斯星期六來。」

「所以他們倆都熟悉這個地方。」另一個事實陳述。

亞倫皺眉。「佛格斯在花園跟珍說話，所以他應該知道怎麼走到他們當時談話的那棵樹，邁爾斯直接到她房間去，有可能已經知道她房間的位置。這樣是不是可以推出他們對這個地方十分熟悉的結論呢？我倒不這麼認為。」

「我說的是車道的設計，先生。」

「喔，看在老天份上！」亞倫不耐煩的喊。「任何一個白癡都可以輕易在鐵門旁邊的灌木叢裡埋伏，等著誰開車進來。你不需要事先對地形略有了解，才能跟蹤一輛時速只有五英里的車子，那正是我當時的車速，因為我不想讓車輪碾過砂礫車道吵醒病人。」他沉重的歎了口氣。「聽著，除非你們有什麼比較實在的理由，我實在看不出我們有繼續談話的必要。個人的看法是，你們應該把你們的疑慮直接向康思立小姐說明，還有她的父親以及她弟弟們。」他朝《泰晤士報》點了點頭。「事實上，如你先前暗示的，倘若這三樁謀殺案件真有什麼關聯的話，我倒同意安東尼爵士和哈利斯太太的訝異與不解，何以你們到現在什麼都沒做？」

「你在護衛這一家人，先生。這樣做有什麼特別理由嗎？」

「比如什麼？」

「也許你比你外表裝得還在乎康思立小姐，或者這就是為什麼有人認為你也該嚐嚐被長柄大鎚襲擊的滋味。」

亞倫撫平下顎。「但是，難道不該是我先告訴誰我對她有興趣，才會導致那種下場嗎？」

「倒不一定，先生。當你們滔滔不絕用別人無法理解的希臘話交談時，看起來相當親密呢。也許別人也發現了你的感覺並不像你聲稱的那樣無動於衷。」

亞倫驟然大笑，讓費哲嘴唇不自覺的抽動。「我很抱歉，巡官，我是在開你玩笑。」他站起來。「Ipso facto，我對你們做結論所依據的基礎不太信任。現在，如果你們不介意，我得要去巡視我的病人了。」

□

屋外，莫道克滿面怒容的蹙額攢眉走到汽車旁，伸手到車裡拉出電話聽筒。「幫我接區佛督察長，」他鼻息哼哼的衝著話筒，「告訴他這很緊急，女人，莫道克巡官，我在薩爾司柏瑞的南丁格爾療養所。」他不耐煩的在車頂上彈弄手指。「是的，長官。不，我們這裡遇到了些困難。那醫生很難纏，整個過程讓人很不愉快。我們到達時，他和那個女人正安逸舒適的閒聊，我們的看法是，他知道的比他說出來的還要多。是的，費哲跟我有相同的意見。」他怒視著警佐，尋求支持。「不，我認為我們應該現在跟她談。我們在現場，她已經看到我們了，而且她知道沃爾德和哈利斯死了。如果我們再拖，她可能就會有位律師保護她所謂的權利。老實說，我很驚訝她老頭還沒有雇個律師進駐在這裡，雖然他可能已經把那個醫生變成一條看門狗了。」他的眼睛隱約閃現著耀武揚威的亮光。「照辦，長官。」他聽了一陣子。「是的，聽到了。來自蘭迪的信……一九八四年墮胎……父親是沃爾德或蘭迪。」

他放回聽筒，對著費哲咬牙切齒的表態。「得到指示了，夥伴，先發制人的機會來了，所以，讓我們用雙手緊緊握住。不管發生什麼事，我這回都不會讓那個驕橫的混帳醫生近身。所以沒有什麼『請見諒』的鬼程序，聽到了嗎？」他對著那條繞過建築物通向花園的小徑點點頭。「我們走這裡。」

□

珍坐在單人扶手椅上，看著電視上的地區性新聞，沒有注意到那兩名男子的到來。直到他們靜悄悄的跨過她敞開落地窗的門檻，她才發覺到有人擋住陽光，影子映在她剃了髮的頭上，她馬上就猜出來人是誰。她接著不慌不忙的拿起遙控器把電視關上，不疾不徐的轉過身來看著他們。「這裡有個規定，訪客現身在病人之前必須先取得同意。我猜你們並沒有經過那道程序，對不對，警官？」

莫道克晃步進來，像以前一樣把自己高高放在床邊上。「沒有，」他粗率的說。「這麼說你對協助警方有異議囉？」

「是有好幾點，」她說，「但是我想有也沒用。」她冷冷笑著。「尤其是對你。」她轉而對費哲投以詢問的眼光。「但是對你的夥伴也許會有些不同。」她檢視那個年輕、表情較讓人愉快的臉。「沒有嗎？喔，好吧，我猜，不是每個人都有原則的。這究竟是個愚蠢平凡的世界。」

「你雖然失去記憶，表現卻相當敏銳，」莫道克說。

「是嗎？」

「你明知道你是。」

「我不知道，」她說。「我是我見到的第一個有失憶症的人，所以我沒有任何可以用來評比的標準。不過，如果你有興趣的話，我可以告訴你，失去你生命中的幾天，不會讓你變成個行屍走肉的。」她對他投以好玩的微笑。「我猜，警官，你自己也記不得跟你有過一手的每個女人，特別是你喝醉時遇上的，但是那對你一點害處也沒有，是不是？」她伸手拿菸。「或者，是有害處，所以你才指控我太敏銳。」

「沒錯，就是這樣，」他友好的說。

她輕輕彈開打火機點燃香菸，然後透過煙幕瞅著他。「佛洛依德會很樂於參與這樣的談話，」她懶懶的下了評論。

他皺眉。「什麼？」

她低低笑了起來。「你不當的言詞緊接在我對你習性的描述之後。佛洛依德會猜那正是你的女性朋友在跟你性交時對你說的話。」她聽到費哲壓抑著竊笑的鼻息。「這不重要，警探。」她陷入靜默。

莫道克一點也不覺得好笑。「我們有些問題要問你，康思立小姐。」

她看著他，但是沒有說話。

「有關里奧和眉格。」他等著。「坡司羅醫生已經告訴你他們死了。」

她點頭。

「你一定很震驚。」

她再點頭。

「嗯，請原諒我這麼說，康思立小姐，顯然震驚沒有持續太久，是不是？你的未婚夫和你最好的朋友被鐵鎚毆打致死，他們的臉就跟你丈夫一樣被打得粉碎，無法辨識，而你卻坐在這裡安安靜靜的，抽著菸，說笑話。這是我見過最不可思議的哀悼方式。」

「我很抱歉，警探。如果我稍稍表演一些女人的小動作，為你流下幾滴眼淚，會不會讓你覺得比較好過一些呢？」

他沒有理會這句話。「老實說，這些都跟你的失憶症一樣，教人無法置信。」

「很抱歉？」她把嘴唇壓縮出一個野蠻的笑容。「我恐怕忘了我們到底在談論些什麼。」

莫道克瞥了費哲一眼，他正對著他露齒而笑。「我們是在談三個人的死亡，康思立小姐，他們全跟你都有密切的關係，也全都被蠻橫的幹掉了。羅素・蘭迪、里奧・沃爾德還有眉格・哈利斯。另外，我們還要談到昨晚發生在坡司羅醫生身上的攻擊行為，如果不是他閃得快，很可能會跟你的丈夫、未婚夫還有你最好的朋友一樣被搥打致死。他應該告訴過你，他也是被一把長柄大鎚攻擊的吧？」他把問題丟回給她，等著反應。

「他沒有，」她靜靜的說。

「你對這一點有什麼感想？」

「沒有感覺，」她說。「我並沒有希望坡司羅醫生告訴我所有的事。」

「難道長柄大鎚被用來當凶器的事實，沒有令你感到一絲憂心嗎，康思立小姐？」

「是的。」

「那麼，現在你告訴我，你覺得這整個情況有其他含意嗎？我絕對認為糟到了極點，更別提那兩個心碎的母親，她們的孩子上個星期二才從壕溝裡挖出來，全身爬滿了蛆。」

她深深吸了口菸，眼光越過他，投注在茫茫空氣中。「我會告訴你任何你想聽的話，警官，」她的語氣裡含著一股令人不解的委屈，「反正結果都一樣。」她把視線轉向他。「你會曲解我說的每一句話。」

「胡說八道，康思立小姐。」

「Experto credite。相信有經驗的人。」她向他展現一個虛弱的微笑。「你跟上回那批人沒什麼不同。他們也想要證明我父親就是殺人凶手。」

17

六月二十八日星期二，薩爾司柏瑞，南丁格爾療養所——下午兩點半

費哲移動到珍的視線範圍內。拖來另一張單人扶手椅，坐下，雙手擺在膝間，湊臉過去，兩張臉距離不到一公尺。抓住先發制人的機會，巡官說過。費哲至少聰明的知道用激將法只會讓他們徒勞而返。和莫道克不同的是，他並沒有要去證明什麼，也沒有敵視女性的意思。

「我們真的想要維持開放的態度，」他向她保證，「但是我們不能忽視這些謀殺方式的相似性。另一個事實則是，兩件案子相隔十年，但是三個被害人都是你所熟悉的人。我們在這裡談的是你過去認識的人，康思立小姐，也可以說是兩個你這一生中關係最密切的男人，及一個在你出事時你父母說是你最要好的朋友。」他苦笑著。「你看到我們面對的問題了嗎？即使是旁觀者都看得出來，你跟這三個人的關係非常重要。」

她點頭。老天爺！他以為她是白癡嗎？「我了解，我自己也這麼認為。老實告訴你，我真的不知道為什麼。我不只一次的想了又想，每次都停在羅素被殺那件事上頭。」她把手中的菸

摁熄，避免煙霧噴到他臉上。「倫敦警方一直無法解決那個案子的原因是，他們只把嫌疑鎖定在我和我父親身上。但是我們都有不在場證明，推翻了直接涉案的嫌疑。就間接涉案而言，我沒有要羅素死的動機，所以我在這點上也被排除了。然而，我父親從一開始就明白表示他不喜歡羅素，並且對此毫無隱瞞，所以警方一廂情願的認為是我父親雇用了殺手，放棄對其他人繼續偵查。但是，如果他們的推測是錯的呢？假設我父親跟那個案子一點關係也沒有，那麼我認識這三個受害人的事實，又有什麼重要性呢？」她熱切的看著他的臉。「你了解我指的是什麼嗎？」

「我懂。你說如果是另有人殺了羅素，那麼，在這幾樁謀殺案之間，存有我們不知道的關鍵。」

「是的。而如果你們跟倫敦警方犯下相同的錯誤，那個不知名的凶手就會再次脫逃。」

「我有點難以接受，康思立小姐。我們已經獲得蘭迪那件案子的相關細節，但是沒有證據指出另有神祕人物涉案的可能。」

她精神奕奕的搖著頭。「有的。我一直告訴他們有關一個被羅素魯莽對待的藝術家。他曾跟我提到過兩次，說他看到他在畫廊附近徘徊，還說如果他再出現，他就要報警。然後他就被殺了。」她攤開雙手祈求幫助。「我相信那就是你應該要找的人。」

「該案報告上提到過這一點，但是結論似乎是說，如果這個人真的存在，是你父親雇的殺手比懷恨的藝術家的可能性要來得大些。如果你能向警方描述那個人的特徵或名字，情況或許會有些不同，但就我的了解，你無法提供他們任何資訊。」

「因為我什麼都不知道。我能告訴他們的只有羅素曾經告訴我的話。有個藝術家來到畫廊，帶了一些劣質作品，羅素告訴他那些畫沒有價值，這個人開始咒罵，羅素於是叫他離開。當時他什麼也沒有提，可是後來，他的確告訴了我兩次，說他注意到有個男人一直在觀察畫廊，他認為就是這個藝術家。」她歎了口氣。「我知道這麼一點資料並不夠，但是沒有一個人有絲毫想要探究的興趣。他們全都認為是我父親下的手。」

「那是有理由的，你不認為嗎？」

她沒有回答。

「他對你丈夫的厭惡一直是公開而且直接。」

「喔，我知道所有的爭議點。那時我就已經聽得夠多了。我父親有雇黑道殺手的聯絡管道。他冷酷，兇惡，以黑市商人起家，而且，雖然從來沒有人可以證明，但是他仍被認為是以不合法手段賺了百萬的錢財。他有義大利黑手黨教父的印信，對家庭盲目的忠誠。對這類人而言，讓一個自己不喜歡的女婿送命，自然而然的就解決了問題。」她無奈的牽動嘴角。「他們甚至還把他的精神分析報告拿給我看，基於警方所知道的事實，他被形容成一個性需求無度的變態。顯然這就是他為什麼要找妓女的原因，因為我是他唯一真正渴求的對象，所以他無法透過正常管道滿足他獸性的需求。」

費哲等了一會兒。「你認為那些都不是真的？」他說。

「我不知道，」她誠實的說，「但是我看不出有什麼重要。警方盡可能的做出分析報告，但是他們仍然沒有辦法把亞當跟羅素的死亡連在一起。難道就沒有任何可能指出亞當跟這件案子沒有關係嗎？」

費哲遲疑的搖著頭。「有可能是他付了一大筆錢撇清跟殺手間關係。」但是，他同時也注意到那雙鑲嵌在蒼白臉上的黑色眼眸十分引人注目，他試著委婉的繼續敘述。「這並不表示我已經心存成見，康思立小姐。就雇殺手而言，那是個非常笨拙的手法。當你找到羅素時，他還活著，殺他的凶手幸運的逃了，同時也包括雇用他的人。」

她用舌頭重複濡溼乾燥嘴唇的動作，然後，讓人意外的，她猛然向後往椅子深處坐進去，雙手摀住她的鼻和嘴。「我老早就應該想到這點，」她低聲說。「老天，我簡直是個傻瓜。」她把雙手移開。「我父親對於他所做的每一件事情都要求完美，」她說，「這同時也包括他雇用的人。他們沒有人膽敢做出愚蠢的事。亞當會剝了他們的皮。」

費哲好奇的看著她。「你認為他的確有能力雇人殺蘭迪，但事實上並沒有？」

「是的。」她再次俯身向前。「你想想看，我父親那天人在倫敦，所以他的不在場證明一直有漏洞。他不可能在付了一大筆錢之後還讓自己有嫌疑。再說，如你所言，我發現羅素時他還活著，如果我早點到達，他可能還有救，但是亞當絕對不會雇一個沒有能力的人，下手之後被害人竟然沒死。」

「也許那殺手在動手時被干擾了？」

「不是這樣的，」她激動的說。「你看不出來嗎？如果亞當真的雇了殺手，他應該會指示殺手讓羅素死在畫廊外的地方。他知道我有鑰匙，知道我可能會發現屍體，除非有人湊巧走到後門，看到儲藏室的玻璃被打破。」她看到他臉上的懷疑。「警官，」她請求他，「請你想想我所說的話。警方說亞當因太愛我，而對羅素有種變態的忌妒。如果那個說法成立，他會盡可能讓羅素在離我最遠的地方被殺掉，絕不會讓他尚存一絲氣息全身浴血的留在一個可能會被我發現的地方，讓我事後因此精神崩潰，這些絕不會是他想要的結果。你不認為嗎？」

費哲對這個論點印象深刻。「你當時有向倫敦警方提起這個理由嗎？」

「我怎麼能？我自己也才剛剛想到。」她又說，「我知道這聽起來很怪異，但是當那樣的悲劇發生時，你只會盡可能的讓它凍結住，否則你會發瘋的。在我精神崩潰之前，我從來就沒有時間或機會好好把整件事情想清楚，那之間只充斥著警察、喪禮、流產……」她微微支吾著。「我離開醫院後，就下定決心要把整件事從生命中完全關閉起來，永遠不要再提起。直到我這回的車禍，那些記憶才又開始浮升。噩夢，看到羅素躺在地上，血跡……」她再次支吾，但沒有再繼續。

莫道克在旁聽著這段話，心中的懷疑越來越強烈，他很小心的開口。「警方事實上並沒有認為這個案子是雇用殺手所為，康思立小姐。他們一直認為你父親可能就是那個掄起鐵鎚的人。讓我們這麼說，他進了畫廊，和羅素起了爭執。你想他那時還會顧慮到你會不會發現屍體嗎？他只會想到他自己，然後盡快離開。」

珍轉頭看他。「你不能期望兩邊都能說得通，警官。如果亞當真是像你們所說是個有組織有計畫的罪犯，那他就該是那種事先策畫周詳做法乾淨俐落的人。他絕不會讓羅素活著的。」她把手掌壓在太陽穴。「他不會犯那樣的錯誤的，警官。」

「他曾經把一個黑人打得半死，」莫道克不忌諱的說，「那個人後來變成你的姑丈。也許那是另一個錯誤。他本來是想要殺死他。」

珍的雙手頹然放到腿上，緊緊交疊著。她開始不舒服，心中了然莫道克會盡其所能的曲解她說的任何話。她注意力放在費哲身上，希望他能有所回應。

「讓我們假設你對，康思立小姐，」警佐沉默一陣子後說，「三椿謀殺案中有另一條線索。你可有任何想法——或是知不知道可能是誰幹的？」

「我能想到的是眉格，」她嚴肅的告訴他。「她跟羅素和里奧就同我跟他們一樣親密。」

莫道克再次插嘴。「更親密，」他粗率的說。「據我們在里奧房子找到的書信和札記，你朋友眉格在你丈夫死掉的時候跟他有染，同時跟你未婚夫也時不時上床。從她的札記中可以很清楚的看到她自己也不清楚——他們哪一個是她在蘭迪被謀殺後拿掉的孩子的父親。」

短促的靜默後，珍臉上才又恢復血色。「難怪我流產時，她那麼傷心，」她緩緩的說。

莫道克皺眉。「你似乎對那段關係並不十分訝異。」

「我早知道了，」她說，「但是我不知道她墮過胎。可憐的眉格。如果她以為她也懷過羅素的孩子，一定懷有很深的罪惡感。」

「這是你拒絕透露倫敦警方的另一個消息？」

她迎向他的視線，停了一會兒。「我怎麼告訴他們我當時並不知道的事情？羅素死了很久後我才發現的。」

「喔，」他咕噥，「我早該知道是哈利斯小姐告訴你的嗎？」

「不是。」她重述她告訴過亞倫·坡司羅的事情，有關在閣樓上發現信件以及她對揭開舊瘡疤的猶豫。「也許，如果當時我真的說了什麼，眉格和里奧現在就還活著，」她苦澀的說。「人總是在事後，才會變得聰明。」

「是的，」莫道克另有所指。「事情往往要花上很長的時間，才會在心中萌芽茁壯，對不？還有誰知道這段婚外情？」

「我不認為有別人知道。我告訴過你，他們非常小心。」

「你告訴過你父親嗎？」

「你是說當我發現的時候？」他點頭。「沒有必要。」

「還有誰？」

她搖搖頭。「只有坡司羅醫生。我今天早上告訴他。」

莫道克點頭。「你和哈利斯小姐曾經談論過蘭迪的死嗎？」

「一兩次吧，是在我被送到醫院之前，」她語調開始不穩定。「我們在那之前談論過，之後就再也沒有。」

「她有說過她懷疑是誰下的毒手嗎？」

她雙頰埋在手指間，試著讓當時景象在腦中重映。「太久了，」她說，「我們兩個都不願再提起，但是我想她比較傾向於相信警方一開始時提出的意見，因為那是唯一在報紙上登出來的。計畫失手的竊盜。就我所知，那是大部分人相信的版本。」

「所以她從來就不知道你和你父親有過嫌疑？」

她假裝想了想。每個人都知道，你這個渾球……每一個我認識的朋友都知道……要不然你想過去十年我為什麼他媽的這麼寂寞孤單？……「我必須給警方我交往朋友的清單，其中大部分是羅素的朋友，但是眉格是放在我的朋友欄位下，我確實記得她告訴我，警方曾問她有關羅素和亞當之間的關係。」她突然皺起眉頭。「你知道嗎，我現在記起來了。她做了一個相當怪異的結論。她說：『他們一直不停的問問問，但是我相信最好不要惹事生非，自找麻煩。周遭已經有太多痛苦圍繞了。』」

「她是什麼意思？」

「當時我以為她是指羅素和亞當之間的關係，她覺得沒有必要提供警方更多細節。但是現在我想她有可能指的是她和羅素的關係。我知道警方很努力的想要找出線索，因為他有可能是被一個忌妒心重的人殺了。」她停頓一會兒。「但是她知道我當時對那段婚外情並不知情，也許是不想傷害我，而決定不要告訴警方。」

「當你終於發現真相時，你一定很傷心，」費哲說。

她轉向他，露出釋懷的表情。「這也許會聽來鐵石心腸，但是那真的讓我覺得好過些。羅素和我在他死前幾個月，就已經處得很不好了，我因此一直相當愧疚。當你很清楚你讓一個人不快樂，而那人又偏偏死在你眼前，是個教人很不好受的經驗。我不停的想，當時如果我做了這個，或是如果我做了那個——」她迷惘的笑著，「然後，兩封情書讓我從桎梏中掙脫出來。」

莫道克一旁帶著自以為是的客觀，觀察著她的表情。這個故事出現時機太過巧合，而且太過造作，他似乎看到了坡司羅醫生在後面操弄忙碌的雙手。「讓我們弄清楚，康思立小姐，」他尖銳的說，「第一：羅素・蘭迪死時，你和他處得並不好，但是你告訴倫敦警方說很好。第二：你相信你父親有能力雇用殺手謀殺你丈夫，但是你卻護衛著他。第三：羅素和你最好的朋友之間有婚外情，但是你當時並不知道，她也沒有向警方披露。第四：她把當時懷著的孩子拿掉，孩子的父親有可能是你當時的丈夫或後來變成你未婚夫的男人，但不管是你或是倫敦警方都不知情。第五：當你發現你朋友和你丈夫有婚外情時，你卻不動聲色。第六：你最好的朋友跟你丈夫有染，她知道你丈夫被殺，卻繼續跟你未婚夫死灰復燃，最後還說服他遺棄你。第七：他和她隨後跟你丈夫死於同樣的手法，只是地點不同。」他揚揚眉毛。「這些是不是你剛告訴我們的摘要？」

「是的，」珍誠實的說。「就我所知，都沒有錯。除了墮胎以及眉格和里奧被謀殺的方式以外。那些是我唯一不知道的事情。」

他點頭。「好吧，在我們繼續談論有關沃爾德和哈利斯的事情之前，我對蘭迪的命案有最後一個問題。根據我們握有的資料，你因為有很確實的不在場證明，所以排除了直接涉案的嫌疑。是誰支持你的不在場證明？」

「眉格，」她說。「我從下午開始一直到傍晚，都跟她在一起，然後七點半，她開車載我到餐廳。我在那裡等了將近一個小時，羅素一直沒有出現，我於是招了一輛計程車到畫廊。報告裡沒有記錄嗎？」

莫道克沒有理會她的問題。「打電話到畫廊不會比較方便嗎？」

「我打了。沒有人接。所以我打電話回家，也沒有人接。」

「為什麼你會以為他在畫廊呢？還這麼麻煩的搭計程車走那一趟？」

「因為回家的途中會經過畫廊。」

「但是你下車進畫廊時，付了全部車資。」

「那時已經晚上九點了，計程車司機不肯讓我沒有付錢就下車。我想他是擔心我鑽進最近的小巷子逃掉不付錢。他說他會等上五分鐘，如果那時我還不出現，他就離開。後來，我在兩分鐘內跑回來，驚慌失措的大聲喊叫。司機打了九九九緊急電話，我坐在羅素身旁，然後他到外面等著，直到救護車來。那就是為什麼警方後來在尋找他來對質時，沒有碰上什麼麻煩。」

莫道克輕笑起來。「你對所有問題都有答案，對不對？」

她帶著異常冷酷的眼神盯著他。「我只是很簡單的告訴你當時發生的情況，警官。」

「我們打開天窗說亮話吧，女孩，你有十年的時間把故事情節編得完美無缺。」

□

療養所裡的安全警衛之一，哈立・艾爾非克，知道發生在坡司羅醫生身上的攻擊事件後，在離開工作崗位前都會繞道到職員停車場附近的庫房巡查一番。他隱約記得數星期前，他曾在裡面看到一把鐵鎚，他想也許值得再去察看察看。他用邏輯思考，最可能攻擊坡司羅醫生的人，是他照顧的病人裡較具侵略性的毒蟲；他繼續思考，因為南丁格爾療養所不是監獄，任何一個機警敏銳的病人都可能跟他一樣會注意到那把長柄大鎚。哈立認為，因為知道坡司羅醫生沒有在車裡放置藥物的習慣所以沒有人會去攻擊醫生的說法太過天真迂腐。哈立是個退役軍人，已經過了中年，對坡司羅醫生所診治那些享有特權的社會人渣沒什麼好感。他打開其中一間庫房的門，草草搜尋一陣後，帶著小小的喜悅找到了一把長柄大鎚，上面還染著紅色車上的漆。

□

「你第一次發現里奧和眉格的關係是什麼時候？」

珍瞪著她的手好一會兒，然後伸手拿她的菸盒。「前幾天，我恢復神智的時候，我繼母告訴我的。」

莫道克皺眉。「你說那是你第一次聽到這個消息？」

她往後靠回椅背，點燃菸。「我不知道，」她說。「我對車禍前發生的事情記得的不多。」

「你記得什麼？」

她抬眼瞪著天花板。「我記得六月四日早上早餐時，跟里奧說再見。說我要到漢普夏跟我父母住幾天。」

「那倒是個非常簡要的記憶。」

「是的。」

「你什麼時候發現他們死了，康思立小姐？」

她想過丟出另一個謊言，但是決定放棄。她喜歡迪恩，不想他濺上這個混帳的狗屎。「星期日，」她說。「我知道你對發生的事有所隱瞞，所以我請一個朋友幫我打電話到沃爾德家。安東尼告訴他他們死了，這個朋友再打電話通知我。」

「哪個朋友？」

「重要嗎？」

「這得看你能不能讓我相信你的話。這個朋友可能可以證實當你聽到他們死訊時是真的很震驚。否則，我實在無法了解，一個女人何以在聽到她最好朋友以及未婚夫被殘忍謀殺後，竟然還能這麼鎮靜。」

「我工作室的第二把交椅攝影師，迪恩．佳瑞得。」

「謝謝你。當你繼母告訴你，里奧因為眉格而離開你，你感到難過嗎？」

她搖搖頭。「不怎麼特別難過。事實上，我比較有放下重擔的感覺。我禮拜天應該已經很清楚的告訴過你，我對里奧產生了強烈的懷疑。我確定我自己已經完全沒有要嫁給他的意願，他跟眉格有沒有什麼都跟我沒有關係。」

「那麼，你為什麼還想自殺呢？」

「我也希望找到答案。」她突然笑了起來。「對一個個性沉著冷靜的人而言，聽起來似乎不太對吧。」她彈了彈手上的菸灰。「這跟我的個性太不符合了，我不認為我這麼做過。」

「你當時酒醉，車子在高速狀態下，駛向棄置飛機場上唯一的水泥建物。還有什麼其他的解釋呢？」

「但是我沒有死，」她指出。

「因為你運氣好。你被拋出車外。」

「也許是我自己把自己拋出去的，」她說。「也許我不並想死。」

「什麼意思？」

她雙眸上的睫毛逐漸潮溼，但是她用力把眼淚咽回胸腔。「我不知道，我對這件事想得比里奧和眉格的事情想得更久。如果我不是要自殺，那麼唯一的解釋就是有人要我死。」她放棄任何說服莫道克的意圖，轉向費哲那張比較公允的臉。「那很容易。我開的是自排車。任何人只要能讓它對準那根水泥柱，再把檔速放在啟動位置上，用什麼東西把油門壓到底，鬆開手煞車。如果我處於昏迷狀態被安全帶固定住，就會跟著汽車變成一堆殘骸。那有可能就是發生的真實情況，你不覺得嗎？保守一點說，那也是一個可能的解釋，對不對？」

「如果你被綁住，你怎麼逃得掉呢？」

「那麼也許我沒有被綁住，」她熱切的說。「也許原來的計畫是要我因衝力撞破擋風玻璃而喪命。也許我及時醒來，把自己鬆開。」

他很想相信她，但是不能。「那麼這個假設存在的凶手很有可能在現場看到結果，趕上去把你結束掉。他如果存心想要殺你，不會讓你留一口氣的。」

她從口袋裡拿出一張貝蒂給她的剪報，放到他的手裡。「根據這個，我是被一對年輕情侶發現的。如果他看到他們靠近，就來不及結束我的生命。」

「聽著，康思立小姐，」莫道克說，「我不想逼你，但是事實就是事實。你在里其蒙的鄰居說，這不是第一次了。你第一次嘗試自殺，發生在星期天。不管你喜不喜歡，也不管你是不是記得——根據你自己的招認，你有排除或隱藏起困擾你的事情的習慣——糟糕的事情發生了，你藉酒壯膽，意圖自殺，一次不成，再來一次。」

糟糕的事情發生……「我一生中從來就沒有喝醉過，」她固執的說。「我從來就沒有想過要喝醉。」

「每一件事都有第一次。」

她聳聳肩。「對我而言，絕對不會，警官。」

「那場車禍發生時，你已經喝了相當於兩瓶葡萄酒的量了，康思立小姐。酒瓶在你汽車座位下找到。你是要說你可以喝下那種份量的酒精，還不會造成我們俗稱的酒醉嗎？」

「不是，」她說。「我是說我自己絕不會要喝那麼多酒的。」

「即使你做了讓自己羞愧的事情之後？」

她平穩堅決的將眼神定在他身上。「比如說什麼？」

「比如身為一件謀殺案的共犯？」

她搖搖頭。「你難道自己不覺得這麼說不合邏輯嗎？就我的了解，眉格和里奧的屍體在靠近溫徹斯特的地方找到，表示不管是誰殺了他們，那人必定對整個計畫做詳細的規畫。我從報上無法得知他們是在林地被殺掉的還是死了才被棄屍在那裡的。但是，真實情況是，有人費了很大的力才把他們帶到那裡。想想看，怎麼會有人在花上那樣的時間跟精力之後，還會對他的所作所為感到羞愧，然後更進一步的想要自殺呢？一方面，你描述的是一個非常謹慎的人格特徵，步步為營的把兩個人除掉；另一方面，你又描繪一個軟弱的個性，可以在憤怒的瞬間衝動起來，然後對自己所作所為感到驚駭，藉由自殺謝罪。」

「你真的花了很多時間在思考這件事，對不對？」

那對黑色大眼再次蒙上淚水。「如果你處身我的情況，你也會這樣。我不是個傻瓜，警官。」

莫道克令她訝異的點了點頭表示同意，就彷彿他溜嘴說出，「知道。」但是他即時煞住。

「謀殺通常沒有邏輯可言，康思立小姐，至少在我的經驗中沒有。通常是你最沒有預期到的人犯下案件。他們之中有人很早就受到良心譴責，有些在受審判時顯現，有些則自始至終都無動於衷。相信我，就一個事事小心謹慎籌畫的人格特徵來說，策畫出一樁謀殺藍圖、實行、滅屍，然後受良心譴責而懊悔，並不是不尋常的案例。我們不只經歷過一次。沒有理由說這個案子會有什麼不同。」

「你也許最好現在就拿出手銬把我銬上，」她說，「我無法為自己辯駁。」

甜心，再沒有什麼會讓我更感到滿意的了。「那還不成問題，」他殷勤的說。「誠如費哲警佐所言，我們正在進行不同方向的偵訊，這只不過是其中一項。我相信你了解，如果你能就事件發生前兩個禮拜，到里奧和眉格死亡這段期間，對我們詳細敘述所發生的細節，會對案情很有幫助。很不幸的，你似乎是活下來唯一一個可以描述整個事件的人。」

她深深吸了口菸，雙眉擔憂的攢起來。「眉格的其他朋友呢？你們難道還沒有跟他們任何一個談過嗎？他們應該可以告訴你們什麼的呀。」

「根據你給我們的資料，我們昨天跟賈西·漢尼斯談過。他告訴我們，他第一次聽到里奧和眉格又在一起是六月十一日星期六，眉格打電話告訴他。她還對他說，婚禮取消了，她和里奧正要前往法國，但是她離開之前會先到辦公室一趟把手邊進行的工作細節交代給他。然而她沒有出現，他從那時候起，就再也沒有聽到她的任何消息。他還給了我們一些眉格親近朋友的名字。我們跟其中一兩個談過，費·雅芳娜莉還有瑪莉安·哈定，但是她們只重複告訴我們同樣的情節。」

「但是你難道沒有問賈西在那之前她和里奧的關係嗎？我是說，他和眉格一塊工作了好多年，他知道有關她的所有的事，所以，他無疑知道他們之間的關係。」

該費哲回答。「他告訴我們她今年開始一段關係的男人的名字，他們顯然很熱情的維持了兩三個月，他說眉格幾乎沒有提過里奧。當她打電話來說他們計畫結婚時，還讓他驚訝了半天。他說里奧進進出出好些年，他們的關係一直不上不下，只在雙方都沒有其他發展時，兩人才會舊情復燃。但是他從沒聽說他們的關係可以維持到一兩個月以上，因為眉格老是氣里奧——」他努力尋找適當字眼，「太自私。他記得他曾對她說，她一定是瘋了才會以為這次跟過去會有所不同，他預計這段關係維持不到一個月。他還告訴她，她只是因好勝心太強蒙蔽了理智，說她接受里奧唯一的理由是他要娶妳。」他同情的微笑著。「根據他的說詞，眉格嫉妒你。很顯然，她嫉妒你將來除了能繼承你父親的財產之外還有羅素的錢。她說，珍總是運氣好，而她卻老是在糞坑打轉。」

「從某個角度上來看，倒是真的。眉格一直就想要有足夠的錢讓她過著快樂時光。她說過，有個牧師父親對她而言太不公平了，因為貧窮是她最憎惡的事情之一。她不能理解我為什麼不利用每一次機會跟亞當拿錢花用。」

費哲這時回應了坡司羅先前同樣的疑惑。「我很驚訝你竟跟她那麼要好。」

「我沒有很多朋友。不管怎麼說，她是個很有趣的人。我想是因為我們個性迥然不同，才能互相吸引成為朋友。我看待生命的態度太過嚴肅。她卻以歡樂得意對待。她是我認識的唯一一個完完全全活在當下的人。」一顆淚珠滑下她的面頰。「其實是我才嫉妒她呢。」

「所以，你會不會因為她搶了你的男朋友們，而將對她的妒意轉換成怒氣？」莫道克問。

珍把手中菸戳熄。「不，」她疲倦的說，「不會。我很抱歉，警官，但是我真的不認為我還能再告訴你們什麼。」

□

當他們從建築物一角轉出來時，亞倫．坡司羅正等在他們的車旁。「我希望，先生們，你們對待康思立小姐比硬闖我辦公室的態度要更有禮貌些。」他眼睛瞇了起來。「我對你們這種蠻橫的做法感到很不滿。」

「先生，我們只是閒聊了一會兒，」莫道克抗議著，「如果你或康思立小姐願意，你可以隨時加入的。」

亞倫生氣的搖著頭。「警官，我最不欣賞你這種典型的人，我甚至認為你這種人不應該待在警局。你需要不斷被提醒，康思立小姐不到一個星期以前還處於昏迷狀態中嗎？或者是你在佛定橋的同事相信她曾試圖自殺兩次嗎？」

「她的自殺意圖真是詭異。」莫道克對費哲點了點頭。「她告訴這位警佐說，是有人想要殺她。你對這點有什麼看法，醫生？蓄意自殺，還是意圖謀殺？康思立小姐讓你覺得是個會自殺的人嗎？我倒不這麼認為。」

「但是意圖謀殺說服你了?」

莫道克露齒而笑。「我會說她意圖把責任推到別人身上。」

「所以你兩者都不相信?」

「我倒是想，好一齣精采的戲。你的病人實在是個好演員，我相信你早知道了。」

亞倫頓時對著前門點了點頭。「我的安全警衛有東西要給你們看。我的看法是，應該要把那個東西轉給薩爾司柏瑞警局，我知道他們正在處理我被攻擊的事件。但是他們似乎全都交給你們處理了。」他領路往前走，對那把長柄大鎚欠了欠身。鐵鎚頭被整齊的包在塑膠袋裡，放在會客室的桌子上。「哈立・艾爾非克，」他說，介紹那位安全警衛。「他在外面庫房找到這東西。鎚子的金屬部分有紅色的油漆碎片，很可能是我車上的。」

莫道克感激笑著。「好傢伙，哈立。你怎麼想到要去看一看的呢?」

哈立，為著自己的判斷自豪著，說他看到有價值的東西時，一向懂得辨認。「喔，是這樣的，先生。如果醫生不介意，我得說我不像他那樣看好這些年輕人。」他接著冗長的敘述他發現經過，最後說:「所以，像我常說的，當你想要尋找出一個答案，就往最明顯的地方找去，而這個案子裡最明顯的方向，就是一個曾出入這裡的粗魯的小傢伙，認為可以舉起他的手臂試試機會。」

莫道克朝著亞倫的方向丟去一抹不懷好意的笑容。「或是『她』的手臂，」他咕噥著。「我一直不知道康思立小姐有多高，直到在你辦公室看到她站起來。我猜應該有五呎十吋。」

□

薩爾司柏瑞，南丁格爾療養所——晚上十點

翡蘿妮卡．高登正在職員休息室喝著她的茶，聽到前面走廊上有騷動。她走出去，隨即生氣的皺起眉頭，眼前出現的是貝蒂．康思立，正扭轉著身體想要掙脫愛咪．史脫頓的阻擋。

「黑婊子，」貝蒂咆哮著。「把你的手放開。我要看我的女兒？」

「到底發生了什麼事？」翡蘿妮卡冷冷冰冰的問，伸出一隻手來抓住那個年長女人的衣領，以不可思議的力氣把她往後猛拉。「你竟膽敢用那種字眼跟我的護士說話。我絕不會姑息，不管對誰，更尤其不會容忍一個醉鬼。」她看起來非常憤怒。「可恥下流。你以為你是誰？」

貝蒂的臉變得陰沉抑鬱，她甩掉那隻手。「你知道我是誰，」她挑釁的說。「我是亞當．康思立的太太，我來看我的女兒。」因為眼前這位護士臉上的威嚴及更強烈的侵略性，她明顯的敗陣下來。

「不可能，」翡蘿妮卡簡潔的說。「現在是晚上十點鐘，而且你的情況根本無法跟任何人交談。我建議你回家清醒清醒，明天早上再帶著比現在能見人的表現回來。」

貝蒂畫著濃妝的臉上，雙眼膨脹暴凸著。「我丈夫一定會聽到這個的，你走著瞧。你竟敢用這種口氣跟我說話。」

「好主意。我們為什麼不現在就打電話給康思立先生？我相信他會很高興知道，他的妻子因為喝醉，在南丁格爾療養所跟一個護士胡鬧。」

眼淚沿著醜怪可笑的面頰奔流。「我需要見見珍，」她哭泣著。「求求你讓我見見我的女兒。」她似乎開始了解，眼淚無法幫她贏得任何同情，所以她深深吸了口氣，撫順她的頭髮，把外套拉平整。「好吧，你看，比較好了，是不是？如果你讓我見她，我就不會惹任何麻煩。」她壓壓眼睛，嘴角邊刻意裝出一個無賴般的乞憐表情。「就像平常一樣愉快，不要介意我剛剛說的話。」她拍拍愛咪的手臂。「親愛的，我並沒有任何惡意。只是，有時候我會脫口說出不當的字眼。你會讓我見見珍嗎？求求你，這很重要。」

翡蘿妮卡稍稍軟化了一些。「有什麼事情這麼緊急，不能等明天，康思立太太？」

「眉格和里奧，」她說。「我和男孩們看到報紙，說他們被殺了，但是她爹地拒絕對這個消息做任何說明。對我而言，有人應該來給那個可憐的孩子一個關懷的擁抱，即使只是我。」

翡蘿妮卡同意，即使她曾想過貝蒂為什麼要等上十二小時之久，還先讓自己喝醉，才過來付出關懷，她沒有反駁。她讓愛咪先去察看珍是不是還醒著，然後陪同貝蒂來到十二號房，讓兩名女子獨自相處，但是把房門大開著。「我就在走廊另一端，」她告訴她們。「康思立太太，你有十五分鐘，我不要聽到任何高聲談話。聽清楚了嗎？」

貝蒂等著她離開走遠，才輕蔑的哼了哼。「母狗。」她蹣跚的走向椅子，頹然攤倒在其上，愁眉苦臉的看著她已經躺在床上的繼女。「我猜已經有人告訴你，眉格和里奧死了。」

珍壓抑住她的沮喪。「誰帶你來的，貝蒂？」

「我要傑金帶我來的。」她對著房門揮了揮她多肉的手。「他在外頭等著。」

「亞當知道你來嗎？」

「當然不。」她搖著頭。「他在倫敦。股票整天都在跌。他正試著補救。」

「我看到新聞了。」

「喔，啊呀，啊呀。你還真冷酷。一直都是。」她擤了擤鼻子。「你知道股票為什麼在跌嗎？因為里奧的死，還有羅素，每個人都伸出手指指點點的。」

珍觀察她一陣子。「那不會影響到你，或者是男孩們，」她平靜的說。「那家公司很穩定，運作良好，而且亞當不會讓股價無限期的滑落。你的股權會再回升，所以你一點也不會有損失。」

「你那個親愛的亞當要如何才能阻止股票繼續下跌呢？」她磨著牙，小眼睛像打火石。「你告訴我呀。我和男孩們在那裡擔心得要死，而你和你爹地卻在這裡表現得像沒事人。」

「如果有必要，他會辭職。」攢蹙的眉在她額頭上拱起了小小的縐褶。「你跟我一樣清楚。他常說，危機發生時他會採取這個對策。」

「如果真是這樣，我們還會留有什麼？」

「你們還有亞當十年前給你們的股份。」

貝蒂拿出一個化妝盒，對著她遭蹂躪的門面補妝。「不對，」她拘謹的說，「那會讓我沒有自己的家可回。黑靈頓不是我們的，記得嗎，那屬於公司資產。他們是這麼說的，不是嗎？當你把這個危機丟到我們頭上時，你有想過嗎？如果你爹地辭職，我們就會失去黑靈頓。男孩們必須外出找工作，沒有一個人頭上會有遮風避雨的屋頂。你該怎麼說？」

「那表示你把你的股權賣掉了，你擔心亞當會把你們掃地出門。」珍把頭在枕頭上放平。「也到時候了。他應該有比較好的待遇，而不是拖著三個只知道把他往下拉的愚蠢重物。你們應該站在他那邊，支持他鼓勵他，而不是在這裡擔心哭叫你們怎麼辦。」她對自己笑了起來。「你知道嗎？當你進來時，我在想，老天爺，他們之間的一個竟然來這裡要握住我的手，給我安慰。他們其中一個跑過來說，我們相信你，珍。我們知道你一定經歷了一場劫難，你需要我們時，我們就在這裡。多麼愚蠢，不是嗎？我為什麼會傻到以為——即使是一分鐘——你或你那一文不值的雜種們會改變你們的態度？」

「不准你喊我的兒子們雜種。」

「為什麼不能？」珍說，按了按她床邊的鈴。「他們就是。對我父親而言，你從來就不是克盡職責的妻子。」

貝蒂的眼睛再次充滿淚水。「我第一次看到你，就很討厭你。」

「我知道。你從一開始就表露無遺。」

「你也討厭我。」

「因為你很愚蠢。」她轉向出現在房門口的翡蘿妮卡·高登。「我繼母要離開了，」她說。

「我盡力過，」貝蒂說。「想要愛你。」

「沒有，你沒有。你想要把我擠掉。嫉妒像病一樣跟隨著你。你知道得很清楚，亞當愛我比愛你還要深切。」

她無情的笑著，翡蘿妮卡發現她得重新調整她對這名年輕女子的評價。她想著，這不是一個天真感傷值得信賴的被害人。

□

備忘錄

發文者：區佛督察長
收文者：CC
時　間：一九九四年六月二十九日，星期三
主　旨：沃爾德／哈利斯

下述細節為截至今天早上九點鐘為止與此案相關的所有資料。

經過密切調查，我們仍然無法找到任何證人目擊六月十二、十三、十四日三天在阿丁利林地附近看到任何穿著沾有血跡服飾的人。沒有找到任何凶器。該區有幾輛汽車的報告，沒有提供進一步有用資訊。（附註：珍・康思立的車子，經法醫檢驗後，沒有血跡。）

◆沃爾德以及哈利斯個人物品在喬爾西區依閣藤街三十五號找到。

◆沃爾德的兩輛車已尋獲。一輛在依閣藤街，另一輛在坎登一個租用的車庫。哈利斯的車在三十五號屋外街上尋獲。三輛車今天都送交法醫檢驗，但是初步檢查結果，沒有獲得任何有用資訊。

◆根據哈利斯日記記載，同時結合朋友和親人證詞，顯示哈利斯和沃爾德之間持續或間歇有長達十一年之久的關係。另外，已經證實哈利斯跟羅素・蘭迪之間也有發生關係，存在於他跟珍・康思立婚前以及婚後。

◆有證據顯示哈利斯在一九八四年二月蘭迪被謀殺五天後墮過胎，然而胎兒父親仍不明確。另有證據顯示有可能不是沃爾德或蘭迪的。她的日記揭櫫她毫無選擇性的個性特徵，她弟弟的證詞支持這項發現。

◆哈利斯家庭存有不明疑點。明顯的緊張壓力。賽門和哈利斯牧師都跟眉格相處得不好，兩人都明白表示比較偏向珍・康思立（在這情況下，相當怪異）；另一方面，哈利斯太太似乎非常溺愛眉格，而對珍很生氣／嫉妒（？）

◆沃爾德母親提供他二十五歲時的心理分析報告，顯示他是個嚴重性格失調的小孩。

◆沃爾德家人提到五月三十日星期一的爭執，里奧聲稱計畫改娶眉格。他那天傍晚稍後打電話告知他父母，除非他說可以，否則不能跟任何人提起。直到六月十日星期六，才准許家人放出風聲，但是安東尼爵士以及沃爾德夫人都不知道延遲的原因。

◆沃爾德目前財產的估計，包括不動產、股份以及股權、黃金：約一百一十萬英鎊。根據沃爾德律師指出，他一直拒絕訂立遺囑，所以沒有遺囑存在。

◆哈利斯在六月十一日星期六通知她的父母。同一天，她打了電話告知她事業合夥人以及兩位朋友。我們沒有尋獲在六月十二日星期六之前跟事件有利害關係的任何人。她告訴她事業合夥人，她會在六月十三日星期一到辦公室。（附註：哈利斯日誌上的記載相當不穩定。好幾個星期的空白頁之後，會接著一天或幾天滿滿的記載。五月十八日星期一之後，就沒有什麼記載，自一九八三年十二月起，沒有再提到里奧．沃爾德這個名字，她寫道在這些年之後，她終於把里奧介紹給珍。）

◆根據她合夥人表示，六月十三日星期一，她沒有回到辦公室。

◆附註：哈利斯日記的記載，接續康思立嫁給蘭迪之後，她寫著：「自從羅素不再隨手招之即來，他變得更具有吸引力了。」一九九四年四月，相同的語氣寫著：「珍告訴我她決定再跳進婚姻裡。我知道我永遠會後悔介紹他們認識。」

◆根據六月十四日星期二，康思立先生太太的陳述（珍．康思立車禍之後），他們是在六月十一日星期六接到電話才知道婚禮取消了。艾歷克・克藍西上校證實該項陳述，他在車禍發生時說，珍・康思立在六月十一日告訴他婚禮取消。

◆康思立先生太太給予的證據（車禍之後的敘述）說明，珍從六月四日星期五到六月十日的那個禮拜，住在黑靈頓。她表現得精神奕奕，沒有提到跟里奧的爭執，繼續商討結婚事宜的準備工作，就好像婚禮要如期舉行。

◆珍・康思立自己在九四年六月二十八日的偵訊訪談中陳述，她無法記得六月四日以後的任何事情。她承認早已知悉哈利斯和蘭迪的戀情，但是在蘭迪死後才知道。她聲稱不記得沃爾德和哈利斯的事情，但是沃爾德父母的證詞推翻該說法。沃爾德父母說，里奧在五月三十日星期一的下午告訴她（亦即在她聲稱喪失記憶的六月四日以前）。莫道克巡官相信她記得的事情比說出來的要多，這說法似乎被以上的證據支持。

◆康思立小姐承認，她相信她父親有能力雇人殺死蘭迪，但不相信他真如此做過。她無法提出任何證據支持該項否認，只有她自認他不會忍心讓她成為發現屍體的人。如果康思立疼愛她，那麼這個爭辯有其基礎。

◆六月二十七日星期一，在南丁格爾療養所發生一起可能相關的事件。坡司羅醫生，療養所負責人，遭一名闖入者以長柄大鎚攻擊。康思立小姐當時是他大約十來天的病人，另外，六月二十七日當天下午，康思立的律師曾拜訪坡司羅醫生。

◆坡司羅僅受輕傷，攻擊用武器稍後在療養所庫房被安全警衛尋獲，他聲稱那屬於療養所所有物。法醫初步檢視，沒有在鐵鎚上發現任何血跡、毛髮、身體組織，但是有坡司羅醫生車身上的油漆，該車在攻擊事件中受到相當毀損。這指出攻擊他的人對療養所花園的地形有相當程度的了解，可能出自過去或目前的病人或訪客。坡司羅描述該攻擊者為，男性，五呎十吋或十一吋，身材中等，穿黑色衣服，帶著類似滑雪面罩的東西。

◆康思立小姐身高五呎十吋，身材苗條。然而（1）攻擊在夜晚發生，（2）莫道克巡官認為坡司羅盡其可能保護他的病人，理由未知。（3）康思立小姐有可能穿戴填充物。值得考量的要點是，假設該事件與蘭迪／沃爾德／哈利斯的謀殺案件相關，康思立小姐在她車禍發生後變得比較衰弱，坡司羅比較有機會逃過攻擊。克拉克醫生並沒有排除女性犯下沃爾德和哈利斯案件的可能。另外，在發現屍體壕溝邊緣的高跟鞋痕跡，似乎暗示當時有一名女人在現場。

◆名目：蘭迪謀殺案件。康思立小姐一九八四年二月一日下午和傍晚的不在場證明為哈利斯小姐提供。新證據發現哈利斯和蘭迪有婚外情，康思立小姐可能早已知悉，這個不在場證明似乎不像當時那明朗，值得進一步研究。（附註：哈利斯的日記對這點沒有任何敘述，事實上，一點也沒有提及蘭迪的死亡。）

結論：

1.眉格．哈利斯顯然有計畫的贏回兩個跟珍．康思立訂有婚約的男人。我們只有康思立單方的說詞，說她對上述並不知情／或並不懷恨。

2.顯然沃爾德和哈利斯沒有把他們結婚計畫公諸於世，直到他們預定前往法國避風頭之前。
3.珍・康思立，也認為保持祕密有其必要。
4.凶手可能利用他／她的車把他們載到阿丁利林地。
5.沃爾德／哈利斯最可能死亡的日期當天，康思立在距離阿丁利林地二十哩處，開著她的車撞向混凝土石柱。
6.康思立到南丁格爾療養所休養不久後，坡司羅醫生受到襲擊，攻擊武器類同使用於蘭迪／沃爾德／哈利斯案件。

調查組目前集中警力調查沃爾德／康思立／哈利斯在五月三十日到六月十三日的行蹤。計畫對所有相關當事人再次進行訪談，以建立事件發生時間表為要務。

法蘭克

□

法蘭柴思——霍汀對倫敦市造成的恐慌

法蘭柴思——霍汀有限公司的股票昨天劇幅下跌，緊接於上星期四發生的事件，在阿丁利林地發現屍體之一的身分確定為里奧·沃爾德。沃爾德，三十五歲股票掮客，直到近前還同亞當·康思立的女兒，珍，訂有婚約。市場反應顯示，一般大眾認為這起謀殺與十年前康思立女婿羅素·蘭迪被謀殺有關聯。

公眾對誰將繼承亞當·康思立成為下一任總裁的關注已持續了一段時間，這種猜測加速了眼前危機。亞當·康思立行事向來事必躬親，缺少了他強勢領導作風，公眾對法蘭柴思—霍汀有限公司的將來甚為憂心。

今天下午該公司發言人表示，投資人因為報界不負責任的言論而恐慌。「亞當·康思立不會下台，」他說。「我們的投資人因為我們的運作而獲利良好，這種樂觀景象，還會繼續維持下去。」

然而，倫敦市股市分析家卻有所保留。「法蘭柴思—霍汀有限公司是一人公司，」消息來源指出。「如果康思立離開，一般大眾對公司的信心會一瀉千里。事實上，他能挺住這場風暴得靠奇蹟。大家恐懼的是，一旦對康思立事件的調查繼續深入，會揭櫫其財務上的非法行為。他早期獲得的資金來源，從來就沒有得到合理的解釋過。但是如果有一位明確的繼承人，情形或有不同。」

康思立的兒子邁爾斯，二十六歲及佛格斯，二十四歲，因持有毒品被私立學校開除，屢次因野蠻行為和偷竊而遭勸戒警告。他們是倫敦幾家賭場和賽馬場的常客。

亞當·康思立的女兒，珍，三十四歲，在倫敦南區成功的經營一個攝影工作室，在羅素·蘭迪被殺前與之維持了三年的婚姻關係。警方在她未婚夫死亡後，重新開啟該檔案。

六月二十九日《每日郵報》

18

六月二十九日星期三，薩爾司柏瑞，康寧路警局——上午九點

布萊兒警員在哈登刑警經過她身旁時，注意到籠罩在他臉上的風暴，他用肩膀推開擋在行路中途的門。「哈登怎麼了？」她手肘支在諮詢櫃台上問值勤警官。

「政治，」他咕嚕咕嚕不滿的抱怨著，心不在焉的繼續寫著什麼東西。「他認為上頭把他碰到過最好的案子移轉給別人了。」

「給誰？」

「漢普夏警局。他昨天晚上把一個跟阿丁利林地謀殺案件有關的首要證物交出去了，哈登為此非常憤懣，聲稱找到線索的是他，而現在他卻沒有因此得到任何肯定。」

「什麼樣的證物？」

「星期一晚上用來攻擊南丁格爾療養所醫生的長柄大鎚，」那警官告訴她。

布萊兒看著他忙碌的筆端好一會兒。「這跟阿丁利林地案件有什麼關係？長柄大鎚在建築

工地上到處都是。這有什麼特別？」

「那名男性死者的未婚妻是南丁格爾療養所的病人，她的丈夫和愛人顯然都正巧因棒槌致死。」他從他寫著的筆記上抬頭。「珍・康思立，亞當・康思立的女兒。過去兩天報紙上全是他們的消息。」

「我忙著其他的事。」

他把一份小報推向她，用筆在一則專欄上敲了敲。「漢普夏警局昨天舉行了記者會。全都在那裡。」

布萊兒拿起報紙，快速瀏覽那篇報導。「嗯，我現在可以了解哈登為什麼光火了，」她論道，把報紙放回櫃台。「你猜是誰犯的案？」

他聳了聳肩，並在他寫著的東西上簽了名。「我只知道，如果他們真逮捕亞當・康思立，我自己是不會願意在法蘭柴思—霍汀有限公司工作。根據財經版新聞，他們的股票開始下跌了，而那只是謠傳他可能涉案而已。」他抬頭。「芙婁西・海爾的襲擊事件進行得怎樣了？」

「不算壞。」她把她已經發現的細節做了摘要。「他帶著一個鑰匙環，上面有黑色圓盤，雕有金色F以及H字母。芙婁西認為那有可能是他名字縮寫，但是我還不想把那寫進去，以防她萬一錯了。你說呢？」

他若有所思的瞪著她好一陣子，然後拿起報紙，急急翻閱著，尋找財經新聞。那篇有關法蘭柴思—霍汀有限公司的報導裡，有張公司商標圖案——公司名稱縮寫字母互相纏繞著，底色全黑。他拿給她看。「是這種東西嗎？」

「你知道你是什麼，警官，」布萊兒驚訝的叫了起來，「讓人驚奇的魔術師？」

□

薩爾司柏瑞，南丁格爾療養所——上午九點半

亞倫．坡司羅在早上九點半敲珍的房門時，她腳旁的地上正滿滿鋪著各種報紙。

「我請人拿來的，」她虛弱的笑著。「你看到發生了什麼事嗎？」

他點頭。「我看了晨間新聞。股市一開市，那些股票又開始下跌。」

「可憐的亞當，這實在不公平，」她艱澀的說。「多年以來，他們就一直苦心積慮要剷除掉他，現在他們終於找到機會了。」她放在腿上的手不自禁的緊緊握了起來。「你知道最讓我生氣的是什麼？就是這個說沒有繼承人選的垃圾，這是揭發這個家庭失敗最卑鄙的手法。目前董事會裡至少有三人足以在亞當下台後穩穩掌舵，所有的人都很清楚，從來就沒有人想過邁爾斯、佛格斯或者是我有一天會接他的位子。他不會願意。他那麼苦心經營，創下這片產業，絕無法眼睜睜看著他的孩子們把他打下的江山毀掉。」她歎了口氣。「唉，我們的確正在毀滅它。如果邁爾斯或佛格斯可以重新站起來被信賴的話，我不管做了什麼，都會變得微不足道。」

「你做了什麼呢，珍？」

「拿這個當開胃菜如何？」她自我嘲諷的說。「我不巧選了三個謀殺案件裡的受害人為丈夫、未婚夫及最好的朋友。當一個人家門前階梯上出現三具屍體，等於暗示了這家人有問題，你不覺得嗎？」

「是的。」

接著是短暫的沉默。「你知道我為什麼那樣厭惡絲蒂芬妮・費羅思，還有我為什麼不肯參與她任何心理分析的垃圾？」珍冷酷的說。「因為她不相信我跟羅素的死一點關係也沒有。她有把那點寫進她的紀錄裡嗎？」

「沒有。」

「你有把你的懷疑放到你的紀錄裡嗎？」如果她少喜歡他一些，傷痛會不會就比較小些？

「沒有。」

「但是你做了紀錄，是不是？」他點頭。「那麼，坡司羅醫生，你怎麼寫我的呢？」

「那只是私人記載。」一個因獨身過久，幾乎發了狂的男人的性幻想……好吧，那麼羅素按對了鈕，他讓你興奮嗎？……你在床上是什麼樣子，康思立小姐？……「舉例來說，昨天我寫：『很可惜珍沒有常笑。那很適合她。』」

她眉頭迅速攏成起伏山丘。「撇開那點沒錯，你難道就不能說：珍，你或你家人涉案的可能性不高，但是可能性確實存在？你憑什麼認為我就如此他媽的堅強，不需要人安慰保護？即使那安慰是來自像你這樣的混蛋？」

他露齒而笑。「因為如果我真那樣待你，你恐怕早把我剝了層皮。我們都知道你不傻，我們也都知道你在反擊。在沒有什麼強而有力的證據下，我所能做的，只是指出陰謀。剩下的就靠你自己選擇如何跟他們協商。」

「說微笑適合我就是一種施恩的態度。」

「不是故意的，但如果你是這樣看待事情的，那就罷了。」

「我討厭存在主義者。」

「而你就是，」他說。「這就是為什麼你對它那麼專精。」他鞋尖碰了碰躺了一地的報紙。

「法蘭柴思—霍汀有限公司會怎麼樣？」

「如果他們無法阻止股票繼續下跌，那麼亞當會辭職，」她不帶感情的說。「他無疑不會無所事事的一旁看著，等財產管理人進來插手。事實上，如果你有閒錢，現在是花在股票上的時機。現在是大好機會。我保證，一旦恐慌移除，價格就會開始回升。」

「至於財務上的不法行為，又是怎麼回事？」

「我打賭沒那回事，或說沒有人可以被證明。亞當曾說過，如果蘇格蘭場傾全力也無法找到他任何錯處，那麼就沒有人可以辦到。」

「你要去買些股權嗎？」

她眼中閃著壞透了的神采。「我已經買了。我今天早上打了電話給我的股票經紀人。他正以我卷宗裡所有的財產，買進法蘭柴思—霍汀有限公司的股權。」

「如果你錯了，結果喪失所有的投資，怎麼辦？」

「那也是敗在一個好的動機上，」她說。「至少我知道，當事情變壞時我有搖旗吶喊打氣。」

「你的動機真那麼純潔嗎？」

她猜疑著盯住他。「這是什麼意思？」

「翡蘿妮卡・高登告訴我，你繼母昨晚來過。我只是猜測，在這個利他的博愛主義裡，是不是含有一些敵意和怨恨存在。」翡蘿妮卡被珍的殘酷嚇住了，比對貝蒂喝醉樣子還要訝異：『亞倫，我想我低估她了。我現在的猜測是，她就跟她父親一樣毫不留情。』

「怎樣的敵意和怨恨？」

「就是手舞足蹈著高喊：看看我，亞當，我在支持你鼓勵你。看看她，她什麼也沒有做。」珍點上根菸。「有沒有那樣的機會會是個問題，對不對？我會有那樣的機會表現嗎？我不記得亞當來過這裡，或者那是我忘了的其中一件事。」

「你邀請他來過嗎？」

她笑了，但幾乎難以讓人察覺。「我沒有邀請賽門・哈利斯，但他來了。我沒有邀請邁爾斯或佛格斯，但他們來過。為什麼亞當需要被邀請呢，坡司羅醫生？一個有愛心的父親無疑的會把探視他們生病的女兒當做是天經地義的事。」

「也許他怕被拒絕，珍。」

「我懷疑。而即使他是，他不會先那麼快拒絕別人。」她回到他對她動機上的問題。「不管怎樣，敵意怨恨用在與貝蒂有關的事情上完全是多餘的。她已經親手把自己的船燒了，而她正在溺水，我是不會勞動我一隻手指去幫她的。」

既然這樣，你為什麼看起來還是一樣哀傷呢？他疑惑著。

□

蘇瑞郡里其蒙，格雷凡園十四號——上午十點半

警方重新訪談跟珍．康思立、里奧．沃爾德以及眉格．哈利斯有關的每一個人，是那個星期三聲勢隆隆的計畫，目的是要把五月底最後一個放假日到六月十三日星期一晚上每一天他們的行動和去處勾勒出清楚的概括。所有的問題也特別針對這個答案而做設計。

費哲警佐被分派到倫敦，訪談克藍西家、賈西．漢尼斯、迪恩．佳瑞得及眉格的鄰居海姆茲太太。他先到里其蒙的克藍西上校家，首先解釋訪談的目的，然後領著他們回到五月三十日星期一，珍車禍前兩個禮拜的時間。「我們從里奧父母那兒知道他和珍那天傍晚時分回到倫敦。你們可以證實嗎？」他一面說話，一面撥弄戈貝爾毛茸茸的耳朵。小小的狗兒在他膝上舒服的伸展著，下巴垂在他的腿邊，費哲滿心喜悅的撫弄那小東西，兀自感謝莫道克這回沒有在這裡，否則他準會對這單純的情感淋上蔑視譏諷的冷水。

克藍西上校縮縮他也上了年紀的嘴唇。「我記得星期六早上看到珍，但星期一沒有，」他最後說。「我當時在花園，她出來跟我說話。就我記得的，她當時忙得團團轉。她兩個弟弟因為前晚宿醉還躺在樓上睡覺，里奧前晚就不在家。她問我知不知道他去了那裡，因為他們應該一塊出發前往焦得堡去了，我說我已經快兩天沒有見到他。」他簡短看了他的妻子一眼。「我還說，」他堅定的繼續，「她跟里奧生活在一起根本就是個錯誤，但她說，不要擔心，上校，我自己也已經得到結論了。然後她回到室內，不一會兒里奧就出現了。」

「你從來就沒有告訴我你說過那些話，」克藍西太太說。

「想你也許會生氣，」他咳嗽幾聲。「你一直都希望她能夠再婚。」

「胡說八道。是你不停的跟她嘮裡嘮叨說，有孩子是她對社會的責任。你一直跟她說，像你這樣有腦筋有主見的女孩子，有責任把良好的基因繁衍下去。不該只有那些愚蠢的青少年生產上百個，而聰明的人卻什麼也沒有產出來。到最後會是一群笨蛋在領導地球。」

費哲急急打斷這爭論的繼續發展。「你下次再看到他們是什麼時候?」

「我星期天早上看到他們一塊兒離開，」黛菲妮提供有用資訊。「珍戴著一頂棒球帽，因為里奧堅持要開他的敞篷車，而我記得那時想著，她戴草編圓盤帽會有多漂亮。」

「如果她已經決定他不是她要的那一型人，她為什麼還要跟他一塊兒去呢?」費哲深思的問道。

「她有很好的教養，」克藍西太太說。

「接下來的那個星期三，」上校很努力的想過一回，說著。「我們在花園，大概六點鐘左右吧，喝茶時間就是了，珍從車庫的小道上過來，」他對著窗戶欠欠身，「沿著圍籬跑著，你知道嗎？她快樂得像個賣花的小孩，大聲唱著歌，我喊她：『有人中了頭獎嗎？』她頭從籬笆探向這兒來說：『變個戲法怎麼樣？』」

「是喔，」黛菲妮同意，「我說：『你看起來對回漢普夏待上一個禮拜感到非常快樂，』而她說：『都一樣，克藍西太太。一個大轉變跟好好的休息一陣子都一樣令人快樂。』」

在費哲膝上的戈貝爾轉過身來仰躺著，露出肚子要人搔弄，費哲等著牠靜下來。「就那樣？」他問，屈起頑皮的手指抓拉那身金黃色的毛髮。

他們同時點頭。

「你們沒有問她有關里奧的事，也沒有問她那個週末過得怎樣？」

上校看來有些不高興。「老天，當然沒有，」他說。「那不是我們該問的呀。再說，她不見得會告訴我們。珍是把自己的事情留給自己的那種人。」他對著戈貝爾皺眉，牠勃起的陰莖正打牠一身毛髮底下露出。「骯髒的小東西。如果那讓你不舒服，把牠踢下去。」

費哲起先沒有注意到，這時不好意思的笑了笑，停止抓弄的手指。「你那天看到過里奧嗎？」

「沒有。事實上，」上校停下來，想了想，「我似乎從星期六早上起，就沒有再見到他了。真的，告訴你，我從來沒有想過，但是你現在問起……」他詢問似的看著他的妻子。

「你記得你看到過他嗎？」

「對我而言，是星期天，」她提醒他們。

上校不耐煩的哼著聲。「那之後，女人，那之後。」

「喔，就一般情況而言，我從來就不期望看到他，」她說，轉向費哲論述她的觀點。「他從來就不是一個讓人喜歡的人。偶爾會出乎意料的說聲『早安』，那應該是一般的禮貌。我覺得他排斥我們，因為我們認識羅素，他怕我們私下比較，但是我們也不怎麼喜歡羅素，看到珍又選了相同類型的男人，還有點失望呢。」

她丈夫像看個傳說中怪物般看著她。「你這愚蠢的老太婆，人家問的問題是，星期天之後你有沒有再看到過他？」

她心不在焉的笑了笑。「我不認為有。沒有。」

「即使珍離開的那個禮拜也沒有？」費哲再提問。

「絕對沒有，」上校砰然說出，一隻手抓鬆唇上的鬍鬚，「但是，那時他也不應該在那裡出現。珍星期五晚上來過這兒一趟──那是六月三日──她說她上午就要到漢普夏去，而他也會在蘇瑞待上一個星期。她說不需要麻煩我們為屋裡的植物澆水，但得麻煩我拿水管為草坪澆水時，順便澆澆她的花園。她告訴我們，下個星期天回來。」

費哲皺著眉頭俯下身來，在他先前放置於座椅旁地板上的一些紙張裡翻尋。「我以為她是在六月十日星期五就回來。」

「嗯，是的，事實上她是。可我們一直到第二天早上才知道她回來了。她星期六過來找我那應該是十一日——說，『猜猜發生了什麼事，上校，婚禮取消了。那個混帳把我遺棄了，唯一讓我氣惱的是他比我早說出來。』」他又一次皺縮嘴唇，這回伴隨著蹙眉。「我告訴你，警佐，她看起來興高采烈，就好像幾千斤重的擔子已經從她肩上卸下。然後她回家打電話給她父親，還要我幫她禱告，希望她父親不會要她自己負擔取消婚禮的費用。」

「根據她父母的說法，她在星期五下午接了一通電話後就回家，比她原先計畫還要早。當她到達這裡時，發現里奧正在收拾他的東西，也就是在那個時候，他告訴她他要改娶她最好的朋友，然後離開。這表示了在那之前他一直住在這裡。」

「沒有，」上校堅決的說，「我也很肯定他星期五絕對沒有在這裡出現。我那天整個下午都在前庭花園裡，我會看到他的車。」

「你很肯定？」

「相當肯定。我們的生活作息十分規律。星期二還有星期五，前庭花園；星期一跟星期三，後院；星期四，購物。從不改變。」

費哲往黛菲妮．克藍西望去，她點頭。「從不改變，」她同意。「我把它歸咎於軍隊。」一抹稚氣頑皮的微笑爬上她的嘴角。「我把很多事都歸咎於軍隊。」

費哲咬著嘴唇，深思著。「當里其蒙警局在珍車禍進行訪查時，你們為什麼沒有告訴他們呢？」他說。

「因為他們只對珍為什麼企圖自殺有興趣，」上校指出。「所以黛芬妮告訴他們里奧拋棄了她，在我來得及解釋說她看起來並沒有對這件事沮喪前，黛菲妮就開始啜泣星期天發生的事情。結果一場誤會流傳得到處都是。」

「你對星期天發生的事情怎麼解釋呢，先生？」

「不過是個意外，」他說。「門被風吹得關了起來。戈貝爾首先發現情形不對大聲嚎叫。我隨後跟進。把她拉出車庫，她就像及時雨般沒事。」

「這個愚蠢的老傢伙差一點就送了命，」克藍西太太憐愛的說。「珍可不輕呢。」

費哲再次點點頭。「你把她拖出車庫後，她有沒有跟你解釋發生了什麼事？」

「只同意那是意外，」上校說，「然後請黛菲妮不要太過大驚小怪。『我沒事，』她說。」

費哲抵達時曾到那個車庫外面觀察過。車庫就跟克藍西家的一個樣子，兩棟房子間隔著一個四呎高的牆和一條狹窄的小路。車庫建在屋後，屬於兩層樓房的一部分，車庫內有直通屋內的通道。正門在房屋轉角和車庫間彼此面對著，庭園柵門和房屋正面之間有塊讓人羨慕的庭園。珍的庭園裡植滿灌木叢和小樹，使得馬路面向一樓的視線被阻擋住；而克藍西家的比較正式，玫瑰花叢圍繞著一方小草坪。費哲想著，把星期二和星期五的時間都花在照顧這庭園上，倒一點也不讓人奇怪。從起居室窗戶望向他們的後園，發現那是個面積大致相當的區域。

「康思立小姐在你們把她救了出來後，是不是開著她的車離開？」他問克藍西上校。

「不是立刻。」

「但是她出去了？」

他點頭。「她先打了通電話，然後把我們趕出去，說她沒事。」

「她打電話給誰？」

「不知道。從她臥室打的。可能是她本來準備要去拜訪什麼人吧，得解釋一下她有事耽擱了。」

「你當時認為讓她在那種情況下開車適當嗎？」

「老實說，我不認為。但是我們阻止不了她。」

「她之後有回來嗎？」

上校看著他的妻子。「老實說，不太清楚，但我猜有。她不是那種會隨便在外過夜的人。」

費哲拉了拉戈貝爾的一隻耳朵。「那麼，當你到外頭察看戈貝爾吠叫的原因時，車庫的門是鎖上的，還是沒有？」

「沒有鎖上，」上校說。

「喔，艾歷克！」他的妻子斥責著。「為什麼要說謊？那幫不了珍的。門當時是上鎖的，」她告訴費哲。「艾歷克從車庫窗戶看進去，看到發生的事情才跑來跟我要備用鑰匙。天可憐見她沒有把正門也鎖了，否則他就得要花上好一陣工夫才能進到屋內。」

老人把自己從椅子上拉拔起來，走到另一邊，往外看著花園。「打珍跟羅素搬到這裡開始就認識她了，」沒多久他說。「十三十四年了，或多或少。她是個好女人，也許感覺有一點距離，有時也太過獨立認為自己可以做任何事，包括男人的工作。然後發現她並不像自己想像的那樣強壯——有一回我從一袋水泥下把她救出來，那東西對她來說是太重了。」他停下，發出低沉的笑聲。「她被壓在下面，像個笨拙慌亂的螃蟹——我有好幾年沒那樣大笑了。」他再次停頓。「看著她掙扎度過發生在羅素身上那件駭人的事，看著她好不容易把自己重新整理出來在攝影工作上有了成就。她不肯從她父親那兒得到任何幫助。『上校，我要靠自己站起來，不然就算了。』那是她說的。」他轉過身來，突出的白色眉毛靠攏著形成冷酷的皺痕。「這種女人是不會自殺的，甚至連想都不會想。假如她真的要做，她會選擇較有效率的方法，從排氣管直接接根管子，把瓦斯廢氣送進窗戶裡來。我不認為向車庫灌廢氣能殺得了她。」

「也許她想要獲救，」費哲提議。

上校嘲弄的哼了哼。「那麼在獲救之後，她就應該傷心落淚，告訴我們她有多不快樂，」他爭辯。「對我來說，重要的問題應該是為什麼在大家知道里奧和眉格被殺前，警方把調查重點放在珍因失去里奧而哀傷。當你沮喪灰心時，嘗試自殺兩次，似乎有些道理。」他的眼睛瞇了起來。「但是現在你知道里奧死了，又怎麼想的呢？你是在暗示說她早知道那樁謀殺，然後事後又試著自殺？」

費哲把這點好好想了一想，他的眼睛研究著老人的臉。一個值得深究的重點，他承認。如果第一次嘗試自殺發生在眉格和里奧被謀殺之前，這個動機在本質上就互相矛盾，那必定是經過了複雜的心理狀況，讓你從自殺的沮喪轉移到謀殺的憤怒，然後再回到自殺的沮喪。

他把那隻小狗圈在手掌裡轉過來，放到他腳旁的地上，然後拾起他的筆記整理著。「我昨天跟她談過，」他告訴他們。「她談到她的車禍，說她不認為她曾經想要自殺。」他拿出一張紙。「她說：『這跟我的個性非常不合。』然後她又說：『如果我不是要自殺，那麼必定是有什麼人要我死。』」他抬頭。「那個星期天，你們看到任何人到她家去嗎？還是有聽到什麼？你從她前門進去時，有注意到任何不對勁嗎？」

克藍西上校遺憾的搖著頭。「沒有，」他說。

費哲有一股奇異的失望。「好吧，」他說，「那麼讓我們往前談談星期一，六月十三日。」

「我注意到，」克藍西太太說，眼神有點恍惚。她把他們請到她的記憶裡，並且把注意力集中在警佐身上。「我有，」她重複。「多奇怪，我差點忘記了。那時艾歷克把珍拖出她的車子，我多麼擔心他心臟病會發作，所以那件事就完全被我輕忽掉了。」她往前傾斜，她蒼白的顯示歲月的眼睛突然散放著興奮的光彩。「戈貝爾跟著艾歷克進到屋裡，」她說，「我聽到牠狂吠著，像是要把自己的頭給喊掉了似的。喔，當然，我以為牠跟艾歷克在一起，但是緊接著，我知道牠從後園沿著小徑跑著，吠叫著，就好像牠找著什麼人。你知道，就是那種狗兒追趕著陌生闖入者發出來的噪音。牠是從客廳的窗戶跳出去的，那表示，」她毫不猶豫的說，「有什麼人在牠之前先跳了出去，也許就在戈貝爾一開始叫喊警告的時候。當我們把珍帶回客廳時，客廳窗戶是大開著的。她去打電話時，我才把窗戶關上。」

「好極了，老伴，」上校嘉許的說。「一定就是這樣。哪個混帳試圖要殺她。除此之外，什麼都說不通。」

「那麼珍為什麼沒有告訴你？」費哲不情願的說。「她那時並沒有喪失記憶呀。」

「她對戈貝爾大驚小怪一番，你知道，我告訴她是牠警告我們發生了什麼事之後，她幾乎把那可憐東西小小的頭給揉扁了。」

「但是……」整個情節實在很愚蠢，費哲告訴自己，但是他卻任由繼續。「你瞧，你不可能把一個清醒的人放到車子裡，啟動引擎，希望他們會傻坐在那裡，讓汽車廢氣窒息他們，不是嗎？她必須是在昏睡狀況中才行。」

「她說她的頭在痛。」

「一定是有人先打了她。那麼她為什麼不向警方報案呢？」

沉默。

「因為，」克藍西太太說，「她對那個人非常熟悉，不能相信那人想要殺她。她畢竟沒有受到什麼損傷，而艾歷克不停的說那是一場愚蠢的意外。往好處設想是人的天性，你知道。」

「或者，」克藍西上校回憶說，「她當時有比報警還來得重要的事要做。正如我說的，珍是個非常獨立的女人。以為她可以掌控全局。比方說，她究竟打了電話給誰？當時這似乎是很尋常的舉動，但是現在——我會說，這值得進一步探究。」

費哲寫進筆記簿。「你下一次再見到她是什麼時候？」

老人看了看他的妻子。「我不記得之後有再看到她。我們知道的下一件事，是警察星期二來敲我們的門，告訴我們她在醫院。」

費哲深思的看著他們倆。「你的鄰居試圖自殺，你們卻沒有去探望她？」

「自殺的事情一直到星期二才被告知，」上校尖銳的說。「就我們所知，那只不過是個意外罷了。自然的，我們有警覺的多加注意，但是沒有什麼麻煩或不幸的事情再度發生。我們不想讓自己變成討人厭的老傢伙，那可憐的女孩也許只想靜靜獨處。」

□

倫敦蘇活區，哈利斯暨漢尼斯——中午十二點半

賈西．漢尼斯，雖然在眉格答錄機上做了要解除合夥關係的威脅，但仍在辦公室裡努力的讓公司繼續營業下去。他不甚起勁的向費哲警佐問好。「我已經把我所知道所有的事都告訴你們了，」他說，搔著滿頭亂髮，不高興的看著身前的男人。

費哲解釋著這番來訪的目的。「如果你有工作日誌，」他建議，「也許可以讓速度加快些。我需要眉格過去的工作行事曆，越詳細越好。」

漢尼斯粗野的從他辦公桌抽屜裡拉出一本東西，沙沙翻弄著。「好吧，這些是眉格的約會紀錄。星期一，五月三十日：空白。那是國定假日。星期二，五月三十一日：空白。但是那一頁用藍色鉛筆畫了一條斜線，那表示她應該是在她辦公室工作。」

「你記得她那天在辦公室裡嗎，先生？」

「不記得，」賈西草率的說。「那是三個星期以前的事，眉格和我已經合作了好幾年。我怎麼記得起幾千個日子中的其中一天？不管怎麼說，如果我出去了，我也不可能知道。」

「你出去了嗎？」

他瞥了眼日誌。「我在溫沙，徵募新員。」

「這些藍色線條可靠嗎？她會不會即使不在辦公室，仍在日誌畫上這麼條斜線呢？」

「是的，如果對她來說方便的話。」

「請繼續。」

「星期三，六月一日：十點鐘，比爾・萊立，堪諾街十二號。全天會議。星期四——」「請等一下，先生，」費哲插嘴。「她有去赴約嗎？」

「那上面被畫了線，理論上表示已經處理完畢。」他聳聳肩。「好吧，是的。根據我自己花在那個客戶身上的時間來看，她很可能在那裡待到午夜，幫他解決他自己的私人問題。得提醒你，」他頗不情願的承認，「那是目前讓我們仍然可以順流漂浮，不至於沉船的原因。」

「很好。星期四，」他提議。

「星期四，六月二日：早上空白，下午三點半，跟銀行經理會面。上下兩個都有橫線畫過。」

「是合夥事業的銀行經理，還是她個人的？」

「有可能是合夥事業的。我們在經濟不景氣時，有過財務困難，眉格跟那個負責我們貸款的混蛋定期會見面。曾經會定期見面，」他垂頭喪氣的糾正自己。「我還沒有辦法接受她已經死了的事實。星期五，六月三日：空白，但是有畫線。星期一——」

「我很抱歉我一直打岔，先生，但是你知不知道四日到五日那個週末她做了什麼？」

「我們之間的關係純屬同事，警佐，就像我上一次跟你談話時解釋過的。她在週末做了什麼，對我而言，就像一本闔上的書，除非那跟公事有關。星期一，六月六日：十點鐘，又是比爾．萊立。畫了線。星期二——」

「也許把那些影印下來會比較方便，」費哲說。「我想繼續這樣進行對我們兩方來說，都是浪費時間，除非你在紀錄間有什麼要補充說明的。」

漢尼斯把紀錄本推過辦公桌。「沒有。上回你們離開之後，我自己查過，除了跟萊立的兩次會面，以及銀行經理要求在十日訂立工作計畫之外，那個星期大半時間她都虛晃過去了。老實說，如果你認為我可以告訴你什麼事，那麼你就太天真了。」

「先生，你相當不合作，」費哲不帶火氣的說。「你難道不想讓殺了你合夥人的凶手早日被繩之以法嗎？」

賈西伸手從桌子的一邊拿來一盒菸。「在這些事情發生以前，我以為已經成功的把這壞習慣戒掉了。現在我又回來復仇。」他點燃一枝菸，把用過的火柴丟向菸灰缸，神情抑鬱的看著從疲乏臉上升騰的煙霧。「我不知道我要什麼，警佐。眉格曾是個好朋友。珍也是個好朋友。

賭頭你贏，賭尾我輸。」

「為什麼這麼說？」

「因為我能閱讀，」賈西簡慢的說。「報紙上都是，除非他們根本就是流彈亂飛。你們因為羅素死亡的方式把矛頭指向珍，想要逮她。」

「你認識羅素？」

「不太熟。珍曾帶他到辦公室來兩次，那時眉格和我仍然待在威耳曼—郝伯司公司裡。」

「他曾獨自一人在沒有珍的情況下，來看眉格嗎？」

賈西搖頭。「就我知道的，沒有。」

「你知道她跟他之間的關係嗎？」

賈西狠狠吸了口菸。「當時不知道。事後聽說了。」

「誰告訴你的？」

賈西沒有立即回答。「我不記得，」他平坦的說。「眉格或賽門吧，我想。」他似乎做著決定。「是眉格。她因為羅素的死非常沮喪，常常無緣無故的暗自落淚，我問她為什麼，她告訴了我。」

費哲不相信。「我想是康思立小姐告訴你的。」

賈西盯著他看了一會。「我不記得，」他又說。「那是很久以前的事了。」

費哲友善的笑了笑。「那不重要，但是我們的確試著把疑點澄清。你記不記得羅素死後多久她才告訴你的？」

「聽著，我沒有說是珍，好嗎？」費哲對漢尼斯的雙手深感好奇，它們似乎自己有生命似的抽搐顫動，顯得相當慌張。

「了解。你記不記得你第一次知道這個消息是什麼時候，先生？」

「我想是在她失去孩子之後。」

「謝謝你，」費哲輕鬆的說。「我不會再打擾你太久。我會很感激，如果你把你和眉格最後一次交談的內容告訴我，我相信那是六月十一日，星期六，她打電話到你家去。根據你之前告訴我們的，她說里奧和珍的婚禮取消了，變成是她嫁給他，還說他們計畫星期二前往法國，但是她會在離開之前到辦公室去交代她進行中的公事。」

「沒錯。」

費哲查了查約會紀錄。「但是，根據這本紀錄，她星期五下午曾回到辦公室，那是在跟銀行經理約談過後。她為什麼不在那個時候告訴你？那有點奇怪，是不是？」

「沒錯，那很奇怪，」他咆哮著。「天殺的，我完全沒有預期會接到這通電話說她要躲到法國，留我駐守陣地直到她回來。我火冒三丈，告訴她如果她不回到這裡把辦公桌清理清理事情交代清楚就離開，我會被逼死。」

「那麼要她星期一回辦公室，是你的意思而不是她的嘍？」

賈西皺著眉頭回想。「也許。我那時太過生氣，她竟然就這樣，沒有任何事先警告的就把所有事情丟下給我。其中一個合夥人隨時因為雞毛蒜皮的事說走就走，照這樣下去，有誰會對公司有信心？我把我所有的錢全投入這個不起眼的合夥事業裡了。」他搖著頭。「這麼會有什麼不同呢？」

「有可能不同，」費哲說。他停頓，想了想。「也許你讓她覺得很有罪惡感，於是改變了他們原先計畫，在這裡停留久一些。」

「我不懂。」

「眉格星期六早上打電話，」費哲慢慢的說。「我在想，當初計畫有沒有可能是在一宣布之後馬上動身前往法國。讓我們想想，她比任何人都清楚發生在羅素・蘭迪身上的事。」

「你是說，如果我沒有讓她產生罪惡感，他們現在也許仍然活著？」賈西啞聲問。

「我不知道，先生。我想我們必須先把他們星期一的行蹤搞清楚，才能下結論。我是說，是你向他們施加壓力，才讓他們延遲了出發時間。」費哲仔細觀察著眼前男人，然後繼續。

「就事論事，我只有你單方面的說詞，說她和里奧沒有在預定的時間出現。」

19

六月二十九日星期三，威爾夏郡薩爾司柏瑞，蘭新路五十三號——正午

芙婁西．海爾看著剪報上法蘭柴思—霍汀有限公司的商標。「喔，是的，」她說，「沒錯，這就是那圈鑰匙環上的圖樣，錯不了。」接著，她把注意力轉到邁爾斯和佛格斯．康思立的傳真照片上，在短暫的一刻猶豫後，把手指在一張臉上。「看起來像是他，但這不是張好照片，對不對，親愛的？我不記得他的頭髮顏色跟這一樣深。不過夾克看來有點像。」

「他旁邊那個男的怎樣？」

她把紙張舉遠，半瞇著眼睛，好像看著一幅印象派的畫作。「問題在於你不常正對著他的臉看，尤其是當他毆打你的時候。你既害怕又緊張。是的，」她突然下了決定，戳著邁爾斯的臉，「是他，沒錯。混帳東西。我就說他看起來很正經。他是誰？」

「他名叫邁爾斯．康思立。」布萊兒警員收回照片，放回她的包包。沙蔓珊．蓋瑞森也指認出邁爾斯，即使那兩個女人在指認時都沒有布萊兒預期中的肯定，她也把那番猶豫歸咎為照

片的品質不好。暫時不去想這樣的指認符不符合起訴所要求的嚴格細節，如果芙妻西打一開始就合作些，允許他們進行指紋採樣或什麼的，那麼他們就會有比較強而有力的證據。

「嗯，我不懂，」年紀大些的女人說。「你怎麼有辦法把我告訴你的事情，像變魔術一樣變出一張照片，找到那個名字縮寫是ＭＫ的人？」

「運氣，芙妻西，是運氣。他是那種花花公子型惹人討厭的小夥子。如果你有興趣知道，這張照片是《踏樂》雜誌傳真給我們。你被這群社會人渣之首擺了一道。他爸是個百萬富翁。」

芙妻西搖搖頭。「真想不通這個世界到底是怎麼啦。他幹嘛在薩爾司柏瑞拋魚網找像我這樣廉價的人，他根本就有能力花錢找倫敦那些高檔的女孩呀？」

布萊兒沒有答案。

□

倫敦，平立寇工作室——下午一點

迪恩·佳瑞得非常熱情的合作。「喔，當然，親愛的，」他告訴費哲，一面傾瀉著他的迷人魅力，另一方面卻悄悄的以眼角冷漠的餘光想弄清楚來人的意圖。他覺得這個警察似乎比大部分的警察在對待同性戀的態度上要友善些，甚至，如果他臉上的和煦笑容代表某種意義的話，他可能對珍以及她工作室不尋常的環境已經做了一番了解。無疑的，他並沒有被安姬莉卡粉紅色的頭髮嚇到，也沒有因迪恩賣弄風情的態度而感到困擾。「我可以提供你珍那段時間詳細行蹤，從三十一日星期二到三日星期五這段時間。然而，在那之後，我恐怕就沒有辦法了。因為接下來的那個星期她住到地獄去了，沒有跟我們聯絡——沒有必要，當然，因為那是她的假期——她就像煙一樣消失。安姬莉卡星期一不停的打電話，打了又打，那天她應該要回到這裡的，但是答話的全都是珍的答錄機。」

「那天是六月十三日，是嗎？」

「是的。然後是星期二，我們聽到這個糟糕至極的消息，那可憐的東西在某家醫院昏迷不醒。我猜你看過她了。她還好嗎？」

他的臉因過分關切而攢眉扭曲著，費哲保證似的點點頭，即使他覺得那個表情太濫情。

「她看來還好。對發生的事情有些暈頭轉向摸不清方向，除了那樣之外，她警覺性很強也十分鎮靜。」

「她很棒，對不？」迪恩說。「她幾乎是我最鍾愛的女士了。」

「然而你卻還沒有去探望過她，」費哲不動感情的說，「或者說就我們所知沒有。有什麼特別理由嗎？」

蹙額攢眉突然間平復。「是的，嗯，不像賈西．漢尼斯還有賽門．哈利斯那兩個人，他告訴我他們硬是不請自去，我寧願等著被邀請。想像一下，你感覺死亡就在眼前，卻還要忙著應付一些朋友們好意的拜訪。珍是非常注重個人隱私的人。多半時間，我想她根本就對我們多麼崇拜她毫不知情，其他時候，我退回到我小小甲殼裡，因為我擔心我們讓她無聊得要死。」他歎了口氣。「此外，我一直不知道她在哪裡。她那恐怖的父親不肯告訴我。」

「我仍然奇怪她怎麼一點都不擔心工作室的運作情況？」

迪恩懊惱的嘀咕著。「你好奇怪唷，警官。你難道不認為那可憐的東西目前有更迫切的事需要煩心，而不是擔心這個由倫敦第二把交椅的攝影師照顧的工作室？」

費哲嘴唇扭曲著避免笑出聲來。「你覺得里奧是個怎麼樣的人？」

「他絕對是個可怕又悲慘的人，一個真正的吸血鬼。但是珍看到了嗎？喔，你知道麻煩的是什麼嘛，當一張漂亮的臉伸到她眼前時，她就像眼睛被罩住了一樣，再也看不清聽不見，完全沉迷在外表下，忘記底下的性情才比較重要。都是她父親的錯。他本身就像一隻貪得無厭的老禿鷹，一直跟她保持見鬼的距離，讓她以為漂亮的臉就代表美麗的心腸。」他轉動著眼珠，朝天看去。「另一方面，我不得不說，撇開他是一個非常粗魯的男人不提，我確確實實認為一個亞當·康思立起碼值十個里奧·沃爾德。如果打電話到工作室來察看我和安姬莉卡工作狀況的次數表示了相當程度的關心的話，那麼，到目前為止，他打了那麼多通電話，真的讓你感覺他對珍關懷至極，至少比她付出的要多太多了。老天爺，如果我們曾經想要偷懶——當然我們沒有那樣想過——他一定會跑來把我們生吞活剝的。」

費哲露齒而笑。「那麼你見過他嘍？」

「他第一次來做令人害怕的視察，我被介紹給他，」迪恩發著抖說，「安姬也是。由於我是同性戀，她是黑人，那次的見面倒不是什麼世紀之最。他事後洗了手，以免被傳染什麼毛病。後來所有的拜訪，他都很沒教養的對著我們嘰哩咕嚕著，然後就直接轉向珍私下談話去。」

「他的拜訪為什麼嚇人？」

「因為他堅持帶著被他馴服了的大猩猩。」迪恩再次轉動著眼珠。「是他的司機，但是打什麼時候開始，司機必須要有五十四吋寬的胸部？那個人是為了要對付那些膽敢對老闆發噓聲的人們所準備的，他有能力活活碾碎一個人。」

「這在這年頭並非不尋常，你知道。貼身保鏢兼司機。大多數百萬富翁都有這樣的人隨侍在側。你說康思立先生保持距離，但是你又同時說他很疼愛珍？」

「是的，以一種奇怪的方式。他從來碰都不碰她，只是坐在那裡瞪著她看，就好像她是一件精巧的瓷器。我的感覺是他無法相信她真是他的。我是說，他本身是這麼一個拙劣的作品，而她是那樣一個高貴仕女，他另外的兩個孩子又是一級狗屎混蛋。」他想了一陣。「用喜歡來形容不夠，我想他把她理想化了。」

「她又怎麼想呢？」

「厭惡。你得了解他不是把珍理想化，而是把他想像中的她給理想化。我是說，你必得在心理上有缺陷，才會把珍想成優雅的瓷器。把她比喻成一件堅實的土製器皿，有時跌到地上會彈回來，洗上千萬遍仍能維持完整形狀的東西，才是個比較好的類比。」

「珍為什麼不糾正他呢？」

「她努力過，親愛的，但是沒有比那些看不清事實的人還要盲目的了。她準備要嫁給里奧・沃爾德呢，看在老天的份上，還有什麼比有瑕疵的判斷力及糟糕透頂的品味更令人挫敗的呢？當然，也不是說她父親就能看得清。里奧血管裡流有高貴的藍色血液，所以他一定比我們所有人都要尊貴高尚。」

費哲微笑。「告訴我五月三十一日星期二發生的事，」他提議。

「那是個非常忙碌的日子。先是一整個早上為一隊青少年樂團拍照，他們自以為是蜜蜂的膝蓋（**譯註：意指出類拔萃的人物**）。唱片公司要一些宣傳照片，但是要他們對著鏡頭做出傻笑以外的動作，簡直就像在石頭上抽血一樣困難。」他想了一會兒。「下午我們在查令十字路地鐵站附近為一家電視台拍外景。那是為遊民的紀錄片提供一些有氣氛的靜態照。六點鐘左右停工，因為珍想在一定時間回到家。」

「她說為什麼了嗎？」

他搖著他銀色的頭。「但是她那整天心情都很好，當我問她我們是不是要把她的愉快歸功於里奧時，她說：『從某個角度來說，你可以這麼講。』於是我說：『不要告訴我，親愛的，是因為他終於在床上變得格外慷慨。』她說：『別傻了，迪恩，要里奧體貼另一個人，除非放張鏡子在他身旁讓他看著自己。』而我當時就想，感謝上帝，她終於看到理智光芒了，但是，第一次，我找不到適當的話接腔。」

費哲再次露齒而笑。「六月一日，星期三，」他提到。

「現在讓我想想。對了。我花了一個上午的時間沖洗照片。有些前幾個禮拜留下來的底片還沒有沖洗，還有兩個前幾天的計畫。珍埋首在一大堆的文件工作上，為了能趕在放假前全部處理完。星期三下午是保留給拍沙龍照的，我記得那天有五六家人過來。我們大約六點半草草吃了晚餐，再回到查令十字路地鐵站把那裡的外景工作完成。他們要一些以黃昏為背景的照片，所以我們那天晚上一直工作到十點半。」

「她星期三的心情怎樣？」

「一樣。快樂，爽朗，美好。安姬和我相信她把里奧給踢掉了，但是她什麼也沒說，我們於是又猜測她把消息暫時封鎖住，直到她在假期間可以告訴她老爸。你不知道我們戰戰兢兢度日有多久了。只要提到里奧的名字，就會惹來怒視，接著話題大轉彎。然後，突然間，不知怎麼了，她恢復她甜美的老樣子。」

「你把那歸之於她終於決定不要跟他結婚了？」

迪恩點點頭。「比那更甚之，甜心，我猜里奧已經不在那裡了，甚至不再跟她睡同一張床了。多少星期以來第一次，她開始願意回家。就拿星期四來說吧。她把我使喚得像個奴隸整整一個早上，然後到了下午，她突然間看看手錶說：『幫幫忙，迪恩，照顧一下店裡。我家裡有些事，明天我們還要全天出外景。』我當時驚訝到可以被一根羽毛戳倒。自從里奧理所當然把腳伸到她餐桌下之後，她就像避瘟疫一樣的不願回到那個地方。」

「為什麼？」

迪恩不耐煩的嘖嘖擦嘴。「因為她了解她無法忍受他，當然，她不知道該如何承認。又是她父親的錯。他已經開始熱心的籌備婚禮事宜，幾乎邀請了半個蘇瑞郡和漢普夏郡的人，珍則怕會搞得難堪所以什麼也不說。我是指，會有兩個內閣政要來參加，你總不能在告訴他們不用來了之後，良心卻沒受到譴責？」

費哲發出咯咯笑聲。「我從來沒有這樣的機會。不過，聽起來可能會很有趣。」他停頓。「他不在那裡的確有道理。她和他在星期一國定假日那天有過激烈的爭吵，就邏輯思考而言，他應該馬上就搬出去才對，」他噘著嘴，全心思索著。「但是她聲稱在下一個星期六早上，六月四日，他人仍然在那裡，也就是她前往黑靈頓時，也還記得他們很熱情的互道再見。」迪恩聳聳肩。「那麼里奧有可能經歷了個性轉化手術。我向上帝發誓，如果不是因為血讓我感到噁心，我肯定會往他鼻子狠狠揮拳好幾次。他實在是個卑鄙無恥的小人。」

「所以你的猜測是什麼？」

「珍那個熱情吻別是個無關緊要的謊言。」

「你想他們有過爭吵？」

「不。我猜她不願意讓任何人知道他已經離開了，所以托辭假造從未發生的熱情吻別。我說，如果人總是必須把自己人際關係的真相全盤托出，最後會發現我們失去了自尊自重。我對我自己的戀情就從沒有實話實說過——在我的愛人們遺棄我很長一段時間後，還得假裝沒事。」

「可惜你沒有在她車禍發生時，把這些告訴警方，」費哲溫和的責備著。

「嗯，如果他們當時對六月十日星期五以前發生的事情表現出一點點的興趣，我或許就告訴他們了。但是他們只想知道，自她從漢普夏回返之後，我們可有看到或聽到有關她的任何消息。我的確說了，我們很驚訝聽到她是從地獄回來以後的星期六才把婚禮取消掉，因為我們真的確信她在兩個禮拜以前就打定了主意，而他們說是里奧遺棄她的，我無法證明事實剛好相反，也就沒有什麼好多說了。」

「好吧，那麼就只剩下三日星期五了。那天有什麼不尋常的事情發生嗎？」

「只在倫敦船塢區有時裝攝影。我們早上八點半上工，一直工作到晚上七點鐘，中間沒有休息。珍大約七點半時開車回到工作室，把我跟所有的攝影器材丟下，說：『下個禮拜都是你的了，要乖乖的。』然後我就沒有再見過她了。」

「你跟她說過話嗎？」費哲懶懶的問。

「只有一次，在電話中。」

「是什麼時候？」

「星期天晚上。」

「誰打給誰？」

「她打給我。」

「打到家裡？」

迪恩點頭。

「那麼一定是很重要的事情嘍，」費哲說。

「喔，是的，」迪恩說。「是我三十歲生日，她知道如果我不跟她說說話，我會死千次萬次的，我才不管她是不是躺在醫院病床上受失憶症的折磨。」他眼睛發著光亮。「就像我說的，她是我最鍾愛的女士。」

費哲手指翻了翻他筆記簿一兩頁。「那很奇怪，」他說。「根據她告訴我們的，她曾要你打電話到沃爾德家，查問里奧和眉格是不是死了。她倒沒有提到什麼生日。我們可以相信你說的任何話嗎，先生？」

□

温徹斯特，羅門賽路警局——下午一點

從薩爾司柏瑞打來的電話轉給簡報室裡的區佛督察長，他正在對一組他挑選出來下午要到黑靈頓進行查訪的人員進行訓示。他聽著來電足足五分鐘，中間偶爾穿插幾聲怪異感歎來表示他聆聽的興致，然後他說：「那名妓女對她所做的指認很確定？」一段長長的停頓。「你找到兩位指認的人。是的，我們計畫今天下午查訪他們全家。沒有，他到目前為止還沒有出現在我們考慮範圍內。」一段更長的停頓。「因為當蘭迪死時他才不過十六歲，那就是為什麼。好吧，好吧。我們現在都知道那是一個十歲小孩幹下的。」他嘴唇緊緊抿成一條細長沮喪的線。

「嗯，她能多快趕到這裡？半小時。是，好的，我們會等著。是，是，是。從昨天下午開始外面就有我們的車子在待命。全家人都在那裡，包括康思立。他今天早上從倫敦開車回去。」他再次傾聽。「不會，我們不會搶在她前頭。」他恨恨摔下話筒，瞪眼看著眼前集結的警探們。「天殺的！」他咆哮著。

「怎麼了？」莫道克問。

「邁爾斯．康思立在薩爾司柏瑞被發現毆打幾個妓女。那邊的警官說有他精神變態的證明。」

「那對我們會有什麼樣的影響？」

區佛暴躁的耍弄他的領結。「靜觀其變。他們送了一位女警過來，帶著她手上有關他的資料。我建議我們在她來到之前按兵不動。」他把雙手掩在臉上拱成尖塔形。「各位，這就是所謂的職場裡的一根扳手（譯註：在此意指他們的計畫遭到破壞）。邁爾斯．康思立為什麼會想要去謀殺他姊姊的丈夫、未婚夫還有朋友？你們想得出道理來嗎？」

「長官，你在槍聲沒響之前就先跑了，」莫道克抗議道。「好吧，那個混蛋毆打了幾個妓女，那並不證明他是殺人凶手啊。」

「那麼，你仍然認為珍是凶手嘍？」

「當然。她是唯一一個對那三人有行凶動機的人。」

「還有她父親，知道她做了什麼，仍然保護著她？」

「應該就是那樣了。蘭迪死後，她被送到精神病院去，她父親獨自面對外面的風風雨雨，因為他知道市警局拿他沒辦法。這次，在一次偽裝成自殺的嘗試後，她被送進南丁格爾療養所，然後我們被通知放手，因為她患有失憶症。同時，她父親的律師在療養所主管身上玩法律遊戲。毫無疑問的，她有罪。她的父親知道，坡司羅醫生也知道。」

「那簡直就是共謀，而且漏洞一大堆。如果那醫生真的在保護著她，那星期一晚上她幹嘛要攻擊他？」

「因為她精神失常了，長官。」

「換句話說，她是個變態。」

「她當然是。」

法蘭克放下他的手，略帶嘲諷的笑著。「市警局說她父親是個變態。薩爾司柏瑞說她弟弟是變態。你說她是變態。這開始變成流行了，我不吃那一套，加瑞。」

莫道克聳聳肩。「那你相信什麼呢，長官？」

「一個變態，也許，但是不會三個都是。我猜另外兩個被其中一人扯下水。」

□

亞當・康思立辭職的消息於下午兩點鐘被發布，地點在法蘭柴思—霍汀有限公司的倫敦總公司，亞當・康思立提名他的副手約翰・諾門接手。英國廣播公司一點鐘午間新聞裡的錄影鏡頭以黑靈頓的鐵門做為新聞故事背景。「亞當．康思立今天早上在這近新森林區，安靜詳和的十八世紀宮殿式建築裡，做下了決定，然而他不太可能再在這裡住太久了。黑靈頓是法蘭柴思─霍汀有限公司登記有案的產權，消息指出它將被賣掉，以補償前日的損失。」

□

溫徹斯特，羅門賽路警局簡報室─下午一點四十五分

無線電訊裝置傳來興奮又夾雜爆裂聲的訊息。「聽著，長官，一輛保時捷，車牌號碼MIL1，剛從工務用進出口駛離黑靈頓，以時速大約一百哩的高速衝向路面。我們正在追蹤，但是肯定不是康思立那老傢伙。我們應該回到大廳，還是繼續跟蹤？」

「誰是你的後勤人員？」

「佛得烈克在工務進出口，半打當地便衣警察在前門維持那些小報攝影記者秩序。可是，長官，那地方整個早上就像古代巨鳥般沉寂。這是我們看到的第一個動作。」

「好的，繼續，」法蘭克．區佛說，「但是不要跟丟。那有可能是邁爾斯．康思立，我要知道他去了哪裡。佛得烈克，你聽到了嗎？保持警覺，如果有任何人出來，馬上通知我。知道嗎？」

「是的，長官。」

第一聲從無線電傳來的訊號響了起來。「他正轉向A三三八號公路，長官。看來他正往薩爾司柏瑞方向駛去。」

□

倫敦翰默司密區，秀柏利路四十三號——下午兩點

費哲最後一個查訪地點是眉格在翰默司密區的鄰居，海姆茲太太。她驚訝但溫和的跟他問好，就像對待她的老朋友一樣，領著他來到前廳。「我先生，」她說，朝一個皮膚像風乾福橘皮的可憐老人揮揮手，他坐在角落，膝上蓋著一條毯子，孤獨淒涼的望著安靜的街道。「多發性硬化症，」她用嘴型不出聲的說明。接著她揚起音調。「這是刑事警佐費哲，亨瑞，來這裡跟我們談談可憐的眉格。」她回到巧聲細語的聲量。「不要理他。他什麼也不會說。最近這些日子尤其少開口。那很可惜，真的。他以前有個忙裡忙外不得閒的個性。」

費哲在海姆茲太太指示的扶手單人沙發上坐下，當天第四次說明他來訪的目的。「所以，你知不知道眉格那個連續假期的週末做了什麼?」他問。

她小女孩似的發出尖銳的聲音。「我不知道從何說起，」她宣稱。「老天爺，我連我們那個週末做了什麼都不記得了呢。」

費哲往她丈夫的方向瞥了一眼，想著如果他行動不便，那麼他們外出不在家裡的機會可是

相當渺茫。「也許有家人會來拜訪你？」他提問。「這能喚起你任何記憶嗎？那個星期一眉格不可能去工作。」

她搖著頭。「每天都一樣。工作日、週末、假日。沒有什麼變化。現在，如果你能告訴我當天電視上演什麼，也許有些幫助。」

費哲換另一種方式。「五月二十七日，星期五晚上，里奧很有可能待在這裡，也許包括星期一，三十日，很可能星期二也在，三十一日。事實上，他很可能那個星期大部分時間都住在這裡，還有下一個星期。那有沒有讓你想起什麼？換句話說，你可有注意到他比平常時候要常出現？前一陣子我跟你談時，你曾說過，他們前往法國之前，有很多進進出出的嘈雜聲。」

「嗯，我的確注意到他比平時更常出入這裡，但是至於他是不是跟她住在一起……」她搖搖頭。「日期對我一點意義也沒有，警佐。我又怎麼知道里奧哪一天晚上住在這裡呢？老實說，眉格的感情生活跟我們兩人一點關係也沒有，而且又為什麼要有呢？我們自己的麻煩就已經夠多了。」

費哲同情的點著頭。「里奧有兩部很顯眼的賓士敞篷汽車，一輛黑色，椅墊椅套是灰棕色皮革製，另一輛白色，有酒紅色座椅。我們猜想其中一輛應該曾經停在外面過。在他們離開這裡前往法國度假前的那兩個禮拜裡，你可曾看過它們之中的任何一輛？」

她再一次像小女孩似的發出尖銳的聲音。「我分不清賓士和積架的區別，」她說，「我從來就不注意任何一種車子，除非它們擋住我的路了。可怕的發明。」

費哲沮喪的低低歎了口氣。海姆茲太太前幾天給的墓誌銘——她從來沒給我們惹任何麻煩——再次湧現他腦海。多可惜，他心中想著，因為如果她有，那麼海姆茲太太也許就會多注意她一些。他愁悶的看向她的丈夫。「也許海姆茲先生看到了什麼？」他問。

她起勁的搖著頭。「即使一輛雙層巴士停在他的腿上，他也不會注意到的，」她低聲嘀咕著。「最好不要打擾他，真的。如果他被騷擾，他會變得焦躁不安。」

但是費哲堅持，為了能給自己一個交代說他真的把每一塊石頭都翻過來，看看下面有沒有藏什麼東西。「你能幫幫我嗎，海姆茲先生？這對我很重要，否則我不會輕易來打擾你。我們有兩樁尚未破案的謀殺案，需要找出為什麼以及什麼時候發生。」

那張瘦削的臉孔轉向他，面無表情的看著他好幾秒鐘。「二日是星期幾？」

「六月？」

他點頭。

費哲翻著他的日誌。「是星期四。」

「二日我得上醫院。救護車把我送回來，司機注意到那輛賓士。他說：『那是新的，我以前沒有在這裡見過，』我告訴他那是樓下的人的，已經在那裡停了有兩三天。」

費哲倚身向前。「來來去去還是就停放在那裡不動？」

「每天晚上都在那裡，」他困難的開口說話，「白天就來來去去。」

「你記得那輛車從什麼時候開始就停在那裡不動了嗎？」

很顯然他張口說話不容易，費哲耐著性子等他回話。「不確定。也許就是他們去法國的時候。」

費哲鼓勵的微笑著。「你能不能說出是哪一天呢，海姆茲先生？」

老人點點頭。「床單乾淨日。星期一。」

「老天爺，」海姆茲太太說，「你知道他沒有說錯。我當時剛把弄髒的床單取下，眉格就帶著貓的食物來。我把床單放到亨瑞腿上，到門口跟她說話去。現在瞧瞧，我幾乎忘光了。」

「那太好了，」費哲說。「我們開始有進展了。他們開著賓士車離開的嗎？」

海姆茲先生搖頭。「我沒有看到。安琪亞把我和床單一起推到廚房。」他眼睛裡閃現著惱怒表情。費哲想，你可憐的老東西，我打賭她把你當成可以移動的洗衣籃，在你腿上整理那些床單。

「你知不知道眉格車子的去向？深綠色的福特。我們在喬爾西區的一條街上找到它。」

「星期五晚上。兩輛車都不在。後來只有那輛跑車回來。」

「眉格和里奧都在車裡？」

「是的。」

「那有道理。他們在離開度假前把地方清理乾淨。」他用手指在腿上打著拍子，向著海姆茲太太提出下一個問題。「那個星期一，眉格有提到是什麼原因讓他們離開的日子延後？」她扮了個鬼臉。「沒有。她只是按了門鈴，把鑰匙丟過來，還有貓的食物，說他們就要去法國了。我記得我當時覺得很奇怪。」

「是什麼讓你覺得奇怪？」

「也不是啦，」她說。「只是她沒有去做頭髮，眼睛紅腫腫的，所以我猜她可能哭過，但是我想那只是戀人之間那種稀奇古怪的玩意兒。」

「還有什麼嗎？」

「嗯，說麻瑪公爵要在走廊裡像犯人一樣被關著很怪。她以前從沒有那樣做過。可憐的小傢伙，那不是個善待貓兒的行為。」

費哲皺起眉頭，翻動著他的筆記。「上回我們談話時，」他咕噥著，抽出一張紙，「你說眉格堅持麻瑪公爵不可以進到任何一個房間。」

「沒錯。」

「但是你剛剛說她把它像犯人一樣的關在走廊。」

「嗯，是呀。同樣的事情嘛。」

「你能不能記得她當時用的字眼是什麼，海姆茲太太？」

「喔，老天爺。那幾乎是三個禮拜前的事了。」她用力的把臉擠皺成一團，認真思考著。「讓我想想。半分鐘之內就結束了。『你記得我說過我們要去法國的事嗎，海姆茲太太？』那是她開頭說的。喔，當然，她從來就沒有提過，但是我很禮貌的說記得。『你答應要幫我照顧那隻貓？』她接著說。我有些生氣，因為我根本沒有答應過。我當時當然可以那樣說，但是她把鑰匙和罐頭塞給我，我根本沒有時間回答。『那隻貓被囚禁起來，會想要跑出去。當你開門時，請務必要小心。我不想要有更多的損害發生。』那就是她說的話。我也就照著做，雖然我看不出來為什麼有這樣的必要。以前她就沒有擔心過損害什麼的。」

「她說『那隻貓』，而不是龐瑪公爵？」那女人點頭。「你那時站在大門外面？」

「沒錯。她不肯進來。」

他在腦海中描繪著地下室階梯的玄關走廊，突然了解當時發生了什麼事。有人曾經站在下面那裡，傾聽著，他想。他拿著鉛筆輕輕敲著牙齒。因為里奧這個名字（Leo），讀來跟獅子（Lion）很像，也就是貓科動物（Cat）。「里奧被囚禁了。請小心。我不想有更多的損害發生。」耶穌基督！眉格當時有多傷心絕望，知道她唯一的機會只繫在眼前這個易怒的蠢女人身上。但是，他得公平些，有哪個人聽得出這麼難解的暗語？

「好吧。」他轉回到海姆茲先生。「他們星期六和星期天做了什麼？你知道嗎？你注意到誰來敲過門？」

他的嘴唇動作著。「她的朋友來過，」他脫口說出。「身材很高的那個。星期六晚上。」他舉起一隻軟弱無力的手，隨即啪的一聲掉回腿上。「敲門。說：『你們一定是瘋了。你們怎麼還在這裡？』」

「是一個女人嗎？」

「是的。」

「珍・康思立？」

「高，黑。開著路寶敞篷車。車牌是 JIN1X。」

「她什麼時候離開的？」

海姆茲先生搖著頭。「安琪亞喜歡看電視。我不准在這裡坐太久。」

「我就說不應該，」他妻子尖銳的說。「如果你坐得太久，鄰居會想歪的。他們會說我忽略你了，沒有好好照顧你。」

費哲對那老人投以憐憫的眼光。「不要擔心，」他說。「你還注意到任何其他的訪客嗎？」

海姆茲先生已經把他所知道的所有的事情都告訴他了。

□

「我們現在正在路上，」區佛督察長對著無線電跟威爾夏警局的警員說。「看起來他正往南丁格爾療養所去。聽到了。你會加派人手到療養所去嗎？同意。在你以毆打攻擊理由逮捕他時，我們會只跟他談有關謀殺的事情。沒有，亞當・康思立目前沒有動靜。我比較有興趣聽聽邁爾斯的說詞。」

□

威爾夏郡薩爾司柏瑞，南丁格爾療養所——下午兩點半

邁爾斯像股暴風闖進珍敞開著的落地窗，接著把自已丟到沒人坐的單人扶手椅上，臉上帶著五歲小孩受挫時陰沉不高興的表情。「我猜你已經聽到他做的事了？」

「你是說他的辭職？」

「我當然是在指他的辭職，」他假聲假氣的模仿。「要不然我還見鬼的指什麼？」他重重把腳踏在地板上。「老天，我真火大。我真不知道我現在要把你們兩個中的誰絞死勒死。你知不知道你們兩個把所有事情全部搞砸了？」

「不知道，」她平靜的說，點起一根菸。「我不懂你在說什麼。到底什麼事被搞砸了，邁爾斯？」

「看在老天份上！」他大聲吼叫著，眼睛瞇成很難看的一條細縫。「我們失去了所有的東西、房子、一切東西。」

她透過繚繞的煙霧看著他。「我們是誰？」她輕聲說。「我沒有失去什麼東西。自從亞當辭職後，股票已經漲了十點，那表示光是早上的投資，我就已經小小賺了一筆。我希望你不要告訴我你已經把你手上的股份賣掉了，邁爾斯。亞當把那些分給我們的時候，他就說過：可以賣掉任何東西，但不要把這些賣掉。你應該對他有些信心。」

「我必須，」他咬牙切齒的說。「佛格斯也是。我們用那些股票借了錢，而那混蛋要我們

把它們賣掉抵債。」

她聳聳肩。「你們就更傻了。」

他像是根綳得死緊的弓弦。「喔，老天，如果你知道我有多恨你——發生這種事，都是你的錯……」他的聲音含著絕望的顫抖。

她揚了揚眉毛，帶著譏諷的表情。「你怎麼證明是我的錯？」

「羅素、里奧——兩個都是狗屎。」

「這跟發生的事情又有什麼關係？」

「如果你選個有一半好的男人，我們就不會淌進這麼一灘渾水。」

她看著他緊抓著扶手，逐漸變成青白的指節。她究竟對她這個弟弟有多少了解？「羅素被殺時，你只有十六歲，」她緩慢的說。「貝蒂發誓你和佛格斯那天整天都在家。」

他圓睜著血紅憤怒的眼睛瞪著她。「你見鬼的在說什麼？」

「我以為——算了。」

「你以為是我幹的？」他以輕蔑的口吻說。「喔，我有時倒希望真是我幹了，那老傢伙就會對我打躬作揖。我不會要一分錢，因為我會很享受那過程。我討厭羅素，他跟你一樣狗屁高傲，自以為了不起。」他像一股大浪般突然從椅子上衝過來，俯身罩住她，用力握住她的手臂。「爹花了一大筆錢才把他做掉，你這笨母狗，又另外花了一筆錢對付里奧和眉格。佛格斯和我就因為這樣跌到一堆狗屎裡去。警察已經把黑靈頓全包圍起來了，只等著逮捕他，一旦他們那樣做，媽、我還有佛格斯就會流落街頭。我們被掏空了——你懂嗎？媽咪也是——好幾個月前她就把她的股份全賣掉了。什麼都沒有留下。」

「你仍然保有你的工作，」她說，鎮定的往上盯著他，好讓他看不出她此刻有多害怕。

他急躁的把自己丟回椅子裡，他的憤怒耗盡了。「天可憐見，你竟然這麼天真，」他說。「約翰．諾門不會要我們的。我們在那裡工作，只是因為爹的關係。你明知道。每個人都知道。老天，甚至連假裝需要我們都沒有。我要做的只是確定基地安全契約有按時更新。任何白癡都能做。」他握緊的拳頭敲打著椅子扶手。「因為這樣，我領一份低能白癡薪水。你知道我在做什麼工作嗎？我要雇用夜間看守人員，在鬼電腦印表機列印出來的制式契約上簽我的大名。」

「那麼你為什麼現在不那樣做？」她問他。「無疑這正是個表現出自己值得被留用的機會。」

他的怒氣再次升起。「你這個愚蠢、自以為是的母狗！」他尖聲喊叫。「全都結束了！爹已經確定你沒有事，因為你是他他媽的寶貝，但是他把我們全都拖下去了。你就不能用你那頭水泥腦袋想想嗎？」

她朝天花板吐出一串溪流般的煙霧，觀察著煙霧在穿窗而來的微風中變換著圖形。

「你怎麼知道亞當雇人殺了羅素的？」她安靜的問。

「不然還有誰會那麼做？」

「我，」她提議。

邁爾斯一副好笑的表情。「完美小姐。算了吧，珍，你沒那個膽子。」

「而你認為亞當有？」

他聳聳肩。「我知道他有。」

「怎麼知道的？」

「因為他一向夠兇，就是那樣。看他對待我和佛格斯的方式就可以知道。」

她的嘴唇漸漸形成似笑非笑的形狀。「我要證據，邁爾斯，不是憑印象。你能證明亞當雇人把羅素殺了嗎？」

「我可以證明他想要找人把他殺了。他後來說過，羅素得到他應得的下場。你親愛的丈夫跟你最好的朋友胡搞，爹為了那恨死他了。」

「當他聽到有關里奧和眉格的事情時，他說了什麼？」連珍自己也覺得她的聲音異常遙遠陌生。

邁爾斯再次聳聳肩。「他希望你的記憶永久喪失，然後他把自己關進他的辦公室，喊他律師進去。他很擔心你開始記起事情來，所以我們認為你看到了什麼你不該看到的事情。」

她把眼光放在對面牆上。「你說那讓他花了一大筆錢。到底是多少？」

「很多。」

「多少，邁爾斯？」

「我不知道，」他悻悻然說。「我只知道那見鬼的貴。」

她懶懶收回視線看住他。「你什麼都不知道，對不對？你只是在說你希望亞當那樣做，而他並不一定做過。我猜，想像你父親是一個殺人凶手會讓你覺得好過些。」她突然笑了起來。「你知道，我真的很為你感到難過。想來你過去十年一直以亞當的罪惡來讓你自己那些卑鄙的欺瞞詐騙合理化，所以，一旦你發現亞當其實比一般清白的人更清白時，你怎麼辦呢？」窗戶邊的動靜吸引了她的視線，她疑惑的瞪著那兩個擋住光線的便衣。她後面門上有著毅然強制的敲門聲。她皺眉看著布萊兒警員沒有經過邀請就走了進來。「我能幫什麼忙嗎？」珍禮貌的問，看著她身後的區佛督察長、莫道克還有亞倫·坡司羅，他們站在打開的門口。

布萊兒簡短的瞥了她一眼，然後把注意力轉向她的弟弟。「邁爾斯·康思立？」她問。

他點頭。

她亮出她的警徽。「布萊兒女警，威爾夏警局。邁爾斯·康思立，我有理由相信你跟我們進行中的偵訊有關，亦即六月二十二日晚上發生在芙妻西·海爾太太身上的嚴重肢體傷害及猥褻攻擊，地點薩爾司柏瑞，蘭新路五十三號——」

「你見鬼的在說些什麼？」他憤怒的叫囂打斷她的話。「誰是他媽的芙妻西·海爾太太？我甚至連那母狗的名字都沒聽過。」

20

六月二十九日星期三，薩爾司柏瑞，南丁格爾療養所——下午兩點四十五分

尊貴的小公爵，布萊兒想著，用來形容邁爾斯．康思立倒也貼切，他的臉型端正乾淨，一雙藍眼睛分得很開。雖然不是吸引她的那種類型——她比較喜歡略為狂野又強壯堅韌的男人——但是她可以了解芙妻西為什麼會覺得這類人有吸引力。「她是名妓女，康思立先生。二十二日晚上，她被人殘暴的攻擊。她已經指認你就是攻擊者。沙蔓珊．蓋瑞森，另一名妓女，在三月二十三日也受到類似的毆打，她也指認出你來了。」

他生氣的橫眉豎眼。「她們在瞎扯。我長這麼大從來就沒有碰過任何妓女。」他靠向珍。「發生了什麼事？這是爹布下的陷阱嗎？」

「別傻了，」她俐落的說。她看著這名女警。「她們指認出他來的？那個攻擊者有自報姓名嗎？」

布萊兒沒有理會她。「我想我們到警察局去把事情討論清楚比較妥當。康思立先生，我要

求你隨同我——」

「聽著，你這酸臭的母牛，」邁爾斯說，氣勢洶洶的跳了起來，「我不知道你在玩什麼把戲——」

「坐下，邁爾斯，」珍咬牙噓著他，抓住他手臂強迫他坐回椅子上，「把你的嘴巴閉緊。」她深深吸了口氣。「你說你有理由相信我弟弟對你的案件有所協助，那麼，請你解釋你的理由是什麼。特別是，那兩個女人是如何確認攻擊她們的人就是我弟弟。」

布萊兒皺起眉頭。「我沒有責任解釋任何事情，我已經說了，我們有來自兩位女子的指認，她們指認是他毆打她們成傷。我們要他回答一些相關問題，因此他得跟我們回局裡一趟。你有疑問嗎，康思立小姐，請注意，毆打傷害嚴重兩名女子需要送醫急救？」

「我知道，」她直率的說，「我認為邁爾斯應該拒絕。你顯然除了那番神祕的指認之外，提不出任何證據，否則你就會帶著拘捕令。」她看了莫道克一眼。「我猜你們試圖把我們一個個分開，偵訊有關眉格和里奧的死。我甚至懷疑那些妓女是不是存在。」

邁爾斯發出噓聲。「就是這樣，珍。把他們送到地獄去。」

年輕的女警好奇的看著他，然後轉向他姊姊。「康思立小姐，我來自威爾夏警察局，花了上星期一整個禮拜的時間調查芙妻西．海爾的被毆事件。她四十六歲，頭、臉以及手臂受到嚴重的傷害，如果不是她勇敢的把自己送到醫院，可能已經死在自己床上。她已經指認出你弟弟就是傷害她的人。我必須承認，圍繞在你未婚夫還有你最好朋友死亡的媒體討論間接導致了她對他的指認，但那是唯一的關聯。我對你本身或你跟漢普夏警方的關係沒有興趣。我只是要防止再有任何女子受到芙婁西那樣的傷害攻擊。」

「好吧，」邁爾斯趾高氣昂的說，往後靠坐在椅背上，把腿伸長，「逮捕我，否則你帶不走我。你知不知道我父親對這件事會有什麼反應？一旦他的律師開始在這件事上下工夫，你就吃不完兜著走。」

珍用力以手指掐住鼓鼓搏動的腦子。「閉嘴，邁爾斯。」

「不，我就是不要，」他尖聲叫著，迅速轉頭看著她。「你讓我煩死了，珍，你真的是。你可以說任何你要說的話，因為你是他媽的聰明，但是蠢笨的邁爾斯就不行。他必須坐在這裡，把嘴巴閉緊。」他握拳的手重重打向另一隻手掌心裡。「老天，二十二日我甚至不在薩爾司柏瑞，我還可以證明。」

「上個禮拜三晚上九點鐘，你來這裡探望你姊姊，康思立先生，」莫道克粗魯的說。「上星期三就是六月二十二日，南丁格爾療養所就在薩爾司柏瑞。你姊姊和所裡值班職員都可以作證。海爾太太在八點十五分時遭到毆打，那足夠讓你有充分的時間在你來到這裡以前，把自己整理好。」

他的臉突然像是被人重重摔了一把。「好吧，就算我忘了，也沒什麼大不了。我從佛定橋開車直接過來這裡。我母親和弟弟會可以證明我在黑靈頓一直待到八點半才出門。」

布萊兒看著珍。「他到這裡時是這樣告訴你的嗎？」

她沒有回答。

邁爾斯害怕的掃射她。「告訴他們我告訴過你。」

「我怎麼能？我不記得你說過。」

「護士帶我進來的時候說了。你弟弟從佛定橋來了。你一定記得。」

「我不記得。」她只記得他說他那個晚上賭博去了。然而，是真的嗎？

「呸，狗屎，珍，」他乞求著，「你一定得幫我。我向上帝發誓我從沒有傷害過任何人。」

他伸出一隻手，死死掐住她的手臂。「求求你，珍，幫幫我。」

眉格是個婊子……求求你……求求你……求求你……幫幫我，珍……如此恐懼……喔，上帝，那麼強烈的恐懼……「我會跟亞當說，要他把甘迺迪找來，」她語音顫抖著說。「記得，在他到達前什麼都不要說。你能做到嗎，邁爾斯？」

他點頭，站起來。「只要你不讓我失望。」

布萊兒堅定的伸出手來抓住他的手臂，把他帶往落地窗的方向。「往這邊走，康思立先生。我們有一輛車在外頭等著。」

「我的保時捷怎麼辦？」

她舉起手。「如果你把鑰匙給我，我會讓其中一位警官幫你開走。」她朝另外兩名薩爾司柏瑞警官點頭。「他會跟在我們後面。」

邁爾斯從口袋掏出鑰匙，粗魯的把它們丟到她的手掌上。她看著鑰匙的綴飾——一個黑色圓盤鑲著金色字母——然後領著他離開。

□

珍伸出不穩的手拿起放在椅子扶手上的菸盒，慢慢走到梳妝台邊，靠著它粗厚堅實的邊緣。她眼光短暫刷過亞倫・坡司羅，他倚身靠在門旁的牆壁上。接著她把注意力轉向法蘭克・區佛。「我在電視上看過你，」她告訴他，困難的點燃菸。「前些天你們召開了個記者會，但是很抱歉我不記得你的名字。」

「區佛督察長，」他告訴她。

她瞥了莫道克一眼。「那麼你是來這裡談里奧和眉格嘍？」

法蘭克點點頭。

「你認為邁爾斯有可能是嫌犯，因為發生在那些可憐女人身上的事？」

「是有可能。」

她點點頭。「換成是我，我大概也會這樣說。」

「如果角色對調，而我是你，那麼我會說什麼呢？」

她很奇怪的看了他一會。「我想你會太過勞神於壓抑你心裡那股想要尖叫的衝動，沒有力氣說任何話。」

法蘭克觀察著她。「你有精神跟我們說話嗎，康思立小姐？」

「有的。」

「你不一定要答應，」亞倫突然出聲。「我相信督察長願意給你些時間恢復過來。」那讓她覺得有些好笑。「羅素死時，他們就一直不斷告訴我。那表示我會有十分鐘的時間讓自己冷靜下來，他們就可以再開始。」她抽了口菸。「問題是，你永遠無法從那樣的震驚中恢復過來，所以十分鐘簡直就是浪費時間，而我只是要打電話給我父親。我寧願盡快把這件事解決掉。」

「請，」法蘭克說，對電話機欠了欠身。「我們會在外面等你打完。」

她搖著頭。「我寧願等你們都走了以後再打。」

「為什麼？」莫道克問。「幫你弟弟找個律師，越快越好，你不覺得嗎？」

「奇怪的是，巡官，我比較喜歡先想想我該怎麼說。我父親聽到他兒子被指控進行兇暴的性攻擊，那會毀掉他的。你難道不會嗎？或者你期望那是發生在他身上的事？」她突然再次轉向督察長。「邁爾斯沒有殺害羅素，所以如果是同一個人殺了里奧和眉格，絕對不會是邁爾斯。」

「介不介意我們坐下來？」他問。

「請便。」

兩名警官橫過室內走到椅子旁，亞倫待在原地沒有移動。「你為什麼肯定他沒有殺害羅素？」

她沉思了好幾秒鐘才迂迴的回答，「說起來非常諷刺，真的，我居然告訴他在律師到達之前要保持緘默。我對律師提出的職業忠告並不總是信服的。羅素被謀殺後，我諮詢過一位律師的意見，」她告訴他們，「因為我開始了解我已經是嫌犯名單上的前幾名。他說服我在回答警方問題時要非常小心，不要自願提供訊息，盡量把回答縮限到最低限度，避免推測臆想，只告訴他們你知道的事實。」她歎了口氣。「但是現在，我想把我心裡想到的每一件事說出來會比較好，因為我當時那樣做的後果，只是引起外界對我父親的更大猜忌。」她語音止住，沉默下來。

「這跟我的問題幾乎扯不上關係，康思立小姐。」

她瞪著地板，迅速的，略帶慌張的吸了口菸。「你們進來之前，我們正在討論有關羅素的死，」她突然說。「邁爾斯說，他一直就認為我父親該對這件事負責，那表示他和佛格斯毫不猶豫的沉迷於低下的小奸小詐小騙小偷。在園丁身上偷二十塊，偽造他們母親簽名開具支票，這些跟謀殺比起來簡直只是小巫見大巫。」她抬起眼睛。「但是邁爾斯所認為的事——事實上每個人都這麼想——完全受限於他自己既有的成見。就這一點，你必須要了解，我弟弟急著想證明他比他父親還要優越。」

「他可有任何證據證明你父親在你丈夫的謀殺事件中，扮演共謀的角色？」

「沒有，他當然沒有，因為亞當並沒有牽涉進去。」

「但是，你跟你弟弟一樣無法提出證據。」他不帶敵意的微笑著。「真相是一種動搖不安、令人困惑難以捉摸的現象。就我以警察身分來說，我所能做的，只是把所有的事實累積起來，衡量它們的重量。最後，我也只能希望真相承載的重量比較凸顯。」

「那麼，為什麼有那麼多的警方人員只聽見他們想要聽的聲音？」

「因為我們都是人。而且，就像你自己才說的，我們都受限於既有成見的框架。」他朝莫道克點了點頭。「但是我想我們兩個人都夠專業，足以讓自己保持客觀聆聽你的說法，所以我希望那會讓你有信心說出你想說的話。」

她吸了口菸，持續的盯住莫道克。「你也那麼同意嗎，巡官？」

「當然，」他說，「但是，如果你期待我們因此相信你說的任何話，你就是在要求奇蹟了。比方說，麻煩你對我解釋一下。你為什麼就沒有訴諸小偷小搶來跟你父親抗衡？無疑的，我想你一定也相信他對蘭迪的死該負些責任？你報復的方式是什麼呢，康思立小姐？」

「對你來講，恐怕太過機智而無法理解，」她簡慢的說道，才再回到她先前的重點。「如果你願意保持客觀，為什麼對我昨天告訴你所有的事情都那麼排斥？」

他嘴笑眼不笑。「我不記得是排斥。我記得的是反駁你所做的一些陳述。然而，你同時也是這個案子裡的嫌犯，」他指出，「你說的任何事情都得受到進一步查證，那並非不合理，不是嗎？」

「是沒有不合理，但是我想要知道，你是不是對我提出的建議進行了任何查證的工作。比方說，你有去找那三件謀殺案裡其他可能的關聯嗎？你有沒有探查我發生車禍的那天，有人試圖殺我的可能性呢？」

「查證需要花時間，」他說。「除非奇蹟出現，康思立小姐？」

「但是，你可有至少試過，巡官？」她轉向區佛。「或任何人？」

督察長對雙方的爭議完全沒有頭緒，因為他還沒有被告知，於是他誠實的回答。「就我所知，沒有，但是如果你能說服我那些爭議點值得花時間追索，我一定進行。你為什麼認為有人試圖殺你？」

她朝坡司羅瞥了一眼，尋找支持，但他只是盯著地板看。「因為有一連串的不，」她無力的說。「我不是會用自殺解決問題的人，我並不想嫁給里奧，我從來不喝醉，我沒有殺羅素，所以也無法想像我會殺了里奧和眉格。那樁車禍顯然並不是個意外。我想不出還有什麼其他因素，可以解釋發生在我身上的事情跟企圖謀殺無關。我還一直不停的想，萬一我真死了呢？你還會不會針對里奧和眉格的死尋找任何其他的線索？你們會不會自己告訴自己：那解釋了所有的問題，應該是她謀殺了羅素？」

「你記得有關那場車禍的任何事嗎，康思立小姐？」

她往別處看去。「沒有，」她說，全無表情。

他觀察著她好一陣子，不確定他是不是相信她。「嗯，我很願意再重新過濾所有的相關文件，看看我們是不是漏掉了任何線索，但是我得提醒你，我並不樂觀。即使你沒有錯，我不知道我們能夠怎樣證明。」

「我了解，重要的是你沒把那點可能性排除在外。你應該看得到整個事件指出許多不同的方向。我不停的在我腦子裡轉了又轉。如果有人試圖謀殺我，那表示我——」她雙手壓上她的胸腔，「必定知道誰謀殺了里奧和眉格，即使我記不起來。那同時也表示，存在著這麼一個人，存在著這麼一條還沒有找到的關聯，因為不管是誰，都有可能就是謀殺他們三人的凶手。」她焦慮的看著他。「你聽懂了嗎？」

「喔，是的，」他說，「我完全懂。這是個值得推敲的假設，但是幫不了我們多少忙，除非你能給我們一個名字。」

而即使我能給一個名字，接下去又怎樣？你有任何證據嗎，康思立小姐？「如果我不能提供你任何證據，一個名字有什麼用呢？」

督察長聳了聳肩。「那可以給我們一個起始點。」

但是她關心的是結局，她懷疑警方到底能不能找到結果。真相是一種動搖不安，令人困惑難以捉摸的現象……讓我們這樣推測，你跟你弟弟一樣無法提出證據……警察只是把所有的事實累積起來，衡量它們的重量……你的報復方式是什麼呢，康思立小姐？

「昨天，」莫道克提醒她，「你爭辯說眉格是這三件謀殺案的關聯點。」

「我仍然相信那沒有錯，」她說，從一個通向死角的長廊回過神來。「你瞧，我昨晚整個晚上都在想它。」她吸了一口菸，把剩下的摁掐在菸灰缸裡。「我一直睡不好，」她解釋。「我對你們把事情的焦點聚集在我和羅素以及里奧上，並沒有責難的意思，但是眉格跟他們兩人的關係也一樣深刻。昨天晚上，我不斷回到羅素被殺的那段日子。大家的想法，就是我父親殺了他，因為他不喜歡他。我記得當時有一位警察告訴我：不管是誰殺了他，都恨他到了極點，因為下手極為狂暴。我開始懷疑那種狂暴，是不是屬於忌妒的狂暴。」她滿臉疑惑的扯動嘴角。「但不是對我的嫉妒，」她說。「是對眉格的嫉妒。」

大家陷入短暫的沉默。

「我們讀過她的日記，」法蘭克·區佛說，「初步粗略統計，她在過去十年間大概跟五十個男人發生過性關係。即使就今天的標準來說，仍可以被視為濫交。」

「因為她對性採取放縱享樂的角度。如果雙方都願意，為什麼要拒絕？在某種層面來看，她對生命抱持相當陽剛的態度。她可以愛他們，離開他們，而在來去之間，並不損傷一根毛髮。」

「但是，無疑的，你可以發現自己的論點站不住腳，不是嗎？如果有人因為嫉妒而殺了她的情人，那麼我們應該會有五十具以上的屍體，而不是只有兩個。」

這回亞倫·坡司羅接口回答。他一直站在一旁，低垂著頭，專心傾聽珍的理由。現在，他抬起了頭。「羅素和里奧是她唯一真正關心的兩個人，」他指出。「其他男人根本不算什麼。珍告訴我眉格寫給羅素的信非常動人，報上提到她和里奧的關係維持了十一年之久。如果另外有人深愛著她，那麼最具威脅性的就只有那兩個男人，而不是其他五十個來來去去出現又離開的男人。」

「為什麼眉格也被殺害了呢？」

「有些丈夫發現他們的妻子跟其他男人親熱時，就一併殺了他們妻子。表面看來，那似乎不合邏輯。如果你愛一個女人愛到心生嫉妒，又從何處引發殺害她的仇恨？但是人類的情緒從來就無法用邏輯解釋清楚。」

「那麼，在羅素被殺時，她為什麼沒有被殺？又為什麼因為里奧而遇害？」

亞倫聳肩。「我可以立即想出二十個不同理由。一個想給她第二次機會的欲望。相信羅素是史凡加力（譯註：Svengali，George Du Maurier 小說 *Trilby* 中將女主角催眠而加以控制的樂師，後用以指稱利用某種控制力主宰他人之人），讓她違背她的意願而影響著她。他被殺那天，她跟他並不在一起。如果是我自己可能會選擇當史凡加力，因為這可以解釋她這次為什麼必須死。如果她真已經認識里奧達十一年，對任何認識他們兩個的人來說，她本身對他們兩人的關係有自由意志的決定權，他們兩人乃處於平等的地位。你必須找出還有誰知道她跟羅素之間的戀情。這不是個關鍵嗎？」

莫道克清了清喉嚨。「我幾乎要被你的理論說服了，但這裡還有一個小小的障礙。就像區佛督察長說的，我們讀過了她的日記或札記什麼的，沒有提到任何維持三四個月以上關係的男人。所以，這位神祕情人到底是誰？你比任何人都要了解她，康思立小姐。你知道是誰嗎？」

「不，」她說，「我不知道。」

莫道克小心翼翼的觀察著她。「那麼給我們一些可能的猜測，讓我們看看能查到什麼。」

「問問賈西，」她說，閃避著直接面對那個問題。「他比我還清楚她那些男朋友們。」

「我們會問他。他同時也可能比較清楚她有哪些女性朋友嗎？」

「也許。」

「她有很多朋友嗎？」

珍皺起眉頭，不確定他問題的用意是什麼。「有一些親密的朋友，像是我。」

「那正是我想的。」

她困惑的朝他看一眼。「這為什麼重要？」

他引述她自己的用詞回敬她。「『如果雙方都願意，為什麼要拒絕？』眉格對生命抱持相當陽剛的態度。』」他視線迎向她。「我只猜疑這個忌妒心重的愛人會不會是名女子，康思立小姐？」

□

薩爾司柏瑞，康寧路警局——下午兩點四十五分

布萊兒把邁爾斯帶到一間偵訊室。「你可以在這裡等著，直到你的律師到達。如果有其他的人要使用這個房間的話，我得把你帶開。」

「你計畫把我留在這裡多久？」

「那要看情形。我們得先等你的律師來，然後我們問你一些問題。可能必須花上幾個鐘

頭。」

「我沒有幾個鐘頭的時間，」他喃喃抱怨，瞥了一眼他的手錶。「我必須離開這裡，最晚五點鐘以前。」

「你是說你不用等到你的律師嗎，康思立先生？」

他快速的想了一回。「是的，那正是我要說的。現在就開始吧。」

□

薩爾司柏瑞，南丁格爾療養所——下午三點半

「往哪個方向？」莫道克問著，他正駛離療養所的鐵門。「薩爾司柏瑞警局，還是回到溫徹斯特？」

「史托尼．巴塞機場，」督察長嘰哩咕嚕的哼著。「年輕的布萊兒會把邁爾斯嚇得提心弔膽的關在那裡直到我們回去。說實話，他不可能太快離開那裡的。」

□

漢普夏郡佛定橋，黑靈頓——下午三點半

貝蒂放下她臥室的分機，把自己拖到梳妝台前的凳子上。她手臂下的汗水迅速集結成小水塘，滲透了背上的緊身衣。她把她圓滾滾的臉頰湊向鏡子，拚命往臉上撲粉，企圖修復因歲月以及丈夫的忽略造成的腐朽。她聽到他踏在階梯上的腳步聲，知道什麼都完了。這次他不會再對她或男孩們暫緩執行刑罰了。跟平常一樣，她把她的憤慨一古腦兒推給第一任康思立太太，她的鬼魂無時無刻不在蔑視她所做的所有努力。實在太不公平了，她告訴自己。好吧，的確沒有人向她承諾一個滿是玫瑰的花園，也沒有人警告過她，嫁給亞當的歲月會像一張鋪滿荊棘的床。「嗨，爹地，」當房門被推開時，她帶著極力裝出的輕鬆語調說，「今天的運氣實在差到極點，對不對？」

□

漢普夏新森林區，史托尼．巴塞機場——下午四點十五分

他們站在荒涼破損原是飛機柏油跑道，現在卻成了布滿了石楠屬植物和野草的平地上。那是戰爭時期，應時而建的機場所留下來的遺蹟。「我們要找什麼？」莫道克問，維持他語氣裡的中立。他心中其實很想一腳把他上司從這裡踢到很遠的地方。就跟費哲昨天一樣，幾句聰明的字眼和一抹迷惘的微笑讓他開始懷疑那女孩到底有罪無罪，莫道克窮其一生大概都弄不清楚她是怎麼辦到的。

法蘭克從他們所站之地，指著矗立在幾碼遠，像根破損牙齒般孤伶伶站立在荒野中的那根混凝土支柱。「我們從那裡開始，」他說。「那就是她撞上的東西。你想有多大？」

「九呎平方，」莫道克猜。

「很有趣，你不覺得嗎？」法蘭克喃喃低語。

「為什麼？」

「我以為它應該要小很多。你看過照片。撞毀的車子像是個鐵製拳頭般纏繞著它。」他左右擺動著頭，從不同角度研究著。「車子必定是撞上其中一個角落，而弧形燈光把其他的部分縮到陰影裡去了。」他往前移動，繞著那支柱建物徘徊。

「尺寸大小有什麼關係？」莫道克問，跟隨著他。

督察長蹲了下來檢視混凝土支柱一角兩邊被鑿壓出的區域和嚴重的傷痕。「如果你打算開著車撞向一堵九呎寬的牆柱，意圖把車子撞得粉碎，你難道不會直接開往中間地帶嗎？幹嘛對準一個角落？」

地面上仍然散著擋風玻璃破裂的碎片，斷續的輪胎痕跡退到約五十公尺遠的地方，顯然是那輛車當時的停放點。然後，當引擎在最高轉數上轉動著時，她鬆開煞車扳手，把自己和車子朝著混凝土支柱高速衝來。法蘭克花了十分鐘的時間，來來回回走在圍繞支柱周圍的寬闊區域，然後他走回來站定，瞪著車子吃進支柱前在地上造成的焚燒輪胎痕跡。他屈膝蹲下，眼光跟著汽車原來行進的方向。「當她開動時，是完完全全朝向牆的中間駛去，」他說，「那麼，最後是怎麼變成纏繞在右邊的轉角上呢？」

「壓到路上的坑洞而失去控制？」莫道克暗示。

「這範圍內沒有什麼夠大的坑洞。我方才察看過。她原本可以把車開向三個平面的任何一面，然而她選擇了最容易的途徑。如果她真想要自殺，那麼直接駛向死亡線之間，沒有任何東西阻止她呀。」

「她在最後一刻改變了主意，」莫道克說。「當她看到一堵牆迎面而來時，突然不願意撞上去，努力試圖轉開。」

「是的，是有可能。」他轉過來，背對著牆，丈量著當時應該是汽車後方的區域。「她當時為什麼沒有把車停在比較遠的地方，用長一點的距離來累積衝力？為什麼坐在這裡，提高引擎轉速？」

「因為天色暗，她得要看得到牆柱。」

「那是一年裡日照時間最長幾天中一個十點鐘。她可以在兩三百碼遠的地方清楚看到那個東西。」

「好吧，她把她自己連車都停在這裡，坐在這裡瞪著那面牆，把自己灌得糊裡糊塗，然後一時興起決定動手。瞧，長官，我知道你在想什麼。你認為意圖謀殺不是不可能。有人把她灌醉——雖然我認為那本身就是一個謎團——選擇最佳場所把車停放在直線上，距離則是剛好在撞上石柱前不會從軌跡上偏離太多的地方，再把她敲得神智不清，放在駕駛座上，自排檔放在

D檔上，用一隻空酒瓶壓死油門，然後鬆開手煞車。這時，勇敢的康思立小姐從酒醉昏睡中醒來，意識到發生了什麼事，試圖轉動方向盤，了解她沒有多少時間這麼做，然後把自己從開著的車門彈擲出去。」他乖戾的笑著。「有個事實卻是，那樣做很有可能讓自己受到很大傷害，俯身到一輛引擎高速轉動的車子裡鬆開手煞車。撇開這個事實不說，為什麼他不在她把自己丟出來時，趕上去進一步結束她？」

「你不會用手煞車的，」法蘭克說，「你會在腳煞車上放一些夾板什麼的壓住——也許是塊木板——甚至是長柄大鎚，」他揶揄的揚起一道眉毛，「在座椅下的金屬框架和煞車踏板之間固定好，用楔子墊在輪胎下卡住輪胎，就根本不需要用到煞車了。」他朝著地面擺了擺姿勢。「但是我想如果楔子真用來卡住輪胎，地上會有明顯痕跡。」

「那麼他沒有追過來宰她的事實做何解釋呢？」莫道克譏諷的喃喃抱怨著。

「也許他以為他已經完成了，」督察長溫和的說，「或者也許他沒有時間等到一切結束。」他靜默一會。「你能向我解釋一下，為什麼這簡單的演練讓你那樣生氣？」

「因為，長官，她就跟魔鬼一樣充滿罪惡。整件事情只是個圈套，被設計來贏得她老頭子的同情。我就看不出來她用了什麼方法會有什麼見鬼的不同，還有她從多遠的地方開始，是不是有用楔子卡住車輪或者她什麼時候被找到。她從啟動引擎的那一刻起到最後，車子都完全在她掌控下。」

法蘭克拖著腳在破損的柏油路面上來回摩擦著。「從一輛如此高速行駛的汽車裡彈出來，有可能把她臉上的皮膚剝一層下來。為什麼不選擇比較簡單的方法呢？」

「因為她喜歡戲劇性，」莫道克輕蔑的說。「不管怎樣，她並沒有讓臉上的皮膚受到損害。一旦她的頭髮長回來，瘀青消退，她就不會再像現在一樣楚楚可憐了。所有事情都考慮到了，她受到的傷害很有限。對謀殺未遂或是意圖自殺來說都太輕微了，你不覺得嗎？」

□

薩爾司柏瑞，康寧路警局——下午四點四十五分

「聽著，」邁爾斯生氣的對著兩名警員說。他們就坐在他的對面，「我還要告訴你們多少遍？我這生當中從來沒有找過任何妓女。我怎麼會需要呢？老天，我的第一次是我十五歲的時候。」他握緊拳頭敲打桌面。「我不知道叫什麼芙婁西・海爾的，我也不知道什麼沙蔓珊・蓋瑞森，而且如果我真想要幹一個四十六歲——我他媽的會才見鬼——我可以上爹地的管家，免費。我要真問她，她也許還會給我錢。她迷我已經迷了好幾年了。」

「邁爾斯，你對自己倒是有很高的評價啊，」警官說。

「為什麼不？」

「沒啥理由，只是說大話的男人，通常只在理論上行得通，實際上無能。」

「那你要我怎樣？迸出眼淚說我他媽的性無能，需要付錢給一些老女人才能有所享受？拜

託。」

「那就是你在覺得你沒有能力時會做的事情嗎?」布萊兒問。

邁爾斯聳聳肩，點燃一枝菸。

她轉向桌上的錄音機。「康思立先生的回答是個聳肩動作。」

「見你的大頭鬼，」邁爾斯狂暴的說。「康思立先生的回答是，我沒有他媽的性無能，所以我他媽的不會知道如果我是，會他媽的怎麼做。」他對著麥克風吼叫。「你他媽的聽清楚了沒?」

「冷靜下來，邁爾斯，」那警官厭倦的說。「如果你再繼續對著機器吼，會把它弄壞的。你為什麼不簡單告訴我們二十二日晚上你在哪裡，做了什麼呢?」

「你已經問了我同樣見鬼的問題一百遍了，我也給你同樣見鬼的答案一百遍。我在家裡待到八點半，然後我離開去看珍。」

「我們不相信。告訴我，那個好色的管家會為你撒謊嗎，跟你母親和弟弟一樣為你這麼做?」

「我從來就沒有要他們說謊。」他看了看他的手錶。「喔，上帝!聽著，我必須離開這裡。你要控告我，還是怎樣?因為如果你沒有，我要走了。」

「為什麼?五點鐘有什麼事情那麼重要?」

「我欠人錢，你這蠢豬，」邁爾斯咬牙切齒說，「而我需要多爭取些時間。那就是五點鐘會發生的事情。你滾到地獄去想，我幹嘛去找珍？好吧，我們彼此互相吼叫，但是她過去總會回頭。」

門上傳來敲門聲，一名女警探頭進來。「警官，外頭有個甘迺迪先生。他說康思立先生是他的客戶。」

「帶他進來。停止錄音，下午四點五十一分。」

甘迺迪嫌惡的看著邁爾斯，拒絕了坐下的邀請，把兩張照片放到桌子上。第一張是邁爾斯進到一家旅館大廳，第二張是他進到他的保時捷。「我客戶的姊姊通知我，你們正針對薩爾司柏瑞，蘭新路上，發生在一名妓女身上的毆打事件進行調查，時間是六月二十二日，星期三，大約晚上八點。正確嗎？」

「是的，」布萊兒點頭。

甘迺迪敲了敲那些照片，指著印在右下角的時間和日期。「我的客戶，邁爾斯・康思立，六月二十二日，星期三，下午五點半時進入帝王飯店。同一天晚上八點四十五分，他回到他的車子，然後開到南丁格爾療養所去看他姊姊。在帝王，他在四三一號房待上三小時又十五分鐘，中間只離開一次到大廳跟一個男人會面。」他把另一張照片放到桌上，只見邁爾斯，低垂著頭，跟一個背向照相鏡頭的男人說話。「那是七點鐘。他跟這名男子談了三分鐘，然後到大廳的男廁所。七點十五分，他回到四三一號房。六月二十二日中午到午夜，他一直被一位名叫保羅・氏肯的男子跟蹤、照相和觀察，這是他的電話號碼和住址。」他把一張卡片放在照片旁邊。「我想這應該已經把我客戶跟蘭新路毆打事件的相關嫌疑洗清了。」

布萊兒看著那些照片，把視線移回邁爾斯已經毫無血色的臉上。「無疑的，是這樣了，」她同意。

甘迺迪冷酷的朝他客戶笑。「你父親在外面，邁爾斯。我建議我們不要讓他等得太久。」

邁爾斯蜷縮在他座椅上。「我不去，」他說。「他會殺了我。」

「你母親和佛格斯跟他一塊來。我相信他們倆會很高興見到你。」他朝著房門比了手勢。「你父親對這整件事相當煩惱，邁爾斯，就像你知道的，當他煩惱時，會變得非常憤怒。你不會希望你母親和弟弟去承受他爆發的怒氣吧，對不？」

邁爾斯看起來受到驚嚇。「不，」他說，東倒西歪，蹣跚站了起來。「那是我的主意。媽和佛格斯只是想要幫忙。我以為，如果我們把所有股份聚起來做擔保，我們就能永遠翻身。所以他應該要責罰的是我，不是他們。」

布萊兒看著這個年輕人努力拾起他殘剩的勇氣，心想，他倒是比她預計的要勇敢些。但是，亞當．康思立到底是個怎樣的人，竟然能在他二十六歲大的兒子的心裡揪出如此不堪的恐懼？

21

六月二十九日星期三，薩爾司柏瑞，南丁格爾療養所——下午五點

坡司羅醫生站在珍敞開著的門前，觀察著她。她正在講電話，身軀因緊張而僵硬扭曲，手指把話筒握得死緊，肩膀不自然的前傾彎縮。她的父親，他猜，因為他想不出還有誰能夠引發她如此劇烈的精神焦慮和膽怯。他記起另一名女子曾用這種姿勢站著，傾聽電話線另一端傳來的聲音。他的妻子，聆聽她自己的死亡宣告。我很抱歉，坡司羅太太。多久？很難說。多久？十二個月或十八個月，如果運氣好的話。

珍看著他，開口說：「怎麼了？」她一邊問著一邊把話筒放回去。

他搖搖頭。「沒什麼。我只是想著別的事。壞消息嗎？」

「不是，是好的，」她有些灰心的說。「他們已經讓邁爾斯離開了。」

「有沒有控訴？」

「沒有。」她爬到她的床上，盤腿坐在中間。「甘迺迪證明了他當時在別的地方。」

「你看來似乎並不高興。」

「亞當用他的行動電話。我可以聽到後面貝蒂的哭泣聲。我想那把劍終於掙脫了綁縛的髮絲。」

「我們談的是達摩克里斯的劍嗎？」（譯註：Damocles，希臘傳說中錫拉丘茲僭主Dionysius一世的朝臣，由於他平日阿諛奉承國王，羨慕帝王生活的榮華富貴，有一天國王設宴，以一根頭髮繫劍懸掛其頭上，教誨他帝王的幸福是危險不穩定的。）

她點點頭。「亞當把那柄劍懸掛在他們頭上好些年了。問題是……」她跌回到她慣常的靜默中。

「是他們自己太蠢而從不了解，」他提到。

她什麼也沒有說。

「邁爾斯那天晚上到底做了什麼？」

她把雙手平平壓放在床罩上，然後鬆開，顯然因他們帶來的一切而沮喪。「古柯鹼，」她突然道出。「用他並不存在的財產為賭注，在賭博後的空檔吸毒。他和佛格斯已經把他們所有的一切都典當出去了。」她沉默了一陣，對著床鋪撫摸又拳打著。「三月時，亞當花了五萬英鎊償還他們的賭債，他說，如果他們再去賭博，他就要他們掃地出門，還要把他們從遺囑裡除名。過去四個禮拜他雇人跟蹤他們。」

亞倫斜倚著梳妝台，那是她最喜歡站的地方。「為什麼？」

「因為貝蒂五月中把她最後的股份賣掉，他猜她是為了償還他們的債務。」

「他那時為什麼沒有落實他的威脅？」

她冷酷的牽動嘴角。「他想知道那兩男孩沒有辦法償還債務時，他要處理的是個怎樣的場面。」

「他們都已經超過二十一歲了，」亞倫冷靜的說。「他不需要對他們的債務負責。」

「你又回到象牙塔裡了，」她說，雙頰上燃燒著兩團怒火。「你真的以為，任何人在沒把握最後可以拿到錢的情況下，會願意勞心勞力去偷去騙亞當・康思立兒子的錢？你已經看邁爾斯是什麼樣子。想像一下，他和佛格斯在吸食古柯鹼時，會說亞當和法蘭柴思—霍汀有限公司什麼。說不定哪裡就已經有一捲充滿破壞力的錄影帶。」

亞倫圈起了手臂。「不會有比過去兩天媒體的惡意報導更糟的了，所以你弟弟們就算說了什麼，又有什麼關係呢？」

「四星期前會有關係，」她緊咬著唇，憤聲吐出。「四星期以前，他準備著一場社交婚禮，那時不能有任何醜聞發生，尤其是他親愛的珍的大日子。邁爾斯沒有說錯，都是我的錯。如果我當時有足夠理智告訴他們我不要那場見鬼的婚禮，那麼……」她再次沉默下來。

他觀察她一會兒。「老實說，他為什麼不把他們踢出去，要他們自己照顧自己？」

她沒有立即回答。「因為不管怎樣他們都會走到這一步，」她最後說。「即使他不管他們，他依舊會被期待償還他們的債務。我想他是希望把他們綁在身旁，這樣他就能就近查看他們最糟糕的狀況。」她垂下頭，他看不清她的表情。「他們一直就想像我一樣，把他的錢丟到他臉上去，但是一夕致富是他們唯一想到的計畫。」

那就是她狡猾的報復方式嗎，他想，公開嘲弄她父親最看重的東西，亦即他白手起家累積的財富？

「他現在正在履行他的威脅，」她有氣無力的繼續。「他要讓他們身無分文的離開，還要跟貝蒂離婚。」

「你怪他嗎？」

「不。」

「他們會怎樣？」

「我不知道。我懷疑他能夠不費分文的離開貝蒂，因為法院不會允許——」她把額頭埋進合握的手掌間，「但對邁爾斯和佛格斯就不一定了。他說他不再關心。」

她比他想像的還要沮喪。如果她對她繼母和兩個弟弟存有任何關愛的話，那麼她真是把那些感情隱藏得夠深。「往好的方面去想，」他過了一會兒說。「如果你父親在過去四星期中派人跟蹤他們，你可以確定的一件事就是，他們倆跟里奧和眉格被殺一點關係也沒有，發生在我身上的攻擊事件也沒有責任。」

「我一直就不認為是他們，」她在床上喃喃低語。

「沒有嗎？」他說，他語氣裡加入了驚訝。「我一直以為不無可能。他們相當自我，不夠聰明，而且習慣霸道行事，尤其是對你或他們的母親。我可以想像他們兩個人會認為謀殺是解決問題的方法。」

「我從來沒有想過，」她固執的說。

當然沒有，因為你一直就知道凶手是誰。「我希望你能告訴我你為什麼不能信任我，」他說，用小心翼翼的聲調。「是我說了或是做過什麼讓你覺得你不能信任我嗎？」

她雙手托住下巴，不帶感情的注視著他。「你怎麼知道攻擊你的不是我？」

他不動聲色的處理這個突來的轉折。「那看起來不像你。」

「馬修說當時天色很暗，那個人穿著黑衣，你所做的唯一描述是五呎十吋高，中等身材。」

「馬修怎麼知道我說了什麼？」亞倫問。

「大家都知道。」

「翡蘿妮卡·高登，」他喃喃抱怨。「總有一天，那個女人會因為太多嘴而失掉工作。」

他好奇的看著她。「聽著，有足夠的理由說明絕不會是你。你太虛弱，舉不起一把長柄大鎚。你沒有理由要攻擊我。你不知道我什麼時候會回來，而我離開前命令護士每半個小時過來察看你。如果你不在房裡，愛咪和翡蘿妮卡會發現。」

「但是我真的不在房裡。」

他絲毫沒有掩飾他的驚訝。

「高登護士完成她九點的察看後，」她繼續，「換成愛咪。第一次她來時，我關燈躺在床上。第二次，我在黑暗中躲在浴室，而她沒有過來察看我放在床上的枕頭不是我。那之後，我穿上衣服溜到外面。我穿著黑色牛仔褲和一件黑色毛衣。我身高五呎十吋，車禍發生前我體重一百二十六磅，所以我的衣服裡很容易充填東西。」

「繼續，」他說。

「我要知道亞當為什麼派甘迺迪來，所以我想半路攔截你。我在山毛櫸樹下等著，直到我累得無法繼續等下去，然後我回到床上，穿著外出服倒頭就睡。當愛咪發現我時，我正做噩夢。我很驚訝她沒有報告上去。她那時嚇得以為我可能做了什麼不該做的事，也許要她負責任。」她檢視著他的臉。「或者她的確報告出來了，而你還沒有告訴我。」

他搖搖頭。「沒有。」

「那麼很顯然的，她比你還要信任我，坡司羅醫生。」

他揚起一道眉毛。「這就是重點？一個看誰比較值得信任的教訓？」

「多多少少，」她說，拒絕看他。「你已經知道我在外面了——馬修聽到你喊我的名字——但是你從來就沒有提起，至少沒有對我提起。」

該死的馬修，活該滾到地獄去！一待他有機會，他就要把那個小破布撕得粉碎。「因為我知道我犯了個錯誤。我開車進來時，以為看到你在路旁。但是，因為攻擊我的人不是你，我覺得沒有必要提起。你安心了嗎？」

「沒有，」她率直的說。「你談到信任，好像只要要求就可以得到似的。告訴你，不可能的，尤其當你深陷其中時。我所能確定的只是我父親付錢要你照顧我，基於同樣的理由，他派律師星期一下午過來跟你談，那之後沒有多久，你命令每半個小時要人察看我，然後你不見了。」一道閃光——是開玩笑嗎？——在她眼睛裡閃爍。「當你終於又出現時，被一把長柄大鎚攻擊，接著警察嚴密的把我給包圍了起來。」

他深思的搔著他的大鬍子。「你把那些事實片段串連成互有因果的順序，而我卻認為它們之間沒有任何關聯。」

「那麼甘迺迪為什麼要來找你呢？」

「假設這裡頭沒有隱藏其他目的，他只是過來提醒我對你父親的承諾，不會要求你接受任何你不想要的治療。甘迺迪把我們的對話錄了音，自那之後我沒有接到任何訊息，我推斷我做了正確的回應，不是錯誤的。」

「你說了什麼？」她不放鬆。

「我暗示，不願意讓你恢復記憶的人是亞當，而不是你。」他注意到她警覺的神色。「我同時也說，他完全不了解你的個性，還說他在處理羅素謀殺案上擔了不必要的心，因為你在那件事情上並沒有像他那樣焦慮不安。這裡得提醒你，當時我並不知道眉格和里奧已經死了，以及你知道他們死了。」她提高警覺。「如果我知道，我就會更強烈的評論他對你個性上的誤解，因為我從來就沒有認識任何一個人，男人或女人，比你還要獨立堅強。」

她猛然拉扯著床罩。「那是從壓迫中學來的。當你發現自己在謀殺案的偵查過程中代表著不利的那一方時，」她說。「你就一刻也不能放鬆的提醒自己注意背後。」

「然而你卻也相當嫻熟的讓別人幫你注意著，」他溫和的說。「愛咪，是一個；馬修，另一個。」

她勉強的笑著。「可憐的愛咪其實是為了自己。她深恐會遭到解雇，你不能以我告訴你的事實為藉口。你是我的醫生，我不管說了什麼，都應該被保密。」她接著改變風向。「根據馬修的消息，警方認為用來攻擊你的長柄大鎚屬療養所所有。是真的嗎？」

「那個年輕人是個情報網。」

她沒理會。「他對了嗎？」

「是的。」

「對於這點有任何疑惑嗎？」

「我不認為。安全警衛到外頭搜尋，因為他知道我們有一把大鎚被棄置在一間外面的庫房，金屬頭上有我車上的漆。」

她靜靜坐著咀嚼好幾秒鐘。「你的警衛可不可能弄錯了？」她突然問。「我是說，聽起來令人不解。攻擊你的人怎麼會知道這裡一定有把長柄大鎚呢？」她急切的審視著他的臉。「他應該自己帶一把過來的。這實在太沒道理。」

他發現自己被她迷惑眼神中那抹極度的渴望給感動了。馬修和愛咪是不是也同樣容易受到蠱惑？「你是說外面什麼地方應該還有一把長柄大鎚？」

她點點頭。

「好吧。如果真有，我最好盡力把它找出來，但是直接告訴我他是誰不會比較簡單嗎？」

她的臉現出禁錮的表情。「是個襲擊你的人。」

他歎了口氣糾正她。「錯了，珍，是意圖殺害我的人。」此刻，你不是唯一一個警覺著背後的人。「想想那點。」

□

馬修・孔爾在前面走廊散漫的閒逛，抽著菸，亞倫這時走到外面來。亞倫戲謔的在心中想像著要把他的手臂扯下來隨意棄置。打各方面說來，他其實發現自己是越來越喜歡這個頂著薑黃髮色改變信仰的小子。

「還好嗎，馬修？」

「非常好，醫生。肩膀怎麼樣了？」

「不好不壞。」他輕輕扭動肌肉。「有可能更糟糕。」

「沒錯。你可能會死掉。」

亞倫用眼角餘光觀察著他。「會是誰做的？有人說是犯了毒癮的人為了藥物而來。」

「我可不是這麼聽說的。」

「不是嗎？」

「整個故事框架裡只有一個可能的人選，確定不是吸毒的。」

「你是指康思立小姐？」

「她是唯一跟長柄大鎚有背景關係的人。」他把菸蒂丟到地上，用腳後跟踩熄。

「但她並不符合描述。我車頭燈照到的是一個男人。」

「你確定嗎，醫生？你可有一副大嗓門，我星期一晚上就坐在我房間的窗前，靜靜抽著菸。我並不認為你以為那是個男人。」

「隔天早上你就把所有的事告訴了她。」

馬修對著他露齒而笑。「不告訴她不公平。這是一個冷酷蒼老的世界，醫生，我怎麼知道你不打算告訴警方？我知道她曾在外面。她每一回點起菸，她的臉就被照亮一次。我觀察她大約一個小時，然後你回來，接著被人痛毆。你應該記得我的房間在哪裡，樓上角落，窗戶面向兩邊。」

「你是說，你看到事情發生的經過？」

「倒也不是整件事。我看著珍一陣子，過一段時間後，我聽到你出聲低喊，我往另一邊窗戶看出去，看到你的汽車停放著，接著——轟！你的擋風玻璃爆裂開來，我看到你車頭燈照到的一個側影隱沒在樹後，你那時緩緩的倒退。」他燃起另一根菸。「我當時想，該死，到底他媽的發生了什麼事，而我他媽的該怎麼辦？等我拿定主意，整個場面已經趨向緩和。你把車子開向前門，大鳴喇叭，所有的燈光都亮了起來。於是我決定低下頭，看看接下來結果會怎麼樣。」

「真是太感激了，」亞倫諷刺的說。「等你做出決定時，我可能已經死了。你有責任秉持良善行動的，你知道，而不是把頭塞到最近的一個水桶裡去。」

他再一次咧嘴笑開。「是囉，喔，可我以為只有你的擋風玻璃碎掉而已，不是你的肩膀，沒有人會因為破了個擋風玻璃就死掉。你在車道上行駛時應該亮起車頭燈，那樣我也許可能會看到多一點。」

亞倫瞪著他。「你只看到一個側影，」他咆哮著發出牢騷，「那麼你並沒有比我還清楚那究竟是誰。」

「大概就是這樣子了。」

「你要再做詳細說明嗎，還是這就是我能得到的一切資料？」他草草說著。「也許你已經忘記了，兩個晚上以前我的生命曾無緣無故的受到威脅，而我並不太熱中重複那種經驗。」

馬修吐出一串清流似的煙霧。「很難說是無緣無故的，醫生。我記得的情形是，你威脅說要在那裡待上整夜，直到珍現身出來。你太堅定，使人易於信服，那是你的麻煩。那雜種相信了你。」

亞倫早已經把那件事拋到腦後了。「他當時在做什麼？」

「等待。」他乜斜著瞥了他一眼。

「等什麼？」

馬修聳聳肩。「等任何他前來守候的東西。」他看到一片夾帶雷電的烏雲在醫生臉上凝聚。「聽著，醫生，我可以猜測，你也可以，但是那並不表示我們之間誰對誰錯。就個人來說，我不認為住在十二號房那個慣於嚇唬人的女子殺過任何人，而外邊有個狂人瘋子在附近遊走試圖把責任掃到她身上。為了避免她吐出真相，他會先把磚牆補好，所以我的猜測是他在等機會再做掉她一次。」

亞倫仔細考量這個可能性。「不太對，你說她在外面待了一個鐘頭，她每一次點燃香菸時你都可以看到她的臉。如果你看到了她，他一定也看到她了，那麼，為什麼他不在那時殺了她呢？」

馬修低下眼光順著車道來到亞倫星期一晚上停車的地方。「因為他並沒有預期會在外面找到她。如果他在那棵樹下找到她，她一定會用盡力氣大聲吼叫的。」

「如果他從她身後襲擊她的話就不會了。她不會有時間尖叫。我就沒有。」

「老天爺，醫生，」馬修嚴厲的說，「你沒有想像力，對不？他沒有要讓它變成一個謀殺事件，尤其上回他花了那麼多工夫製造一個假自殺。他是要在她房間設下陷阱，切開她的手腕，或從浴室門楣上把她吊掛下來，然後隔天早上，你會發現一個自殺事件，警察會在屁股上擦擦手，把案子結了。我的猜測是，他已經觀察了好多天，等上一個好機會溜進來辦事，但是他被阻攔下來了。他也許沒有想到這個地方晚上還有這麼多人在。你的安全設備很不錯，醫生。但是，話說回來，以你收取的費用來看，你必得要有這樣的措施。」他齜牙咧嘴。「這裡有太多有錢的雜種，如果有闖入者隨意進出，會讓他們發瘋的。」

「他為什麼還要手持一把長柄大鎚，如果他沒有計畫要用來襲擊她的話？」

馬修極為惱怒的搖著頭。「你根本不是個心理醫生，對不對？那是他工作的傢伙呀，醫生，規則是，你總是帶著你的工具以防萬一。看看那個開膛手傑克，不管他到哪裡，他總是帶著他的鐵鎚和銼刀。你應該多做些研究。這傢伙是個有計畫的瘋子，而一般有計畫的瘋子不會沒有準備就出門。」

「我們談的不是連續殺人犯。」

「你這麼認為……三件謀殺對我來說就是個連續殺人犯呢。」

「拜託，馬修，他們之間相隔了十年之久，其中兩名被害人是男的，一個女的，三個被害人跟珍．康思立都有關係。那不是連續謀殺的典型模式。」

「也許還不算，」馬修說，「但是我敢說他已經漸漸失去掌控局勢的能力，你不覺得嗎？想想那個傑夫瑞．達模犯下的第一和第二樁謀殺案之間相隔了九年，然後在下一個四年時間裡，他犯下了另外十五樁。當一個可憐的人再度被捶打致死時，你難道還會說這傢伙不是個連續殺人犯嗎？」他看到亞倫的懷疑。「不管怎樣，誰又知道那時和現在之間他又做了什麼？我敢跟你打賭，他另有其他管道發洩他那侵略性的激進因子。你應該跟我爸談談。他曾經在法庭上代表這類討人厭的傢伙。他們該死的聰明，也該死的具有強烈控制欲。讓我免費告訴你，如果我是珍，我也會得失憶症。」

「她所要做的只是說出他的名字。」

「那只表示他們的說法會互相對立而已。回到現實來，醫生。她是首號嫌犯，所以她當然會盡力把嫌疑往別人身上推。對警方來說，那是遊戲。她需要證據，而我的猜測是，根本沒有證據存在。我會說她目前在爭取時間，直到她能記起足以把那雜種釘死的證據。」

「她不會落到比她現在還要糟糕的狀況。」

馬修把菸蒂彈到車道上。「你忘記了她已經因為羅素經歷過這一遭。她已經知道一個犯罪案件裡沒有人被定罪時會發生的事情。被害人最親近、最鍾愛的人永遠活在罪惡感裡，過程中，還會彼此撕裂搗碎。這是惡魔的質疑，醫生。我知道。我曾經歷過。過去我老頭曾指控我一些很糟糕的事，不是因為他知道我做了什麼，而是因為他害怕我可能做了什麼。」

「她已經告訴了你是誰？」

「沒有意義。一個毒蟲能做什麼？她需要告訴的是她父親，他是唯一有能力解決掉這個的人。」

亞倫對著他皺眉。「你還沒有那樣建議她，對吧？」

「耶穌基督！幫幫忙好吧！」

「你必須本著良善行動，馬修，這表示你必須在法律許可範圍內行事。」

馬修咧嘴一笑。「我知道什麼叫良善，醫生。」

但是他真的了解嗎？

□

南丁格爾療養所雇用了兩名園丁，這時他們正收拾著準備收工。兩個人也都同意在醫生的攻擊事件發生前放工具的小屋裡有把長柄大鎚。「一兩個星期前我用過，」其中一個說。「那時我在裝靠近鐵門底端的欄杆。」

「你記得後來把它放到哪裡去了呢？」亞倫問。

他對著較年輕的男子點了點頭。「湯姆把它放回小屋去了，就跟平常一樣。」

亞倫轉過來對著小夥子。「你記得放在哪一個工具小屋嗎？」

一段靜默。「我沒有把它放到什麼地方去，」湯姆說，那雙對他而言嫌大了些的腳胡亂來回拖動。「我把它帶回家去借給了我爸，他要幫家裡做些東西。沒有什麼大不了的。我們這裡不過每六個月用它一次，而我爸把它保養得就像是自己的一樣。」

□

溫徹斯特，羅門賽路警局——晚上七點十五分

法蘭克・區佛那天傍晚回到辦公室時，發現他祕書留了張紙條。他在薩爾司柏瑞進行了場沒有結果的勘察，想要審問的另一隻鳥兒也已經飛走了。「我們無法繼續扣留他，」布萊兒

說。「另外，如果你有興趣，律師在離開前還給了我們一張照片。」她遞給他。「我想那應該是要給你而不是給我們的。他說，提醒任何對照片有興趣的人，從紅卡開車到這裡，最少也要五個小時，另外再加五個小時開回去。」

督察長看著照片上邁爾斯和佛格斯在跑馬場上下注。時間是下午三點十分；日期是六月十三日，而場地，根據背面手寫的字跡，是克利夫蘭的紅卡。「亞當．康思立怎麼知道眉格和里奧是在十三日被謀殺的？」他懷疑的咕噥著。「我們自己都不太能肯定他們死亡的日期呢。」

「因為十三日是他女兒假自殺的日期，」莫道克不耐煩的說。

「坡司羅醫生來電話，」紙條上寫著。「星期二在南丁格爾療養所發現到的長柄大鎚不是哈立．艾爾非克在攻擊事件發生前看到的那把。坡司羅醫生已經詢問過園丁，發現療養所的鐵鎚兩個星期以前就已經借了給一位斯塔克先生，鐵鎚現在仍然在他手上。住址：薩爾司柏瑞，可龍模大道四十三號。他建議就發生在他身上的攻擊事件而言，康思立小姐應該被排除在嫌犯名單之外，進一步建議你把你持有的長柄大鎚拿去檢定是否有里奧和眉格的血跡存在。如果證明是肯定的，他相信這可以免除康思立小姐在這件謀殺事件上的嫌疑。因為她絕對無法（他要我在『無法』底下畫線）把謀殺凶器帶進南丁格爾療養所來，因為她到達時呈半昏迷狀態，並且是由救護車送來，自那時候起，她沒有離開過療養所。（坡司羅醫生堅持加上以下的附註）為什麼我應該做莫道克巡官該做的事？我實在忍不住要問，如果這個事件留給薩爾司柏瑞警方處理，以上的事實早該在昨天下午就揭開了。」

法蘭克把紙條遞給莫道克。「怎樣?」他追問。

莫道克皺著眉讀著。「不是我的錯，長官。我一次只能進行一件調查活動。」

「你的意思是什麼?」

「你一直就沒有給我接續調查的機會。凶器昨天下午才交來給我們，長官，而我今天整天都在當你的司機。不管怎樣，羅伯・克拉克已經檢查過了。上面沒有血跡，只有油漆。」

「好吧，只可惜你昨天下午沒有把凶器的擁有者調查清楚，」法蘭克尖銳的說。「不然我們就能省下今天浪費時間的演練。」

「那倒難說，長官，」莫道克小心的強調，「如果你早知道那把鐵鎚是從外面帶進去的，你也許就會更傾向於追訴邁爾斯・康思立。」他再看了看紙條。「我想知道坡司羅醫生是怎麼想到要問那些園丁。當艾爾非克告訴我他以前就看到過那長柄大鎚時，他就在旁邊聽著。相信我，對他而言，並沒有懷疑那老男孩會弄錯，我跟費哲也沒有想到。」他把紙條放到桌上。「要不要賭，是那個女孩在今天下午你我離開後告訴他的。」

「你在暗示什麼?共謀?」

「我只是對我們被灌輸的資訊有點意見。」

法蘭克在椅子上坐了下來，伸手向電話。「找找看費哲警佐回來沒有，如果回來了，要他到我辦公室。」他往後靠到椅背上，看著莫道克。「繼續，」他說。

巡官聳聳肩。「是個直覺反應。她就是我們的凶手。我一直在想，如果我要除掉什麼人，我會怎麼做。過去的智慧告訴你要保持單純，策畫一個合理的不在場證明，然後否認所有的事情，但是她沒有辦法那樣做，因為有了羅素被殺在前。警方肯定會同步分析，而不管她用了什麼方法把里奧和眉格做掉，都會是首先被調查的對象。她把里奧和眉格的謀殺跟十年前發生在羅素身上的謀殺連在一起，讓自己變成嫌犯，我猜測她會在適當的時間證明眉格．哈利斯當時給她的不在場證明是不容置疑的。那會讓我們徒勞掙扎，因為我們已經把三個謀殺案件連在一起而把事情弄混雜了。」

「你是說她沒有殺羅素，但是的確殺了里奧和眉格？」

莫道克點頭。「是的。你看，你已經讀過市警局的報告。蘭迪謀殺案是殺手所為，由亞當．康思立組織下的人員執行。這個框架裡從來就沒有出現過其他任何人。所有那些垃圾說法說亞當不會讓珍先發現屍體，是她自己的說詞，而且，該死，她有著太長的時間來編織藉口。她自己說過她弟弟們一直相信她父親對這件事有責任，而且也相當明顯，老實說，從他們的行為看來，如果你老是想著你父親是個殘忍無情的殺人凶手，沒有人能夠在那種的環境下正常長大。再看看那個妻子。據佛定橋警方說詞，早上十點鐘就喝醉的像個浪人。我們面對的是個有著嚴重問題，近乎崩潰的家庭，而這家的女兒從家庭的瘋狂基因裡免疫的說法更是愚蠢。」他停下來，重新組織思緒，對著才走進來的費哲飛快點了點頭。「我想她告訴我們有關羅素的事情是真的。他死的時候，她並不知道他跟眉格的婚外情。我同時也想她一點也不知道有關謀殺的事情，而且是真正被驚嚇到了。但是我要說，十年的時間活在一個認知裡——她父親主導謀殺發生卻逃之夭夭——已經讓她精神受到了損傷，就像她聲稱她兩個弟弟受到戕害一樣。」

□

薩爾司柏瑞，南丁格爾療養所——晚上七點十五分

高登護士相當堅持。「醫生的命令，珍。他要你搬到樓上的房間去。」

「為什麼？」

「唉，拜託，女孩，」她暴躁的說，「你一定要向所有的事情挑戰嗎？我怎麼知道？跟平常一樣，沒人費神告訴我任何事。」

珍往她落地窗看去。「我寧願待在一個我想要出去就可以出去的房間。」

「是的，喔，也許那就是讓醫生擔心的原因，」翡蘿妮卡鋒利的說，她把從謠言工廠製造出來的片段組織了起來，再加上亞倫星期一晚上那段不尋常的話，以及此刻他突然要把珍搬到樓上房間的決定。「一旦你只有一個出口，我猜他會覺得比較安心。」

□

溫徹斯特，羅門賽路警局——晚上七點二十五分

「有可能在謀殺案發生當時，她就已經知道眉格和羅素的關係，」費哲緩緩的說。「據漢尼斯說，她在她流掉她的嬰兒之後向他透露這件事。但是，如果你們記得的話，她的說法是，她一年後才在閣樓裡找到幾封情書。」

莫道克把雙手放在督察長辦公桌上，身體微微前傾，渾身散放著好戰的氣息。「我相信那不是她對我們撒的唯一的謊。我對天發誓，長官，她打一開始就牽著我們的鼻子走。」

「眉格・哈利斯為什麼要為她的不在場作證？」

「因為她讓她相信她是無辜的。該死，她幾乎已經使你信服了，而你還對她一無所知。」

「五分鐘以前你還直稱她並沒有殺害羅素。」

「五分鐘以前沒有證據顯示她知道那件婚外情，然而，你絕對找不到比嫉妒更好的動機了。該死，我說的其他所有事情都成立。如果是那個尊貴的珍犯下的會更好，她可以把幾件謀殺案全牽連在一起然後說：『市警局已經證明了我沒有涉案。他們知道是我父親幹的。』」

「仍然沒有證據顯示她在事件發生前就知道那件婚外情了，」費哲指出。「如果漢尼斯說的是實話，那麼我們只有個道聽塗說的證詞——說她在流產後即知道。而那時謀殺案已經發生兩個禮拜了。」

「有任何理由相信他沒有說真話嗎？」督察長問。

費哲搖頭。「沒有，但是，我不會仰賴他站上證人席。他目前仍受刺激沒有恢復過來，一會兒對眉格讓他陷於困境感到非常憤怒，一會兒又記起她已經死了而痛苦煩惱，每一次康思立小姐的名字被提起時，他就快快不樂變得很具防衛性。我想他認為珍有責任，然而我想他同時也譴責眉格挑撥事端。我的猜測是他對雙方都很有好感，不知道應該責備誰。」

法蘭克在他前面的一張活頁紙上胡亂塗鴉。「多有好感？」

「他認識她們兩人已經有很長一段時間。」他查閱他的記事簿。「他跟眉格在一家威耳曼──郝伯司公司一塊工作的時候，珍嫁給了羅素。」

「我是說，他跟她們兩個人上過床嗎？」

□

薩爾司柏瑞，南丁格爾療養所──晚上七點半

佛格斯用肩膀硬擠進珍的新房間，蠻橫兇狠的站在馬修身前。「我要跟我姊姊說話，」他說，同時朝著門神氣的偏了偏頭。

馬修彎身向前把手中的菸在咖啡桌上的菸灰缸裡摁熄。「我以為把你換到另一間房是讓你免於被激進訪客闖入的麻煩，」他告訴她。「我猜是那個老年癡呆的艾爾非克告訴他你在這裡。」

「你聽到我了，」佛格斯說。「閃一邊去。」

馬修根本不理他。「他危險嗎，或是你願意跟他私底下談談？」

「我想我自己可以應付。」

「我會在走廊那頭。」一聲清楚的尖叫就可以把我喊回來。」他從床緣架起他瘦筋筋的身材，大搖大擺走近佛格斯。「我希望你會表現得像個紳士，康思立先生。」

「滾開，」佛格斯說。

馬修溫和的微笑著，然後以高速火車的速度抬起膝蓋頂著那年輕人的大腿間，猛力把他推到牆上。「絕不要用封面來判斷一本書，」他兇狠低語。他對珍豎起一根手指頭。「抱歉，但是你弟弟實在令人厭惡到起雞皮疙瘩。待會兒見。」

珍看著他離開，輕蔑的了瞥一眼她那個寶貝弟弟頹然受挫的肩膀。「邁爾斯呢？」她問他。

「在外面車裡，」他滿含眼淚的說著。「爹狠狠打了他一頓，然後把我們全趕出來。」

「貝蒂呢？」

「也在車子裡，」他羞愧的說。「聽著，我知道這是過分要求，但是我們需要有個落腳的地方。我們把所有的汽油集中在一輛車裡，足夠帶我們到里其蒙。邁爾斯和媽說你絕對不會同意，但是，喔……」他臉漲得通紅。「喔，我說你也許會肯，值得過來試一試。」

她讓他在狼狽裡煎熬了幾秒鐘。「我會把你們活活釘死，如果你們膽敢在房子裡做任何一件我不喜歡的事，」她故意為難的說。「沒有髒亂、沒有賭博、沒有毒品、沒有酗酒，還有你們即使把脊梁往後彎也要對克藍西家有禮貌。你懂了嗎？」

他點點頭。「我們需要鑰匙。」

「試著這樣說：謝謝你，珍，你真是他媽的慷慨。我們欠你一回。」

「謝謝你，珍，你真是他媽的慷慨。我們欠你一回。」他怯懦的笑著。「我們還是需要一把鑰匙。」

「克藍西家有一把。我會打電話給他們，要他們在你們到達時拿給你們。冰庫裡可能還有足夠的食物讓你們維持到我回去。」她瞥了他一眼。「你們不准給我打電話。也不准告訴亞當你們在哪裡。我不要我的房子變成戰場。聽清楚了沒？」

「當然。」他站了起來。「我就知道你會說好。」

「佛格斯，不會永遠都這樣的。」

「我知道。嘿，我們會好好照顧那個房子，我保證。我會確定邁爾斯和媽好好表現。不會打電話。我們會低著頭過日子，直到你回去。」

她點點頭。

他在門口頓了頓。「跟你說實話，我並不太確定你會說好。你跟爹沒有什麼太大不同，你知道。我猜前些日子你說得對。你遺傳到了好基因，而我們得到壞的。」他抑制住，以免她改變主意。「但是，瞧，我很感激。你不會後悔的，真的。」

微笑突然來到她臉上。「我知道我不會。如果你們不來問我，我會更後悔的，佛格斯。我今天下午真的非常擔心我再也見不到你們任何一個。」

他看起來相當驚訝。「為什麼？」

「我不認為一旦亞當把你們趕出來，你們會想到來問我。」

「我們正是那樣想，」他說。「我們從來就沒有學習互相信任。那真的很悲哀。我是說，如果你無法信任家人，你還能相信誰呢，珍？」

22

六月二十九日星期三，温徹斯特，羅門賽路警局——晚上十點

區佛督察長微微搖著頭，把話筒放下。「他們尾隨佛格斯的保時捷，裡面坐著佛格斯、康思立太太和邁爾斯，從南丁格爾療養所到珍在里其蒙的房子，」他告訴莫道克和費哲。「隔壁的那位老男孩剛讓他們進去，幫他們開燈，然後離去。他們帶著一些行李箱，還有許多塞滿那輛保時捷裡頭裝著零星什物的箱子。跟蹤的人說，他們看來好像要在那兒待上一段時間。」他若有所思的用手中的筆敲著牙齒。「那很耐人尋味，你們不認為嗎？」

莫道克暴躁的走向窗戶。「到處都在傳說老康思立就要失掉黑靈頓了，所以我猜，他叫那三個人滾蛋。而她給了他們頭上蓋的屋頂。有什麼奇怪的？她是他們的姊姊。」

「我說耐人尋味，不是奇怪，」法蘭克高聲喊著，一把抓下他頸上的領結，啪的一聲丟在桌上。接著解開襯衫喉頭的鈕扣，手指撫弄著受縛的頸子。「很顯然，珍的家人不認同你對她下的壞評價。你會一邊搬到她家裡去，一邊相信她曾經做過什麼嗎？」

「邁爾斯和佛格斯在他們父親屋頂下住得夠久了，卻還一逕相信他曾是個凶手。相同的情況，你不覺得嗎？」

「不。」法蘭克生氣的舉起指頭往空氣刺戳。「在這裡不該是這樣對照的。如果康思立有責任，那麼他讓自己和謀殺之間劃清距離。如果這女兒該負責任或根本是她是親手為之，之後近於瘋狂。所以我重複，如果你對她有這樣的懷疑，你還會搬到她房子裡去嗎？」

費哲清了清喉嚨。「嘿，長官，憑良心說，這無法讓我們得到什麼。真相是，我們需要更多證據，否則就會是『瑞秋．妮可』式謀殺調查的重演，或像羅素．蘭迪的案件。」

「老天，費哲，」莫道克說，狂暴的繞著他遊走。「你見鬼的是怎麼通過你那他媽的警察考試？」他朝天舉起拳頭。「更多證據，他說。你要我們到什麼地方去找，看在老天的份上？我們已經把所有東西放在顯微鏡下仔細詳盡的審查過了——阿丁利林地、里奧的財產、里奧的房子、他的車子、他的車庫、眉格的財產、她的公寓、她的車子、珍．康思立的車子。零。什麼也沒有。我們有壕溝邊緣鞋跟滑出的痕跡，有可能是或不是一個女人的鞋子弄出來的，而且我們也許可以說，因為康思立小姐的衣服在車禍事件發生後被醫院處理掉了，她身上的血漬有可能是里奧和眉格的。」他停頓吸了口長氣。「那並不夠，我同意，但是我們手握最充裕的間接證據，一直都只指出一個方向，唯一的方向。指向這個女人，指向她有著動機和機會。我說我們就朝那走，逼使她開口。」

「為什麼她衣服上血漬沒有染到她的車子，」法蘭克說。「羅伯．克拉克的人把它解了體了，那裡面沒有一滴血，連她自己的也沒有。」

「她被發現時，身上穿的是件夾克。她把那件夾克套在染血的衣服外面，然後進到車子裡。」

「全屬憑空臆測，絲毫沒有證據解釋星期一晚上長柄大鎚怎麼進到南丁格爾療養所。」

「那是個圈套，她父親的傑作。讓我洗脫嫌疑，爹地，而爹地不得不。假裝攻擊坡司羅醫生，留下正版長柄大鎚，指出另外有人涉案。」

法蘭克朝費哲揚了揚下巴。「換你，」他草率的說。

他們已經繞著這樣的圈圈好幾百遍了，費哲輕歎口氣，再一次開始他敘述的角色。「好吧，巡官認為她掌控事件，因為她有罪。我認為她掌控事件因為她無辜而且惶恐。我猜里奧在星期一晚上，五月三十日就離開了她，搬到眉格那裡，我也同時猜想她對失去他根本就無所謂。讓她擔心的是她父親的反應。我想她對他相當懼怕，因為她跟她弟弟們有同樣的想法，認為是他唆使羅素的謀殺事件。但是沒有人可以證明，所以她盡可能的跟他保持距離，把他從她生活中排除在外。然而在那過程中，她只是讓他對她那股特異的疼愛加速竄升。迪恩・佳瑞得形容亞當說他會坐在一旁盯著她，好像他不能相信她真的是他的。我的猜測是，她變得驚慌多疑，於是說服里奧和眉格離開，無限期的待在法國，以免她父親對里奧的遺棄行為有報復的動作。」

法蘭克在身前的紙上畫出愛神邱比特，心臟部位插著一枝箭。「但是最適合他們離開的時間是六月四日，亦即她前往黑靈頓的時候。為什麼要等到下一個週末？」

「因為他們並不認同她的多疑。對他們來說，羅素的死是小偷所為。」他瞥了一眼莫道克，看到他臉上嘲弄譏諷的笑。「我們談的是兩個自我中心的個性，而那是他們自己家人的用詞。換句話說，就是自我，自我，自我。里奧中心思想圍繞著金錢和產業；眉格則圍繞著金錢和性慾。你難道相信他們任何一個會關切康思立小姐丈夫的死？眉格也許為他傷心了一陣子，但是，就我記憶，她日記裡記載著，不到一個月之內，她就跟一個完全陌生的人上了床，沒有證據顯示里奧認得羅素。老實說，如果他們有那麼一丁點想到他，那也應該認為那是一場出了差錯的竊盜行為。」

他繼續。「唯一因那可憐男人的死而備受困擾是他的遺孀，即使是她，最後也熬過去了。沒錯，多半時間她把自己禁錮起來不與人交往，但是她維持獨立自主的生活，拒絕她父親給予的任何幫助，她懷疑他是凶手，而她終於快要走過這一段，噩夢又再次重演。她嘗試投身到另一個婚姻，卻發現里奧跟羅素沒什麼兩樣，她犯下了另一個錯誤。」這回輪到他不懷好意的對著結了三次婚的莫道克冷笑。「憑良心說那並非不尋常。人們傾向於被同類型的人吸引。不尋常的是她的第一樁婚姻以謀殺為終止符，而不是離婚，另外還有眉格跟他們倆都有牽扯。」

「她因而瘋狂的進行第二次謀殺，」莫道克說。

「你沒有解釋他們為什麼沒有在四日離開，」區佛疲倦的提醒他。

「因為他們一直到十一日才能走，長官。眉格有事業要經營，而里奧有投資要照顧。十一日是他們能夠離開的最早日期。」

「又是你的猜測。」

「是的，但那有道理。瞧，珍私下承認她父親讓她丈夫遭到謀殺，也許是警方的剖析說服了她。她甚至懷疑他知道羅素跟眉格之間的婚外情，那給予了他動機。但是當她試圖說服眉格和里奧時，他們卻嗤之以鼻。不過，他們因為他們自己的行為感到罪惡，於是願意配合她。他們同意暫時隱瞞整件事情，直到他們離開前往法國為止——那也許對他們較有利，因為他們知道消息一旦曝光，鐵定會受到苛責。同時，珍必須面對跟她家人在漢普夏度過的那個星期。如果她不去，會引起一堆問題。如果她去，她必須假裝婚禮仍然要如期舉行。所以她假裝。她星期五回到倫敦，有了那個神祕的爭吵，亦即里奧告訴她他要改娶眉格，他們三個都在星期六早上打電話回家，然後眉格和里奧跑路溜走。」他頓了頓。「不管怎樣，那是原來的計畫。」

「然後賈西．漢尼斯要眉格相信她是個一級渾球，他們於是延到星期一離開，」法蘭克說，牽引另一枝箭簇射向他筆下邱比特的心。「那讓珍在星期六晚上慌張的跑過去，質問他們為什麼還見鬼的留在那裡。」

「就跟長官說的一樣。」

「那麼星期天她在車庫發生的事情又怎麼說？」莫道克質詢。「要怎麼解釋？」

「在你的腳本裡又如何解釋？」費哲反問。

「那是個騙人把戲，就像第二個。她做越多嘗試，她父親就會更護衛她。」

「請容我說，長官，那簡直是胡說八道，」費哲揚起聲調。「克藍西上校說，如果她要人們相信那是自殺行為，那麼她應該對著他和他太太哭泣訴苦。再加上，她盡她全部見鬼的力量說服我們她不是個會想自殺的那種人。她的性格與行事不符合。還有另外一件事。你一直喋喋不休的說這些都來自她父親的保護。那麼，它見鬼的在哪裡？他從來沒有靠近過她。他對打造他的事業王國更有興趣。」

「他付四百英鎊一天給一個貪污的騙子，讓她假裝失憶症。我告訴你，如果我們可以把她帶到這裡進行訊問，她會在你開口問話之前就把一切都吐出來。」

法蘭克聽著這段火熱交戰，心下怒怨更甚。「我要回家了，」他乍然說出。「我們都別說了，明天再決定。」他動手把椅背上的夾克拿起，然後停下。「她為什麼要對佛定橋警方說，她記得的最後一件事是六月四日跟里奧說再見，他當時應該不在她房子裡啦？」他問費哲。「不要告訴我她在半昏迷狀態中仍然能夠掌控事件，因為如果你膽敢那樣回答，我會把你從這裡打到薩爾司柏瑞再彈回來。」

「不，長官，我不會。」他瞥了眼莫道克，後者正得意的冷笑。「瞧，她的確受到撞擊而腦震盪，同時也毫不遲疑的說她認為車禍是發生在四日。我相信到這個階段，她的失憶症是真的。就我所知，現在仍然是。但是我自己也花了些時間看書研究，而我猜那個說詞是她編造出來的。那是當她四日要去看她父親時，準備好的說詞，她也許在一路開車途中不斷重複演練，然後很具信服力的說出去。里奧很好。早餐時我親了親他，跟他說再見。他要我跟大家問好。

事實上，這些都不是實話，而它卻像是發生過似的存在她腦子裡，因為她知道那是她看到她父親時要對他說的話。」

「所以她父親是凶手？」

「我會說那有可能性，長官。」

法蘭克站起來，把手臂推擠進夾克袖子裡。「警佐，你在一件事上沒有錯，」他尖刻的說。「這是蘭迪案件的翻印版本。我們有相同的兩個嫌犯，而且無法起訴他們任何一個人，除非有人給我找到什麼證據。」

□

六月三十日星期四，温徹斯特，山楂樹園——凌晨三點

孩子的尖叫聲再次劃破寂靜的夜晚，這情形不斷在過去兩個禮拜的每天晚上出現。廚房裡，雷克斯開始吠叫。「辛蒂！」她母親喊著，急急忙忙把手臂伸進睡袍，旋風般橫過屋子，砰的一聲打開她女兒臥室房門。「我受夠了。」她抓住那女孩，憤怒的搖撼著她。「你告訴我這到底是為了什麼，不然我就把你帶去醫生那裡。你聽到了嗎？你——聽——到——了——嗎？我再也受不了了。」

□

薩爾司柏瑞，南丁格爾療養所——上午六點半

亞倫．坡司羅那個晚上根本睡不著。到了六點鐘，他終於放棄掙扎，呻吟著翻身下床，穿上衣服，在療養所的草地上慢跑。晚上下過一場雨，腳底下草地溼滑滑的。水分從他慢跑鞋的織布結構滲透進來，他臉頰上玻璃碎片割破的傷口仍隱隱作痛著，他的肩膀在他每跨出一步時也都牽引著疼痛。他到底在做什麼？慢跑是為有自我毀滅傾向的人而設，不是為一個中年醫生，更不是為一個清楚知道死亡就像政府保健政策一樣隨機抽樣不公平的醫生所設。

下決定後，他鬆了一口氣，蹣跚步行到草坪上的長椅，坐了下來觀看充滿霧氣的晨景。遠遠的，在療養所藩籬外邊，夏日蒼白晨空下，繪有緩緩起伏的泛紫山丘。近景處，薩爾司柏瑞美麗大教堂的偉壯尖塔，簇擁在群樹形形色色的綠色葉梢上。他觀看著這一切，帶著疲倦的悲觀。也許，這一切可以在人們和人們所有建築造物的人為破壞下，仍能保持住完美，但是他同時卻也充滿著疑惑。

「你看起來正在想著什麼，」珍說，在他身旁椅子上坐下。

她穿著一身黑，頭上戴一頂黑色的毛織帽，低低拉過她的額頭。他研究著她潮溼的鞋子一會兒，然後朝那教堂尖頂點點頭。「我在想人們的破壞力，」他說，「當那天來到，它必然來

到，人們會先毀滅自己或其建造的一切。」

「我不認為會這麼嚴重，」她說，隨著他的目光。「大自然會把我們留在後邊的一切覆蓋住，而我們建造的所有事物將會停止存在，不論我們自己有沒有先行動手毀滅。」

「這令人抑鬱，對不對？」

她笑了起來。「如果人們學習在自己能力範圍內存活，就不會發生，而如果人們不肯如是學習，那麼就不值得在這個星球占一席之地。我對人類這個族群沒有什麼情感上的依戀。整體說來，我想我們是演化過程中較險惡的副產品。」她指著圍繞疆界的樹木。「它們在貢獻。我們在傷害。」

「它們沒有其他選擇，」亞倫說。

「沒錯，」她緩緩道來。「自由意志是無稽之談，對不對？」

他們靜靜坐著，好一會沒有出聲。

「好帽子，」坡司羅最後說。

「馬修借給我讓我保持頭部溫暖。」

他決定不要問她星期一晚上是不是就有了這頂帽子。「你去了哪裡？」他換問。

「散步。」

「你非常勇敢。根據馬修的說法，這個地方可能到處都爬滿了殺手。我無法相信他竟沒有警告你，他倒是很花了些工夫警告我。」

她點頭。「他有沒有同時告訴你有關那隻掉入陷阱的狐狸，把自己的腿咬斷試圖逃跑的那隻？」

「沒有。」

「它在掙扎中死去。我不要在掙扎中死去。」

「所以你出來散步，證明你並不害怕。」

「是的。」她飛快瞥了他一眼，然後繼續觀察大教堂尖頂。「反正我睡不著。馬修的浴缸不怎麼舒服。」

「浴缸很少有舒服的，」他喃喃低語。「有什麼特別理由讓你想到要睡在馬修的浴缸裡嗎？」

「當然有理由。我並不習慣沒有什麼理由的就進行什麼事。」

「你要告訴我是什麼嗎？」

「他的浴室門上有鎖。」

「我明白了。」

另一陣沉默。

「那麼，馬修在哪裡？」

「也許在我的浴室，除非他膽子夠大，敢睡在我的床上。」

他等著。「你是要向我解釋，」他最後開口，「還是我應該繼續榨取我那過度疲勞，相當混亂的腦子？」

「我是他那隻狐狸的替代品。過去兩天他變得非常專橫，我則譴責存在主義的論調。他認為扛起責任是指控制局面。」她轉過來看著他，安靜愉悅的笑容挑逗著他臉上的頭髮。上帝，他想著，想想冰袋，坡司羅。她是個病人呀，看在耶穌基督的份上。

□

漢普夏郡新森林區，史托尼．巴塞飛機場——上午七點半

一陣引擎咆哮聲傳來，那輛車自破曉時分就停放在同一個位置，這時車子以高速橫過柏油路面，全速投擲在有撞擊痕跡的混凝土支柱。沒有人倖存。也沒有剛好路過的情侶引來救援。那輛車子幾乎在撞擊的瞬間起火燃燒，也許因為車子裡堆滿了沒有蓋子的汽油桶，等到一個路過的摩托車騎士看到煙霧，呼叫了救火車，車子裡唯一的一個人——駕駛——已經死了。

□

温徹斯特，羅門賽路警局——上午九點

「你最好讀讀這個，」法蘭克說，用他手裡的筆頭把一份筆錄推過桌面。「一位翰司孔太

太和她的女兒辛蒂今天凌晨四點鐘來到這裡，把辛蒂心裡的擔憂說出來。很顯然，過去兩個星期她一直做著噩夢，而她母親認為一旦她把事情澄清，她家就會恢復不受干擾的睡眠。」

六月十四日星期二，我和鮑比・法蘭克林在樹林裡做完後，發現那些屍體。我跑離鮑比，跌進溝槽。我那樣害怕。雷克斯，我的狗，在溝裡刨著土，我看到死人。我想那是個男人。鮑比說如果我對別人說出一個字，他會把我釘在那裡，但是我再也受不了了。我不停做夢，夢到那個男人要抓我。不，我先前並不知道那裡有個壕溝。我為了不再繼續滑下，把鞋跟插入壕溝的邊緣。我害怕鮑比會在底下抓住我。我恨死了鮑比・法蘭克林。他是個不折不扣的壞胚。我十二歲。是的，他知道這一點。

本人署名：辛蒂・翰司孔

監護人署名：P・翰司孔

莫道克緩緩讀完。「那麼，我們現在該怎麼辦？」他問。

「我們回到起點，」督察長說。「我要在阿丁利林地進行第二次搜索，我要在方圓一哩內所有的水域都進行打撈，還要重新檢視六月十三日在那個區域有可能看見什麼的每一份筆錄，還有，如果有必要，我們要再一家一家進行訪查。哪裡有長柄大鎚及染上血跡的衣服，我要找到它們。」

「康思立家怎麼處理，長官？」

法蘭克朝著門點了點頭。「你聽到我的話了，巡官。我們重新出發，而這次，我們態度要強硬。」

□

薩爾司柏瑞，康寧路警局——上午十點半

「芙妻西確信那鑰匙環上有法蘭柴思—霍汀有限公司的商標，」布萊兒抗議道。「她說跟邁爾斯隨身攜帶的鑰匙環完全相同。」

「她同時也說邁爾斯就是那個毆打她的人，」警佐提醒她。「她不是個很可靠的證人，對不對？」

「我承認，但是她堅持兩個男人有點像，事情有蹊蹺，否則她和沙蔓珊看到我拿給她們的照片時，就會把我轟出門去了。」

「你的重點是什麼，布萊兒？」

「這裡一定跟法蘭柴思—霍汀有限公司有關聯，要不然他為什麼會有這麼一個鑰匙環？」

「拜託！有可能是那雜種跟在那裡工作的某人結了婚。或是他陞遷時得到的獎勵，或偶然在街上拾到。那是一個龐大的組織，布萊兒。如果你要一個一個查問，你會查到二十一世紀還沒完。」

「那倒不一定。我想我會試最後一次，如果沒有結果，我就只好放棄。」

他懷疑的看著她。「珍．康思立，我猜。」

「她就在門外台階上，警佐。輕易放過，罪不可恕。」

□

薩爾司柏瑞，南丁格爾療養所——上午十一點半

珍站在窗邊，布萊兒這時輕輕在她門上敲了幾聲，然後推開門。「我看到你來了，」她說，沒有轉身。「我以為邁爾斯的事情已經弄清楚了。」

「是的，就我這方面而言是的。不過，我無法代表其他同事，」她誠實的說。「我恐怕他很可能會因為你父親提供的證據而面對賭博、吸毒等控訴。」

珍回轉身來。「我猜那表示你們已經掌握了邁爾斯過去四星期裡聯繫過的所有人的姓名和地址了？」

布萊兒點頭。「恐怕是這樣。一位保羅．氏肯先生今天早上應我們的要求來過一趟，給了我們他手上所有資料的副本，包括照片。」

「那麼佛格斯也涉嫌了？」

布萊兒點頭。

珍異常灰心喪志的牽動嘴角。「我應該想到，真的。我父親不會放掉那樣一個大好機會把那些吸血蟲趕出去。」她重重坐進沙發裡，點起一根菸，拿起菸盒朝那名女警遞去。「抽菸嗎？」

「不，謝謝。」布萊兒坐上另一張椅子。「我可能不該這麼說，康思立小姐，但是起訴並不一定是壞事。那要看你弟弟們怎麼反應。也許對他們會是一個絕對必要的嚇阻，好讓他們有機會重新振作起來。」

珍歎息。「如果你是來跟我談有關邁爾斯和佛格斯的事，你可能是在浪費時間。我誠實的說，我的確不知道他們到底做了些什麼，而我也不想去知道。對我而言，我根本不願意追究。」

「我不是為那目的而來。現在是不同的案子了，而我並沒有涉入。」她從她袋子裡拿出一張有法蘭柴思－霍汀有限公司鑰匙環的照片遞給珍看。「你認得這個東西嗎？」

「是的。」

「你可以告訴我這是什麼嗎？」

「你知道那是什麼。那是邁爾斯的鑰匙環。你昨天從他身上取走。」

「你怎麼知道那是邁爾斯的？」

珍對著照片上刻有浮雕圖案黑色圓盤上的一個小點指了指。「這鑽石鑲在不同的位置。那是我們區分的方法。是我繼母的主意。想像圓盤是個圓形錶面，法蘭柴思—霍汀公司的商標為底圖。亞當的鑽石鑲在兩點鐘位置上，我的四點鐘，貝蒂六點鐘，邁爾斯八點鐘，而佛格斯十點鐘。那是你昨天從邁爾斯身上拿到的。」

布萊兒無法隱藏她的驚訝。「我們以為那只是一小片玻璃。這一定相當貴重了。」珍微笑。「我猜每個價值大約三千英鎊。圓盤材質是煤玉，字母和鑲邊是黃金。貝蒂兩年前在倫敦一家珠寶店訂製，為了她和亞當結婚二十五週年慶。她說那值得大家一起慶祝。」笑容轉成悲傷。「那其實是個好主意，直到亞當看到帳單。之後，所有事情就都失去了控制。」

「會不會有比較便宜的塑膠材質，是你父親手下僱員所使用？」

「也許有吧。只是，我從來沒有見過。貝蒂總是告訴我，那是她自己想出來的設計。她要一些屬於我們五個人的特別的東西。」她突然皺起了眉頭。「你為什麼要知道這些？」

布萊兒跟自己交戰了一會。「喔，不管了！」她突然說。「我猜芙妻西又弄錯了。」她跟珍先前一樣重重歎了口氣。「我們認為你弟弟在芙妻西．海爾毆打案件裡有嫌疑的原因之一，是因為她說那個攻擊者身上有著跟這個一樣的鑰匙環。她之所以記得，是因為上頭的縮寫字母跟她的名字縮寫一樣，當我們把法蘭柴思—霍汀有限公司的商標拿給她看時，她立刻指認出來。所以我們接著把你兩個弟弟的照片拿給她看，她指出了邁爾斯。我承認她在那點上犯了錯誤，但是今天早上她信誓旦旦的說這個，或跟這個一模一樣的鑰匙環就是那個男人隨身攜帶的物品。」她聳聳肩。「我很抱歉。看起來我真是浪費了你的時間。」

「你把訊息公布出去了嗎?」珍問，語氣裡含有疏離的音調，好像她並不真正在乎答案會是什麼。

「鑰匙環的事?沒有。這還只是相當初步的調查，因為那兩名妓女不願意合作。」

「這個男人仍然帶著那個鑰匙環的機會有多大?」

「很大，我想。」

珍突然間閉上了眼睛，布萊兒以為她看到了在睫毛上跳動的淚珠。「我把我的送人了，」她語氣微微顫抖著。「我不認為有什麼好慶祝的，尤其在我父親發了一頓脾氣之後。而且不管怎麼說，他負擔了費用，我很久以前就對自己發誓絕不再接受他任何東西。」她用手指蓋住眼帘，然後低下頭看著眼前年輕的女警。「諷刺的是，當我把它送給別人時，我說我希望這能帶給你好運。」她伸出舌頭濡溼乾燥的嘴唇。「但是我想，那運氣顯然留在我身邊。」

「你給了誰，康思立小姐?」

「一位牧師。屬英國國教，他說字母F可以代表神父。哈利斯神父。他在一個叫菲蘭藤的村落有個教區。他長得比邁爾斯好看，」她的語聲相當勉強，「但是他們並非完全不像。賽門比較瘦長，不那麼黑。他姊姊就曾經有一次把他們弄混了，所以你無須責怪那些妓女搞錯了。」

「是的。」

布萊兒聽到她聲音裡的顫抖。「那個姊姊會是眉格・哈利斯嗎?那個被你謀殺的朋友?」

「這個賽門跟那件事有什麼關係嗎?」

珍的眼睛睜得老大。「我想我大概要吐了，」她說。「我實在非常抱歉。」

布萊兒急速移開她的腳，吐出來的穢物灑在地毯上。

□

漢普夏郡菲蘭藤，教區牧師居所——中午十二點二十五分

布萊兒把車子停在另一輛警車旁，關掉引擎。「發生了什麼事？」她對著那位來到前門的便衣喊著。「牧師在裡面嗎？」

「就我所知沒有。」

「你知道他去了哪裡嗎？」

「我聽到的消息是，他成了史托尼．巴塞機場上一具發出惡臭的燒烤豬肉。」

□

致相關人：

我不相信有上帝，但是每一個星期天，我都手持聖餐聖餅站在祭壇前，為眾人公開宣揚信仰。有時候我懷疑如果我真的相信，一切可能會有所不同，但是我又不這麼認為。如果上帝果真存在，祂也沒有神力可以改變祂已經授予的命運，我仍然必須是眉格的弟弟。再沒有比愛上

一個你不應該擁有的女人還要更痛苦了。

人們會說我瘋了。也許我是瘋了。然而那是一種特異的瘋狂，把意義帶到那些人們指稱邪惡的行為上，同時也給人們願意原宥寬恕的某些行為，帶來困惑迷亂。他們說我是個好牧師，然而我在上帝聖體祭壇前，卻如行走暗夜般蹣跚顛躓；只有在人類軀體和鮮血溫暖的捧握在我手掌心時，我才能清楚的看見。於是，我了然，如果心靈的暗室要被滌淨澄清，就必須要有犧牲奉獻；使命因是清晰明朗，而我所為於是無可避免。我活著。我看見了真理。

迷惘又重新開始

眉格變成了個妓女，但是我知道我為什麼原諒了她。她說過，她寧願是個大方慷慨的妓女，也強過一個心懷怨懟的妻子。她開放誠懇，對我坦白一切。那之間沒有愛，只有肉體上的滿足和興奮，直到

祕密

極度懷疑　上帝在何方上帝睡去了　但不是羅素。羅素取笑著，而他的笑硬是擠進我腦子裡，擊敗粉碎著我的頭　粉碎　粉碎　眉格愛

羅素賽門憎恨上帝

記憶帶來痛苦。我了解為什麼珍寧願遺忘。我始終恨珍。她讓眉格嫉妒。里奧和羅素在珍讓他們變得更具有吸引力之前，在我姊姊心中算什麼？什麼都不是。渺小的男人，如果沒有珍的話。她把他們變成上帝，再把他們送回給眉格。珍身旁總是圍繞著

祕密和惡意沒有珍的話眉格是個誠實的妓女

又是困惑迷惘。可怕，極度　危險　危險　危險遺忘，遺忘　妓女　年輕的妓女　年老的妓女　你邪惡怪異我的髮梳在那裡頑皮男孩　啪　啪　我希望那會痛　不准你再那樣看著你的姊姊邪惡怪異

邪惡怪異　邪惡怪異

上帝天父使賽門變成魔鬼

他們在哪裡？不在翰默司密。鳥兒已經飛走了，因為珍迫使他們　那是一個祕密但是賽門迫使珍開口

殺　殺　殺　沒有武器

上帝寵愛珍　奇蹟給她不給賽門

她獲救了

她跟著賽門追到里奧的房子，而賽門說上帝會被做掉阿門

但是為什麼上帝要救珍？三次，賽門試著要結束她，而三次，上帝救了她。他沒有救眉格或里奧。他們試圖拯救自己，用的方式是

謊言

你不想讓貓死掉，賽門　你愛那隻貓讓我到翰默司密去餵貓　讓那隻貓活下去　那隻貓被囚禁起來了

她是指里奧　里奧被囚禁在賽門的汽車行李箱裡了　已經死了

就像珍被囚禁在喬爾西的一個箱子裡，在她的棺材裡被活埋著，如果眉格不服從，就死

沒有人看見　沒有人聽見　她為她的生命乞憐　太遲了　太遲了

求求你賽門　狠命求著賽門　賽門說不

遺忘遺忘遺忘遺忘遺忘遺忘遺忘遺忘遺忘

賽門說抱歉

結語

七月一日星期五，薩爾司柏瑞，南丁格爾療養所——上午十一點

區佛督察長和費哲警佐靜靜的在一旁等著，讓珍讀賽門．哈利斯的那封信，那封他往赴死亡之路前留在桌上的信。那是個讓人寒意陡生的信，而他屋子裡幾乎找不到任何可以回應它所揭發出來的病態。除了唯一一件牧師長袍之外；那長袍上有著雖然已經過清洗，卻仍然觸目驚心顯現出曾被鮮血噴灑的斑斑痕跡。還有，除了那件長袍和這封信，賽門自殺本身還憾人心弦的惹起焦慮不安，尤其是沒有蓋口的汽油桶把他的車子燃燒成一個熊熊火球，毀損了法醫可以據以分析的所有機會，而他生命裡超乎尋常的秩序，是如此鮮明奇異對照著他心靈的紊亂。

警方到目前為止，仍然無法在菲蘭藤找到任何一個教區居民對他們教區牧師的自殺傾向表示一點點的認可。「他是這麼一位可親可敬的人。」「他從來沒有拒絕任何人的任何問題。」「哈利斯神父連一隻蒼蠅都不忍傷害。」「他是我們教區有史以來最認真的牧師。」

間接證據顯示從六月十二日星期天午餐時間，到六月十四日星期二早上之間，他不在教區

牧師居所，那根本經不起進一步詳細審查。「我注意到賽門的車子星期天或星期一晚上沒有停在外面，」他隔壁鄰居說，「但是他有時候把車子停進車庫裡，所以有可能是在裡面。我不記得早晨祈禱儀式結束後見到過他，但是那很平常。我們都非常忙碌，不會過問彼此行蹤。星期二早上，車子倒的的確確停在那裡。我有個表格，需要他簽名，我必須繞過那輛車才能到達他前門。沒有，我沒注意到他有什麼怪異之處。他跟平常一樣溫和愉快。」

卡洛琳・哈利斯，被家裡突然遭受到的雙重打擊而幾近崩潰，信誓旦旦的說賽門那個星期天和星期一晚上跟她和查爾斯一起度過。她同時聲稱六月二十七日，坡司羅被襲擊時，他跟他們聚在一塊兒。但是稍後詢問她丈夫確認上述說法時，他搖著頭。「沒有，」他沉靜的說，「我恐怕那些都不是真的。」他已經讀過他兒子留下來的信，沒有什麼明顯的激動情緒；當他把信交回給區佛時，要求永遠不要讓他的妻子看到它。「我譴責我自己，」他說。「我應該要了解在一個視性行為可恥墮落的家庭裡長大的孩子，在人格上會受到多麼嚴重的傷害。我自私的以為，我是唯一受到影響的人，但是，很顯然的，眉格把它跟愛混淆了，而賽門卻把它跟恨混淆……」

芙婁西・海爾和沙蔓珊・蓋瑞森一開始都相當懷疑賽門就是那個攻擊毆打她們的男子。「你瞧，他沒有帶眼鏡的，」芙婁西說，仔細研究著照片上那張年輕牧師熱切的臉龐，「而且他長得比較好看。」但當換上一張面帶笑容，摘下眼鏡，身著家居服的年輕賽門的快照時，她們變得比較有信心。「尊貴的小公爵，」芙婁西有些耀武揚威的說，「他跟我先前指認的那個長得差不了多少。相同的眼睛。就是那股天真無邪。老天，我會永遠記取這次教訓，不再被漂亮的藍眼睛騙到。」

莫道克巡官跟市警局建立聯繫網，試圖尋找賽門在倫敦工作的過去五年時間裡，以倫敦為據點的妓女們有沒有受到類似於發生在海爾和蓋瑞森身上的毆打事件。如果他們能夠建立一個毆打妓女的刑事連續行為，會讓警方的猜疑多多少少舒緩一些，因為賽門在蘭迪，還有沃爾德和哈利斯謀殺案件中的涉案證據是如此薄弱。誠如莫道克在讀了賽門的信後對區佛說：「一定是有人把他揍到頭破血流，逼迫他寫下這封信的，長官。上面還有血跡呢。」

法蘭克看著珍把那封信放到她的膝蓋上。「康思立小姐，」他說，「這裡有一兩個問題沒有找到答案。我們仍然在尋找凶器，但是他房子裡只有一件牧師長袍，上面沾染著血跡。然而，還得要一段時間才能檢驗出那血跡是不是屬於眉格和里奧。可能的情形是他是在謀殺了你兩個朋友後把長袍脫掉，那可以解釋我們為什麼一直沒有得到報告說曾經看到有人穿著沾滿鮮血的衣服。我們相信他可能用了同樣的方法謀殺了你的丈夫，套上他的牧師長袍以免鮮血濺上他的衣服。」她看起來比平常更悲傷，他想著，而那雙抓著信的手抖動得很厲害。「我不想再打擾你，但是如果你能補充任何細節，我們會非常感激。」她眼光瞥向亞倫．坡司羅尋求支持，然後點點頭。

「也許我們可以從六月十一日星期天開始，就是你打電話告訴你父親婚禮取消了的那天。你還記得嗎，康思立小姐？」

「是的，大部分都記得。」

「你記得那個晚上到眉格的公寓去，看到她或是里奧打開門來時很生氣嗎？」

珍點頭。

「你能告訴我詳情嗎？我們猜他們應該已經離開一段時間了，你為什麼認為他們還在那裡？又為什麼去找眉格？」

「去接麻瑪公爵，把牠帶回我家，」她簡單的說。「當我看到里奧的車子停在外面的時候，簡直無法相信。我真的快氣瘋了。」眼淚湧上她的雙眼。「我那樣苦心積慮，而他們卻仍然認為我只是偏執妄想而已。」

「所以你有眉格公寓的鑰匙囉？」

她搖搖頭。「我應該到隔壁鄰居那兒去拿的。但是我看到里奧坐在客廳，所以我搥打大門，對著他們破口大罵。」她可憐兮兮的抹去眼淚。「我現在真希望我當時沒有那樣做。那是我最後一次真正跟他交談的機會，而我脾氣卻這麼壞。你瞧，我知道他們身處險境。而我從頭到尾一直就有著什麼糟糕至極的事情要發生了的預感。」

法蘭克等著她恢復平靜。「然後發生了什麼事？」

「眉格對著我長篇大論的說賈西怎樣怎樣，說她對他的態度有多麼多麼糟。她說那是我的錯，說我利用羅素的謀殺案當做報復她和里奧的鞭子，因為我要盡可能讓他們的生活變得痛苦不堪。我們大吵了一頓。」她盯著她的雙手。「喔，那已經沒有什麼關係了。我強迫他們到里奧在喬爾西的家待到星期一。我說，那裡至少會比翰默司密要安全，因為我是唯一一個知道那個地址的人。」

「他們去了嗎？」

「是的。」

「是什麼時間？」

「我想大概是午夜。眉格堅持要讓她的公寓在她離開後變得整齊清潔，這樣來看房子的買主才不會被嚇走。」

「她打算賣房子？」

「是的，」珍又說。「我打算等他們前往法國，就去找房屋仲介公司。那是計畫之一。眉格的事業需要一筆資金，而我答應幫忙賣掉她的公寓以籌備資金，條件是她和里奧同意讓他們自己消失一陣子。原來的計畫是他們離開後，由我向賈西解釋……」她支吾的說。「但是眉格星期六跟他電話聯絡時又猶豫不決，決定延緩旅行計畫，讓她親自跟他討論。」她舔去奔流到唇上的淚水。「賈西威脅退夥，除非她能向他保證她的承諾，而他們那陣子一直有著類似的爭執，她相信他會說到做到，除非她能費些心神安撫他。」

法蘭克好奇的研究著她低垂的頭。「我不了解他們為什麼願意祕密進行一切，康思立小姐，尤其是，像你說的，他們認為是你偏執妄想。」

她垂頭喪氣的瞪著他好一會。「眉格已經背叛了我兩次。說實在的，她沒有立場跟我爭辯。不管怎麼說，里奧站在我這邊。他因為消息曝光後他人會在法國而洋洋得意。他最不想要面對的就是婚禮取消隨之而來的難堪。眉格一旦能夠抽身他就會立即離開。」

「她為什麼不呢？」

「她有一個不想失去的客戶，還跟銀行經理有兩個會談。她說如果她把那些會議取消，他就會讓她的事業經營不下去。她能離開的最早時間是十一日。」她沉默下來。

「那麼她在最後時刻食言了？」

珍點點頭。「她打一開始同意跟著計畫走的唯一原因是里奧也贊成，但是當賈西那樣嚴詞厲色對她時，她就變得固執己見，寸步不讓，不停罵我神經質，荒誕無稽。」眼淚再次在她臉頰上流竄。「我想她後來想跟我道歉，然而她是那樣怕賽門，不敢看我。那真的非常非常悲哀。」

「我了解。」他又等了會兒。「所以他們星期六晚上大約午夜時分來到喬爾西？你確定他們去了那裡嗎？」

「喔，是的。我跟著他們一塊兒去。里奧把車子停在車庫，我看著他們兩個走進去。然後我回家。」

「那隻貓怎麼辦？牠怎麼了？」

「我們維持原來的計畫，只是延到星期一。我們把可憐的老麻瑪公爵留在走廊，放些食物，還有貓用便池，而牠只最多會被留在那裡三十六小時。我會從鄰居那裡取鑰匙，救走麻瑪公爵，解釋那層公寓要推進市場。眉格在到達法國後就應該要打電話給他們，告訴他們我沒有問題，要他們讓我進去。」

「但是為什麼不對海姆茲先生太太明說呢？」費哲問。「你不該會懷疑他們跟羅素的死亡有任何牽連呀。」

「當然沒有。」接著是一段長長的靜默。「我當時以為我們要怕的人是我父親，」她終於說出，「我不確定他對里奧和眉格的事情知道多少。我知道他發現了眉格和羅素之間的婚外情，邁爾斯後來告訴我的。我以為他可能雇人殺羅素。」她揉搓著頭。「里奧發誓他父母不會對任何人吐露一個字，但是——」她舉起手來，透露著一絲絲無助，「亞當自有發現的方法。如果海姆茲先生太太事先知道任何事情，他們有可能對著第一個來詢問的人全盤托出。事實上，眉格說過更糟的情況，海姆茲太太根本不會等到別人來問，她會自己站到街角，對著全世界廣播。」

「你又為什麼不擔心里奧把他的車子停在秀柏利路上呢，特別是你以為你父親會雇人跟蹤他和眉格？」督察長問。

她抬起頭定定看著他，他第一次想到她曾經歷過怎樣一種精神上的痛苦掙扎。「我是。我試圖說服他把車子留在里其蒙，但是他無論怎樣都不肯。他說那樣讓整件事變得太過誇張。但是，你看，我知道發生在羅素身上的事情，他們沒有。我在黑靈頓過了噩夢似的一個星期，提心吊膽擔心得要死。我強迫里奧每天打電話來，讓我知道他們沒事，也讓我的家人以為一切正常。然後星期五下午他打電話來說他們第二天一早就離開，說可以安全回來宣布事實了。那時我想，感謝上蒼，都結束了。我讓自己扮演了一個愚蠢的角色，但是我一點都不關心。」她拿了條手帕摀上眼睛。「我無法解釋，因為我不相信千里眼或先知先覺，但是當里奧一告訴我他要娶眉格時，我立即知道他們會死。那就像一盆冷冰冰的水兜頭向我淋下。」她可憐的朝亞倫看。「所以我下了結論，認為是亞當幹的。如果我沒有那樣想，那麼，也許，只是也許，他們仍然還活著。」

「不會，」他說。「那不會有任何不同。亞當至少帶來了某種程度的驚恐，讓他們願意聽從你。否則他們早在一個禮拜前就死了。」

她遞出賽門的信。「但是我迫使他們保守祕密，」她說，「那就是他殺了他們的原因。是祕密讓他犯下那樣的罪行。」

「不是，」亞倫說，他在領著那兩名警官到珍房間之前，就讀了那封信。「他是個心理失常的人，珍。是他的病態控制著他的行為，沒有什麼是你可以阻止他的。」

「醫生沒有說錯，康思立小姐，」區佛督察長說。「唯一有可能猜出賽門殺了羅素的人是眉格。憑良心說，她比任何人都要了解他。如果她從來就沒有想過要防範他，那麼也沒有理由會讓你那樣覺得。」他頓了頓。「她曾經向你表示過對他的懼怕嗎？」

「不是你想的那樣。就我認識她以來，她總是替他擔心害怕著。她老是說，如果賽門跟我一樣，他就會沒事。她害怕他變成一個獨來獨往，性格孤僻的人。他似乎從來就沒有任何朋友。我記得她曾經說過，他從來就沒有扮演過牧師以外的角色。」

「她沒有想到過他可能病了嗎？」

烏雲罩上她的臉。「她有一次問我是不是注意到他有任何不對勁的地方，我說：哪方面？她說，我想他在假裝。我相信他恨死了我們父母，尤其是母親，但是他從來就沒有對她說過任何不和善的話，在她背後也沒有。而我卻截然相反。我總是對她無禮粗暴，因為她像是個方形的木栓硬要塞進圓形的孔洞一樣不自在，卻又不肯做什麼去改變現狀，但是我事實上還蠻喜歡那老女人的，而爹是個假道學的老禿鷹，但是我不會想要他怎麼改變。」她把嘴唇緊緊抿成一條線，試圖不讓眼淚落下來。「她在想我是不是曾經感覺過賽門在憎恨他們，但是，因為我從來沒有那樣的印象，她也就沒有再提。我知道她始終認為他太過孤僻，但是我想她把那歸諸於宗教狂熱。我相信她從來沒有想過他跟羅素的死有任何關係。」她神經質的交疊手指。「嗯，沒有人曾經那樣想過。」

「你說得非常清楚，謝謝你。讓我們繼續。告訴我們星期天下午發生在你車庫的事情。那是怎麼一回事？想來他在他信上提到的鳥兒已經飛走了，以及那句『那是一個祕密但是賽門迫使珍開口』跟那件事有關係，是嗎？」

她的雙手再次劇烈的抖動著，她緊緊握住大腿，使得指節逐漸泛白。「情形就像他說的那樣。我告訴他他們在那裡。他知道他們已經離開了翰默司密，因為眉格沒有接聽電話。」她無助的盯著區佛看。「他以為他們已經去了法國——他強迫我——我是唯一知道的人。」她努力讓自己回復平靜。「他在午餐時間後過來為眉格所作所為道歉，」她終於能再度開口。「他說那個早上做禮拜時他為我祈禱，但是了解光是祈禱並不夠，他需要親自來一趟表示慰問。於是我笑了起來，」她的音調再次破損，「然後說沒有什麼需要安慰同情的地方。我說如果任何人需要安慰同情，那會是可憐的老眉格，幾個月後她會發現她把自己跟一個卑賤吝嗇的雜種綁在一起了。」她艱難的咽了咽口水。「我不應該笑的。我想他猜到我知道了有一段時間，他生氣——不停的講到祕密——罵眉格是妓女……」她的語聲漸漸變小，終於吞噬在靜默中。

「然後他做了什麼？」法蘭克溫和的問。

她只搖了搖頭。

「我想也許由我來告訴你會比較簡單，」亞倫說。「賽門死了的消息昨天傳來時，珍告訴我她能記得的所有事情。」他蹲了下來，伸出一隻溫暖保護的手輕輕撫上她的後頸。「你願意我那麼做嗎，珍？」

她看著他的臉，專心一致的，然後把眼光調開。他為什麼看不到他對她的影響？此刻的她情緒上太過脆弱，無法承受一個健康完好的亞倫．坡司羅。她真希望他能把他的手移開。喔，上帝，她真希望……「如果你被允許，」她草草回答。

督察長點點了頭。「沒有問題，醫生。」

亞倫整整自己。「我想很重要的一點，是你必須了解，一個你已經認識好幾年，一直以為是個溫和有禮有時甚至不惹人注意的人，在完全沒有任何預防的情況下，突然變成具危險性的變態，而你同時又發覺你必須跟他相對抗會是個如何令人驚恐的情況。這就是那個星期天下午珍所經歷的。如果賽門曾經做過精神分析，很難斷定他的診斷會是什麼，但是有一點很清楚，那就是他有著偏執型妄想症，也許是源於性慾，圍繞在他母親或是他姊姊身上，或是兩者。我想他對上帝的仇恨，很有可能是對任何具有支配力的男性形態上的仇恨，他似乎認為性是一種墮落的習性。只有妓女才會從中獲得快感，因此一個想要得到快感的男人只能從妓女身上獲得，或是讓優雅的女人變得悲慘不幸。」他詢問似的看著督察長。「這很有可能是他母親灌輸給他的觀念。如果她讓他信服，好女人認為性行為噁心下賤，那麼他成長後對人對事都會產生矛盾的態度，特別是他崇拜敬仰的姊姊耀武揚威的炫耀她的性慾，而他卻選擇在英國國教教堂裡自願以終身獨身的方式抑制自己的慾望。」

「他母親在那方面無疑有問題，但是我懷疑她故意要那樣毀滅自己的兒子。」

「我相信她沒有，而且我相信另有其他因素。比方說，他受不了被嘲笑。那似乎是催動他偏執妄想的催化劑之一。有可能是他選擇進入教堂的原因，在那裡他比較有可能被嚴肅對待，而不像外面的世界一樣。另一個催化劑顯然是祕密。只要他知道事情進行的所有細節或者他認為他知道，那麼他可以抑制住偏執妄想，但是一旦他發現他有足夠理由偏執妄想，那麼自制力就遠離了他。我們可以觀察他對所有事情抱持的那種相當緊密的探聽態度。珍說他以前會很規律的打電話給她或賈西，我還懷疑在眉格和里奧死了之後，他仍然繼續那樣做。他確實打電話給過我，想要知道我有些什麼訊息。」他深思的揉了揉肩膀。

「偏執型妄想症的失常比較複雜的因素之一是，」他繼續，「它一方面會讓你某些功能減弱到一定程度，特別是人際關係的部分，而你的思想仍然保持清晰有紀律，使你可以在工作範圍及較廣泛的社會環境裡正常運作。那也就是我為什麼要提醒你必須理解珍在那個星期天突然間面對的是怎樣一個情況，同時她也必須要能認知到這一點。」他低頭看著她垂下的頭。「自那時候起，每一次她開始想起過去發生的事，就對賽門產生無比的恐懼，但是我擔心她是在愧疚她沒有盡可能的保護眉格和里奧。對不對，珍？」

她沒有回答，而費哲，覺得他的問話粗率不體貼。

「她進入廚房煮咖啡，她想她在忙著時，賽門大概是敲了她的頭，只是她自己並不記得那一記敲擊。她記得的是神智恢復過來時，發現自己躺在地上，雙手跟雙腳一起被綁在她身後。然後賽門在她頭上套個塑膠袋，說如果她不告訴他眉格和里奧在哪裡，他就會讓她窒息而死。她不能呼吸，然後她相信了他。所以當他把袋子從她頭上拿開時，她告訴了他喬爾西的地址。她記得的下一件事是被鄰居從車子裡拖拉出來。她不知道她在那裡待了多久，又花了多少時間讓自己恢復清醒或是找到里奧喬爾西房子的電話號碼，但是當她終於打了電話要告訴眉格說賽門企圖殺害她時，賽門已經在那裡了。到目前為止對不對，珍？」

沉默。

「她只有一條路可走，」亞倫繼續。「賽門說：里奧的情形就跟你剛才一樣。換句話說，兩分鐘內他就會窒息而死。眉格被綁了起來，但是如果我把話筒湊近她嘴旁，她還可以說話。

如果你照我說的做，他們會活著。如果你不，他們就得死。」他用手指尖輕輕撫弄她的頭髮。「她選擇幫助他們活命。就像我們全都會做的那樣，固執相信那仍是她熟知的賽門。是那個牧師，那個喜愛他姊姊的男人，那個她願意贈與她昂貴鑰匙環及好運的男人。那是她的悲劇，也是眉格的悲劇，她們從來就只認識，只知道去信任戴上偽裝面具的賽門，而他真實的自我，那個受到毀損的自我，一直安全的被隱藏起來。我們全都防衛著我們自己的某一部分——天知道那並非不尋常——但是對大多數人來說，被隱藏起來的部分並不具危險性。」

珍抹去眼淚。「我實在應該告訴克藍西上校。他一直是我有過的最好的朋友。」她的悔恨化為啜泣。「有些人認為他怪異而且愚蠢，他們還在他背後取笑他，但是他會把情況扶正的。」她的嘴動作著，尋找著繼續的詞彙。「我把事情弄砸了。我告訴克藍西夫婦一切都沒有問題，而事實上有。我想，我就照著賽門所說的做——你知道，我們一直都在玩那樣的遊戲，賽門說。而那只是自大傲慢——我以為我知道該怎麼做。」

費哲看了坡司羅一眼取得他的認可，事實上他並不需要。「我相信威脅不是自大傲慢，康思立小姐，特別是你知道賽門有能力做什麼的時候。我不是專家，但是在我聽來，你當時的行為是出乎於愛，而我覺得你應該為自己的行為感到驕傲。」

亞倫點頭。「他說星期天路上不會有多少車輛，她應該可以在二十分鐘內開著她的車到達里奧在喬爾西的家。如果她二十分鐘內沒有抵達，他就知道她報警了，他立時會殺了眉格和里奧。然後他讓眉格說話。」

「眉格要求你照他說的做？」

珍點頭。

「當你到達那棟房子時，發生了什麼事？」

她遲遲沒有說話，亞倫於是再次接話回答。「她從一扇開啟著門的縫隙看到了里奧。他躺在地板上，從她描述他當時的樣子，他很可能在她到達之前就已經窒息而死，所以，事後不管對他做了什麼，都只是用來掩蓋事實。然而她的到達至少給了眉格一個存活的機會。賽門答應他不會傷害她們，因為他從來沒有殺過女人。他只想要談話。他讓她們並排坐在牆邊，把她們手和腳在她們身前綁在一起，然後說了幾小時的話。說了那麼久，事實上，珍覺得他已經開始平靜下來。」

「然後呢？」區佛問，因為他們倆都沒有再出聲。

「眉格提出跟他做愛，」亞倫打破靜默。「她以為那是他想要的。也許是，但是他不要由別人提出來。」他搖搖頭。「老實說，我認為不管眉格說什麼都不會有什麼該死的關係。不管她選擇什麼角色——姊姊、母親、愛人、朋友——他還是會變得激動憤怒。」他瞥著珍抖動的雙手。「然而，珍無法告訴你們那之後發生在眉格和里奧身上的事，」他繼續。「賽門在那時發狂起來，抓住珍的腳踝，猛力把她從眉格身邊拉開，然後拿塑膠袋套上她的頭，在她脖子上打了結。她只記得眉格的尖叫聲，腳跟搥打地板的隆隆聲，然後她就失去了知覺。」

另一陣沉默。「你能告訴我們你接下來發生了什麼事情嗎，康思立小姐？」法蘭克問。

「或你較願意坡司羅醫生來說？」

她的大眼睛在他臉上搜索著，尋找了解。「我真的記不得了，」她不穩定的說，「我在某個時刻醒來。袋子上有個洞，靠近我嘴巴附近，又因為我雙手被塞在我下巴下，使我能夠把洞拉大。但是那就是我當時所能做的了。我被塞入一個像是箱子類的東西，每一次我試圖移動，就牽帶全身巨大的疼痛，我於是放棄。」她拉扯著自己的嘴唇。「我以為他把我活埋了，而我只想要快快死去。」她停頓，跌落在某處看不見的洞穴裡。「然後傳來引擎啟動聲，我馬上知道自己是在我的車子後車廂裡。聽起來也許好笑，一旦我知道身處何地，我開始覺得比較好過。情形似乎沒有那麼恐怖了。」她詭異的輕笑起來。「但是他那麼生氣，」她說。「不斷踢著我，叫著，起來，起來。他不能了解我為什麼沒有死。你應該已經死了。你應該死在你車庫裡，你應該死在你後車廂裡。為什麼上帝要愛你？」

「那是在什麼地方？」法蘭克問。

她茫然空洞的看著他。「我不知道。外面吧。我醒來，發現自己躺在地上，但是我無法移動因為我全身僵硬。一個黑色的垃圾袋包裹著我，傳來難聞的氣味，因為我——」她瞥了亞倫一眼，「我想我一定被放在裡面好久好久了。」

「那麼你知道那時幾點了嗎？」

「不知道，但是天色開始暗了。」

「你記得他給你喝了一些東西嗎？」

「我想是的。他在說什麼犧牲奉獻，」她不太確定的說，「還有耶穌。」

「也許那是當你喝著酒的時候，你如果已經在那裡待了數小時之久，或許會有脫水的現象，我想你並沒有像事後檢驗血液中酒精濃度所指示出的喝了那樣多的酒。接下去發生了什麼事？」

她垂眼看著那封信，那封散置在她腿上的信。「我不記得了。」她把那張影印紙揉成一團堅實的紙球。「我不記得了，」她的語氣因著驚慌而上揚。「我想我記得他把我推入汽車座位，但是那之後──我不記得了。」

「沒有關係，」法蘭克笑著，意含鼓勵。「我想我們可以推斷接下來發生的事情。你顯然有一股相當強韌的求生意志，康思立小姐。我羨慕你的勇氣及護衛關愛著你的守護天使，因為我不相信那對情侶的出現是個偶然。」他觀察了她一陣子。「坡司羅醫生告訴我，賽門在你神智回復後第二天曾來探訪你。你那時記起這一切都是他幹的嗎？」

「不。」

「你什麼時候記起來的？」

她的頭仍低垂著。「昨天早上，」她說，「一個女警過來問我有關鑰匙環的時候。」

「不是在那之前？」

她沒有說話。

「你告訴過你父親是賽門殺了眉格和里奧嗎，康思立小姐？」

她的頭彈簧般抬起來，眼睛裡滿是驚詫。「沒有，當然沒有。我為什麼要那樣做？」

區佛點頭。「你弟弟們呢？你繼母呢？」

「都沒有。」

亞倫．坡司羅皺起眉頭。「你為什麼這麼問，督察長？」

法蘭克．區佛微微聳了聳肩。「只是把事情弄清楚，醫生。我們不想事後有什麼謠傳──」

他思忖著妥善字眼，「賽門．哈利斯的自殺太過簡單。人們也許會對他死亡的方式標以正義的實現等詩意詞彙。我們的問題在於，能把他跟那些謀殺連在一起的只有這封信和牧師長袍上的血跡，而牧師袍最近才被清洗過，可能提供不了我們需要的確實證據。我們假設賽門用他自己的車子把里奧和眉格帶到阿丁利林地，但是那輛車昨天已經完全燒毀，我們很懷疑法醫檢驗能找到任何證據。我們也檢查了你的車，康思立小姐，而我必須告訴你，沒有證據顯示你曾在後車廂裡待上十二到十八個小時的痕跡。」

「不會有的，」亞倫說。「如果他把她包裹在黑色垃圾袋裡，不會留下什麼痕跡的。」

「我接受，那還是一個問題。如果你能及早確認他就是加害你的人，會比較有幫助。」

亞倫朝握在珍手裡揉成一團的紙張點點頭。「但是你有一張手寫自白書。那難道代表不了什麼嗎？你們應該已經證實了那是賽門的親手筆跡呀？」

「我們的確是，而目前正在測試原件上頭的血跡和黏液。我們相信賽門寫下這封信時，正流著血。那表示他有可能是被逼迫的。」

「是誰？」

「我們不知道，先生，那也就是我們為何想要知道康思立小姐是從什麼時候開始記起過去，以及她是不是告訴過任何人。」他瞥了珍一眼。「倘若對賽門是否真的犯罪開始有了猜測懷疑，而猜測懷疑又開始流傳散逸的話，會是件相當不幸的事。」

亞倫激動的揉搓下顎，手指在粗硬鬍渣上弄出沙沙聲。「你是暗示珍在說謊嗎，督察長？」他質問。「因為如果你是，那麼我開始了解她為什麼對英國警方如此沒有信心。聽著，混帳，想像一下如果那個殺了人的小雜種仍然活著，而她試圖告訴你他有罪。她一點機會也沒有。你仍然會自以為是的坐在那裡，告訴我們這個缺乏證據的垃圾。喔，我只能說，感謝上帝她沒有在事前想起來，因為如果她記起來，那麼僅僅把他名字提出來，就等於為自己簽下了死亡證書。他顯然是個偏執型妄想症的嚴重精神病患，但是他夠聰明，聰明到可以說服你他無罪，而把箭頭指向為他謀殺罪行背黑鍋的女人。」

區佛聳肩。「你把我們的兩難處境解釋得相當好，先生。我個人對康思立小姐說詞的真實性沒有懷疑。我也同時希望我們能夠在倫敦地區找到其他妓女，可以指認出賽門．哈利斯毆打她們，那樣或許可以建立一個連續刑事罪犯的行為模式。就目前來說，我們手上握有的是一個相當巧合的自殺。你自己也提到的，哈利斯相當聰明；他過去處心積慮想把嫌疑全部推到康思立小姐身上，引起太多讓人不安的疑慮。我確定康思立小姐不會想讓這個故事被一再宣揚，我們也一樣，」他把注意力轉向珍，迎著她的眼神，「所以如果她現在能告訴我們任何事情，任何可以使法醫確定的做下自殺結論的事情，將會對我們很有幫助。」

珍點點頭。「我了解，」她說，眼睛瞥向費哲腿上攤開的記事簿。她仔細的想了一想。「我一直記不起來任何一件事，直到昨天女警來問我有關那個鑰匙環，所有情節才突然排山倒海似的奔騰而來，使我完全無法接受而大吐特吐，她可以證明。那之後，我才被告知，賽門早在我把他的名字給她之前，就已經死了幾個小時。因為我不記得是誰想要殺害我，我不可能告訴任何人。坡司羅醫生，是我私下信任的人，也是我一旦記起什麼就會傾吐的對象，他可以證明我在那之前從沒有給過他任何名字或甚至暗示任何人。如果我記起了任何事，我當然會告訴漢普夏警局。從調查開始，他們就很清楚明白的讓我知道，我是嫌犯之一，媒體臆測不會蒙蔽他們的判斷。於是，我始終對區佛督察長以及他的人員懷有信心，同時也提供他們我能力所及的一切時間和協助。」

她詢問的眼光看著法蘭克，看到他眉毛鼓勵性的微微上揚，於是繼續敘述。「我相信，由於賽門頻頻打電話給我的朋友、醫生、親屬，他知道漢普夏警方已經拒絕採信任何表面證據，也了解一旦我的記憶回復，他就會被逮捕。我認識他已經很長一段時間了，知道他敬愛他的父母親。我認為他會採取任何行動來避免他的受審對他父母可能造成的傷害。對於他的自殺，我非常傷心，卻不覺得意外。」

「我認為他也不想讓他的同事或是他教區教民也受到創傷，你認為呢？」區佛說。

「他是一個非常虔誠的聖職人員，」她再繼續，「當他理智回復時，他一定相當震驚，因為他了解他的罪惡會讓那些愛他的人們背負多麼沉重的負擔。他是個不健康的人，但不是個壞人。」

區佛起身，伸出手來。「康思立小姐，我知道我這樣說並不很恰當，但是我真正覺得跟你交鋒爭論是一種享受。我只抱歉我們是在這麼充滿悲劇色彩的情況下見面。你也許會被要求在審訊過程中出席，如果你在那裡能像你剛剛對我們陳述一樣清楚，就不會有什麼問題了。在我的經驗裡，寬宏大量很有用。如果有好理由，自殺總是比較容易讓人接受。」

「我知道，」她說，握著他的手。「如果賽門把我的車禍安排得像是一場意外的話，我可能會很憂鬱，還可能接受殺害眉格和里奧的人就是我。他們的所做所為的確叫人不齒，而我只是無法接受我會自殺。」

他的眼睛閃動著。「那麼，你並不如你要我們相信的那樣漠不關心囉？」

「我有我的自尊，督察長。」她突然間微笑著。「畢竟，我是亞當．康思立的女兒。」

□

費哲把車子轉向主要道路。「結論到底是什麼，長官？」他問。「你仍然認為她唆使她老頭把哈利斯做掉嗎？」

「我是，」督察長溫和的說。「她唯恐只有她的說詞對賽門不利，不認為我們會把她的話當真，所以求助於她父親把事情解決掉。」

「喔，我倒不那麼確定。我覺得她是個直率的人，長官。」

「但是，就像她自己說的，她是亞當．康思立的女兒。」

「請允許我這樣說，長官，我不認為那會有什麼不同。」

「你會的，只要你曾遇過那種類型的人。」法蘭克視線投向窗外，看著遍灑陽光的鄉村景色。

「他們很實際。他們會把事情完成。」

「他們在蘭迪謀殺案上沒有那麼有效率。」

「人們在彼此誤解的情況下仍然可以保持效率是相當罕見的，幾乎不可能。」

「怎麼說？」

「我懷疑他逐漸相信是她殺了羅素，而她被說服是他做的案。如果他們倆在事後能互相了解，那麼他們倆就會知道另外存有一個動機，另有一個人犯下了謀殺案。離間使他們跌跤，團結讓他們重新站起來。」

「奇怪的是康思立小姐對警方始終三緘其口，會讓你以為她想要殺她丈夫的凶手受到制裁，而且，讓我們正視一個事實，她看起來並不特別喜歡她的父親。」

「你那樣想，是嗎？」

「她沒有刻意表現出對他的情感。」

區佛微笑著，把他的想法留在自己腦海裡。

「你要為謀殺賽門控訴亞當．康思立嗎，長官？」

督察長閉上了眼睛，抬頭讓陽光溫暖他的臉。「我想我沒聽清楚你在說什麼，警佐。你提到謀殺什麼的嗎？」

「你不是認為……」費哲的聲音褪去。

「什麼？」

「沒什麼，長官。」

□

薩爾司柏瑞，南丁格爾療養所——中午十二點四十五分

馬修．孔爾打開眼睛看到亞倫．坡司羅漸次呈現在他身前，他懶懶散散的伸展手足坐在療養所庭園長椅上。「嗨，醫生。」他抬起手來遮住直射而來的陽光，接著把腳從椅子上放下來，坐正身子，點起一枝菸。

亞倫矮身坐上長椅一端。「警方對賽門．哈利斯的自殺下了個荒誕不經的結論，」他語氣像是在聊天。「他們似乎認為珍有可能要求她父親讓賽門永遠不再出現。」他斜眼瞥去。「然而，她成功的說服了他們，說她直到昨天早上才記起所有的事，那意謂著她或是她在這裡的朋友都不可能把消息傳給亞當．康思立。」

馬修直直看向前方。「你為什麼對我說這些？」

「因為我知道你喜歡跟上事實的腳步。」

那年輕人轉過來對著他咧嘴一笑。「此外，就一個存在主義者而言，你要確信我會繼續本著良善為行事原則。對不對呀？」

「我自己都沒有辦法說得那麼好，馬修。」

「嗯，我猜本著良善行事是為了正義。」馬修在指間把玩著菸。「你可曾想過，如果給謀殺事件裡的被害人出聲的機會，他們會要求什麼？最起碼，他們會要求他們跟殺害他們凶手的聲音都會被清楚的聽到，對不？」

「馬修，正義和復仇是兩回事。」

「是嗎？我看到唯一不同是實現正義見鬼的昂貴。如果不是，我父親就沒有能力負擔我在這裡的費用。」

□

半小時後，亞倫跟珍一塊兒站在她房間窗前，看著一名穿素色西裝，身材高大壯碩的男子，從一輛勞斯萊斯汽車後座現身而出。「你父親？」

「是的。」

「你從來沒有解釋你為什麼喊他亞當。」

「你為什麼認為該有個解釋呢？」

他微笑。「為了每次提到這個話題時你臉上的表情。」

她眼光跟隨著那高大體格進入建築物。「我想懲罰他，於是我做上帝做的事，詛咒懲罰於他，因為他允許他妻子色誘他。」她轉向亞倫。「我當時七歲。從那時起，我就喊他亞當。」

「你忌妒貝蒂？」

「當然。我不想跟任何人分享我父親。我愛他。」

亞倫點頭。「不管發生了什麼事，我猜你還是愛他。」

「不，」她說，「我早已過了愛慕的年齡。但是我的確尊敬他。我一直如此。他真正有了成就，而我們卻只是得過且過。」

「嗯，我希望你意識到他正主動伸出手來，」亞倫不經心的說。「你會大方的對待他嗎？」

「如果我不，療養所就不會收到錢。」她笑了起來。「不要對我感情用事，坡司羅醫生。你可以確信我父親永遠不會改變。如果他認為你故意培養我成為對抗他的毒素，他會毫不猶豫控告你。」

「那麼現在呢？」

「我要解放自己。我不再是你的病人了。我想我們應該說再見。」

「你會去哪裡？」

「回到里其蒙。」

「你父親知道邁爾斯和佛格斯在那裡嗎？」

「如果他們沒有告訴他。」

「如果他們需要一個好律師，不要忘記馬修的父親。聽說他是一流的。」

珍綻開笑容，拍了拍她的口袋。「馬修已經給了我他的名片。我想我會用我投資在法蘭柴思—霍汀公司股票上賺到的那筆錢來付他的費用。馬修說費用會相當誇張。」她聳聳肩。「那麼，如果運氣好，再加上一點點情感勒索，在所有事情結束後，我可能可以說服亞當再次接受貝蒂和那兩個男孩。」

「你不認為讓邁爾斯和佛格斯自己上戰場奮鬥會比較好？」

「也許。」

「那你為什麼不呢？」

「因為他們是我弟弟，」她說，「而他們的母親是我唯一的母親。值得再試一次，你不認為嗎？」

「要看你相不相信希望可以戰勝過去的經驗。」

「我相信。看看我。看看馬修。」

他點點頭。「馬修很喜歡你，珍。」

「是的。」她聽著長廊那端漸漸走近的腳步聲。「只因為我跟他那隻垂死的狐狸同樣有雙黑色的眼睛。他離開這裡後，打算要學習當獸醫。他告訴過你沒？」

亞倫搖著頭。

「受傷的動物深深牽動著他。至於人們，他無所謂。」

「那麼他跟你沒有多大不同嘍。」

亞當腳步聲從樓梯頂端傳來時，她微微跳動了一下。「總而言之，」她急切說著，「我不像過去那樣準備好隨時離他們而去了。也許是因為我的判斷力有了長進。」

「那很好。」他低頭對著她微笑。「南丁格爾倒是成就了一些什麼。」

「我卻不認為是南丁格爾的功勞。」她橫過房間來到門旁，轉過身來背對著它。「你知道，我不是一直都這副狗不理的樣子。你將驚訝留點頭髮會使我的容貌增色不少。」她猶豫一下。「我——呃，我想你大概不會願意等上一兩個月，當我比較站得出去的時候才來找我吧？」

他搖搖頭。「不很願意。」

她因不好意思而臉紅。「那只是個想法，坡司羅醫生。很蠢，對不起。」

門後傳來砰砰敲門聲。「珍，你在裡面嗎？你父親來了。」

亞倫壓低聲音。「我的名字是亞倫，珍，還有，誰需要見鬼的頭髮？我只對光頭女人有興趣。」

另一陣敲門聲。「珍？是你父親。」

她的眼睛閃爍著。「給我十分鐘，亞當，」她喊。「我得先做一件事。你能到大廳等我嗎？」

「為什麼我不能在裡面等？」

南丁格爾的管理者揚起一道眉毛。「兩個月後我會變成一個嚴重的精神病患，」他喃喃耳語。「對一個男人來說，把感情這樣緊緊封閉起來沒有好處。我這裡正疼痛的煎熬著。」珍笑得微微發抖，然後悄悄的把門鎖上。「是女人的事，亞當，」她語音震顫著對他說。「你只會覺得難堪。」

「喔，這樣啊。好吧，不急，」她父親粗聲粗氣的說。「我進來時經過坡司羅醫生的辦公室。我會一面等一面跟他談些事情。」

「你去吧，」她說，揮手抹去蒙上眼睛的淚水。「你會喜歡他的，亞當。他是你那類的人。正直誠實，出眾非凡。」

國家圖書館出版品預行編目資料

暗室 / 米涅・渥特絲（Minette Walters）著；
藍目路譯—初版. — 臺北市：臉譜文化出版：
城邦文化發行,1999〔民88〕
面；公分.—（米涅・渥特絲偵探小說系列；3）
譯自：The dark room
ISBN：957-8319-52-2（平裝）

873.57　　　　8808549

【卜洛克偵探小說系列】

R2001	八百萬種死法	易萃雯◎譯	250元
R2002	黑暗之刺	陳佳伶◎譯	200元
R2003	酒店關門之後	王凌霄◎譯	250元
R2004	刀鋒之先	林大容◎譯	250元
R2005	到墳場的車票	金 波◎譯	250元
R2006	屠宰場之舞	曾筱光◎譯	250元
FR2007	行過死蔭之地	唐嘉慧◎譯	250元
FR2008	父之罪	易萃雯◎譯	160元
FR2009	惡魔預知死亡	顧效齡◎譯	250元
FR2010	在死亡之中	黃文君◎譯	180元
FR2011	一長串的死者	林大容◎譯	280元
FR2012	謀殺與創造之時	呂中莉◎譯	200元
FR2013	向邪惡追索	林大容◎譯	340元
FR2014	每個人都死了	唐 諾◎譯	340元

【錢德勒偵探小說系列】

R3001	大眠	許瓊瑩◎譯	250元
R3002	再見，吾愛	焦雄屏◎譯	250元
R3003	高窗	林淑琴◎譯	220元
R3004	湖中女子	林俊穎◎譯	220元
R3005	小妹	易萃雯◎譯	250元
R3006	漫長的告別	宋碧雲◎譯	300元
R3007	重播	葉美瑤◎譯	200元
R3008	找麻煩是我的職業	林淑琴◎譯	220元
R3009	謀殺巧藝	林淑琴◎譯	300元
R3010	雨中殺手	唐嘉慧◎譯	350元

【范達因推理作品系列】

FR4001	綁架殺人事件	王知一◎譯	200元

✤本書所列書價如與該書版權頁不符，則以該書版權頁定價爲準。

FR4002 葛蕾西・艾倫殺人事件	鄭初英◎譯	180元
FR4003 主教殺人事件	沈雲驄◎譯	240元
FR4004 聖甲蟲殺人事件	黃淑齡◎譯	220元
FR4005 班森殺人事件	陳曾緯◎譯	220元
FR4006 格林家殺人事件	鄭初英◎譯	320元
FR4007 金絲雀殺人事件	劉玉嘉◎譯	280元

【漢密特偵探小說系列】

FR5001 馬爾他之鷹	林淑琴◎譯	180元
FR5002 紅色收穫	林淑琴◎譯	180元
FR5003 丹恩咒詛	易萃雯◎譯	180元
FR5004 黯夜女子	唐　諾◎譯	100元
FR5005 大陸偵探社	易萃雯◎譯	250元
FR5006 瘦子	林大容◎譯	220元

【約瑟芬・鐵伊推理作品系列】

FR6001 時間的女兒	徐秋華◎譯	200元
FR6002 法蘭柴思事件	藍目路◎譯	300元
FR6003 萍小姐的主意	金　波◎譯	250元
FR6004 博來・法拉先生	洛　麗◎譯	300元

【約翰・哈威警察探案系列】

FR7001 冷光	林淑琴◎譯	280元
FR7002 荒蕪年歲	易萃雯◎譯	280元

【米湼・渥特絲偵探小說系列】

FR8001 冰屋	嚴　韻◎譯	300元
FR8002 女雕刻家	胡丹桑◎譯	320元
FR8003 暗室	藍目路◎譯	360元

✤ 本書所列書價如與該書版權頁不符，則以該書版權頁定價爲準。

臉譜文化事業股份有限公司

臺北市信義路二段 213 號 11F
TEL：(02) 2396-5698
FAX：(02) 2357-0954
郵撥帳號：1896600-4
戶名：城邦文化事業股份有限公司